LA CROIX DE PERDITION

Née en 1957, toxicologue de formation, Andrea H. Japp se lance dans l'écriture de romans policiers en 1990 avec *La Bostonienne*, qui remporte le prix du festival de Cognac en 1991. Aujourd'hui auteur d'une vingtaine de romans, elle est considérée comme l'une des « reines du crime » françaises. Elle est également auteur de nombreux recueils de nouvelles, dont *Un jour, je vous ai croisés*, chez Calmann-Lévy, de scénarios pour la télévision et de bandes dessinées.

Paru dans Le Livre de Poche :

AUTOPSIE D'UN PETIT SINGE

CONTES D'AMOUR ET DE RAGE

LA DAME SANS TERRE :
1. Les Chemins de la bête
2. Le Souffle de la rose
3. Le Sang de grâce
4. Le Combat des ombres

DANS L'ŒIL DE L'ANGE

DE L'AUTRE, LE CHASSEUR

ENTRETIENS AVEC UNE TUEUSE

LA FEMELLE DE L'ESPÈCE

MONESTARIUM

LA PARABOLE DU TUEUR

LA RAISON DES FEMMES

LE SACRIFICE DU PAPILLON

SANG PREMIER

LE SILENCE DES SURVIVANTS

UN VIOLENT DÉSIR DE PAIX

ANDREA H. JAPP

La Croix de perdition

ROMAN

CALMANN-LÉVY

ISBN : 978-2-253-12693-5 – 1re publication LGF

À Hélène Amalric...
C'est très, très lointain !

NOTA

Les noms et mots suivis d'un astérisque sont expliqués dans le glossaire et l'annexe historique en fin de volume.

Plan imaginaire de l'abbaye des Clairets

1. Écuries
2. Hostellerie
3. Parloir
4. Caves
5. Logement de la grande prieure et de la sous-prieure
6. Celliers
7. Palais abbatial
8. Terrasses et jardins de l'abbesse
9. Cuisines
10. Réfectoire
11. Scriptorium
12. Dépotoir
13. Fours et boulangerie
14. Porterie des Fours
15. Jardin médicinal et herbarium
16. Poulailler
17. Jardins potagers
18. Étables
19. Noviciat
20. Babillerie
21. Morgue
22. Pressoir
23. Escalier menant au dortoir des moniales
24. Étuves et chauffoir
25. Salle des reliques
26. Bibliothèque
27. Abbatiale Notre-Dame
28. Chapelle Saint-Augustin
29. Laverie
30. Infirmerie
31. Salle capitulaire
32. Cimetière
33. Cloître de La Madeleine
34. Chapelle de La Madeleine
35. Logement de la grande prieure
36. Rucher
37. Porterie Majeure
38. Porterie des Laveries
39. Passage
40. Jardins de l'infirmerie
41. Cloître Saint-Joseph

SŒURS PRINCIPALES

Plaisance de Champlois : mère abbesse

Hermione de Gonvray : ancienne sœur apothicaire
Aude de Crémont : sœur boursière
Barbe Masurier : sœur cellérière
Élise de Menoult : sœur chambrière
Adèle Grosparmi : secrétaire de l'abbesse
Clotilde Bouvier : sœur organisatrice des repas et des cuisines
Agnès Ferrand : sœur portière
Rolande Bonnel : sœur dépositaire
Adélaïde Baudet : sœur cherche
Marguerite Bonnel : sœur hôtelière
Henriette Masson : novice
Suzanne Landais : maîtresse de noviciat

*22 juillet 1209, Béziers**

Un miracle. Arnaud Amalric*, abbé de Cîteaux, en était maintenant certain : Dieu était de leur côté. L'improbable enchaînement des événements l'attestait. Sans équivoque.

Un miracle, une série de miracles. Quelques heures plus tôt, les ribauds [1] avaient enfoncé le mur d'enceinte de l'imprenable cité, assez pourvue en vivres pour résister à un long siège, rendu encore plus difficile pour les croisés par l'hostilité ouverte des populations alentour. Jamais ils ne seraient parvenus à pénétrer dans la ville sans une intervention divine. Quelques Biterrois, grisés par leur position fortifiée, avaient eu la désastreuse idée de sortir de l'enceinte afin de narguer leurs opposants. Ceux-ci en avaient aussitôt profité pour s'infiltrer par cette brèche. Les cavaliers avaient suivi. La cuirée [2] commençait.

Escorté de trois soldats, Arnaud Amalric abandonna derrière lui la tour Ventouse. Au pas lent de son destrier,

---

1. Soldats à pied qui précèdent la cavalerie et dont le comportement a transformé le nom en insulte.

2. De « cuir », qui donnera « curée ».

il longea le mur d'enceinte en direction de l'église de la Madeleine. Des cris, des gens qui couraient en tous sens, heurtant parfois son cheval, levant un visage de fin du monde vers lui, proférant des suppliques ou des insultes qu'il n'entendait pas, levant des armes de fortune, des herminettes [1], des picois [2], des serpettes, n'osant les abattre sur un représentant de Dieu. Il les entendait, les voyait à peine. Plus loin, vers le nord, hors le mur d'enceinte, la cathédrale Saint-Nazaire. Une femme cria en sanglotant, tendant à bout de bras un enfançon, suppliant Arnaud de les épargner, jurant qu'ils étaient baptisés dans la sainte foi et n'en avaient pas dévié. Il lui sourit comme dans un rêve et murmura :

– Ma sœur en Jésus-Christ, n'aie alors nulle crainte. Il t'aime et ne t'abandonnera jamais.

Un des soldats d'escorte lança son roncin [3] sur la femme qui glissa sur les pavés. Les sabots de la lourde bête l'évitèrent de justesse.

Un ribaud, trogne d'ivrogne que l'excitation du carnage violaçait encore mais que crispait pourtant l'hésitation, se rua vers le cheval de l'abbé.

– Seigneur abbé, seigneur abbé… V'là qu'on sait plus. Mes truands et moi, on s'demande… rapport qu'on n'est pas des assassins. C'est comment qu'on les

---

1. Outil composé d'un fer aplati à tranchant très large, monté perpendiculairement au manche. Il est utilisé par les charpentiers, les menuisiers ou les tonneliers.

2. Outil à long manche terminé d'un long bec en fer recourbé. Utilisé par les mineurs et les terrassiers.

3. Cheval ordinaire – moins nerveux qu'un destrier – utilisé à la guerre.

reconnaît, les sans-foi ? La lame sur la gorge, y jurent tous qu'y sont pieux catholiques. D'autant qu'y a les gamins et les commères [1] aussi… Dieu aimerait pas qu'on Lui trucide Ses bons fidèles, pour sûr. Y a que les juifs du quartier de la petite Jérusalem. Ceux-là, on r'connaît tout de suite que c'est pas les suppôts de Satan qu'on recherche. Enfin, pas c'te fois.

Le visage fin, gracieux au point de sembler féminin, se pencha vers l'homme. La petite bouche en cœur se serra et un regard d'un noir presque bleuté le dévisagea. Arnaud Amalric fronça les sourcils comme s'il ne le comprenait pas.

– Que dis-tu ?

– Qu'on sait pas qui c'est qu'on doit occire, pour la gloire de not'Seigneur. D'autant qu'y s'sont massés dans l'église de la Madeleine [2]… C't'un lieu saint, quand même…

Arnaud Amalric soupira, bouche ouverte. Levant le visage vers le ciel, il ordonna d'une voix douce :

– Tuez-les tous… Dieu reconnaîtra les siens [3].

L'abbé de Cîteaux ne sut au juste ce qu'il lisait dans le regard de la brute inquiète. La consternation, la honte, ou le soulagement d'avoir reçu un ordre sans équivoque qui le déchargeait d'une quelconque culpabilité ?

---

1. À l'époque, le terme n'est pas péjoratif. « Commère » et « compère » ont d'abord signifié « qui a tenu un enfant sur les fonts baptismaux », puis ont été employés pour désigner des gens du voisinage de fréquentation plaisante.

2. Environ 7 000 personnes y furent massacrées durant le sac.

3. Voir à ce sujet la note de l'annexe historique sur Arnaud Amalric.

Le ribaud disparut en courant en direction de l'église de la Madeleine.

La chaleur accablante de cet avant-midi. Les contours du monde dilués dans l'esprit de l'abbé. Ne lui parvenait plus qu'une sorte de brouhaha, parfois percé par un hurlement strident. La déroutante sensation d'avoir abandonné son enveloppe charnelle. Il se fit soudain l'étrange réflexion que les mouches avaient déserté le col de son destrier. Plus de mouches. Pourtant, une seconde plus tôt, les détritus amassés dans la rigole centrale des rues les avaient attirées au point qu'elles se massaient en grappes. Où étaient passées les mouches ? La solution de ce mystère s'imposa soudain à lui : elles avaient flairé l'odeur du sang, là-bas, juste un peu plus loin. Là-bas, vers le brouhaha seulement percé de hurlements. À moins que le brouhaha ne fût qu'un ensemble de hurlements indistincts.

Débouchant dans la ruelle qui menait droit à l'église de la Madeleine, lâchant les rênes de son cheval, il brandit à deux mains la haute croix orfévrée qu'il tenait plaquée sur son torse. Le soulagement d'offrir la paix, le salut à tous, aux vifs massés dans l'église, aux agonisants qui se vidaient de leur sang sur les marches qui menaient au porche central, aux occis et même aux ribauds couverts d'écarlate de la tête aux pieds, à tel point qu'on aurait cru des écorchés. Le poitrail rougi des chevaux qui hennissaient, renâclaient, chargeaient. Les mouches en assemblée, les légions de mouches, sans doute toutes celles de la ville. La chaleur, l'implacable étau de ce haut soleil qui semblait transpirer des gouttes de feu vers la terre. L'odeur lourde, métallique et enivrante du sang frais. La tête d'une femme s'envola, percutant le front du cheval de l'abbé. Une giclée de rouge nappa le christ d'argent de la lourde croix.

– Repose, ma sœur, repose. Dieu t'accueille, murmura Arnaud Amalric. Sois sereine. Tu es délivrée de la tentation et du mal.

Il répéta cette prière des centaines de fois, lui sembla-t-il, puis mit pied à terre. Il s'avança vers l'église. À l'intérieur, l'écho de la fureur, du carnage. Il sembla soudain fondamental à l'abbé de Cîteaux de retourner la croix. Que le Doux Agneau laqué de sang ne voie pas ce que Ses serviteurs, les frêles et faillibles créatures humaines de Son Père, commettaient pour ramener Ses brebis en Son sein. Le regard fixé vers le masque douloureux du christ d'argent au front ceint d'épines, l'abbé ferma les yeux de chagrin. Le sang. Le sang qui coulait en paresse du front de l'Agneau martyrisé n'était pas le Sien. C'était celui d'une créature humaine, de mille créatures humaines qui venaient de Le rejoindre.

Mon Père, Votre fils a tant souffert pour nous sauver tous. Voyez, mon Père, je les ramène chez Vous, ces pauvres âmes qui ne savent pas, que d'habiles manipulateurs ont trompées, au risque de les damner pour l'éternité. Pardonnez-moi, mon Père, car ma seule grandeur aura été de Vous servir, humblement, mais sans relâche. Toujours.

Arnaud Amalric, abbé de Cîteaux, gravit les marches qui menaient au porche, au vacarme, aux cris, aux gémissements et aux râles, brandissant devant lui une haute croix retournée, priant pour le salut de tous. En dépit de sa petite stature, de sa silhouette presque adolescente, il lui sembla qu'il était de force à porter le monde sur ses épaules pour la très grande gloire de

Dieu. Il enjamba les cadavres et les agonisants, se penchant vers eux, leur murmurant des mots de paix et de tendresse. Une main ensanglantée s'agrippa au bas de sa robe blanche. Rouge. Il s'agenouilla. Un homme, d'une vingtaine d'années. Arnaud tendit l'oreille pour recueillir les derniers mots du mourant. Une large plaie entaillait son abdomen, laissant entrevoir les viscères.

– Maudits, parvint à articuler le jeune homme, une salive rosâtre s'écoulant vers son menton, colorant ses dents.

– Nous sommes sauvés, mon frère, tous. Apaise-toi.

La haine farouche qu'il lut dans son dernier regard blessa l'abbé. Pourtant, il n'en voulut pas à l'homme dont la tête bascula lorsqu'un filet de sang dévala de ses lèvres. Maintenant, cette pauvre créature connaissait la Vérité. Maintenant, il le remerciait. Il l'avait protégé du pire, lui comme tous les autres.

Une jeune femme, cheveux blonds mousseux comme un nuage, collés de sang, rampait sur les marches, tentant de fuir la tuerie. Le cœur de l'abbé de Cîteaux se serra de pitié. Pauvre agnelle. Si elle était une pure, indemne de la souillure des fables de l'hérésie, elle ne méritait pas de souffrir. Au contraire, si son faible esprit avait été berné par les odieux mensonges des parfaits [1] cathares, il fallait la sauver au plus rapide. Il héla un ribaud qui essuyait sa lame gluante sur les braies [2] d'un

1. Membres de l'Église cathare pratiquant un ascétisme (sexuel, alimentaire, etc.) sans faille.

2. Sorte de pantalon large que portent les paysans depuis les Gaulois, qui donnera le mot « débraillé ».

occis et lui signala la femme. L'homme se signa avant de l'achever en plongeant son épée entre ses omoplates.

Des heures et des heures de fureur. Une nuit de boucherie. Le pesant silence, honteux, du petit matin. Des monceaux de cadavres entassés au coin des ruelles. Les pavés des rues, les devantures des auberges, les marches des églises, tout repeint d'un rouge qui virait au brun. L'odeur du gigantesque charnier avivée par la chaleur qui montait déjà. Des ribauds, ivres morts, avachis aux coins des immeubles ou roulés aux porches des chapelles. D'autres, hébétés, fixant les empilements de cadavres comme s'ils se demandaient quelle monstrueuse puissance avait bien pu les abandonner là. D'autres encore qui tiraient par les pieds les derniers assassinés de l'église de la Madeleine.

Le regard d'Arnaud Amalric passa d'une scène à l'autre. En effet, *des* scènes. Celles d'une délivrance, à n'en point douter. Un grand homme s'approcha à pas lents de lui, un des consuls de la ville. Le visage livide comme une lune, maculé de sang. Les mains, maculées de sang. Le riche cendal [1] gris pâle de sa jaque [2], maculé de sang.

D'une voix grave, étrangement plate, il demanda à l'abbé :

– Pour l'amour de Dieu ? Pour l'amour de Son Fils tout-amour ? C'est cela ?

Sans même élever le ton, sans lâcher le regard d'un noir infini qui le dévisageait, il poursuivit :

---

1. Soie de belle qualité.

2. Sorte de veste arrivant à mi-cuisses et dont les manches fendues laissent entrevoir celles du pourpoint qui se porte dessous.

– Maudit pour l'éternité. Maudite, la croix que tu tiens.

Arnaud Amalric plaqua la croix contre lui, comme s'il redoutait qu'on la lui arrachât. Il s'émut fugacement de la pression du long christ d'argent contre son torse. Ils ne firent qu'un, durant un infime instant.

L'homme tourna les talons et s'éloigna lentement avant de disparaître au coin d'une venelle.

Une fois de retour sous la tente de campagne qui lui était réservée au sortir de la ville, il se laissa aller à genoux sur le sol de terre battue protégé d'un large tapis. Le silence, pour la première fois depuis si longtemps. Le silence de ce camp de guerre que les soldats n'avaient pas encore réintégré, terminant leurs pillages, leurs beuveries, ou leurs prières pour implorer le pardon.

Il baisa de gratitude le christ d'argent, recouvert d'une gangue de sang presque sec. Il s'essuya les lèvres d'un revers de manche et regarda la traînée brunâtre et visqueuse qu'avaient abandonnée ses lèvres sur la laine de sa robe.

Un miracle, une série de miracles qui attestaient, en effet, que la volonté de Dieu avait été faite.

Le souvenir de ces mois d'attente, d'incertitude, défila dans l'esprit d'Arnaud Amalric. Le peu d'enthousiasme du roi de France, Philippe II Auguste [1], à se lancer dans cette croisade albigeoise. L'assassinat, l'année précédente, de Pierre de Castelnau, légat du

---

1. 1165-1223, fils unique de Louis VII et d'Adèle de Champagne, grand-père de Saint Louis.

Saint-Père, par un chevalier de l'entourage du comte Raymond VI de Toulouse, avait enfin décidé le souverain. Encore un miracle. Arnaud Amalric n'était pas dupe. La foi avait sans doute guidé certains des seigneurs du Nord, mais la plupart se voyaient fort bien se tailler la part du lion et arracher à leur profit les fiefs du Sud. Avisé, Raymond VI s'était récemment réconcilié avec l'Église. Proie moins coriace que le comte de Toulouse, Raimond-Roger de Trencavel, vicomte de Béziers et de Carcassonne, avait donc été accusé du développement de l'hérésie en Languedoc.

La population de Béziers et ses capitouls [1] avaient refusé de livrer les deux cent vingt-trois hérétiques recensés par l'évêque, préférant « périr noyés dans la mer salée » plutôt que de se résoudre à cette infamie. Encore un miracle, au fond. L'eussent-ils accepté, le sac de Béziers devenait inconcevable.

Arnaud Amalric plissa la bouche de déplaisir. Deux cent vingt-trois sur une population de plus de vingt mille âmes, quand on avait fait de Béziers le maléfique sanctuaire des hérétiques ! Bah, il fallait un exemple qui incite les autres à revenir dans le berceau du Seigneur et de la véritable foi. Pour leur bien, le salut de leurs âmes en perdition.

Dieu tout-puissant l'avait chargé de ramener à lui des brebis égarées, leurrées par des folles chimères au point qu'elles risquaient la damnation. Qu'importait la

1. Ou consuls. Choisis dans les familles de notables « de bonne réputation ». Bien que le plus généralement soumis à l'autorité seigneuriale, ils organisent la vie de la cité et exercent également la justice civile.

vie de la chair et du sang ? Lui, abbé de Cîteaux, leur avait rendu leur éternité, dans l'amour de Dieu [1].

Il se releva, se signa et baisa à nouveau la croix, nettoyant, du bout des doigts, avec une infinie tendresse, le crucifié d'argent, avant de l'envelopper, les larmes aux yeux, dans un fin linge.

1. Aussi ahurissant que cela puisse paraître à l'esprit moderne, il s'agit de la justification première des croisades contre les hérétiques et de l'Inquisition, même si de puissants mobiles politiques et pécuniaires s'y mêlent également.

Rue Saint-Jacques, Paris,
décembre 1307, un siècle plus tard

En ce début de nuit, une neige fine mais tenace avait vidé les rues. L'aumusse[1] rabattue bas sur le front, baissant la tête, Jeanne de Signulles s'emmitoufla dans les pans de son mantel[2] doublé de loutre. Parvenue à quelques toises* de son but, elle se tourna vers le gens d'armes qui l'escortait dans le dédale des ruelles peu sûres de la capitale et ordonna d'une voix basse :

– M'attends ici. Je ne serai pas longue.

Il hocha la tête et se rencogna sous un porche pour se protéger de la neige, croisant les bras sur sa poitrine, pinçant ses mains engourdies sous ses aisselles.

De la même voix basse, plaisante et sans reproche, Madame de Signulles précisa :

– Allons, l'homme ! Que cherches-tu à me faire accroire ? Que si on te frotte le nez, seul du lait en sortira ? Pourquoi penses-tu que j'ai fait halte devant cette taverne ? demanda-t-elle en désignant d'une main gantée d'un bleu profond l'enseigne du *Chat Pêcheur*.

---

1. Capuche doublée de fourrure.

2. Longue cape.

Va t'y réfugier et offre-toi un cruchon de vin. Je frapperai aux volets lorsque j'en aurai terminé. (D'un ton plus impérieux, elle insista :) J'ai bien dit un cruchon. À quoi me servirait une escorte à l'esprit échauffé par l'alcool ?

– Il en sera fait à vos ordres, madame. Grand merci.

La brute ne se fit pas prier plus avant et traversa la rue à grandes enjambées.

Jeanne de Signulles attendit qu'il disparaisse à l'intérieur du mastroquet.

Une angoisse, à laquelle se mêlait une excitation difficile à contenir, lui ravissait ses nuits depuis une semaine. Avait-elle tort ? Raison ? Elle s'apprêtait à prendre la décision la plus irréversible de sa vie, la plus lourde de conséquences. Au fond, avait-elle véritablement le choix ? Elle se décida et pressa le pas. Quelques toises plus loin, l'hôtel particulier dans lequel elle était attendue.

Un valet, muni d'une torche, planté au milieu de l'obscure cour pavée, les cheveux plaqués de neige fondue, l'attendait, une expression tout à la fois compassée et déconfite sur le visage.

Elle s'avança vers lui, toujours encapuchonnée jusqu'au nez.

– L'on vous espère, madame. De grâce, suivez-moi. Attention, les pavés de la cour sont parfois traîtres à qui ne les connaît pas, précisa-t-il d'une voix sans réelle alarme, indiquant assez qu'il servait cette mise en garde à tous les visiteurs de son maître.

Jeanne de Signulles se fit la remarque, presque distrayante, que quiconque l'apercevant, ombre furtive suivant une haute flamme vacillante, songerait qu'elle allait rejoindre une galante compagnie. Certes, elle allait très probablement se donner à cet homme qui l'attendait dans le vaste salon éclairé vers lequel on la menait. Toutefois, pas en amoureuse, pas même en courtisane, encore moins en catin. En investisseuse peut-être, ou alors en usurière avisée. Elle donnait afin de récupérer davantage. Bien davantage. La seule noblesse de la transaction qu'elle s'apprêtait à opérer tenait en bien peu de mots : chacun savait ce que l'autre apportait et ce qu'il attendait en échange. Nul ne serait berné. Un frisson de panique la hérissa lorsque le valet s'immobilisa devant la haute porte à deux battants. Il était encore temps de reculer. Non. Cela faisait plus d'un an qu'il n'était plus temps.

Un heurt contre la porte. Nulle permission de pénétrer. Le valet entrouvrit le battant et s'effaça devant elle, sans un mot, sans un regard. Il tourna les talons et s'éloigna, l'obscurité du long couloir l'engloutissant bientôt, n'épargnant que la flamme dansante de sa torche.

Elle rabattit son aumusse, découvrant une chevelure d'un cuivre doré, et poussa la porte. Elle avança de quelques pas, clignant des yeux sous la vive lumière qui cascadait de torchères, d'une multitude de candélabres.

Une voix grave, amusée, naquit du coin situé en diagonale.

– Votre pardon, madame. La lumière vous blesse-t-elle ?

– Je m'y habitue après la nuit du dehors.

Jeanne de Signulles tourna la tête en direction de la voix. Il était indiscutablement le plus beau spécimen de la gent forte qu'elle eût rencontré. Très grand, d'une minceur musclée que mettait en valeur son gipon [1] de velours noir, élégamment brodé au fil d'or, ses hautes bottes de fin cuir qui remontaient à mi-cuisses jusqu'à son haut-de-chausses [2] ajusté. Noirs aussi.

Quant à lui, la parfaite beauté de la femme le suffoqua à nouveau. Elle était au-delà de tout ce qu'il avait imaginé, rêvé. Elle était autre, chaque ligne idéale de son corps, de son visage servant à souligner la perfection d'une âme et d'un esprit. Il chassa la crainte qui se réveillait en lui. Elle ne serait pas comme toutes celles qui l'avaient un peu déçu, un peu ennuyé, un peu apitoyé. Elle ne serait pas comme Anne. Jamais. Il fallait qu'elle fût autre.

– De grâce, madame, installons-nous, devisons en amitié devant un verre de vin de Naples, proposa-t-il dans un sourire en désignant le charmant guéridon marqueté, poussé non loin de la cheminée dans laquelle rugissait un feu.

S'approchant d'elle, il tendit une longue main pâle et carrée qu'elle imagina aussitôt se fermant autour du pommeau d'une épée. Une large pierre noire, une intaille, de l'onyx, sans doute, couvrait la première phalange de son auriculaire. Jeanne défit le fermail [3] de son mantel qu'il plia sur son bras. Elle s'installa sur l'une des chaires [4], sculptées de roses et d'iris, et ne

1. Sorte de pourpoint lacé sur le côté.

2. Culotte faisant office de pantalon, plus ou moins ajustée, portée par les hommes.

3. Agrafe, boucle qui ferme les vêtements, voire les livres. Fermoir.

4. Chaises, parfois fauteuils.

remarqua qu'alors que les verres de cristal taillé avaient été remplis avant son entrée. Sans même qu'elle perçoive son mouvement, un déplacement d'air, un son, il était soudain assis en face d'elle.

– Monsieur…

– Chut… Buvons en silence complice. N'aimez-vous pas le silence ? Tant de choses superflues, voire ineptes, s'échangent au gré de nos mots. Au point que l'on y perd le sens, ne trouvez-vous pas ?

Un sourire, renversant. Il inclina la tête sur le côté, ses longs cheveux aile de corbeau, ondulés, balayant son épaule. Il porta son verre à ses lèvres, fermant les paupières. La trace humide, rouge sang, du vin épais et suave. Elle songea que si elle était amante et non usurière elle aurait adoré baiser son sourire, y récupérer le goût de ce vin qui lui montait déjà à la tête.

– Si fait. Mais il faut bien des mots pour sceller un… accord.

– Un pacte, voulez-vous dire ? Le mot vous effraierait-il ? Je ne le crois. Pas de vous.

Elle vida son verre d'un trait et le reposa. Il le remplit aussitôt. Le poids de ce regard sombre qui ne la quittait pas. L'ombre de ses cils, étonnamment fournis chez un homme, sur sa joue pâle. La puissance disciplinée qu'elle percevait dans chacun de ses gestes. Son souffle, parfois, bouche entrouverte, un souffle de nuit d'amants. Elle se fit la déplaisante réflexion que cet homme était son rêve. Celui de sa vie d'avant. Il y avait une éternité. Il y avait un an. Le sentait-il ? Probablement. Il semblait capable de déchiffrer la moindre de ses émotions. Elle n'en avait cure. Plus rien n'avait d'importance, hormis Aude.

– Je… J'ai hérité de mon père et de mon mari une assez jolie fortune et…

Il l'interrompit d'un geste, un air attristé sur le visage :

– Ah, madame, vous gâchez un moment précieux. Ils me sont comptés au point que je les révère et les savoure dans leurs plus infimes manifestations.

– Votre pardon, monsieur. Je pensais que…

– Vous pensiez en femme du siècle [1]. Pressée on ne sait par quelle obligation. Avez-vous remarqué combien les actes, les paroles qui nous semblaient fondamentaux, urgents perdent en importance, en netteté, avec le recul ?

Elle réprima un rire triste. Il venait de décrire sa vie en une simple phrase.

– Ajoutez à cela que je suis très riche. J'ignore ce que je possède. Je m'étonne parfois de recevoir le cens [2] sur une mienne terre de Toscane ou de Catalogne. Que ferais-je de votre argent ?

Un regard d'un bleu presque violet, dévasté, se leva vers lui.

– Que voulez-vous donc en contrepartie de votre… aide, secours ?

Il baissa les yeux, caressa son verre de l'index et déclara d'un ton étonné :

– Vous, bien sûr. Quoi d'autre ?

– S'agit-il de… Cela ne m'effarouche pas… je…

– Permettez que je vous arrête à l'instant, madame, avant que des propositions qui vous blesseront ensuite l'honneur – même si l'amour fut leur inspiration – ne sortent de votre bouche. Non, il ne s'agit pas d'une

1. Au sens de société laïque.

2. Redevance payée au seigneur.

coucherie, ni même d'une liaison. Nous sommes, tous deux, bien au-delà de tout cela. Il s'agit d'un… comment dire… d'un accompagnement à jamais, même dans ces endroits que je fréquente parfois et qui sont par-delà l'effroi. Le prix vous paraît-il soudain trop élevé ?

– Aucun prix ne me rebute si… j'obtiens la contrepartie dont nous avons discuté.

– Vous l'aurez. (Il plissa la bouche, semblant hésiter.) M'aimerez-vous ?

– Le faut-il ?

– Nulle obligation. Disons que… votre amour me bercerait de l'illusion que tout… ceci avait quand même une utilité.

Les jolis sourcils cuivrés s'arquèrent. Elle demanda :

– En douteriez-vous ?

– Tant de temps. Une enfilade d'années qui ne m'a toujours pas fait entrevoir les réponses aux deux questions qui me hantent. Suis-je véritablement maudit ? Attend-on quelque chose de moi ? En d'autres termes, cette interminable attente est-elle une récompense ou une impitoyable punition ?

– L'immortalité vous pèserait-elle déjà, monsieur ?

– Il ne s'agit pas d'immortalité, plutôt d'une mort suspendue.

– Je m'en contenterai, répondit-elle d'une voix à peine audible.

– Avez-vous bien pesé le pour et le contre, madame ?

– Un poids, monsieur. Il n'existe qu'un poids sur les plateaux de la bilance [1]. Celui de la vie de ma fille Aude.

1. Du latin *bilancia*, de *bi* : « deux », et de *lanx* : « plateau ». Nous en avons conservé le mot « bilan ».

Le violet de son regard changea, devenant presque liquide.

Sans qu'elle sache comment, sans qu'elle se souvienne du moindre geste, il était à ses côtés, un genou à terre. Il prit l'une de ses mains entre les siennes, la considéra avant de déposer un lent baiser au creux de sa paume. Elle remarqua alors la gravure entaillée sur l'onyx de sa bague : un serpent enroulé, qui se mordait la queue. Il murmura contre sa peau :

– Jeanne… Nommez-moi Arnaud.

Elle baissa la tête vers Arnaud Amalric et déposa un baiser léger sur ses cheveux noirs.

Forêt des Clairets, Perche,
fin janvier 1308

Les braises achevaient de se consumer entre les deux lourds fardiers garés parallèlement. À moitié dissimulée derrière les nuages bas, la lune semblait une torche sur le point d'expirer. Un menteur silence, seulement troublé par le souffle puissant des bœufs de trait, avait recouvert le campement. Demain, ils se rendraient à la foire de Bellême, afin de profiter du marché aux bestiaux et aux draps pour récolter quelques deniers auprès des badauds qui ne se repaissaient jamais des amusements faciles, des plaisanteries grasses et des contes à dormir debout qu'on leur assurait authentiques. S'avançant au bord de l'estrade montée à la hâte, maître Cornet, leur bonimenteur et propriétaire, prendrait alors la mine grave. Prétendant chuchoter à l'usage de quelques privilégiés, il annoncerait, assez fort pour être entendu de tous, le clou du spectacle. Il préciserait que, en raison de son caractère exceptionnel, les bannes de l'estrade seraient rabattues. Il n'en coûterait qu'un minuscule denier tournois* de plus aux amateurs, en échange duquel ils découvriraient l'indescriptible, l'innommable, le stupéfiant.

D'un ton lourd, il recommanderait alors que seules les âmes les mieux trempées tentent l'expérience.

Dans l'un des grands fardiers, Urdin se retourna sur la paillasse qu'il partageait avec Éloi et sa sœur cadette Sidonie. La colère qu'il avait éprouvée durant des années s'était éteinte au profit de l'incompréhension, de la peine. Il la regrettait. La colère l'avait porté, protégé. La colère avait dissuadé les autres, les mâchoires toujours prêtes à déchiqueter. Un cri ténu, distant l'alerta. Son cœur s'emballa. Il se leva d'un bond, réveillant Sidonie qui l'interrogea d'un regard incertain et apeuré.

– C'te fois, j'y vais, déclara Urdin en enfilant ses braies sur son chainse [1].

– Non, j't'en prie, tenta de le dissuader Sidonie. Il est mauvais comme la gale.

– Justement, ça a assez duré. J'peux plus. J'peux plus l'supporter. J'y ai dit. Plusieurs fois.

– Et ?

La rage crispa les maxillaires de l'homme sans âge. Il feula :

– Y m'a demandé si je voulais ma part. Vilaine face de rat.

Avant que Sidonie n'ait pu tenter quoi que ce soit pour le retenir, il sauta du fardier. Restée seule, environnée par le ronflement bienheureux de son frère Éloi, la jeune femme bagarra contre les larmes qui lui noyaient le regard. Pourquoi cet injuste châtiment ?

1. Longue chemise de corps que l'on porte à même la peau ou sous la robe.

Pourquoi ces brimades, ces quolibets ou ces insultes ? Qu'avaient-ils fait pour les mériter ?

L'oreille aux aguets, Urdin avança à pas de loup vers le chariot couvert, plus léger, un peu reculé, du campement. Nul son. Contournant leur feu de camp, il arracha la crémaillère à laquelle on suspendait un pot au soir pour y préparer la soupe, dans laquelle on jetait un peu de tout, pas grand-chose. Le contact du métal encore tiède contre sa paume le soulagea. De l'autre côté de la banne qui tendait le chariot, une plainte ténue, celle d'un petit animal pris au piège, à l'agonie. Urdin sauta à l'intérieur. La scène qu'il découvrit lui redonna le goût de la haine. Maître Cornet, les fesses à l'air, les braies baissées sur les chevilles, écrasait Claire sous son lard, allant et venant entre ses cuisses maigres, haletant comme un verrat en besogne. Claire. Le petit visage livide, les lèvres serrées à en devenir blanches afin de retenir ses cris, les yeux clos sur ses larmes. Sur son front les cloques rougeâtres qui témoignaient de sa dernière résistance. À moins que ce ne fût de sa dernière exhibition, puisque la sienne valait trois beaux deniers. Claire, huit ans.

La fureur comme un voile rouge qui s'abattait sur le cerveau d'Urdin. Un rugissement de fauve. Urdin saisit le porc ahanant par le col de son chainse, sa force encore décuplée par la rage, le chagrin. Maître Cornet se redressa, le visage rougi, les yeux injectés de sang. D'une voix grasse, lourde de salive, il commenta :

– Ben, sers-toi mon gars. J'en avais terminé pour ce soir ! Y a rien de mieux que le cul des gueuses pour délasser un homme.

Ce qu'il lut dans le regard de l'autre le figea. Trébuchant, le montreur recula de quelques pas vers l'arrière du chariot. Sur la paillasse, jambes écartées, inerte, Claire semblait évanouie. D'un ton plat qu'il ne reconnut pas, Urdin déclara :

– Crève.

La lourde crémaillère de métal se leva et s'abattit avec un sifflement sur le crâne de maître Cornet. Elle se releva et s'abattit, encore et encore, jusqu'à ce qu'il ne reste qu'une sorte de pulpe rouge du visage du montreur.

Soudain le calme. Une inattendue fatigue, aussi. Urdin s'agenouilla et avança à quatre pattes vers la paillasse. Il rabattit la chemise souillée sur les jambes de Claire et lécha longuement son front, les hideuses cicatrices des cloques qui apparaissaient dès que Claire était exposée à la lumière du jour, pour le plus grand amusement des chalands, les larmes qui s'étaient faufilées sous les paupières sans cil. L'enfante soupira enfin et ouvrit les yeux. Une sorte de gangue blanchâtre avait recouvert ses globes oculaires [1].

---

1. *Xeroderma pigmentosum.* Décrite pour la première fois en 1870, il s'agit d'une photodermatose génétique rare qui se caractérise par une hypersensibilité de la peau au soleil. Elle se traduit par des lésions rouges et des cloques, avec un risque multiplié par mille de développer des cancers de la peau ou des yeux, qui surviennent aux environs de l'âge de dix ans. D'autres troubles sont décrits : kératite, perte des cils, de l'audition, microencéphalie, etc. L'atteinte des globules rouges ou la peau livide en raison de l'absence d'exposition au soleil ont fait soupçonner à certains auteurs que cette maladie était à l'origine de la légende des vampires. Le seul « traitement » à l'heure actuelle est d'éviter à tout prix l'exposition aux ultraviolets.

Urdin murmura :

– Dors, tout va bien maintenant.

Elle sourit, lui caressant le visage, le contour des oreilles, faufilant ses doigts entre les longs poils soyeux qui couvraient le visage de l'homme-loup [1] :

– Je sais. Merci, mon valeureux défenseur.

L'écho de pas, un remue-ménage à l'extérieur. Le visage ravagé d'inquiétude d'Éloi apparut par la fente des bannes du chariot.

Urdin se redressa et annonça au nain :

– La vilaine charogne est crevée, comme elle le méritait.

Éloi accueillit cette nouvelle avec une moue appréciatrice. Un autre visage surgit au-dessus de ses épaules. Évrard.

– Tu as eu grand raison, l'ami, murmura le jeune homme avant de disparaître.

Éloi déclara :

– Reste plus qu'à l'enterrer profond. À nous tous, y en a pas pour longtemps. Faut bien creuser. On veut pas que les bêtes le déterrent. Quoique j'suis pas certain qu'elles auraient du goût pour une telle immondice. Mais, gâté comme il était de son vif, y pourrait revenir en mauvais fantôme. On dira qu'on sait pas où il est passé. Va changer de chainse et brûle le tien.

Le regard de l'homme-loup descendit vers sa poitrine, vers son chainse gorgé d'un sang qui figeait en prenant une couleur brunâtre.

---

1. Hypertrichose.

Un peu plus tard, les hommes rejoignirent Sidonie, qui avait rallumé le feu afin d'y faire réchauffer le reste de la soupe épaisse à l'avoine. La jeune femme annonça :

– Le soleil est déjà haut. Traînons pas. Mettons un peu d'espace entre cette verrue crevée et nous.

– On l'a enterré à ben cinq pieds* de profondeur. T'inquiète pas, ma Sido, précisa Éloi en caressant les beaux cheveux bruns bouclés de sa cadette.

– Et Claire ? s'informa Urdin.

– Elle a mangé, répondit la jeune femme. Je l'ai nettoyée de l'odeur du verrat. Je lui ai raconté une histoire de bonne-dame [1] ailée et elle s'est endormie.

Urdin hocha la tête et avala sa soupe fumante à grandes cuillerées bruyantes.

– Que fait-on maintenant ? s'enquit Évrard, comme si la question était au fond de peu d'importance.

Le regard d'Urdin descendit vers les mains rougies de froid du jeune homme, vers ses poignets qu'encerclaient deux bourrelets rougeâtres.

Un petit matin, quelques semaines auparavant, Urdin avait découvert son compagnon baignant dans son sang, presque trépassé. Il avait bandé les poignets tranchés aussi serrés qu'il l'avait pu. Dehors, maître Cornet éructait :

– Le gueux ! Le vaurien sans reconnaissance ni vergogne ! J'ai payé une ronde somme pour lui… Bon, d'accord, j'ai rien payé puisque je l'ai récupéré de son ancien montreur mort, mais il est à moi, il a pas le droit ! Voyou, faquin !

---

1. Gentille fée.

Lorsque Évrard était revenu à lui, son regard bleu nuit avait épinglé Urdin. Contemplant d'un regard de dégoût le doigt excédentaire qui naissait à la deuxième phalange du pouce de chacune de ses mains [1], il avait murmuré :

– Je ne te le pardonnerai jamais, mon frère.

Urdin l'avait serré contre lui, expliquant d'une voix tendre :

– Peu importe, compagnon d'misère. J'te sauve de la mort et de la damnation.

– Crois-tu ? Qu'est notre vie sinon la damnation avant l'heure… sans péché pour la justifier ?

– J'dis qu'on avance vers Bellême ou autre, vers une foire. On y trouvera peut-être un meilleur maître pour nous racheter, suggéra Sidonie.

– J'veux plus de ça, jamais, grommela Urdin. J'veux plus qu'on m'entrave les poignets et les chevilles, qu'on me bâillonne. J'veux plus qu'ils se vengent de leur lâcheté en m'donnant des coups de pied, en m'piquant avec la pointe de leur couteau. J'veux plus qu'on fasse brûler Claire. J'veux plus, ni pour Claire ni pour nous autres.

– En ce cas, que suggères-tu que nous tentions ? intervint Évrard.

– J'sais pas. On pourra pas louer nos bras, même s'ils sont forts. Pas avec eux autres des fermes. Y nous chasseront avec leurs fourches. Vous savez bien qu'y nous détestent parce qu'on est des monstres [2].

---

1. Une des formes de la polydactylie.

2. Le XIVe siècle ne croit plus aux chimères et aux monstres mythologiques comme les licornes, dragons ou sirènes. En

– Un couvent, alors ? proposa Éloi.

– Mon frère a raison, approuva Sidonie.

– Qu'est-ce que vous croyez ? rétorqua Urdin d'une voix amère. Qui z'ont meilleure âme à l'intérieur des murs saints que ceux du dehors ?

– Ça dépend, argumenta Éloi le nain. Y en a qui achèvent de saigner les pauvres et rejettent ceux comme nous. D'autres qu'essaient de se rapprocher de Dieu. J'suis pas dupe, compagnon. J'sais bien que les premiers sont plus nombreux qu'les seconds. Mais peut-être qu'Il voudra enfin nous aider. Pour une fois, conclut-il en levant un index vers le ciel.

– J'sais pas trop… Au point où nous sommes rendus… hésita Urdin. Y a c't'abbaye d'femmes, non loin. Les Clairets*.

Sidonie se redressa de toute sa petite taille et, poings sur les hanches, sourcils froncés de réflexion, ajouta :

– Et puis, dans un couvent… y a des caves, parfois d'vieilles geôles… bref, des endroits obscurs.

Urdin la fixait. Il murmura d'une voix soudain nerveuse :

– Ouais. Des endroits où qu'on peut cacher, protéger Claire du jour et des mauvais. J'y ai pensé aussi. Mais faudra avoir l'air doux et inoffensifs comme des agneaux. Sans ça, elles nous laisseront pas entrer.

---

revanche, persiste dans l'esprit des gens l'idée que les monstres ne peuvent être des créatures voulues par Dieu, cette conviction s'élargissant aux sujets porteurs d'anomalies génétiques.

Abbaye de femmes des Clairets,
Perche, fin janvier 1308

Plaisance, mère abbesse de l'abbaye des Clairets, avançait d'un pas vif vers l'abbatiale Notre-Dame. D'interminables écritures l'avaient retardée. Complies* ne tarderait pas. Elle inspira bouche ouverte, grisée par la légèreté de l'air glacial de ce début de nuit, qui la revigorait.

Une cavalcade derrière elle. Une supplette [1], de toute évidence affolée, la rattrapa, plaquant sa paume contre son flanc pour lutter contre un point de côté.

– Ma mère, ma mère, couina la très jeune fille en s'affalant presque sur Plaisance.

– Quoi ? Que se passe-t-il ?

– Une horde de gueux avec d'horribles trognes... Armés, m'a-t-on dit... de faux et même de pertuisanes [2] de fortune... Ils tentent d'enfoncer la porterie Majeure. Ah, mon Dieu, ma mère, ils vont nous égorger ou pire...

---

1. Sœur suppléant une sœur semainière désignée pour effectuer une certaine tâche durant une semaine.

2. Lances.

Il vous faut mander les hommes du bailli au plus vite, dépêcher notre messager[1]…

Un petit attroupement de moniales en pleine incompréhension ou déjà effarouchées les entourait maintenant.

La voix de la supplette gagna en ampleur, montant dans le suraigu, indiquant que la crise nerveuse était proche.

– La servante portière[2] tente de les dissuader. Elle a appelé à la rescousse les hommes capables de se battre. Mon Dieu… Mon Dieu, protégez-nous…

Alternant de la stupéfaction à l'alarme, Plaisance tenta de rassembler ses esprits.

– Des gueux, dites-vous ? Pas des soldats, ni même des ribauds sans solde ? C'est insensé ! Des gueux ne s'en prendraient jamais à un monastère, même en horde. Quant aux soldats, ils reculeraient devant les supplices qui ne manqueraient pas de leur échoir s'ils commettaient un tel crime contre Dieu.

Affichant plus d'aplomb qu'elle n'en ressentait, elle se dégagea de sa fille qui se cramponnait à ses épaules et rebroussa chemin en direction de la porterie Majeure, située en face des caves et des celliers.

Des cris, des invectives, des obscénités fusaient lorsque, escortée d'une demi-douzaine de moniales tremblantes, l'abbesse rejoignit le groupe tassé derrière l'huis épais, renforcé de traverses cloutées. Les torches dansaient au-dessus des têtes. Une sensation fugace traversa

---

1. Serviteur laïc qui porte les messages, le plus souvent à cheval.

2. Servante laïque, chargée de l'ouverture et de la fermeture des huis, aux ordres de la sœur portière.

Plaisance. La haine était un mur, aussi palpable que les pierres. La haine s'attrapait à la façon d'une mauvaise fièvre pulmonaire. Leur haine à tous pour ceux du dehors, qui qu'ils fussent, lui souffleta le visage.

– Faites passage ! ordonna-t-elle à la marée humaine agglutinée derrière le judas. La marée qui menaçait de se déchaîner.

– La paix, vous ! cria-t-elle à l'adresse de la servante portière qui battait des bras, vagissait, sanglotait, insultait tout à la fois. Reculez-vous tous, à l'instant. Tout manquement sera puni du fouet.

La haine recula devant la peur. Un silence de mort s'abattit. Se soulevant sur la pointe des pieds, l'abbesse colla son visage au judas. Quatre. La horde était quatre. Quatre affamés qui se tenaient par la main à la manière d'enfants apeurés. La servante portière glapit :

– Y veulent pas partir, not'bonne mère. Y m'ont menacée ! D'affreux maudits… pis qu'des grabugiaux ou des voleurs. La sanie de l'humanité, c'te c'que j'vous affirme ! Y en a un qu'a des yeux de démon…

Plaisance se tourna vers la grosse femme. Sur son front plat, la moiteur de l'excitation qui précède le carnage. L'abbesse planta son regard d'un insondable bleu dans celui de la mégère et déclara d'un ton minéral, tranchant :

– Cessez à l'instant vos sornettes. À moins que les lanières du fouet ne vous tentent.

Les grosses joues grasses de l'autre tremblèrent sous l'affront et la crainte. Elle baissa le regard, pas assez vite toutefois pour que Plaisance n'y perçoive une lueur de mauvaiseté revancharde.

L'abbesse s'approcha à nouveau du judas et demanda d'une voix d'autorité :

– Avez-vous menacé notre portière ?

Un jeune homme grand et décharné s'avança de quelques pas et répondit doucement :

– Oh non, madame ma sœur.

– Madame ma mère, rectifia l'abbesse.

– Votre pardon, madame ma mère. Je lui ai juste dit que notre Sauveur serait attristé qu'elle refuse un pain du pauvre [1] à des voyageurs fourbus, sans le sou et sans vivres.

Un doute effleura Plaisance : qui était au juste ce jeune homme de belle élocution, de plaisantes manières, vêtu de hardes sales et pouilleuses, les pieds protégés du froid dans ses socques [2] par de simples bandes de jute enroulées ?

– Que faites-vous tous à la nuit échue aux portes de ce monastère ? Ne redoutez-vous pas les loups qui infestent ces forêts ?

– Les loups ? S'il n'y avait que les loups, madame ma mère…

La jeune fille comprit tout ce que ces mots taisaient. La peur, la faim, le froid, l'implacable solitude de ces pauvres monstres qui n'avaient plus qu'eux-mêmes comme réconfort.

– Notre maître a disparu sur la route de Bellême, reprit le jeune homme. Nous errons depuis. Nous avons laissé les fardiers de notre troupe un peu plus haut. Pour l'amour de notre Sauveur, madame, accueillez-nous

1. Fait d'orge et de seigle peu tamisés.

2. Chaussures à semelles de bois.

pour la nuit. Un coin de grange ou d'étable et une soupe épaisse au pain. Dès le demain, nous repartirons... en espérant retrouver notre maître ou un autre. À moins que... nous ne sommes pas manchots. Il y a tant à faire dans une abbaye.

Un souvenir, anodin. Madame de Normilly, son ancienne mère, l'abbesse que Plaisance avait remplacée après l'avoir tant admirée et aimée, relevant le bas de sa robe blanche afin de secourir une hirondelle trop aventureuse. Le joli oiseau se débattait en vain, ailes écartées à la surface de l'eau de la Jambette qui coulait au milieu des Clairets. Dans la rivière jusqu'aux genoux, madame Catherine avait récupéré l'hirondelle affolée. Elle avait ouvert ses mains en coupe pour lui permettre de s'envoler. Elle s'était alors tournée vers l'enfante Plaisance et avait déclaré dans un sourire : « Dieu nous met parfois à l'épreuve de bien étrange manière, ma chérie. Un détail, un oiseau qui se noie, une fleur qui dépérit au soleil. Si peu que l'on oublie qu'Il est derrière. Toujours. »

– Ouvrez l'huis. Aussitôt ! ordonna Plaisance d'un ton sans appel.

Une seconde de flottement. Enfin, un des serviteurs se précipita et bascula la traverse.

Ils pénétrèrent avec hésitation, jetant des regards inquiets autour d'eux, se tassant les uns contre les autres comme s'ils redoutaient un mauvais coup.

La seule femme du groupe, une jeune naine, se détacha et se plia en révérence devant l'abbesse. Elle se redressa et leva le regard vers Plaisance de Champlois, murmurant :

– Vous êtes bénie, madame. J'le vois. Pour sûr. Ça fait comme une étoile sur vot'front, plus pâle, entre vos yeux, expliqua-t-elle en désignant l'endroit de l'index.

Un peu secouée par cette déclaration dans laquelle elle ne percevait nulle flagornerie, nulle obséquiosité, Plaisance préféra ne pas approfondir. Bah, sans doute s'agissait-il du reflet lumineux d'une des torches sur le bord de son voile blanc. Elle lança aux uns et aux autres :

– Toi, libère une des stalles de l'écurie afin qu'ils puissent y dormir. Toi, fonce en cuisines. Ramène de quoi composer un souper reconstituant. Du lard, du pain, du fromage, un peu de cidre, de la soupe chaude s'il en reste, des pâtes de prunes et de noix au miel. Nous en avions en issue [1] au dîner. Vous, termina-t-elle en s'adressant au petit groupe exténué, interdiction vous est faite de quitter l'écurie jusqu'au demain. Je vous y rejoindrai dès après laudes*. D'ici là, j'aurai décidé de la suite à donner. Allez et dormez en paix.

Une mêlée de remerciements, d'exclamations de gratitude et de soulagement. Un seul lui parvint, ajoutant à son trouble.

– Dieu marche à tes côtés, ma sœur, parce que tu ne redoutes rien de ce qui vient de Lui. Ne l'oublie jamais.

Elle ne sut lequel des trois hommes l'avait prononcé. Sans doute pas le jeune homme. La voix était plus grave.

---

1. Bien que variable en fonction du faste de la table et du nombre de convives, elle correspond le plus souvent au cinquième plat, servi après la desserte et avant le boute-hors. Il s'agit le plus souvent d'une friandise légère, comme une gaufre, des pâtes de fruits, ou encore d'un verre de vin tiède et aromatisé.

Abbaye de femmes des Clairets,
Perche, fin janvier 1308, le lendemain

Dès après l'achèvement de l'office de laudes, Plaisance refusa l'escorte d'Élise de Menoult, de Barbe Masurier et de Blanche de Cerfaux, une novice supplette d'abbatiale. À bout d'arguments, de suppliques, Élise et Barbe se turent, le visage inquiet. Blanche insista une dernière fois.

– Ma mère, je vous en conjure… permettez-moi de vous accompagner. On ne sait jamais avec ces contrefaits. Certains sont doux comme des agneaux, d'autres hargneux comme de vilains rats…

Plaisance rassura la très jolie jeune femme nouvellement arrivée parmi elles. Sa dévotion, alliée à une constante gentillesse, ne lui valait que des éloges de la part de ses futures sœurs :

– Je ne risque rien, je vous l'assure, chère Blanche. De surcroît, il faudrait être bien fol pour tenter quoi que cela soit contre moi en mon abbaye.

Elle traversa la cour et longea l'hostellerie jusqu'aux écuries.

Un des palefreniers chargés des bêtes de trait et des palefrois [1] de l'abbesse bascula la traverse qui condamnait les portes de l'écurie à la nuit. D'un geste, elle lui indiqua de ne pas la suivre à l'intérieur.

Ils l'attendaient, sagement assis sur des bottes de paille. La horde. Quatre malmenés par l'existence. Tous se levèrent d'un bond à son entrée, s'inclinant, se pliant en révérence, sans un mot. Elle se fit la réflexion que nul n'en était besoin. Qu'auraient-ils pu ajouter qu'elle ne sente dans leurs regards ?

Le jeune homme qui semblait leur porte-parole s'avança d'un pas, tête baissée, les poings serrés. Cette pathétique tentative pour dissimuler son infirmité bouleversa le cœur de la jeune fille. Elle n'hésita qu'une seconde et déclara d'un ton doux :

– Je les ai vus, mon fils. Je vous ai tous vus. Si tel n'avait pas été le cas, je ne vous aurais pas offert hospitalité à la nuit. Je me serais contentée d'ordonner que l'on vous nourrisse hors l'enceinte. Je sais… je sais qu'il existe bien pire que les loups.

Évrard déplia les mains avec lenteur, étendant ses deux pouces excédentaires.

Le regard de l'abbesse passa sur chacun des pauvres hères. Le nain trapu et sa sœur, naine aussi. L'homme sans âge, les poils qu'il avait dû raser avant de se présenter à la porterie Majeure repoussant déjà sur son visage, sur son corps aussi, probablement. Un homme dont le long pelage soyeux terroriserait le couvent qui le prendrait pour un loup-garou. Une petite cour des

---

1. Cheval de marche, de parade ou de cérémonie, au tempérament paisible, que montent les femmes.

Miracles que l'on traînait de foire en foire, que l'on exhibait, que les curieux pouvaient insulter, maltraiter pour quelques piécettes. Les parents, honteux, effrayés d'avoir conçu une telle progéniture, se convainquaient qu'un mauvais sort leur avait été jeté par un sorcier ou une fée malfaisante. L'enfant n'était pas le leur, mais un tour démoniaque. Il convenait donc de s'en débarrasser au plus rapide. Il était vendu ou offert à un montreur ou encore abandonné en forêt pour y périr. Peut-être aurait-elle eu peur de ces êtres, de leurs difformités inquiétantes, elle aussi, si elle n'avait hérité de la sagesse de madame de Normilly, de son courage.

– Y disent qu'on est des monstres. Pas des créatures de Dieu, lâcha l'homme-loup, sans la regarder.

– Votre nom ?

– Urdin, madame ma mère. Enfin, c'est ç'ui qu'le montreur m'a donné. Lui, ajouta-t-il en désignant le jeune homme pâle, c'est Évrard.

– Nous sommes tous des créatures de Dieu, reprit-elle. Toutefois, certains d'entre nous souhaitent l'oublier. Est-ce votre cas ?

Quatre hochements de dénégation lui répondirent.

– Je ne puis décider seule de la durée de votre séjour entre nos murs. Je convoquerai le chapitre à ce sujet.

À la vérité, elle aurait pu leur accorder une semaine d'hospitalité, de répit d'avec le monde. Toutefois, les terribles souvenirs abandonnés par la présence des lépreux étaient encore vifs, dans toutes les mémoires [1]. Imposer aux moniales une autre épreuve eût été d'une

1. Voir *Monestarium*, Paris, Calmann-Lévy, 2007 ; Le Livre de Poche, 2009 (nº 31298).

rare maladresse politique. Elle se débrouillerait pour obtenir le consentement de son conseil.

– Demeurez jusqu'à la décision de mes discrètes [1]. Passez en cuisines, au bûcher, aux fours, aux caves et aux celliers afin de savoir à quoi l'on vous peut employer. Clotilde Bouvier, notre sœur organisatrice des repas, vous accueillera. Je l'ai prévenue ce tôt matin.

1. Du latin *discretus*, « capable de discerner ». Il s'agit des sages : la cellérière, la boursière, la portière, la dépositaire, et deux autres sœurs.

Abbaye de femmes des Clairets,
Perche, fin janvier 1308

Plaisance de Champlois se laissa aller contre le dossier délicatement sculpté de son fauteuil, l'un des plus inconfortables que la jeune abbesse de seize ans [1] ait eu à subir. Elle ne pouvait, pour autant, se résoudre à exiger son remplacement par une chaire plus adaptée à sa petite taille. Madame Catherine de Normilly, sa mère spirituelle et la seule dont Plaisance se soit un jour sentie fille de ventre, avait passé le plus clair des trente dernières années de sa vie assise dans ce fauteuil. Malgré l'épais coute [2] garni de plumes d'oie dont on avait rehaussé l'assise, il faisait paraître Plaisance minuscule derrière son immense bureau. Peu de ressemblance, donc, avec cette femme de haute taille, d'imposante allure, d'infinie élégance d'âme et de cœur qu'elle avait tant aimée, dès

1. L'âge pourra sembler bien jeune à notre esprit contemporain pour occuper une telle fonction. Il est parfaitement « admissible » à l'époque. Ainsi, Jacqueline-Marie Arnault devient-elle en 1602 mère abbesse de l'abbaye de femmes de Port-Royal, une des plus importantes du royaume, alors qu'elle n'a que onze ans.

2. Coussin ou oreiller.

son arrivée à l'âge de six ans aux Clairets, avant de lui succéder. Du moins espérait-elle avoir hérité de sa grâce d'âme et de sentiment. Plaisance serra les pommes de cristal taillé qui terminaient chaque accoudoir, réprimant un frisson. L'ornement avait une utilité. Il permettait de se rafraîchir les mains aux chaleurs [1]. Toutefois, il faisait si froid depuis des semaines qu'elle avait le sentiment de caresser des boules de glace. Peu importait. Le fauteuil opérait sa coutumière magie. La jeune abbesse s'apaisait peu à peu, comme visitée par la sagesse, la patience et la perspicacité de madame de Normilly, dont elle ne parvenait toujours pas à accepter le décès. L'horrible et insidieuse pensée se fraya un chemin dans son esprit. Toutes, en ces murs, avaient cru que la précédente abbesse avait trépassé des suites d'une faiblesse de cœur. Apprendre du comte Aimery de Mortagne qu'elle avait été enherbée [2] avait plongé Plaisance dans un abîme de remords, de colère aussi. Que n'avait-elle senti l'avancée de l'ennemi, elle qui se savait si proche de madame de Normilly ? Elle soupira d'exaspération envers elle-même. Que se croyait-elle ? Investie d'une sorte de prescience supérieure, d'une clairvoyance refusée au commun des mortels au prétexte qu'elle était mère abbesse ? Billevesées que tout cela. Elle errait comme les autres, cherchant des signes qui lui indiquent qu'elle ne se fourvoyait pas. Or elle avait été bernée, avec une aisance qui confinait à la faute. Par tant d'êtres, dont le comte de Mortagne et l'une de ses filles préférées,

1. Cet utile ornement existe déjà dans l'Antiquité.

2. Empoisonnée.

Hermione de Gonvray, sœur apothicaire qui se révéla être un homme en déguisement.

Une effroyable culpabilité lui fit monter les larmes aux yeux. Tant de ses filles avaient récemment péri parce qu'elle avait été incapable de débusquer les mensonges, de voir au travers des stratagèmes. Quant à la pauvre Mélisende de Balencourt, ancienne grande prieure du cloître de la Madeleine qui hébergeait les repentantes [1], elle avait à tout jamais glissé dans la folie. Mélisende finissait ses jours de délire dans l'une des petites pièces de l'infirmerie où l'on accueillait à l'habitude les malades dont on redoutait la contagion. Plaisance l'y visitait plusieurs fois par semaine. La sensation de glisser vers un univers mouvant, sans repères. Étrangement, l'aversion que la jeune abbesse avait éprouvée pour la grande femme décharnée et pour son appétence malsaine des mortifications s'était atténuée au fil des jours, pour disparaître tout à fait. Dans son dédale de démence, Mélisende de Balencourt prenait Plaisance pour Élodie, sa petite sœur adorée qu'elle avait étouffée afin de l'arracher aux continuels sévices de leur père et lui permettre ainsi de devenir un ange de Lumière. Plaisance avait d'abord tenté d'éveiller le peu de raison qui restait encore à l'ancienne grande prieure, la détrompant, s'acharnant à lui rappeler les Clairets, leur vie à toutes. En vain. Ses années de vie monacale n'avaient été qu'une parenthèse aux yeux de madame de Balencourt. Elle avait repris son histoire où elle l'avait abandonnée, dans une des chambres glaciales du manoir paternel,

1. Prostituées ayant décidé de rejoindre un monastère afin de se laver de leurs « péchés ». L'Église les y encourageait.

alors qu'elle essayait de réchauffer contre elle sa petite sœur grelottante d'une mauvaise fièvre. Cette involontaire usurpation d'identité, de passé, qui avait tant déplu à Plaisance de Champlois lors de ses premières visites, au point de lui lever parfois le cœur, lui était presque devenue une précieuse appropriation. Après tout, qui disait que Dieu ne l'avait pas choisie pour alléger la folie de madame de Balencourt, atténuer ses souffrances ? Devenir pour une heure Élodie, sa sœur tant chérie, s'apparentait au linge frais passé sur un front d'agonisant. Une antalgie pour ceux qui n'en ont plus d'autres. Minime, sans doute, mais une antalgie quand même.

Force fut à Plaisance de le reconnaître : ces semaines passées d'émeutes, de peur et de meurtres avaient ouvert une brèche. La vie, celle du dehors, celle dont elle n'avait eu qu'une intuition, s'était engouffrée aux Clairets, avec toute sa violence, ses implacables injustices, et, cependant, sa vitalité, justement. L'univers paisible et clos, dédié à la prière, à la méditation et au travail, protégé par l'interminable enceinte, n'en sortait pas indemne. Sans doute se remettrait-il de ses frayeurs. Sans doute ses cicatrices disparaîtraient-elles peu à peu. En revanche, parviendrait-il à oublier qu'« ici » était une enclave hors du temps et du monde ? Il le fallait, pour la paix de toutes.

La jeune abbesse se redressa dans sa chaire et se tendit, son regard balayant le trop vaste bureau où un lépreux avait tenté de l'abattre comme un chien. Autant l'admettre : elle n'avait nulle envie de ce monde du dehors qui l'avait cependant intriguée tant qu'il s'était tenu à distance. Aujourd'hui, il la terrorisait, la blessait. En dépit de ses efforts, elle ne parvenait plus à l'estomper de son esprit. Une rancœur, difficile à maîtriser, lui fit crisper les lèvres. Mortagne ! Par la faute du comte Aimery de Mortagne, le monde avait déferlé en vagues mauvaises entre ces murs. Sa mauvaise foi la stupéfia. Mortagne n'avait fait qu'anticiper, que parer les vils coups d'un puissant ennemi afin de le défaire. Il avait sauvé la vie de tant d'entre elles en ces lieux. Homme de haut [1], il s'était comporté avec honneur, intelligence et bravoure, sans jamais faillir.

Depuis le départ du comte des Clairets, Plaisance avait de plus en plus souvent le sentiment de cohabiter avec de pauvres fantômes [2] malmenés. Parfois, un indistinct murmure l'arrêtait au milieu d'un couloir désert. Certaine de l'écho étouffé d'un pas dans son dos, elle se retournait pour ne rencontrer que le vide. Un courant d'air glacial inclinait la flamme de sa bougie dans un espace clos, dépourvu de fenêtres. L'agitation d'un rêve l'éveillait sans qu'elle parvienne à se souvenir de ses visions [3]. Le sommeil la fuyait ensuite jusqu'à laudes.

---

1. Abréviation de « de haut lignage ».

2. De très nombreuses histoires de fantômes courent au Moyen Âge, bien que cette croyance soit bien antérieure au christianisme. Les revenants sont le plus souvent les victimes d'une mort prématurée, injuste, violente qui ne parviennent pas à quitter le monde matériel et tourmentent les vivants pour se venger ou réclamer de l'aide. Il est également fait mention de morts-vivants sanguinaires, possédant toujours leur enveloppe charnelle.

3. De très nombreux clercs font état à l'époque de rêves au cours desquels des revenants les visitent, leur demandant de prier pour eux. Ces récits sont considérés comme sérieux.

Plaisance soupira d'exaspération contre elle-même. Sornettes que tout cela. Il n'y fallait voir que les répercussions des semaines d'effroi et d'épuisement qu'elle, que toutes venaient de subir.

Elle s'admonesta. Allons, il lui fallait réfléchir en tranquillité. Le chapitre [1] se rassemblait demain afin d'établir une première liste de moniales dignes de devenir leur nouvelle grande prieure. Plaisance, épaulée par la fiable et charmante Élise de Menoult, sœur chambrière [2], avait habilement poussé sa candidate : Barbe Masurier, sœur cellérière [3]. Elle avait grand besoin du bon sens et de la robustesse de Barbe. Âgée de quarante-cinq ans, d'imposante stature, d'humeur égale et joyeuse, sa vivacité n'avait d'égale que sa vigueur. Sans enfant, veuve peu affectée par le décès de son riche mercier [4] d'époux, un bougon d'une rare pingrerie qui lui jetait de longs regards de reproche à chaque bouchée de pain qu'elle avalait, elle avait rejoint les Clairets. Elle s'y était concédé une jolie vengeance contre son atrabilaire de conjoint en offrant au

1. Assemblée de moines ou de moniales qui règle la vie interne du monastère.

2. Sœur chargée du linge et des vêtements.

3. Sœur chargée de la gestion de l'abbaye : elle a soin de l'approvisionnement et de la nourriture du monastère, surveille les granges, les moulins, les brasseries, les viviers, les magasins. Elle gère également la fourniture des meubles, d'objets divers, et surveille les visites.

4. Riche corporation de marchands qui vendent, sans les fabriquer, des tissus, des vêtements et même de l'orfèvrerie aux classes les plus aisées de la société. Ils teignent également la soie, contrairement aux teinturiers auxquels sont réservées les étoffes moins précieuses. Les merciers prennent rang parmi les métiers les plus considérés et forment rapidement une bourgeoisie fortunée.

monastère la fortune qu'elle venait d'hériter, jusqu'au moindre fretin[1], songeant que le mercier devait se retourner dans sa tombe. À sa grande surprise, Barbe avait trouvé aux Clairets une réparation inattendue de la morne existence d'habitudes et d'avarice que lui avait imposée feu son mari. La tête sur les épaules et les pieds fermement plantés sur terre, elle avait enfin pu exprimer à leur pleine mesure ses talents d'organisatrice. Barbe avait conquis son nouvel univers, tançant les gaspilleuses et les têtes en l'air avec une fermeté maternelle qu'elle se découvrait, consolant celles qui doutaient de mériter quelque compliment pour leurs efforts. Surtout, sous des dehors débonnaires et conciliants, Barbe ne s'en laissait pas compter. Elle faisait partie des êtres qui pensent par eux-mêmes. Difficile donc de la duper en l'amadouant ou en la toisant. Une précieuse qualité aux yeux de Plaisance de Champlois, puisqu'elle avait permis à Barbe de voir clair dans le jeu d'Hucdeline de Valézan, leur ancienne grande prieure.

Autre délicatesse qu'elle devrait soumettre à l'approbation des discrètes : l'hospitalité offerte à ces pauvres hères transis qui avaient frappé la semaine dernière, à la nuit échue, à la porterie Majeure. Elle s'interrogea. N'avait-elle pas outrepassé son autorité en imposant la présence de cette petite cour des Miracles à ses filles ? D'un autre côté, si elle avait commandé un chapitre extraordinaire afin de solliciter leur avis, leur réponse aurait été un refus à la majorité. Quelques jours s'étaient écoulés, le regard de toutes s'était un peu accoutumé à leur présence et les

1. Pièce de très faible valeur.

constants services que ces créatures rendaient à leur communauté avaient produit leurs effets favorables. Nul doute qu'elle avait aujourd'hui plus de latitude pour imposer leur maintien aux Clairets, du moins jusqu'aux beaux jours.

En dépit de son appréhension, la jeune Henriette Masson, novice, tremblait de ressentiment. Elle ne pouvait pas ! Elle n'oserait pas, cette déhontée ! Blanche de Cerfaux avait requis de leur maîtresse de noviciat la permission de se rendre en la chapelle Saint-Augustin afin d'y prier en ferveur et en tranquillité. Henriette s'était ensuite rongé les sangs, alternant entre l'envie, le besoin plutôt, de suivre Blanche, et la crainte. Elle avait pesé le pour et le contre, le second l'emportant sans conteste. Pourtant, n'y tenant plus, elle décida d'enfreindre la règle, au risque d'être punie, et quitta le noviciat aussi discrètement qu'elle le pouvait, sans remonter vers le dortoir prendre son mantel pour ne pas éveiller les soupçons.

Elle sentit à peine le froid mordant qui l'accueillait au-dehors tant la rage et la rancune la portaient. Elle contourna d'un pas vif, hargneux, la babillerie puis la morgue et se dirigea vers la chapelle Saint-Augustin. Elle en poussa le battant avec une force qui l'étonna. La scène qu'elle découvrit la figea. Blanche, bras croisés dans le dos, la tête inclinée sur le côté, un sourire narquois aux lèvres, se tenait debout sous le grand crucifix de bois peint de la chapelle, cadeau des parents d'Henriette lors de son admission au noviciat des Clairets. Et Henriette Masson, quinze ans, découvrit qu'elle était capable d'éprouver de la haine, elle qui s'en était toujours cru indemne.

– Que faites-vous céans ? jeta la jeune fille un peu boulotte à son aînée.

– J'allais prier, quoi d'autre ? Du moins, avant que vous ne décidiez à nouveau de me suivre et de gâcher mon moment de piété ! répondit Blanche sans fournir d'effort pour atténuer la raillerie qui perçait dans sa voix. Décidément. Je ne puis faire un pas sans que vous colliez à mes socques. Vous fascinerais-je à ce point ? D'aucunes pourraient y voir à mal.

– Je vous interdis de..., commença Henriette dans un souffle.

– Vous n'avez rien à m'interdire, lança l'autre d'une voix ferme. Il serait, d'ailleurs, très mal avisé à vous de le tenter. Je vous ai déjà mise en garde à ce sujet. Ma patience est à bout. Ne me provoquez pas. Vous le regretteriez et vous ne l'ignorez pas.

– Votre..., bafouilla Henriette en cherchant désespérément un mot blessant.

– Mon outrecuidance, peut-être ? Et votre stupide acharnement contre moi, que doit-on en penser ? interrogea Blanche d'un ton qui n'avait plus rien de moqueur. Sortez à l'instant. Votre présence m'insupporte. Elle me pèse. (Le sourire revint à ses lèvres.) Elle m'empêche de me recueillir à mon souhait.

La subite certitude de sa faiblesse, de son impuissance fit monter les larmes aux yeux d'Henriette. Elle ne pouvait rien tenter seule. Elle obtempéra.

Une fois la porte de la chapelle repoussée derrière elle, elle demeura là, vidée de sa force, luttant contre les sanglots, priant pour un miracle. Dieu ne pouvait ainsi l'abandonner, seule et désemparée. Il devait l'aider. Agir. Agir avant qu'il ne soit trop tard. En qui placer sa confiance ? Qui ferait preuve d'assez de perspicacité pour l'entendre ?

Une silhouette qui avançait en direction des jardins potagers attira son regard. Adélaïde Baudet, sœur cherche [1]. Lucide, peut-être même assez cynique pour voir au-delà des apparences. Henriette fonça, telle une flèche, pour la rejoindre.

Un cognement léger contre la porte de son bureau tira Plaisance de Champlois de ses méditations. Hermione de Gonvray – ou plutôt Thibaud de Gonvray –, leur ancienne apothicaire en déguisement, parut. La gêne qu'elle se sentait maintenant en sa présence renaquit chez Plaisance. En dépit de maintes réflexions, elle ne parvenait pas à comprendre ce qui avait pu pousser un homme à prendre le voile. Tant d'opportunités s'offraient à un homme de bonne naissance. C'était le cas de monsieur de Gonvray. Pourquoi donc s'obstiner à opter pour cette inférieure condition de femme ? Pourquoi, quand tant de femmes ne trouvaient la liberté qu'une fois veuves – pour peu qu'elles aient des enfants –, s'acharner à refuser la facilité et le pouvoir qui allaient de pair avec l'état de mâle ? Elle se souvint d'une boutade grinçante de madame Catherine de Normilly : les hommes répondent devant Dieu et leur seigneur. Les femmes y ajoutent leur père, leur époux,

1. Sœur chargée de « chercher » et de remettre dans le droit chemin les oisives et les bavardes.

leurs fils, leurs frères, leurs oncles et même parfois leurs neveux et leurs cousins. En vérité, quel singulier aveuglement pouvait pousser un homme à souhaiter rejoindre la subalternité des femmes ? Néanmoins, l'abbesse ne parvenait pas à rassembler assez de courage pour lui poser cette indiscrète question. Elle hésita, « mon fils » ou « ma fille » lui semblant aussi inadéquats l'un que l'autre.

– Monsieur ?

Hermione-Thibaud baissa son regard si bleu. Les jolis sourcils d'un blond laiteux se froncèrent. Il murmura, son haleine se concrétisant en buée à chaque mot :

– Oh non… Je fus votre sœur, puis votre fille…

– Il n'en demeure pas moins que vous êtes un homme et un escroc.

Le terme souffleta Thibaud de Gonvray qui rougit sous l'affront.

– Escroc ? L'amitié, la tendresse que je me sens pour vous et quelques autres de mes sœurs n'a rien d'une escroquerie. Le bonheur que m'ont procuré ces années passées aux Clairets, non plus. Le soin que j'ai pris de vous toutes encore moins.

– Je sais tout cela, rétorqua Plaisance de Champlois d'un ton trop vif qu'elle regretta aussitôt. Il n'en demeure pas moins que l'Église condamne vivement le travestissement en général, et encore plus lorsqu'il s'agit de serviteurs de Dieu.

– L'Église condamne tant de choses.

Plaisance lui jeta un regard acerbe et lança :

– N'ajoutez pas le blasphème au reste !

– Votre pardon, ma mère. C'est juste que… ce qui suivra devrait adjoindre à votre ire et à votre mépris… il ne s'agit pas d'un travestissement. Je suis Hermione de Gonvray. Thibaud est… Je ne sais pas… Une erreur. Pas moi, à l'évidence.

– Dieu ne commet pas d'erreur.

– C'est qu'alors Ses intentions me sont bien mystérieuses. Je suis véritablement né en devenant Hermione de Gonvray.

Une tendresse mêlée de chagrin remplaça la gêne de Plaisance.

– Il n'empêche… Hermione. Vous devez nous quitter au plus tôt. Vous le comprenez, j'en suis certaine. Tant de nos frères d'ordre cherchent d'excellents apothicaires. Vous n'aurez que l'embarras du choix.

– Et leur mentir en me faisant passer pour un homme ?

L'esprit en déroute, Plaisance dévisagea son ancienne fille, cherchant un signe qui lui indique que ce qu'elle venait d'entendre n'était autre qu'une inepte et leste plaisanterie. Le joli visage affligé d'Hermione la détrompa tout à fait. Elle eut le sentiment d'avancer en terrain mouvant. Écartelée entre la compassion qu'elle éprouvait pour l'insondable détresse d'Hermione, sa réelle tendresse pour celle qui avait été sa fille et les obligations de sa fonction, elle décida d'en terminer avec ses hésitations et surtout avec les espoirs insensés qu'avait peut-être formés Thibaud de Gonvray de demeurer aux Clairets. D'un ton dont elle espéra que la sécheresse masquerait l'incertitude, elle ordonna :

– Que votre bagage soit prêt et vos adieux à vos sœurs faits. Je vous le rappelle : nulle ne doit connaître le… secret que nous partageons. Pour votre bien et le leur. Vous partirez à cinq jours. Un chariot et une petite escorte vous mèneront à Mortagne ou à Chartres, à votre choix. Une bourse vous permettra d'ordonner vos pensées et vous donnera un peu de temps afin de décider de votre voie future. Notre nouvelle apothicaire devrait arriver céans au soir. Soyez assez aimable de l'informer de vos rangements, des inconforts de chacune et des médications que vous leur réservez. Ce sera tout. Ah si… servez à vos sœurs un joli prétexte qui explique votre départ. N'importe quoi. Quelque chose qui les rassure sur votre futur, leur mette un peu de baume au cœur. Elles en ont grand besoin après tous ces affreux bouleversements. Vous êtes… dispensée des prochains offices. À la vérité, je ne souhaite pas vous y croiser. En revanche, je vous autorise à conserver votre robe jusqu'à votre future destination. Je ne tiens pas à éveiller les soupçons de mes filles sur la véritable raison de votre éloignement. Adieu, Hermione.

Le regard limpide qui la fixait s'agrandit encore. Hermione ouvrit la bouche. Pourtant, elle n'ajouta rien. Tête basse, elle sortit du bureau.

Durant quelques secondes, Plaisance de Champlois lutta contre l'envie de courir derrière elle, de la rejoindre afin de la serrer entre ses bras. Après tout, cette femme, cet homme, lui avait sauvé la vie au péril de la sienne. Après tout, son courage sans tapage, sa force d'âme peu commune lui avaient permis de résister au travail de sape d'Hucdeline de Valézan. Après tout, elle l'aimait. La jeune Plaisance se serait précipitée à sa suite. L'abbesse ne le pouvait.

Forêt des Boulets, non loin de Saint-Cyr-la-Rosière, Perche, fin janvier 1308, ce même jour

Ils avaient marché depuis l'aube naissante. Un silence irréel, presque inquiétant, régnait dans la forêt, seulement troublé par le geignement de l'épaisse couche de neige sous leurs socques. Au tout début de leur confidentiel périple, le moinillon Gilbert, porté par une énergie joyeuse à laquelle se mêlait la coupable sensation d'être enfin libre, avait jacassé à en perdre l'haleine, saoulant son compagnon plus âgé de commentaires, d'exclamations de surprise et de satisfaction : « Ne sentez-vous pas mon frère comme l'air paraît soudain plus pur et plus léger ? », « Quelle merveille que ce sentiment de sortir enfin d'un interminable souterrain ! », « Comment pourrais-je un jour vous remercier de m'avoir associé à votre projet ? », « N'est-ce pas un miracle que nos routes se soient croisées ? », « Qui eût dit que la pesanteur des jours qui s'enchaînent, tous semblables, nous rapprocherait ? », « Oh, là-bas… ne dirait-on pas la silhouette d'un cerf ? », etc.

Henri, son mentor, un des frères écolâtres de l'abbaye de Jumièges [1], envoyé en mission en l'abbaye fille de Dame-Marie [2], répondait parfois d'un sourire ou d'un hochement de tête. Frère Henri économisait son souffle trop rare. Il luttait depuis le début de ce qu'il fallait bien appeler leur fugue contre un tiraillement de jalousie. La conquérante inconscience de la jeunesse se donnait en spectacle devant lui, à quelques pieds. Ces quatre lieues* qui les séparaient de leur destination n'étaient qu'une promenade pour son très jeune frère, un orphelin recueilli par l'abbaye à moins d'un an de naissance. Au contraire, chaque pas requérait de lui un effort. Un froid coupant lui avait engourdi les membres, avivant la continuelle douleur que lui causaient ses doigts déformés par une maladie de vieillerie.

Il tenta de faire taire le chagrin qui ne le quittait plus depuis deux ans. Quelle injustice ! Il avait eu une des plus belles mains d'enlumineur et de copiste du royaume. Ses lettrines [3] ornées avec entrelacs [4], rinceaux [5] et têtes de dragon semblaient dessinées par un

1. Seine-Maritime. Fondée en 654 par saint Philibert, soutenu par Clovis II et sa femme Bathilde.

2. Ce prieuré fondé vers 1023-1026 à Dame-Marie, non loin de Bellême, fut offert par Albert de la Ferté, son fondateur, aux moines de Jumièges.

3. Grande initiale généralement très ornée en début de chapitre ou de paragraphe.

4. Motifs dont les lignes s'entrecroisent.

5. Enroulements successifs de courbes végétales stylisées.

ange. Ses abréviations[1] étaient si habilement tracées que nul lecteur ne pouvait s'y perdre[2]. La limpidité de ses aphérèses et de ses apocopes[3] était réputée. Quant à ses mélanges d'encres et de pigments, où l'oxyde de cobalt se mêlait à la malachite pour produire un bleu-vert de mer chaude, où les encres d'or et d'argent brillaient d'un exceptionnel éclat parce qu'il y ajoutait de la fine poudre de mica, il n'en avait livré qu'à contre-cœur les secrets à son successeur dans le scriptorium de Jumièges.

La plume avait commencé de glisser entre ses doigts, lui échappant parfois des mains. Des gouttes vertes, rouges ou violettes s'écrasaient alors comme des larmes sur le papier, anéantissant son travail de plusieurs jours. Il avait d'abord tout fait pour dissimuler l'avancée de la vieillesse qui lui courbait peu à peu la main en serre. Certes, les béricles[4] qu'un moine itinérant lui avait rapportées d'Italie indiquaient que jovant[5] n'était plus qu'un lointain souvenir dans son cas. Toutefois, des moines bien plus jeunes que lui mais de courte vue avaient également recours à cet

---

1. Elles sont très utilisées dans les manuscrits du Moyen Âge afin de gagner du temps et d'économiser le papier. Elles disparaîtront presque toutes avec l'invention de l'imprimerie.

2. L'abondance d'abréviations rendait certaines lectures difficiles.

3. L'aphérèse omet les syllabes initiales d'un mot. L'apocope supprime les syllabes finales.

4. De « béryl », qui donnera « bésicles ». Lunettes. On en porte depuis le XIIIe siècle, tout en les dissimulant puisqu'elles sont perçues comme la preuve d'une infirmité.

5. Période de la vie s'étalant de vingt à quarante ans.

astucieux assemblage de lentilles afin de tracer leurs lignes. Jusqu'au jour où l'abbé l'avait fait mander par-devant lui. Frère Henri se souvenait de cette scène comme si elle s'était déroulée la veille. La cuisante humiliation, encore renforcée par l'aménité avec laquelle son père lui avait suggéré d'abandonner la copie au profit de l'enseignement aux enfants. N'être soudain plus rien après avoir créé tant de merveilles. Les larmes, les premières depuis un demi-siècle, étaient montées aux yeux d'Henri. Ému, embarrassé, l'abbé avait baissé le regard, murmurant :

– Je sais par quelles émotions vous passez, mon fils. Il m'a fallu, moi aussi, les digérer. Dieu, dans Son infinie sagesse, nous offre ailleurs ce que nous perdons ici. Le bonheur de faire pénétrer le bon sens et la connaissance dans de jeunes têtes remplacera le légitime plaisir que vous procurait le don de votre main.

Henri s'était contenté de hocher la tête. Que comprenait ce vieillard qui trônait derrière son vaste bureau ? Qu'avait-il perdu en devenant vieux ? Rien. Bien au contraire. Il avait été élu cinq ans auparavant à la fonction d'abbé parce que son prédécesseur venait de trépasser et que son tempérament pour le moins falot ne lui avait valu aucune inimitié au sein du chapitre. L'acrimonie qu'Henri ressentait soudain envers cet homme, certes de peu d'envergure, mais de pitié et de charité, l'avait sidéré. Jamais auparavant de telles pensées ne lui avaient traversé l'esprit. Il s'était toujours pensé débonnaire et de paisible humeur. Pourtant, aujourd'hui, une rage et une aigreur difficiles à contenir l'étouffaient. Aujourd'hui, il n'était plus rien.

Aujourd'hui ne demeuraient de lui que quelques colophons [1]. Nul ne prendrait jamais la peine de les lire.

Henri, afin de s'épargner un persistant affront au milieu de ses frères, de ceux-là mêmes qui s'étaient extasiés sur son don, avait convaincu l'abbé, sans grande difficulté, de le détacher en leur abbaye fille de Dame-Marie, non loin de Bellême, en Perche.

– Souhaitez-vous faire une courte pause, mon frère ? Nous pourrions en profiter pour nous restaurer. J'ai dans ma bougette [2] bien renflée quelques savoureuses surprises, mes rapines dans les cuisines, proposa le moinillon.

Fatigué, glacé jusqu'aux os, les lèvres givrées par la buée de son souffle, Henri acquiesça d'un sourire.

– Nous sommes assez loin de notre abbaye et pouvons bien nous réchauffer d'un petit feu. Nul n'apercevra notre fumée.

– Ne tardons pas trop, frère Gilbert. La route est encore longue et je ne voudrais pas que nos amis se lassent de nous attendre par ce froid acharné.

– Oh, certes pas, s'inquiéta le très jeune homme.

Son excellente humeur chassa aussitôt son alarme et il s'enquit :

– Vos valeureux amis, frère Henri, qui sont-ils au juste ? Si toutefois je ne me montre pas indiscret.

---

1. Note du copiste en fin de manuscrit, dans laquelle il commente parfois son travail, ou en précise la date et le lieu.

2. Sac, le plus généralement en cuir, que l'on emporte en voyage et que l'on porte en bandoulière.

– Deux frères de sang, unis par une belle entraide. L'un d'entre eux est également un de nos anciens frères.

– Ancien ? A-t-il, lui aussi, quitté la robe ?

– Il y a été contraint, soupira le vieil homme. (Il sembla hésiter, puis :) Convaincu de nicolaïsme [1]. L'accusation n'était pas sans fondement. Eh quoi, il aimait cette femme dont il a eu deux enfants.

– Doux Jésus, murmura Gilbert en rougissant.

Ces deux dernières années avaient apporté tant de bouleversements en lui, des émois dont les manifestations physiques l'avaient d'abord inquiété, puis atterré, puis comblé. Le très jeune homme se souvint de la vague voluptueuse, presque intenable, qui avait dévalé en lui alors qu'il contemplait un panneau de bois peint représentant Marie-Madeleine. La sainte pécheresse lui avait souri tout le temps, les quelques infinies secondes qu'avait duré l'éblouissement qui lui noyait le cerveau faisant monter un gémissement à ses lèvres. Il avait tenté de savoir s'il n'était qu'une coupable exception. En vain. Ses imaginations avaient gagné en ampleur, foisonnant dès que son regard se posait sur une accorte paysanne venue offrir en ex-voto un linge brodé pour remplacer l'antependium [2] de l'abbatiale, ou lorsqu'une des petites servantes laïques employées aux cuisines lui adressait un clignement de paupières appréciateur. Certes, il aimait Dieu et ses semblables. Certes, les moines de Dame-Marie l'avaient sauvé

---

1. Mariage ou concubinage des clercs, assez bien toléré jusqu'au Xe siècle.

2. Linge ornant le devant de la table de messe.

d'une mort certaine alors qu'il n'était qu'un enfançon. Toutefois, force lui avait été d'admettre qu'il aimait également les femmes et n'avait nulle envie de s'en passer. Dieu lui pardonnerait dans Son infinie bonté. Après tout, Lui savait que Gilbert n'avait pas choisi le couvent. Ce que le jeune homme inventait chaque soir avant de s'endormir, les splendides découvertes qu'il ferait, les saisissantes aventures qui l'attendaient, toutes ces femmes qui se pâmeraient entre ses bras, bref, ses rêves éveillés au sujet de ce siècle qu'il dessinait à sa guise, n'en connaissant que fort peu de chose, lui avaient permis d'attendre, il ne savait trop quoi. Il l'avait enfin appris lorsque frère Henri était arrivé de Jumièges, moins d'un an plus tôt. Désespéré par son incapacité à poursuivre son art, peu enflammé par sa nouvelle charge d'écolâtre, Henri avait décidé de chercher une main qui soit digne de la sienne, une main d'ange qu'il pourrait former. La joliesse, la finesse de traits de Gilbert, qui auraient pu le faire passer pour une pucelle dans d'autres vêtements, l'avaient induit en erreur. Henri s'était d'abord obstiné, incapable de l'admettre, sans doute parce que la seule clarté qui illuminait encore sa vie était suspendue à la transmission de son talent à un autre. Vaincre la vieillesse, vaincre le saccage des ans en guidant la main de son successeur. Autant l'accepter aujourd'hui : Gilbert, avec sa joviale indifférence pour les choses de l'art et de l'esprit, s'était révélé une cruelle désillusion, à un moment où l'enlumineur se sentait glisser en dedans de lui, et où il avait cru que le jeune homme serait le fils spirituel qui le prolongerait par-delà le temps meurtrier. Henri en avait voulu à Gilbert de n'être pas ce qu'il cherchait, d'autant que l'âge n'avait pas ralenti son assaut. Aux douleurs de mains du vieil enlumineur s'étaient ajoutés progressivement des emballements de cœur et des peines de poitrine qui le pliaient parfois, le déséquilibrant au point qu'il aurait pu choir. La mort rampait vers lui. Pire, elle avançait à visage découvert, éternel vainqueur des existences humaines.

Perdu dans ses pensées, il ne se rendit compte que l'adolescent attisait un brasier de brindilles et de bois tombé [1] en l'éventant du bas de sa robe de bure que lorsqu'une médiocre chaleur frôla ses genoux. Il tendit la main afin de récupérer la tranche de pain de seigle et de froment et le bout de fromage que lui proposait Gilbert. Ravi de ses petits larcins de la veille, le moinillon s'exclama en tirant une boutille [2] de sa bougette :

– Et que voyons-nous là ? Un élixir qui devrait nous réchauffer les intérieurs. Un clairet de l'année. Sans doute un peu frais, mais à défaut de grives…

L'adolescent avala une longue gorgée à même le goulot et passa la bouteille à son mentor.

L'alcool aigrelet ravagea le gosier d'Henri. Pourtant, une chaleur bienvenue s'infiltra bien vite dans ses veines. Un chagrin mêlé de désespoir suffoqua le vieux moine. Il était encore temps de reculer, de rebrousser chemin, de rendre ce jeune homme à l'ennui sans heurt du monastère. Une mésange à tête bleue, les plumes ébouriffées de froid, se posa non loin d'eux, ses pattes grêles dérapant sur la neige. Elle battit des ailes pour se

1. Bois naturellement tombé à terre. Le seul que l'on peut ramasser sans autorisation du seigneur.

2. Bouteille en terre, encore appelée « boutie ».

rétablir et patienta. La jolie tête ronde s'inclina, de droite, puis de gauche, son regard vif passant de leurs mains au feu. Elle sautilla avec prudence, se rapprochant d'eux.

– Elle a faim, traduisit Henri en lui jetant quelques miettes de son pain.

Le chatoyant oiseau voleta vers cette manne, piquant du bec nerveusement, avalant avec voracité.

Avant qu'Henri n'ait compris et pu intervenir, Gilbert avait façonné une boule de neige tassée et en visait l'oiseau qui s'envola pour se percher sur une branche basse avant de disparaître.

– Pourquoi avoir fait cela ? demanda l'enlumineur d'un ton blessé. Elle cherchait juste de quoi ne pas mourir de faim.

– Stupide oiseau, grommela l'autre. Pardon, mon maître, mais nous n'avons point tant de vivres que nous puissions les dilapider pour une inutile créature.

Le chagrin disparut, seul demeura le désespoir.

– Aucune créature n'est inutile. La joliesse de celle-ci égaye nos jours.

Gilbert leva les épaules en signe d'excuse. Tout à son proche futur, il revint à la seule chose qui le préoccupait :

– Maître, je suis sans nom, sans famille et sans fortune. Je ne suis pas très habile de mes mains et ne connais pas de métier. Comment me débrouillerai-je dans le siècle ?

– Ne t'inquiète. Mes amis te guideront, du moins les premiers temps. Ils sont de bon conseil et toujours heureux d'aider.

Rasséréné sur son sort, le jeune homme réfléchit. Certes, il serait toujours reconnaissant à ce vieillard de lui avoir permis de s'enfuir du lieu d'ennui et de privations où il avait passé toute sa vie. Grâce au frère écolâtre, le monde s'offrait à lui. Cela étant, il n'avait nulle intention de traîner un tel fardeau, d'autant que frère Henri ne dérogeait pas à la règle qui sévissait dans tous les monastères : les vieux ordonnaient, les jeunes obéissaient. Gilbert avait soupé d'obéir. Tout à sa joie d'imaginer son proche futur, il ne lui avait pas traversé l'esprit que, sans naissance et sans biens, son existence ne serait que servitude, bien au-delà de tout ce qu'il avait connu à Dame-Marie, à moins de rejoindre l'un de ces groupes de coupe-jarrets et de vauriens qui se cachaient dans les forêts. Et encore, il devrait alors faire échine basse devant le chef et ses seconds. Pesant ses mots, il s'enquit :

– Et vous ? Enfin, je veux dire… vous possédez de tels dons… Vous ne tarderez pas à trouver emploi chez un seigneur, comme précepteur ou bibliothécaire… ou que sais-je.

– Je ne vois pas si loin, mon petit. Il me tarde de rejoindre nos amis. Dieu pourvoira ensuite. Allons, reprenons notre route. L'épaisse couche de neige ralentit notre marche. Je voudrais être rendu avant none*. La nuit tombe si vite en cette époque de l'année.

Les jacasseries de Gilbert reprirent, rythmant leur avance d'un bruit de fond qu'Henri ne prenait même plus la peine d'écouter. Une loquacité de revanche pour un jeune être qui avait été contraint au presque silence par une règle qu'il n'avait jamais choisi d'embrasser.

Quelques paresseux flocons vinrent mourir en fondant sur le crâne du vieux moine. Il essuya de la main sa peau nue, exposée par la tonsure, sans même penser à rabattre sa capuche. Les flocons gagnèrent en obstination et une neige drue tomba bientôt. Henri leva le visage vers le ciel laiteux et bas. Leur progression allait encore être gênée. Toutefois, la neige recouvrirait bientôt leurs traces, si tant était que l'on se mît en peine de les rechercher par ce temps.

– Foutre de saison ! maugréa Gilbert.

– Eh bien, mon frère, quel langage est-ce là ?

– Celui des laïcs, le mien sous peu. Autant que je m'y habitue. J'en ai appris des vertes et des encore moins mûres, s'il vous plaît de les entendre.

– Il ne me plaît point.

– Sommes-nous encore loin de notre point de rencontre ?

– Une heure de marche, selon moi. Peut-être un peu moins. Nous avons laissé Saint-Aubin-des-Grois à notre gauche. Nous approchons. Je sens ton impatience, mais ralentis un peu, veux-tu. Mes pieds sont deux glaçons et mes jambes ne me portent plus avec la même aisance que les tiennes.

Il vint à frère Henri l'idée déconcertante que la nuit lui manquait. Le masque de la nuit. Certes, jamais il n'aurait entrepris ce voyage au soir. Les forêts alentour étaient infestées de loups, d'ours et de prédateurs à deux pattes tout aussi redoutables, sinon plus.

Quelque chose d'insaisissable, une tension dans l'air, à moins que ce ne fût sa nature soudain coupante au point de le faire tousser. Frère Henri le sut avant même de gravir le tertre qui les menait à leur destination finale. Son cœur s'emballa douloureusement dans sa poitrine et il dut se pencher vers l'avant pour parvenir à respirer. Bouche ouverte, bataillant contre l'asphyxie qui lui broyait le thorax, il tomba à genou, luttant contre le vertige qui diluait les contours des arbres.

Affolé, alors qu'ils étaient si près du but, Gilbert s'agenouilla à ses côtés, tentant de redresser le vieil homme. Une salive d'effort s'écoulait des commissures de ses lèvres. Sous les paupières obstinément closes, le mouvement saccadé de ses globes oculaires qui tentaient de voir par-delà la fine épaisseur de peau. Un gris de cendre avait envahi son visage, descendant jusqu'à son cou, comme si le sang s'était enfui de lui.

– Mon maître, mon maître… je vous en conjure, remettez-vous ! bafouilla le jeune homme.

Très loin dans sa tête, Henri entendit la voix qui le suppliait, l'encourageait. Elle avait tort. Il était en train de couler vers le néant. Au fur et à mesure qu'il s'en rapprochait, un réconfort comme l'enlumineur n'en avait pas ressenti depuis des lustres estompait la morsure du froid, la pénible raideur de ses doigts, la cinglante déchéance de ces mois, de ces années. Plus rien n'était nécessaire, ni ne signifiait encore quelque chose. Tout était défait en grande paix. Pourtant, le vieux moine suivit cette voix telle la lueur d'une esconce[1] dans un boyau souterrain. Et, à nouveau,

1. Sorte de petite lanterne en bois ou en métal qui permet de protéger les flammes des courants d'air et de transporter l'éclairage.

l'incurable rage de l'espoir rendit muettes toutes les autres voix.

Le souffle lui revint. S'aidant de Gilbert, il se souleva.

– Oh, mon maître, quel effroi vous me fîtes !

– Un malaise passager, peu de chose en vérité.

– Que deviendrais-je sans vous ? Je m'en veux tant. Sans moi, vous ne vous seriez pas imposé cet épuisant périple sous la neige. Si nous n'étions si proches de notre but, je vous supplierais de nous en retourner.

Henri lut la fourberie dans le regard bleu-vert qui le détaillait. Elle ne l'étonna pas. Quelle importance, maintenant ?

Ils gravirent la butte, Gilbert le tirant comme un faix [1]. Une centaine de toises encore. Enfin, ils le découvrirent, massif, si sombre, si large. Le dolmen. La Pierre procureuse [2], ainsi qu'elle avait été baptisée par les paysans du coin, puisque la légende prétendait que la frôler réalisait les vœux. Étrange pierre d'un noir d'encre, si énorme que l'on se demandait quel titan avait pu la soulever pour déposer la table sur ses pieds de pierre. D'effrayantes rumeurs couraient à son sujet. Des êtres auraient été enterrés sous sa base, dans un passé si lointain que l'imagination s'y perdait. Des

1. Lourd fardeau. À l'origine de « portefaix ».

2. Vestige de l'activité préhistorique en Perche, érigée à la fin du néolithique, environ deux mille cinq cents ans avant l'ère chrétienne, on la trouve dans la forêt à proximité de Saint-Cyr-la-Rosière. Les archéologues pensent qu'il s'agit d'une très ancienne sépulture.

enfançons mâles et de jeunes vierges y auraient été égorgés à la gloire de dieux puissants et sanguinaires.

Le regard de frère Henri balaya les environs, et un pincement d'appréhension lui vint lorsqu'il ne distingua nulle présence. D'une voix que l'émotion éraillait, il cria :

– Ohé ! Nous sommes rendus !

Un bruissement de branchages secs de froid sur la droite. La haute silhouette noire d'un homme chevauchant son destrier se découpa sur les arbres chargés de neige. Il se rapprocha d'eux au pas lent de sa monture, bientôt suivi par une jument d'un gris presque blanc, montée par une dame emmitouflée dans son luxueux mantel doublé de zibeline [1] dont l'un des pans recouvrait la croupe de l'animal. Gilbert était tout yeux. Doux Jésus, il n'avait jamais vu créatures humaines si belles, si parfaites. L'homme, de cuir et de velours noir vêtu, haut, droit et mince, avec des cheveux mi-longs à la mode. La dame, diaphane telle une bonne fée, et pourtant de belle taille. Sa petite bouche en cœur, rouge comme un fruit juste cueilli au point que l'on avait envie de la mordre avec délicatesse. Deux autres cavaliers se joignirent au couple magnifique. À leur mise, plus modeste mais dont Gilbert se serait volontiers contenté, le jeune homme ne put définir s'il s'agissait d'une escorte ou de compagnons de route de moindre fortune. Sans même un regard pour lui, le cavalier noir mit pied à terre et avança d'un pas lent

---

1. Indiquant le rang social, le choix des fourrures est codifié. La zibeline est réservée aux classes les plus nobles et les plus fortunées.

vers frère Henri, qui semblait figé devant le dolmen. Il tendit vers lui une main gantée de fin cuir noir. Henri y joignit la sienne, entrelaçant ses doigts gourds entre ceux de l'homme. Un comportement si déplacé que Gilbert s'en étonna au point de se rapprocher. Sans même tourner le regard vers lui, le cavalier l'arrêta d'un geste, à une toise d'eux. Un peu plus loin, en contrebas, la dame patientait, un sourire léger flottant sur ses lèvres. Le calme parfait de sa monture surprit le jeune homme. Pas un frémissement d'oreilles, pas un piétinement. Les deux autres cavaliers surveillaient la scène avec une sorte de courtoise indifférence. Gilbert entendit :

– Avez-vous tout bien soupesé, mon frère ? Le pour, le contre ? Le retour est encore possible. Plus pour longtemps. (Une main gantée se leva, désignant les deux cavaliers en patience.) Mon escorte vous peut reconduire, en sécurité, vers Dame-Marie. Tous deux. Un mot de vous. Un seul.

La gorge sèche au point qu'il n'était pas certain de parvenir au bout de sa phrase, frère Henri déclara :

– Non, seigneur Amalric. Il est déjà trop tard. Bien trop tard. L'espoir bat la chamade en moi. Il n'est rien de plus pernicieux que l'espoir. On s'y accroche, on se débat, alors que l'acceptation de la défaite serait au fond bien plus simple, même si elle est indigne. Le saviez-vous ?

– Je l'ai oublié… Comme tant d'autres choses. Ainsi soit-il, donc.

Se tournant vers sa dame, Arnaud Amalric lança d'une voix vibrante de passion qui coupa le souffle de Gilbert :

– Ma précieuse mie, mon éternelle aimée… Jeanne, mon unique…

La femme magnifique inclina la tête et fit obliquer sa jument d'une pression de talon. Elle disparut entre les troncs dénudés par l'hiver.

– Approche, jeune homme, ordonna le cavalier noir à Gilbert qui s'exécuta. Ainsi, tu veux quitter ton couvent, découvrir le monde ? Vaste et téméraire projet. Mais que seraient les hommes sans leurs projets ?

Incertain de la réponse à offrir, le moinillon se contenta de hocher la tête.

– Viens et me raconte tes rêves, insista Arnaud Amalric.

Saisi par la paisible autorité de cet homme qui ne souffrait nulle dérobade, nul retard, Gilbert s'installa à ses côtés sur la table du dolmen. Le contact glacial de la pierre noire contre ses fesses et le haut de ses cuisses lui fit claquer des dents. L'homme ne paraissait pas incommodé par le froid, en dépit de son léger vêtement de cour.

– Raconte, répéta le cavalier noir.

Un peu perdu, incapable d'assembler ses idées, le moinillon se lança :

– Eh bien, seigneur… je ne sais si vous êtes notre ancien frère, ou le frère de… votre frère, celui qui est notre frère, s'embourba-t-il. Je m'égare, c'est l'émoi. Quelle importance en vérité puisque vous êtes notre sauveur…

– Le joli mot. Fort usurpé dans mon cas.

Gilbert avait la sensation que son esprit venait de s'éteindre. Plus rien n'avait de sens. Il avait le sentiment d'avoir été transporté dans l'une de ces histoires de fées dans lesquelles le sens commun ne prévaut plus.

– Poursuis, je te prie.

– Voilà… peut-être frère Henri vous a-t-il résumé mon histoire… je suis orphelin trouvé. Dame-Marie m'a recueilli et je lui en rends grâce. Sans elle, j'aurais péri de faim, de froid ou aurais été dévoré par les bêtes. Toutefois… je ne suis pas moine, seigneur. En dépit de mes efforts – et je vous jure qu'ils furent constants et acharnés –, cette vie de… non-vie me donne le tournis à l'écœurement et l'envie de pleurer.

– Non-vie… ? Ah, jeune homme, qu'en sais-tu ?

– Vous êtes, à n'en point douter, homme de haut et du siècle, monsieur… Je veux vivre.

Une infinie tristesse noya le grand regard noir qui ne l'avait pas quitté.

– Dommage.

Frère Henri se tenait debout derrière le jeune homme. D'un geste d'une célérité étonnante pour un homme de son âge, il bascula la tête de Gilbert vers l'arrière et abattit la daguette que venait de lui remettre un des deux cavaliers. La lame plongea vers la gorge du jeune homme qui, comprenant enfin, tenta de se défendre. L'arme chut sur la pierre dans un claquement de métal. Henri hurla. Un cri sauvage, inutile, insupportable et grotesque. Le sang gicla, éclaboussant le vieux moine qui sauta de la table du dolmen. Il resta là, à sa base, tremblant, dissimulant ses yeux derrière ses mains écarlates. Gilbert geignait comme un enfançon, plaquant les paumes sur sa blessure pour tenter d'endiguer le flot carmin qui s'en échappait. Le cavalier noir glissa vers lui.

– Quoi… mais pourquoi… ? gémit le jeune homme.

– C'est une si longue histoire, une histoire séculaire à laquelle tu ne comprendrais rien, murmura Arnaud Amalric en soulevant sa tête avec douceur. Chut… la vie commence. Tu vas mourir.

Les larmes dévalèrent des yeux de Gilbert qui secoua la tête, pleurant :

– Je ne veux pas… Vous ne pouvez pas… J'ai mal.

– Tout doux.

Un regard sombre, sans fin, plongea dans le sien. Un sourire attristé d'ami. Arnaud Amalric récupéra la daguette et d'un geste vif, rapide, empli de tendresse, acheva le moinillon qui expira dans ses bras. Il baisa le front tiède et murmura :

– Tu as évité le pire. Crois-moi. Repose.

Il fut en bas du dolmen d'un saut. Henri grelottait de couardise. Il était prêt à accepter le pire s'il n'avait pas à l'exécuter, s'il pouvait se voiler la face et prétendre qu'il n'en avait rien su.

Un sentiment très ancien, qu'il avait cru disparu – la rage –, envahit Arnaud Amalric. Il souffleta le moine avec violence et cracha :

– Rentre chez toi ou fais-toi dévorer ! Peu me chaut. Tu ne nous mérites pas. Sache… afin de gâcher les dernières nuits de ta vie, afin de pourrir tes derniers jours, que tu es coupable d'un meurtre odieux, inutile. Ton Dieu ne te le pardonnera pas.

La panique fit trembler frère Henri. L'homme en noir ne pouvait pas ! Il devait respecter sa promesse ! Le vieil enlumineur geignit :

– Seigneur Amalric, j'avais votre parole…

– Comme j'avais la tienne de me prêter allégeance, pour l'éternité. Nous avions un pacte ! Une vie innocente en échange de mes dons, rétorqua le cavalier d'un ton glacial. L'as-tu honoré en égorgeant ton jeune frère ? Non, n'est-ce pas ! J'ai dû l'abattre comme un chien, afin de lui épargner une lente agonie. Car tu l'aurais laissé à se vider de son sang, à crever. Je n'ai pas obtenu le sacrifice que j'exigeais, celui qui m'offrait ton âme. Je suis donc délié de ma promesse.

En dépit de la terreur que lui inspirait l'homme de ténèbres, Henri jeta avec hargne :

– En ce cas, vous ne saurez rien ! Jamais vous ne la retrouverez. Or, je sais où elle se trouve !

Le long regard noir se fit tranchant comme une lame :

– Ne me menace pas, moine. Tu ignores ce dont je suis capable et l'étendue de mon pouvoir. J'obtiendrai ce que je cherche, à l'habitude. (La voix s'adoucit, devenant presque légère.) N'est-il pas déconcertant que vous redoutiez tant de rejoindre le Dieu que vous adorez ?

Après leur départ dans un nuage de neige soulevé par les sabots de leurs montures, Henri resta là, à sangloter, il ne savait trop sur quoi. Il se hissa à nouveau au sommet du dolmen et se laissa tomber aux côtés de son très jeune frère assassiné. Une brume tiède et légère s'élevait du sang qui s'écoulait paresseusement de sa gorge et épousait la pierre gelée. Maudit, sans doute l'était-il. Qu'en savait-il au juste ? La permanence de Dieu l'avait fui. Il L'avait appelé, supplié d'intervenir. Pour unique réponse, l'immense vide de sa tête. Ses mains ne reviendraient pas, en dépit de ses prières à Dieu, contrairement à ce que lui avait promis le seigneur Amalric.

Rentrer. Il n'avait plus d'autre possibilité. Rentrer, supporter la déchéance et son travail de sape, jour après jour. Il prétendrait qu'il ignorait où était passé frère Gilbert. Un mensonge, un autre. Sa vie n'avait été qu'un confortable mensonge qu'il s'était ressassé jusqu'à se convaincre de sa véracité. Il n'était pas bienveillant, ne l'avait jamais été. Il n'aimait pas ses frères. Il avait confondu toutes ces années l'indifférence courtoise qu'ils lui inspiraient avec de l'attachement. Au fond, la mort de Gilbert lui importait peu et il s'en accommoderait. Seule une chose comptait. Il avait été floué. La vieillerie l'avait escroqué de l'unique importance de sa vie : les lettres, les encres et les couleurs. Il ne devait de pardon à personne. C'était lui la victime. Quant à ce petit sot de Gilbert, il aurait été navré [1] dans l'année par le père ou le mari d'une donzelle [2] qu'il aurait troussée ! Sa mort n'avait donc été qu'anticipée.

Henri eut un dernier regard pour le cadavre du jeune moine. Après tout, il ne s'agissait pas vraiment du meurtre d'un serviteur de Dieu puisque Gilbert n'avait jamais souhaité cette vie de monastère. De surcroît, lui l'avait juste blessé. C'était l'autre, l'homme noir, qui l'avait occis.

Rasséréné par l'absolution qu'il s'accordait, Henri reprit la route en direction de Dame-Marie. Une pensée, d'abord vague puis plus précise, s'insinua dans son esprit au fur et à mesure de sa pénible marche. Il retrouverait sa main, il le fallait ! Coûte que coûte. Il ne resterait pas le

---

1. Transpercé gravement.
2. À l'époque, jeune fille ou jeune femme de distinction.

vieillard démuni, inutile, invisible qu'il était devenu, qu'il n'avait jamais voulu être.

Peu après, à moins d'une lieue de là, alors que le jour laiteux cédait peu à peu place au soir insistant, Arnaud Amalric fit halte. D'un bond, il mit pied à terre et s'approcha de la jument montée par Jeanne de Signulles.

– Ma mie tant aimée. Je vous dois quitter pour quelques heures. Mes deux gardiens vous ramèneront saine et sauve et je vous rejoindrai sous peu.

Jeanne le détailla de son magnifique regard bleu-violet, vide, et inclina la tête en souriant. Il ne lui vint pas un instant à l'esprit de demander à son bel amant où il comptait se rendre ni pour quel objet. La joic venait de chasser le froid de cette presque fin de jour. Elle allait rejoindre sa fille Aude, baiser son front que la fièvre avait enfin quitté.

Arnaud Amalric démonta et enroula les rênes de son cheval à une branche basse. Il jeta un regard alentour. Mortifère. L'endroit était un avant-goût de l'enfer. Le Gibet. De pathétiques carcasses de loups, plus ou moins décomposées, leurs chairs picorées, rouges, tranchant sur le blanc du paysage, leur fourrure battant contre leurs os nettoyés par les freux [1], se balançaient aux fourches patibulaires. La mort flottait partout en ce lieu, rasant l'herbe desséchée par l'hiver, imprégnant chaque tronc d'arbre. Et quoi ? Que croyaient-elles, ces sottes de moniales ?

1. Ce que nous appelons « corbeaux ».

Toutes les créatures de leur Dieu mangeaient, d'une façon ou d'une autre. Les loups attaquaient les moutons égarés. Ils étaient pendus, après jugement. Les pauvres volaient une miche de pain. On leur coupait une main, après jugement. Les riches s'empiffraient sur le dos de la misère, on s'inclinait bas devant eux. On les remerciait lorsqu'ils faisaient jeter par leurs serviteurs leurs tranchoirs [1] imbibés de sucs de viande ou de poisson aux miséreux, massés aux portes de leurs demeures, qui espéraient chaque jour leur générosité.

Que lui arrivait-il ? Pourquoi se soucier des miséreux, lui qui avait toujours été un des puissants de ce monde ? Quant à la mort, il l'avait tant dispensée avec la bénédiction de ceux qui se revendiquaient de Dieu. Quelle étrange et grotesque mélancolie le prenait soudain ? Quoi, la mort ? Il était mort, n'est-ce pas ? L'était-il vraiment ? Au fond, il l'ignorait.

– J'attendais d'être sûr que c'te bien vous pour me montrer.

La voix fit sursauter Arnaud Amalric, le ramenant d'un tumulte de hurlements, de bourdonnements de mouches, de hennissements de chevaux affolés par le carnage.

– Urdin. J'ai failli attendre, sourit-il à l'homme-loup avec lequel il avait rendez-vous dans ce lieu déserté par l'espoir et la vie.

L'autre ne s'inclina pas. Un soulagement pour Arnaud Amalric. Il en avait soupé des échines basses qui se dérobaient au moindre danger, au moindre remords. Cet homme moitié bête était de la trempe de ceux qui vont

---

1. Tranche de pain rassis qui sert d'assiette.

jusqu'au bout. Comme lui. Rien ne le contraindrait, ne le ferait ployer, si ce n'était l'amour. Comme lui. Arnaud l'avait su dès qu'il avait posé les yeux sur lui, un an auparavant, lors d'une foire aux bestiaux de Saint-Denis. Les autres, ses compagnons de misère, les deux nains, l'homme aux douze doigts, n'étaient que de pauvres humains floués. Celui-là avait la démesure des êtres d'exception qui peuvent faire basculer le monde. Comme lui. Arnaud l'avait donc approché dès que le montreur était parti vers un autre chariot dans lequel une fillette blonde prédisait aux badauds un futur de pacotille. Une aberration, elle aussi. Une aberration que le jour tuait. Une sœur.

– Je dois apprendre ce que sait ce moine Henri. Je le dois ! répéta Arnaud Amalric d'une voix que gagnait le désespoir. Je dois savoir où se trouve la croix de Béziers, celle qui m'a été dérobée, il y a près d'un siècle. C'est d'elle dont viendra la véritable immortalité, mon absolu pouvoir.

– Et Claire vivra ?

– C'est une parole, sur mon honneur. Elle vivra et au grand jour, comme moi, enfin.

– Y fait pourtant pas nuit, argumenta Urdin, méfiant.

Un sourire désolé étira les jolies lèvres de l'homme en noir.

– Certes. Mais le jour m'enlève la plupart de mes pouvoirs. J'y redeviens un faible humain. Je hais la faiblesse des humains, leur vulnérabilité, leur peur. (Changeant de sujet, Arnaud Amalric s'enquit :) Et elle ? Anne, ma bien chère Anne. L'as-tu repérée ? Mes espions m'ont appris qu'elle avait été admise aux Clairets. Or, elle suit la même piste que moi puisque j'ai eu la stupidité de l'aimer et de lui faire confiance. Si donc elle se trouve aux Clairets, c'est qu'elle est convaincue d'y trouver un indice qui la mène vers la croix avant moi. Immonde garce ! Même l'enfer la dégueulerait de dégoût.

– J'l'ai pas encore trouvée, mais j'peux pas encore fouiner à ma guise. Ça viendra sous peu.

– C'est une vipère de la pire espèce. Elle est redoutable, prévint le cavalier noir.

Urdin serra ses longues mains velues et murmura :

– Moi aussi.

Un long soupir échappa à Arnaud Amalric. Il fixa l'homme-loup de son regard noir et menaça d'un ton doux :

– Tue-la. Ne lui laisse pas une seconde pour te convaincre. Elle te charmerait à faire damner ton âme. Ne me déçois pas. Ne me trahis pas. Ma vengeance serait implacable.

Urdin réprima un rire et expliqua :

– Y a ben longtemps qu'la peur m'a abandonné. Vous savez pourquoi ? Parce qu'elle sert à rien. Pas d'vilaines mises en garde, messire. Qu'est-ce que vous pourriez m'faire de pire que c'que j'subis déjà ? La mort ? C'est p't-être une délivrance dans mon cas. (Redevenant sérieux, coupant, Urdin ajouta :) Remplissez vot'part du marché, monseigneur. La vie de Claire. J'remplirai la mienne, sans hésitation, et quoi qu'y m'en coûte.

Abbaye de femmes des Clairets,
Perche, fin janvier 1308, ce même jour

Adèle Grosparmi, la nouvelle secrétaire de Plaisance de Champlois, passa la tête par l'entrebâillement de la porte. La jeune abbesse retint le sourire qui lui venait involontairement chaque fois que sa fille paraissait devant elle. Petite et très ronde, Adèle avait un visage en lune, de bonnes joues rosées, et un regard en permanence étonné, comme si tout lui était nouveauté. En dépit d'une vive intelligence, et d'un louable acharnement au labeur, elle était d'une rare maladresse, sauf lorsqu'elle tenait la plume, qu'elle maniait bellement. En effet, à sa terrible consternation, tout semblait lui échapper des mains. En revanche, ses sœurs s'extasiaient : Adèle traçait la textura [1], la cursive [2] et même la caroline [3] avec un

1. Écriture en vigueur aux XIIe-XIIIe siècles. Réservée aux manuscrits liturgiques.

2. À partir du XIIIe siècle, écriture réservée aux actes, lettres, livres de compte, manuscrits, etc., en langue vernaculaire. Il s'agit d'une écriture à boucles, moins lisible que les deux autres.

3. Inventée à la demande de Charlemagne, qui souhaitait une écriture rapide et nette, elle fut utilisée entre le IXe et le XIIe siècle. La textura et la cursive en sont dérivées.

talent qui confinait à l'art. On avait donc d'abord pensé à lui réserver un travail de copiste au scriptorium, qui lui permettrait d'utiliser l'agilité de sa main et d'épargner vaisselle et objets des ravages que la jeune sœur semait derrière elle. Cependant, il était vite apparu qu'elle s'y ennuyait et s'y attristait. Forte d'une devise héritée du monde laïc : « Esprit vif ne suffit pas à belle ouvrage. Il faut que le cœur y soit aussi », Barbe Masurier, la cellérière, en avait informé Plaisance. Selon elle, Adèle Grosparmi avait besoin de se sentir utile auprès des êtres, du présent. Adèle Grosparmi avait donc remplacé Bernadine Voisin, que l'abbesse avait priée d'un ton sans appel de quitter les Clairets, dès après qu'elle avait appris son inacceptable trahison, ses menteries sans vergogne, son scandaleux espionnage.

– Adèle ?

– Ma mère, c'est une telle stupéfaction et, je l'espère, un plaisir bienvenu pour vous.

– Tous les plaisirs honorables sont bienvenus, ma fille. Dieu nous les offre pour que nous les savourions et qu'ils embellissent nos vies.

– C'est également mon sentiment, approuva Adèle en plissant les lèvres de sérieux. (Ménageant ses effets, prenant une grande inspiration, elle annonça, un brin théâtrale :) Madame de Nilanay, notre sœur… enfin, pas vraiment sœur… Donc Marie-Gillette, ou plutôt Alexia, se trouve en bas, dans mon bureau. Elle requiert votre hospitalité pour quelque temps en échange de la somme de pension qu'il vous plaira de fixer.

– Comment ? s'exclama Plaisance en se levant.

La nouvelle l'enchantait. Alexia de Nilanay, en dépit de la déception que lui avait causée sa mystification lorsqu'elle s'était fait passer pour une bernardine afin d'échapper aux tueurs qui venaient d'égorger son amant espagnol [1], demeurait un des excellents souvenirs de la courte vie de l'abbesse. La vivacité de la jeune femme, sa courtoise insolence aussi avaient souvent déridé Plaisance de Champlois, et elle avait dû fournir des efforts afin de maintenir une mine réprobatrice lorsqu'elle lui en faisait le reproche. Immédiatement, une ombre tempéra son bonheur de la revoir. Pour quelle raison madame de Nilanay demandait-elle accueil ? Le comte de Mortagne avait assez marqué la… vive sympathie qu'il éprouvait à son égard. En toute logique, elle devait être une des invitées choyées du château.

– Eh bien, mais priez-la de me rejoindre, chère Adèle. J'ai grande joie à la revoir, en effet. Vous serez assez aimable, ma fille, pour commander deux gobelets d'infusion et mander un aide de cuisines afin de lancer un feu dans mon bureau. Madame de Nilanay ayant rejoint le siècle, elle est maintenant habituée à des égards et à des conforts dont j'aurais mauvaise grâce à la priver. Il fait un froid à fendre les pierres !

Il ne s'était pas écoulé un mois depuis le départ d'Alexia, et pourtant Plaisance de Champlois avait le sentiment de l'avoir longtemps perdue de vue. La ravissante jeune femme assise en face d'elle, habillée avec une sobre élégance, semblait partager cette sorte

---

1. Voir *Monestarium*, *op. cit.*

d'embarras qui s'installe entre deux personnes quand tant de choses se sont produites depuis leur dernière rencontre. De longs silences ponctuaient leurs phrases, pourtant bien anodines.

– La dernière missive envoyée par le comte m'avait tout à fait rassurée sur votre convalescence après vos terribles épreuves, lança Plaisance, incapable de trouver un sujet de conversation moins convenu.

– Convalescence facilitée par l'amitié que le comte et son entourage m'ont témoignée, précisa Alexia. Cela étant, madame ma mère, évoquer mes terribles épreuves est bien abusif quand tant d'autres sont morts. Le pauvre monsieur Malembert, pourfendu en tentant de me défendre. Son trépas cause un durable chagrin au comte. Vous-même, que l'on a failli occire devant mes yeux… ma terreur, ma coupable inertie alors que vous sembliez si pleine de vos esprits, si maîtresse de vous… Aussi mon aventure ne peut-elle être séparée de celle des autres, de nous tous.

Fixant le feu maigrelet dont la pingre chaleur parvenait à peine jusqu'à elles, Alexia de Nilanay parut réfléchir. Elle reprit :

– Une bien déroutante transformation s'est opérée en moi, ma mère, métamorphose serait plus juste. Vous y avez grandement contribué et je vous en rends grâce. Mes anciennes sœurs aussi. Les éprouvants événements des derniers mois n'ont pas été en reste.

– Une métamorphose ? interrogea l'abbesse.

– La légèreté, la futilité de mes jeunes années ne me distrait plus. Ce sentiment égoïste mais bien confortable d'être le centre de mon univers m'a abandonnée. Avec lui s'est enfuie cette sensation que je ne parvenais pas à identifier. Celle d'être seule en moi-même. Je n'ai découvert l'étendue de ma solitude passée que lorsque d'autres êtres se sont infiltrés en moi.

Plaisance de Champlois réprima un sourire. Elle avait vécu une expérience similaire en arrivant aux Clairets à six ans, en rencontrant madame de Normilly.

– C'est bien souvent l'effet que produit l'amour, celui que l'on éprouve pour autrui.

– Il est vrai, approuva Alexia, luttant contre une tristesse diffuse. Cela et une soudaine vulnérabilité.

– Serions-nous parfois forts si nous n'étions pas souvent vulnérables, ma fille ?

Un éclat de rire joyeux salua cette réflexion. Durant un instant, Plaisance retrouva en Alexia la vitalité brouillonne de Marie-Gillette d'Andremont.

– Ah ! Que ces discussions avec vous m'ont manqué, madame ! D'où vous vient cette science des cœurs ?

– Du cœur des autres, bien sûr. (Plaisance osa enfin la question qu'elle retenait depuis le début de leur conversation :) Vous portez-vous bien, ma fille ? Véritablement bien ? Votre requête, bien que me procurant un vif plaisir, m'étonne. Vous accueillir céans ? Pour quelle impérieuse raison, quand le château de Mortagne doit offrir bien davantage de confort que notre volontaire austérité ?

Une ombre voila le joli regard bleu en amande.

– Il me faut réfléchir, madame ma mère. En toute âme et en toute conscience, en tout cœur également, et je ne le puis en sa présence.

Plaisance n'eut nul doute qu'elle faisait référence au comte de Mortagne. Elle patienta. Un autre silence s'installa, comme si les mots justes se refusaient à Alexia de Nilanay.

– Tout s'est précipité à y perdre le sens. N'est-ce pas une cinglante ironie, la façon dont la vie se charge de rabattre notre caquet, de nous frotter le nez sur nos erreurs ? Songez. J'ai qualifié mes années d'existence entre les murs des Clairets de demi-mort. Tout m'y semblait figé. Je désespérais de retrouver l'agitation du dehors, ses saisissements, ses aventures. En bref, le temps s'étirait en longueur d'intolérable façon. Une sorte d'indolore agonie. Et puis, tout s'est accéléré, embrouillé au point que j'erre d'incertitudes en anxiétés.

Sentant qu'Alexia ne parviendrait pas à avouer la nature de son désarroi, Plaisance tenta de l'aider :

– Ne seriez-vous point aussi... charmée par monsieur de Mortagne que je ne le pensais ?

Alexia de Nilanay ferma les paupières et leva le visage vers le plafond bas.

– Trop. Bien trop, à l'évidence.

– Je n'ai pas eu le sentiment – bien au contraire – qu'il vous comptait son affection. Sa terreur à vous savoir en danger, sa précipitation et son courage à vous secourir... tout indique un homme très épris.

– Je suis aussi certaine de son cœur que du mien, murmura Alexia. Monsieur de Mortagne m'a demandée en union.

Un peu égarée, l'abbesse s'enquit avec douceur :

– Eh bien, mais alors... d'où vous vient cette envie de retraite, cette tristesse que je sens en vous ?

– Il est homme d'extrême valeur, d'exception, et mérite le mieux. Voyez-vous, ma mère, je ne suis pas certaine, loin s'en faut, d'être de cette trempe-là. Je me suis tant égarée, j'ai triché, je me suis laissé aimer avec complaisance sans jamais me préoccuper d'aimer. Ai-je assez appris depuis ? Ai-je véritablement changé ? Suis-je à la hauteur de ce que peut légitimement espérer monsieur de Mortagne d'une épouse ? J'en doute et l'effroi me saisit. Je dois y voir clair et je ne le puis lorsqu'il est à mon côté. Tout se brouille alors, la tête me tourne et ma raison s'effiloche.

Plaisance termina son gobelet d'infusion de menthe, de verveine et d'angélique au miel, maintenant refroidie.

– À dire vrai, je vous verrais bien de « cette trempe-là », ma fille. Vos questions, vos tâtonnements le prouvent. Tant se seraient jetées sur la magnifique opportunité. Pas seulement par intérêt. Après tout, Mortagne est fort bel homme, d'excellente réputation, de grande intelligence et d'aimable humour.

– Je veux le meilleur pour lui, s'obstina Alexia d'une voix presque inaudible.

– Vœu qui indique que vous êtes sans doute ce meilleur. Quoi qu'il en soit, soyez la très bienvenue parmi nous. Réfléchissez tout votre saoul. Cependant, méfiez-vous du temps. Ainsi que vous l'avez dit, il file bizarrement entre nos murs. Il émousse des contours qui devraient rester vifs. Gardez intactes votre vivacité et celle de vos sentiments. Souvenez-vous : il est bien fol de souhaiter évaluer la passion à l'aune de la raison. Il est absurde de fixer le futur en le sculptant dans le passé. Que savez-vous du futur, Alexia ? Vous puisez vos inquiétudes dans un passé qui fut vôtre et que vous réprouvez. En d'autres termes, s'il vous était donné de revenir en arrière, le passé que vous construiriez aujourd'hui serait fort différent de celui d'hier. Nous sommes aussi le fruit de nos erreurs, du moins pour ceux d'entre nous qui les reconnaissent.

Un soupir lui répondit. Le soulagement se lut sur le joli visage attristé qui lui faisait face.

– Je savais, madame ma mère, que ma venue ici serait un réconfort. Voyez, quelques minutes en votre présence et le brouillard qui m'environne depuis des semaines semble se dissiper un peu.

La jeune femme s'étonna à nouveau. Comment une jeune fille cloîtrée avait-elle pu accumuler tant de sagesse, de perspicacité ? Il semblait à Alexia qu'elle était un livre ouvert que Plaisance déchiffrait à la perfection, alors qu'elle-même se perdait entre les lignes de sa propre vie.

– Adèle Grosparmi, ma nouvelle secrétaire, va vous conduire en l'hostellerie où Marguerite Bonnel, qui fait maintenant office de sœur hôtelière [1], vous mènera à vos appartements. Faites-moi l'honneur d'accepter de partager mes repas dans la galerie supérieure du réfectoire. Je m'y sentirai moins seule jusqu'à l'élection de notre nouvelle grande prieure et de sa sous-prieure, élection qui j'espère ne tardera pas.

– L'honneur sera mien, madame ma mère. Le plaisir également.

Plaisance accompagna la jeune femme jusqu'à la porte de son bureau. Dans l'un de ses habituels élans de

---

1. Sœur chargée des hôtes de passage et des soins dont ils peuvent avoir besoin. Elle surveille la propreté, les chandelles, la cuisine, le feu et la conduite des invités dans l'abbaye.

chaleur, Alexia serra les mains de la jeune abbesse entre les siennes.

– Merci tant, madame.

En dépit du feu qui rugissait dans l'âtre du chauffoir, Rolande Bonnel, sœur dépositaire [1], grelottait de froid. Un froid implacable qui rampait sous sa peau, sillonnait ses veines. Elle butait depuis près d'une heure sur la même page de son registre de comptes. La nausée lui montait dans la gorge, au point qu'elle était sortie à deux reprises de crainte de dégorger sur les dalles. Une envie de fuir, de se terrer n'importe où la secouait par intermittence. Elle se détestait de sa lâcheté, de son incapacité à faire face ou seulement à résister. Les histoires, les souvenirs ne meurent-ils jamais ? Les cicatrices du temps persistent-elles indéfiniment ? Elle trempa sa plume dans la corne à encre et tenta de se concentrer. En vain. Un hoquet la secoua, ramenant dans sa bouche une bile amère. Elle se rua à l'extérieur.

Une semainière [2] d'hostellerie avait conduit Alexia vers sa chambre, précisant que sœur Marguerite la rejoindrait sous peu. Un feu bienvenu rougeoyait dans l'âtre de la pièce de taille modeste, aux murs repeints à

1. Sœur chargée de tenir les comptes de l'abbaye.

2. Moniale sans fonction fixe à qui l'on attribue une tâche différente chaque semaine.

la chaux, avec pour seuls meubles une almaire [1] de bois clair, un lit et une escame [2]. Un serviteur laïc avait monté le maigre bagage d'Alexia de Nilanay. Par courtoisie pour ses anciennes sœurs, elle avait tenu à ne s'encombrer que du minimum. Elle avait dédaigné les vêtements d'apparat, les bijoux, le nécessaire de dame d'ivoire et d'argent, cadeaux d'Aimery de Mortagne à sa future.

Le comte, bien que les discutant pied à pied, avait admis les arguments de sa mie justifiant son désir de retraite. Toutefois, Alexia lui avait tu le plus sérieux, le peu d'estime qu'elle éprouvait envers elle-même, pour n'insister que sur le désordre de son esprit et la précipitation des événements. Sans doute Aimery de Mortagne avait-il été un peu blessé, inquiété par les atermoiements de sa dame. Il avait eu le bon sens et l'élégance de passer outre. Il redoutait plus que tout le retour du désert glacé qui avait recouvert sa vie au décès de sa bien-aimée première épouse. Depuis tout ce temps, depuis cette éternité de rongeante tristesse, seul le sourire d'Alexia était parvenu à faire reculer un peu le néant. L'idée qu'elle pourrait s'éloigner lui était intolérable. Il n'accepterait jamais cette deuxième mort. Il avait été gorgé de mort, même lorsque le fantôme aimant de sa tendre défunte venait l'apaiser au pire de ses cauchemars. Alexia de Nilanay avait chassé l'ombre tenace qui collait à ses jours et à ses nuits, elle avait ramené avec elle le goût de la vie. Il voulait désespérément de cette vie qui l'avait fui tellement

1. Armoire.

2. Sorte de tabouret bas, étroit, souvent de forme triangulaire.

longtemps. Aussi avait-il accepté la requête de sa future, certain que rien ne lie davantage les êtres que la liberté de choisir.

L'entrée fracassante de Marguerite Bonnel, sœur hôtelière, tira Alexia de Nilanay de ses pensées. Ce n'est que lorsque la moniale joviale se rua vers elle, mains tendues en cordialité, que son visage lui sembla familier. Ce front un peu bas, ces sourcils broussailleux presque rectilignes, ces yeux affleurants d'un chaud noisette. À n'en point douter Marguerite, bien que plus âgée, devait être de la parentèle de Rolande Bonnel, leur laborieuse mais tenace sœur dépositaire. Chère Rolande qui avait offert son amitié à Alexia, alors Marie-Gillette d'Andremont, du temps de son séjour en ce lieu. Et sa protection, bien qu'elle n'ait été que de piètre utilité. Une tendresse inattendue envahit Alexia. Brave âme que celle de Rolande qui comptait chaque fretin de l'abbaye comme si son sort en dépendait, qui alignait les colonnes de chiffres avec un soin maniaque destiné à faire savoir à toutes combien on avait eu raison de lui confier sa charge.

– Ne seriez-vous pas parente de notre bonne Rolande ?

Un sourire aviva encore le visage amène, bien que sans grâce, de l'hôtelière.

– Si fait. Rolande est ma puînée [1]. Je suis de quinze ans son aînée. Autant dire qu'elle m'a toujours considérée comme sa deuxième mère. Lorsque Rolande a

1. Née ensuite.

été élevée et a fait vœu de se retirer du monde, j'ai moi-même choisi la paix du cloître. Quelles magnifiques années de paix et de prière j'ai passées à Clairmarais [1]. Et puis, l'âge venant, les douleurs de membres et de dos me rattrapant, j'ai souhaité me rapprocher de ma seule famille, ma cadette. Ma bien-aimée mère abbesse a accepté ma requête et mon transfert. Et me voici ! Assez parlé de moi. Rolande ne tarit pas d'éloges à votre sujet. Votre gentillesse, votre finesse d'esprit et votre délicatesse de langue…

– C'est qu'elle est fort généreuse en plus d'être aimable. Sans doute en êtes-vous informée, j'ai gravement menti à toutes. D'une certaine façon, je les ai trahies en me faisant passer pour moniale quand je cherchais un refuge où me terrer.

Le sourire mourut sur les lèvres de Marguerite, qui hocha la tête d'un air douloureux :

– Oh, mon petit. Je sais tout cela. Que celui qui n'a jamais péché vous jette la première pierre. Vous ne risquez donc rien ! Qui dit de quoi nous serions capables si nos vies étaient menacées, car c'est de cela qu'il s'agissait, n'est-ce pas ?

– En effet.

– Eh bien, je vous l'annonce tout net : ce serait folie de vous en tenir rigueur. Allons, assez de ces vilains souvenirs. Rien qu'à leur narration, des frissons d'horreur m'ont saisie. Dieu du ciel, quelles monstruosités vous avez toutes traversées céans. Il faut nous appliquer à les effacer peu à peu. Installez-vous, chère

1. Marne. Abbaye de cisterciennes fondée en 1222 et transférée à Reims en 1363.

Alexia. None ne tardera pas, mais je vous viendrai visiter ensuite afin de m'assurer de votre confort.

Elle disparut sur un rire de gorge.

Alexia aligna sur le lit étroit les vêtements qu'elle avait choisi d'emporter pour leur modestie. Trois chainses de soie, une folie, mais une folie si réconfortante à l'hiver. Une robe de laine gris soutenu et son touret [1] assorti. Une autre, plus luxueuse, d'épais cendal jaune safran retenue à la taille par une mince ceinture orfévrée, avec sa housse [2] mi-longue de même matière, d'un vert lumineux qui évoquait le printemps, son mantel à aumusse doublée de loutre. Elle avait dédaigné la merveille de tiretaine [3] fourrée de zibeline, trop riche, trop voyante pour ce lieu d'austérité. Nul bijou hormis la croix d'améthyste retenue par une fine cordelette de cuir, cadeau des deux filles du comte de Mortagne qui l'avaient accueillie avec une joie non feinte, et sa bague de promise, une large émeraude en forme d'amande bordée de perles grises qui lui couvrait toute la phalange.

Cette mince occupation expédiée, elle s'installa sur le lit, son esprit vaguant dans ses souvenirs. Quel étonnant retournement. Elle avait détesté ce lieu, une geôle, au mieux, un avant-goût du purgatoire à ses yeux. Une absolue incompréhension l'avait conduite à se demander mille fois, cent mille, pourquoi des femmes bien nées, de fortune et d'avenir souhaitaient s'y

---

1. Sorte de tambourin que les femmes portent sur le crâne et qui sert souvent à maintenir le voile.

2. Manteau sans manches.

3. Épaisse étoffe de laine, et plus tard de coton.

enterrer. Dieu, certes ! Retrouver, suivre Dieu. Toutefois, selon l'Alexia de l'époque, on pouvait également y parvenir dans le confort, voire le luxe que la naissance vous avait réservé. Quelle étrangeté ! Aujourd'hui qu'elle n'avait plus à s'y terrer, aujourd'hui qu'elle avait le choix, elle se sentait bienvenue entre ces murs rébarbatifs, apaisée, heureuse. Une sorte de tranquille légèreté avait remplacé la pesanteur suffocante des dernières semaines. Ne lui manquait, cruellement, qu'une chose, une chose fondamentale : son amour, Aimery. Elle se souvint de tous ces colifichets qui la ravissaient, ces rubans et ces épingles de cheveux, de tous ces beaux atours devant lesquels elle se pâmait. Était-elle devenue adulte sans même s'en rendre compte ? De courtisane choyée et superficielle qui évalue sa séduction, donc sa survie, à l'aune des onéreuses frivolités qu'on lui offre, était-elle devenue une femme réfléchie et posée, une véritable amoureuse ? Elle étouffa un rire : au fond, cet inattendu sérieux, celui-là même qu'elle avait jadis jugé ennuyeux à périr, lui allait comme un gant de belle facture.

Excédée à l'habitude, Agnès Ferrand, sœur portière [1], siffla entre ses dents :

– Encore une bévue ! Décidément, elle les accumule, pesta-t-elle en songeant à l'abbesse.

Fort peu de chose rachetait la permanente acrimonie de la sœur portière, l'envie qui lui rongeait les jours, et

---

1. Sœur qui détient les clefs de l'abbaye et surveille les entrées et les parloirs.

ce penchant d'esprit qui la portait à soupçonner tous les autres de mauvaiseté. Certainement pas son manque de charité et ce visage revêche, aigu tel un museau de fouine où brillaient de petits yeux noirs perpétuellement en mouvement. La rumeur prétendait qu'Agnès Ferrand était l'un des innombrables bâtards d'un clerc parisien pour lequel le pouvoir montrait quelque reconnaissance en plaçant ses rejetons où il le pouvait.

L'objet de l'ire de madame Ferrand avança vers elle en sautillant, un grand sourire édenté fendant son visage. Durant un instant, elle eut l'effroyable pressentiment qu'il allait la percuter de plein fouet et se recula d'un mouvement vif. Répugnant, en vérité.

– Not'bonne sœur ?

La portière évita de détailler le gnome qui se tenait devant elle, son crâne dégarni qui arrivait à hauteur de sa taille, son visage disproportionné. Quant à ses petites mains fortes, elles lui soulevaient le cœur. Deux nains et d'autres monstres. Voilà ce que le stupide entêtement de l'abbesse leur valait encore au prétexte de charité chrétienne. Ne pouvait-elle dispenser sa charité à l'extérieur plutôt que d'infliger à toutes la vision d'aberrations dont le Seigneur se détournait ?

– As-tu bientôt fini de meuler les clefs de ce trousseau que je t'ai confié ? s'enquit-elle d'un ton d'impatience.

– Oui-da, répondit Éloi, satisfait de son travail.

Il lui tendit les clefs. Ce n'est qu'à cet instant que la portière se rendit compte que les mains du nain étaient couvertes de sang, tout comme le tablier de grosse toile qui couvrait son ventre rond.

– Qu'est ceci ? s'exclama-t-elle.

Il haussa les épaules, un air guilleret sur le visage :

– L'vivandier[1] a pas pu passer, rapport à la neige. Not'bonne sœur pitancière m'a demandé d'égorger quelques poules. Un bon bouillon gras au pain trempé… c'est pas d'refus par ce temps !

Une moue de dégoût plissa les lèvres minces d'Agnès. Elle récupéra le trousseau du bout des doigts et tourna les talons. Ah ça, dès le demain, lors de la réunion du chapitre qui devait décider du sort de ces déformés, elle ferait entendre haut et clair sa totale réprobation ! Nul doute qu'elle ne serait pas la seule. Les commentaires allaient bon train. D'abord les lépreux, qui avaient failli toutes les égorger, et maintenant cette autre lie de l'humanité. Pas humains. Au moins les lépreux étaient-ils de vraies créatures divines atteintes par une maladie, même si l'on pouvait y voir un dessein du malin. Mais ceux-là… Quelle horreur ! Qu'inventerait ensuite cette sotte d'abbesse ?

Éloi la suivit du regard, une lueur d'amusement éclairant son visage. Il contourna les fours et la boulangerie et se rapprocha d'une des porteries Mineures, celle des Fours. Sidonie, sa cadette employée comme souillon[2] de cuisines, l'y attendait déjà.

– Alors ? s'enquit-elle.

Une expression à la fois narquoise et ravie sur le visage, Éloi souleva sa tunique de laine bouillie. Une longue clef pendait sur son torse.

1. Intermédiaire qui vend les vivres.

2. Servante à laquelle sont réservées les tâches les plus ingrates et pénibles.

– Je l'ai. La vilaine nigaude n'y a vu que du feu. J'ai meulé deux clefs. La jolie princesse Claire va bientôt rejoindre son palais.

Un sourire étira les lèvres de Sidonie qui ajouta :

– Et nous allons nous charger d'le décorer ainsi qu'y convient à une vraie princesse.

Une fois en l'abbatiale, Adélaïde Baudet, sœur cherche, repéra sa proie, agenouillée au milieu de la croisée, face au chœur, bras écartés sur les côtés et tendus, plongée en intense prière. Elle réprima à grand-peine la bourrasque de colère qui montait en elle et patienta jusqu'à l'apaisement de son cœur. Adélaïde savait parfaitement que l'autre l'avait entendue arriver, les dalles de pierre sombre renvoyant l'écho des pas. Pourtant, elle feignait la plus profonde méditation. En dépit de l'habitude qu'elle avait prise de ce genre de stratagème, la cherche s'en offusquait encore. Notamment dans le cas de Blanche de Cerfaux, dont les mines charmantes et dévotes ne la trompaient plus. Toutefois, on n'attrape pas les mouches avec du vin aigre. Se composant un masque avenant, luttant contre l'aversion viscérale qu'elle se sentait pour les êtres telle Blanche, Adélaïde avança aussi silencieusement que possible vers la novice. Elle s'immobilisa à quelques pieds de son dos et attendit, se demandant combien de temps durerait la mascarade de piété qu'elle servait à son seul profit. Enfin, Blanche parut sortir de sa transe d'adulation et tourna un visage illuminé vers la cherche.

– J'espère ne pas avoir interrompu votre fervente prière, ma chère. Je m'en voudrais, attaqua Adélaïde d'un ton dont la feinte amitié lui coûtait.

– Non pas, répondit d'une voix douce la novice en se relevant. Aviez-vous besoin de mes services ? Vous savez combien chaque aide que je puis offrir à mes sœurs me ravit.

Lorsque madame Baudet plongea son regard dans les yeux candides et affectueux qui la fixaient, elle eut le net sentiment de se pencher au bord d'un gouffre sinistre et insondable. L'espace d'un instant, alors qu'une sorte de déplaisant vertige lui faisait tourner la tête, elle se demanda si son imagination ne lui jouait pas un vilain tour. Elle se reprit et déclara d'une voix douce :

– J'ai pensé à vous pour la semaine d'abbatiale, ma chère Blanche. La fonction de supplette vous conviendrait-elle ? C'est une tâche d'importance, bien moins pénible que d'autres, mais qui requiert sensibilité et délicatesse. Ainsi, en cette période hivernale, il vous faudra trouver quelques élégants branchages afin de fleurir l'autel. Je sais que vous vous en acquitterez avec zèle.

Si Adélaïde Baudet avait espéré surprendre une moue de déplaisir chez la novice, elle fut déçue. Celle-ci lui destina un sourire de bonheur et lança d'une voix gaie :

– Grand merci à vous, madame ma sœur. Quelle magnifique semaine vous m'offrez là. Je vais m'y consacrer de toute mon énergie et de tout mon cœur.

Abbaye de femmes des Clairets,
Perche, fin janvier 1306, à la nuit

La nuit était tombée depuis une bonne heure lorsque le fardier fit halte devant la porterie Majeure. Le voyage avait été interminable, d'autant plus ennuyeux que la compagne de périple d'Arnoldus s'était révélée fort peu diserte, ne répondant que par phrases de deux ou trois mots aux quelques questions qu'il avait jugé civil de lui poser. Au fond, que lui importait ? Il savait tout d'elle, c'est-à-dire peu de chose. Il s'était renseigné à son propos dès qu'il avait jugé opportun de se joindre à son transport vers les Clairets. Unique fille survivante d'un riche armateur de navire marchand, d'une étonnante intelligence, d'une vaste culture, d'un caractère marqué en dépit d'une timidité qui faisait monter le sang à ses joues de blonde dès que l'on tournait le regard vers elle. Était-ce vraiment de la timidité ? Il n'en était plus certain. Certains sujets à peau pâle et transparente réagissent de la sorte sans qu'il faille y voir autre chose qu'un afflux de sang. Seule ombre à cet élogieux tableau : un tempérament de « raisonneuse », ainsi que l'avait qualifié son ancienne mère après des années de cohabitation difficile.

Madame Mary de Baskerville avait la détestable manie de discuter les ordres qui lui semblaient ineptes, ordres qui n'avaient pas dû manquer, si Arnoldus en jugeait par la réputation de piètre esprit dont on créditait son ancienne abbesse. Aussi cette dernière n'avait-elle pas été fâchée de se débarrasser d'une fille qui s'obstinait, sans même le souhaiter, à lui rappeler que Dieu dispense l'intelligence selon Son impénétrable bon plaisir : de façon bien inégale.

Sans doute impatiente de se délasser les membres du bas après ce long déplacement, Mary de Baskerville – dédaignant l'escabeau de dame qu'un des gens d'armes qui les avaient menés s'apprêtait à installer – sauta à son tour du fardier et se rétablit avec une aisance peu commune pour une religieuse. Étonné par sa souplesse musclée, Arnoldus la dévisagea sans ménagement alors qu'il s'était appliqué à détourner son regard d'elle durant deux jours. Un fard presque cramoisi se répandit sur les joues de la femme, remontant jusqu'à son front pâle, évoquant une douloureuse brûlure. Elle était de haute taille pour une représentante de la douce gent, le dépassant d'une bonne demi-main. Mince et pourtant charpentée, elle devait être âgée de vingt-cinq ou vingt-sept ans. Alors qu'elle était indiscutablement jolie, de traits sans fadeur, quelque chose chez elle dérangeait le regard. Arnoldus mit le doigt dessus. Des yeux bleu myosotis frangés de cils blonds, surmontés de sourcils tout aussi pâles, faisaient paraître son visage glabre. S'ajoutait sa peau d'une pâleur de spectre, si fine et translucide que l'on devinait le réseau de veines bleu-vert qui courait sous ses tempes, au point que l'on aurait cru l'un de ces albinos que l'on montrait dans les foires.

Une voix grave, lente, s'éleva :

– Connaissez-vous, messire, l'histoire de ce monastère ? J'avoue ne pas avoir eu le temps de m'y intéresser avant mon départ. Je le déplore. C'est grande discourtoisie de ma part alors que l'on m'y accueille avec chaleur, si j'en juge par ce que m'a confié mon ancienne mère avant mon départ.

Un très léger accent anglois rythmait ses phrases de curieuse et agréable façon.

Il s'agissait sans doute de la phrase la plus longue qu'elle ait formulée depuis leur départ et, en tout cas, de sa première question. Arnoldus se fit donc un plaisir d'y répondre :

– L'abbaye commence en bordure de forêt des Clairets, sur le territoire de la paroisse de Masle [1]. Nous parlons de centaines d'arpents*. Pour ce que j'en ai appris, la construction du monastère a duré sept ans, pour s'achever en 1212. Moult privilèges ont été concédés à ce monastère de femmes, l'un des plus importants du royaume, comme vous ne l'ignorez pas. Il est très généreusement doté, exempté d'impôts et de charges, et vos futures sœurs peuvent se fournir en bois de chauffage et de construction dans les forêts appartenant aux comtes de Chartres. S'ajoutent des terres à Masle et au Theil, ainsi qu'une rente annuelle très substantielle, encore grossie par la libéralité des bourgeois ou des seigneurs, voire des riches paysans.

---

1. Aujourd'hui : Mâle.

– Une belle puissance en vérité, commenta Mary de Baskerville. Bien plus impressionnante que celle de mon ancienne abbaye du Sud.

– Certes, toutefois le climat est ici moins clément.

L'abbaye des Clairets avait droit de haute, de moyenne et de basse justice. Les abbesses y avaient prérogative de seigneur en la matière, laquelle incluait les condamnations à la flagellation, à l'amputation, voire à mort. Les fourches patibulaires [1] servant à l'application des sentences s'élevaient à quelques centaines de toises de l'enceinte. Elles avaient été dressées au lieu-dit du Gibet [2].

– Je m'en accommoderai. Se joint-il à votre impressionnante liste une réputation de charité ?

– C'est ce que j'ai ouï dire. Votre nouvelle mère est, en ce domaine, la digne continuatrice de madame de Normilly.

– Une bienfaisance sans mièvrerie dispendieuse, je l'espère, poursuivit la femme.

Un peu étonné, Arnoldus la considéra. Elle reprit :

– Il est des pauvres frappés par une mauvaise fortune, que Dieu met sur notre chemin afin que nous les aidions. Et puis, il reste les autres. Ceux qui profitent en déhontés de leurs pustules, de leurs moignons afin d'ôter le pain de la bouche des véritables nécessiteux. Il nous faut savoir les distinguer et les écarter sans plus d'atermoiements.

---

1. Gibet constitué de deux fourches fichées en terre, soutenant une traverse à laquelle sont pendus les suppliciés.

2. Qui a conservé son nom jusqu'à nos jours.

Démonté par le petit ton cassant, par ce péremptoire jugement, Arnoldus argumenta :

– Dois-je en conclure que vous avez la perspicacité requise pour différencier les miséreux des profiteurs ? Et, en vérité, profite-t-on d'une amputation ou d'une maladie de défiguration ?

Elle planta son regard myosotis dans les yeux de l'homme, sans rougir pour une fois. Un sourire satisfait flotta sur ses lèvres.

– À la première question, oui-da. J'ai toutes les perspicacités requises. Dieu me les a offertes. Il serait criminel, que dis-je, blasphématoire de ma part de n'en pas faire plein usage. Un don de Dieu ne se refuse pas plus qu'il ne se discute. À la seconde… tendre cœur. C'est à votre honneur. J'ai vu, monsieur, des parents éborgner leurs enfants, rouvrir leurs plaies suintantes pour les disposer aux porches des églises, amollir la commère, lui faire monter la main à la bourse.

Assez ébranlé par ce qu'il entendait de la bouche d'une servante de Dieu, et toutefois au fait de ces mutilations volontaires destinées à apitoyer le badaud, Arnoldus tenta une riposte :

– N'avez-vous pas vocation d'aimer les hommes pour servir notre Sauveur ?

– Si fait, répondit-elle dans un rire bas. Cela étant, mes quantités d'amour disponible ne sont pas les Siennes. Je les réserve donc à ceux qui les méritent. (Changeant abruptement de sujet, elle s'informa :) Savez-vous, messire, combien de nouvelles sœurs je vais découvrir céans ?

– Je ne crois guère me tromper en avançant le chiffre de trois cents moniales, peut-être un peu plus, dont des ex-fillettes communes [1], une cinquantaine de novices et plus de quatre-vingts serviteurs laïcs…

Le regard d'un bleu intense l'arrêta. Sans trop savoir d'où lui venait ce doute, il eut la désagréable impression d'avoir été mené. Il se rasséréna. La fréquentation du pouvoir, de ses fourberies et de ses savantes dérobades lui envenimait l'esprit au point qu'il voyait des maniganciers et des roués partout. Après tout, même éduquée, voire créditée d'une robuste intelligence, il ne s'agissait que d'une femme.

– Fichtre ! Il fait un froid à fendre la pierre et la faim me ronge le ventre, lança-t-il. Invitons la portière laïque à nous faire pénétrer au plus vite.

Complies était passé lorsque la servante huissière déboula dans le bureau de l'abbesse, tout juste précédée d'Adèle qui tentait de la ramener à davantage de mesure.

– Not'bonne mère ! Ah, doux mignon Jésus ! éructa la grosse femme, l'œil rond, empli de stupéfaction réprobatrice. Ah vrai ! C'te pas du pareil au même que j'serine à vot'secrétaire. Ma, veut rin entendre !

– Calmez-vous ma fille et expliquez-vous, temporisa Plaisance.

– Ah, ben… J'devions surveiller l'huis de la porterie Majeure afin d'accueillir not'nouvelle apothicaire. J'l'avions fait, à vot'ordre. V'là t'y pas qu'arrive

1. Fillettes communes, filles de joie, bordeleuses, filles amoureuses, folles de leur corps, autant de synonymes à l'époque pour « prostituée ».

un fardier couvert, aux roues cerclées, comme çui d'un chanoine ou d'un évêque. Et, d'dans, y a une moniale qui cause pas tout à fait franc comme qui dirait, mais y a aussi un homme ! Pas un moine, not'bonne mère, un vrai homme en cheveux ! Un vieux. Du coup, z'ont eu beau clamer, j'a pas voulu les faire raculer dans la cour pavée. Y sont dehors du mur. J'm'a dit que ça sentait pas clair c't'histoire.

Plaisance se leva en déclarant :

– Eh bien, allons jeter un peu de lumière sur tout cela, ma fille. Je vous suis. Adèle, ordonnez aussitôt à deux serviteurs laïcs de nous rejoindre au plus vite. Sait-on jamais.

Encadrée de deux hommes armés de serfouettes [1] et de torches, Plaisance s'avança vers le fardier couvert, aux roues cerclées de métal, tiré par quatre chevaux de Perche. Un bel attelage, ma foi. Étonnant pour le simple transfert d'une moniale. Elle sursauta lorsqu'elle entendit derrière elle les deux tours des lourdes clefs et le raclement de la traverse que l'on basculait contre les battants de la large porte. Cette couarde d'huissière venait de lui couper la retraite, le cas échéant ! Non, il ne s'agissait pas de poltronnerie. Elle l'avait fait sciemment, pour se venger du soir où Plaisance l'avait menacée du fouet.

Un homme d'un âge certain s'avança, s'inclina

1. Instrument servant à labourer en surface lors des travaux agricoles.

devant elle, lui tendant un rouleau. Dans la lumière des torches, elle reconnut le large sceau papal.

La tête toujours baissée, l'homme se présenta :

– Arnoldus de Villanova* [1], madame ma mère, votre humble serviteur qui requiert de votre abbaye la grâce de l'hospitalité. J'ai profité de la venue de votre nouvelle fille apothicaire pour m'imposer dans son fardier.

La surprise cloua l'abbesse. Arnoldus de Villanova, un des plus prestigieux scientifiques, alchimistes, astrologues de tous les temps, médecin, confident, parfois même espion des rois et des papes, dont l'actuel Clément V*. Arnoldus de Villanova, qui n'avait échappé aux griffes de l'Inquisition – tant certaines de ses théories sentaient la désobéissance, pour ne pas dire la rébellion – que parce que Boniface VIII lui avait dû sa santé. Un similaire espoir du nouveau Saint-Père justifiait l'actuelle protection dont jouissait à nouveau le praticien. N'avait-il pas eu l'outrecuidance d'écrire : « Les œuvres de charité et les services que rend à l'humanité un bon et sage médecin sont préférables à tout ce que les prêtres appellent œuvres pies, aux prières et même au saint sacrifice de la messe » ? Ce qui aurait valu à tout autre l'excommunication et même l'emprisonnement. L'homme ne ressemblait absolument pas à ce qu'elle aurait pu imaginer : plutôt court de taille, massif en dépit d'un âge déjà avancé, brun de poil, de regard et de barbe. Un grand nez fort auquel s'ajoutaient une bouche charnue et des bajoues

---

1. Plus connu en France sous le nom d'Arnaud de Villeneuve. Voir l'annexe historique en fin de volume.

tombantes donnaient à son visage une sorte de lourdeur qu'elle n'aurait jamais associée à l'un des esprits les plus complets, les plus versatiles de son époque.

La nouvelle apothicaire Mary de Baskerville s'approcha à son tour. Plaisance, qui se remettait avec difficulté de son étonnement, l'arrêta d'un geste et d'un sourire. D'une main peu ferme, elle fit sauter le large sceau et lut le court message, un ordre à peine déguisé :

Ma fille et bien chère filleule,

Vous accueillerez avec chaleur mon conseiller, Arnoldus de Villanova. Il aura toute latitude durant son séjour pour découvrir les simples et les recettes qu'il cherche avec obstination. Ne le considérez pas comme un hôte de passage, mais comme un clerc et un ami fiable. Ne vous étonnez pas de demandes inaccoutumées. Vous savez comme sont les scientifiques.

Dieu vous bénisse et vous garde en belle forme.

Que Clément V, qu'elle n'avait jamais rencontré, se souvienne qu'elle était l'une de ses centaines de filleuls contribuait encore à la surprise de Plaisance. Évêques, archevêques et papes en traînaient une ribambelle derrière eux, marque de reconnaissance ou de prudence politique qui ne leur coûtait rien mais réjouissait les familles qui pouvaient s'en vanter. Qu'il souligne que monsieur de Villanova devait être considéré à l'instar d'un clerc ouvrait à celui-ci toutes les portes de l'abbaye. En d'autres termes, elle était à sa disposition. Une idée dérangeante lui traversa l'esprit : quels simples espérait récolter le scientifique en cette période de l'année ? Vaguement inquiète, la jeune abbesse se tourna vers sa nouvelle fille, qui s'inclina à son tour.

– Mary de Baskerville, ma mère. Apothicaire à votre service.

Plaisance de Champlois patienta quelques instants, attendant la suite qui ne vint pas.

– Je sais tout cela, ma fille. N'avez-vous rien d'autre à ajouter ?

Le rouge enflamma les joues pâles.

– C'est que… je parle peu. Votre pardon.

– Décidément… Voilà qui ne nous changera guère d'Hermione, notre ancienne sœur apothicaire qui nous quitte sous peu.

Elle adressa un signe à la portière laïque qui ne perdait pas une miette de la scène, le visage collé au judas, songeant qu'elle devrait la remplacer au plus tôt. Le cliquètement des clefs, le grincement de la longue traverse, et le lourd battant s'entrouvrit.

– Allons, faites pénétrer le fardier, ordonna-t-elle aux trois gens d'armes d'escorte. Un souper chaud vous attend tous.

Château de Mortagne, Perche,
février 1308, deux jours plus tard

Installé sur le banc-coffre de la haute armoire à trois niveaux, Aimery de Mortagne écoutait. Bernard, le messager de l'abbaye, n'était pas mécontent des informations qu'il venait de livrer au comte. À son silence, il comprit que celui-ci soupesait ce qu'il lui avait rapporté. Il balaya la vaste pièce d'études d'un regard discret. Les murs lambrissés de chêne sombre, les hautes fenêtres géminées [1], les épais tapis d'Orient jetés sur le sol, tout indiquait le luxe. Approcher de si près le pouvoir, la fortune et les stratagèmes des grands avait toujours grisé Bernard, ce qui expliquait en grande partie qu'il se soit vendu à monseigneur de Valézan, quitte à trahir sa maîtresse, l'abbesse [2]. Après la mutinerie des ladres [3], juste avant de rejoindre ses terres, le comte de

1. Fenêtres groupées par deux mais séparées par un mince intervalle de pierre.

2. Voir *Monestarium*, *op. cit.*

3. À l'origine, « lépreux ». Le terme évoquant la perte de sensibilité cutanée provoquée par la maladie, il a ensuite désigné les avares ou les gens insensibles sentimentalement.

Mortagne, qui avait failli le pourfendre pour lui faire avouer l'endroit où se terrait son ancien commanditaire, Jean de Valézan, l'avait à nouveau approché. Cette fois-ci avec une proposition bien différente, un alléchant chantage. Bernard devenait son homme en l'abbaye, ou Plaisance de Champlois était aussitôt informée du double jeu de son messager. Le choix avait été aisé. Soupesant d'un côté l'ire de l'abbesse et le châtiment qui ne manquerait pas de tomber sur lui en punition de sa fourberie, de l'autre le plaisir et l'orgueil confidentiels que lui procurait ce rapprochement d'un homme de puissance, rapprochement qui ne manquerait pas de se traduire en belles espèces trébuchantes, Bernard avait accepté sans se faire prier. D'autant que le comte de Mortagne, au contraire de monsieur de Valézan, avait belle réputation et qu'il était un allié de l'abbaye. En d'autres termes, si déloyauté il y avait, elle était au profit de l'abbesse et de ses filles. Rasséréné par cette imparable conclusion, Bernard était devenu les yeux et les oreilles du comte.

– Une nouvelle apothicaire… passe encore. Mais Arnoldus de Villanova en personne, dis-tu ? Morbleu [1] !

– Si fait, monseigneur. J'ai cru comprendre qu'il s'agissait d'un très important personnage. Il semble avoir toute liberté d'aller en l'abbaye. On le voit partout.

– Afin d'étudier des simples de la région ? Et que compte-t-il récolter en cette époque, notre bon Arnoldus ?

1. Contraction acceptable de « par la mort de Dieu », jugé blasphématoire.

– C'est également la réflexion que je me suis faite.

– Sois vigilant à son égard. Il nous réserverait un coup de l'âne que je n'en serais guère surpris. Si l'on en croit de persistantes rumeurs, monsieur de Villanova a toujours eu du goût pour les missions d'espionnage. (Mortagne réprima un sourire avant de rectifier :) Ou plutôt, soyons magnanime, pour la diplomatie, qu'elle soit royale ou pontificale. L'homme est retors et très intelligent. Cela étant, nulle réputation de crapulerie ne le précède.

Bernard contenait à grand-peine sa satisfaction. Il lui semblait que son nouveau maître, pourtant peu enclin à la familiarité, se révélait un peu. Une idée le gonflait d'allégresse : et s'il parvenait un jour à remplacer, auprès du comte, le sieur Malembert, le compagnon de toujours tombé sous les coups de lame des nervis de monseigneur de Valézan ? Lui, Bernard l'anonyme, confident privilégié du comte ? Lui, Bernard l'obscur, enfin dans le secret d'un grand ? Après tout, lui aussi était un pôté [1] que le travail de la terre n'avait jamais séduit, pas plus que l'armée. Étrangement, Bernard, qui n'avait jamais hésité à duper, à trahir, se sentit soudain une absolue loyauté pour l'homme énigmatique assis sur son banc-coffre.

– Fichtre, commenta Mortagne pour lui-même. (Levant à nouveau son inquiétant regard gris plomb vers le messager, il s'enquit :) Or donc, notre bonne mère abbesse est parvenue à convaincre son chapitre d'offrir accueil aux pauvres monstres ?

---

1. De *postestate* : « homme libre », souvent des paysans sans terre, qui font volontairement allégeance à un seigneur.

– Si fait, jusqu'à la saison douce. Il faut dire que depuis le trépas de madame de Valézan et de son acolyte madame de Ludain, l'assemblée des discrètes lui est pratiquement acquise. Ce n'est pas la bile de cette vilaine fouine d'Agnès Ferrand, que toutes évitent, qui y changera quoi que ce soit. N'empêche, ils sont hideux comme le diable !

– Si le diable était véritablement hideux, séduirait-il tant ?

Cette repartie, lancée d'un ton de cordialité, engagea Bernard à croire qu'en effet il avait avancé d'un pas dans l'intimité du comte.

Il se trompait gravement. La duplicité était aux yeux de Mortagne un des pires vices de l'âme. Quant aux traîtres, ils étaient impardonnables, même lorsqu'ils le servaient. Toutefois, en fin politique, il n'ignorait pas qu'un bon coquin grassement rémunéré est parfois plus utile qu'un fidèle compagnon.

– Ce que j'en dis, avec votre permission, c'est que, un jour, son noble cœur jouera un vilain tour à l'abbesse, lâcha Bernard, plus pour démontrer sa finesse au comte que par réelle inquiétude pour sa maîtresse.

– Je le redoute aussi, concéda Aimery de Mortagne. Toutefois, en dépit de son jeune âge, elle est sagace stratège. Et puis, Dieu veille sur elle et tu L'aides.

– À votre service, messire, déclara le messager avec componction.

– Le monde serait bien plus aisé si des faces contrefaites signalaient à coup certain des âmes viles, promptes aux manœuvres dolosives. Toutefois, garde un œil sur ces quatre curiosités de foire.

– Auriez-vous formé des soupçons, monseigneur ? osa Bernard en plissant des yeux.

– Je me méfie, par principe, des coïncidences. Les contrefaits débarquent à la nuit. Suit la nouvelle apothicaire. S'ajoute à cela l'étonnante visite de monsieur de Villanova qui « profite » du transfert de la moniale vers les Clairets. Quelle soudaine agitation dans un coin de terre où si peu de choses se passent… Bah, nous verrons vite si je m'embrouille l'esprit avec des contes à faire peur !

L'ombre de contrariété qui avait envahi son visage disparut soudain. Le long regard en amande, étiré vers les tempes, s'éclaira d'une lueur à la fois sauvage et gaie. Il se leva d'un mouvement si rapide que Bernard sursauta. Celui-ci était pourtant maintenant accoutumé à la vivacité de gestes du comte. Cet homme de haute taille, de robuste mais fine musculature, parlait et se mouvait avec une placidité extrême, une indolence trompeuse. Soudain, sans même que l'on ait eu le temps de réagir, sa dague était sur votre gorge, Bernard en avait fait la terrorisante expérience quelques semaines auparavant. D'un ton dont il ne parvenait que difficilement à atténuer la passion, le comte ordonna :

– Venons-en à ce qui m'est le plus cher. Donne-moi des nouvelles de ma tendre mie. Se porte-t-elle à merveille ?

– Si fait, monseigneur. Madame de Nilanay a été reçue par toutes en sœur aimée. Quelle effervescence a provoqué son arrivée inattendue ! Toutes quémandaient, avec plus ou moins de discrétion, des détails sur sa nouvelle vie. À la vérité, monsieur, je crois que la vivacité de leur ancienne sœur, Marie-Gillette, leur fait maintenant défaut.

– Nulle ne tient donc rigueur à ma future épousée d'avoir menti sur son identité et son engagement religieux ? s'étonna le comte.

– Pour ce que j'en juge, certes pas. Toutes ont compris la mortelle nécessité dans laquelle madame de Nilanay s'était débattue. Sœur Marie-Gillette avait parfois… euh…, hésita Bernard.

Sa franchise ne serait-elle pas interprétée comme une discourtoisie à l'égard de la future comtesse ?

– Eh bien, poursuis donc.

– De charmantes impertinences qui lui valaient les feintes gronderies de l'abbesse et l'exaspération d'Adélaïde Baudet, l'une des sœurs cherches, mais la tendresse complice, quoique prudente, de la plupart des moniales. C'est qu'on ne rit pas beaucoup en ce lieu, monsieur.

– Si les couvents abritaient des congrégations de joyeux plaisantins, nous réclamerions tous la tonsure !

– Pour ce que j'en sais, certains mènent plaisante existence entre leurs murs, au point que le pape dépêche des émissaires pour assagir moines et moniales et les ramener à une saine austérité.

– Il est vrai. Bernard… Que ta surveillance sur monsieur de Villanova ne se relâche pas. Je veux être informé de ses moindres faits et gestes. Cette arrivée est suspecte. Je vais en informer mon grand bailli, Charles d'Ecluzole. Quant à madame de Nilanay, ne l'oublie pas : elle est si précieuse à mon cœur qu'elle doit être protégée du plus infime désagrément. Tu me réponds de sa sécurité sur ta vie.

– Il en sera fait à vos ordres, mon maître.

Abbaye de femmes des Clairets,
Perche, février 1308, ce même jour

Mary de Baskerville sortit de l'herbarium sans un remerciement pour Hermione de Gonvray. Cette dernière avait pourtant passé la journée à présenter son futur sanctuaire à l'Angloise et à lui détailler le haut carnet dans lequel elle avait, durant toutes ses années d'exercice, noté avec soin les pesées de ses simples, de ses préparations ainsi que les médications destinées à ses sœurs, leurs motifs et leurs posologies.

Un peu déconcertée par le départ à tout le moins discourtois de sa remplaçante, Hermione demeura plantée au milieu de la petite salle de préparation. En dépit de sa propension aux rougeurs de peau, l'assurance que manifestait en tout Mary de Baskerville avait intrigué l'ancienne apothicaire. Mary n'avait pas hésité à critiquer certaines des compositions pourtant éprouvées d'Hermione, à se gausser sans détour de traditionnelles techniques de cueillette réputées renforcer la puissance des principes contenus dans les plantes. Elle avait pouffé en déclarant :

– Allons, ma bonne… ne me dites pas qu'à l'instar d'Hildegarde de Bingen*, vous chantez au profit de l'angélique ou complimentez le saule avant d'en arracher les feuilles [1] ! Il s'agit de plantes et de science. Pas de lutins bienveillants ou de superstitions !

La sortie avait vexé Hermione, qui, de fait, avait l'habitude de chanter les louanges des végétaux avant de les cueillir. Toutefois, elle devait vite admettre que les connaissances médicales de sa sœur et consœur dépassaient les siennes. Il n'en demeurait pas moins que Mary de Baskerville serait une des rares choses de l'abbaye qu'elle ne regretterait pas.

La nuit tombait déjà. Mary de Baskerville aimait ces heures entre chien et loup, lorsque les contours de la réalité se diluent, lorsqu'ils se fondent pour produire des ombres parfois grotesques, parfois inquiétantes. Munie d'une esconce, elle décida d'aller à la rencontre de son nouvel univers. Elle n'avait pas encore eu le temps de flairer ce territoire, de le découvrir, de s'y accoutumer. Elle dépassa les fours et la boulangerie, et contourna les cuisines.

L'étonnante architecture du bâtiment en rotonde l'arrêta un instant. Le pourtour de la vaste salle octogonale était parsemé de huit absidioles, chacune prolongée d'un haut conduit de cheminée [2]. On y préparait les repas, et fumait viandes et poissons dans celles qui étaient opposées aux vents dominants, afin d'éviter que les fumées ne se rabattent à l'intérieur de la pièce. Le toit en clocheton avait été couvert d'écailles de pierre

---

1. Pratique courante à l'époque.
2. Architecture empruntée à l'abbaye de Fontevraud.

taillée, au lieu des bardeaux de châtaignier utilisés pour la plupart des autres bâtiments. Une judicieuse précaution afin d'éviter la propagation d'un incendie. Mary de Baskerville soupira de contentement. Rien ne l'émouvait autant que le génie humain, dans lequel elle distinguait la main de Dieu. Certes, Dieu avait offert ses dons avec parcimonie et, pour l'instant, aucune des sœurs qu'elle avait rencontrées ne s'était signalée par une intelligence supérieure, pas même Hermione de Gonvray qui l'avait lassée en insistant longuement sur des évidences. Bah, cela ne la changerait guère de son ancien monastère. Détaillant ce qui l'environnait, elle avança à pas lents.

La plupart des bâtiments, dont l'abbatiale Notre-Dame au nord, avec son chœur tourné à l'est vers le tombeau du Christ, avaient été édifiés en grison, pierre locale composée de silex, de quartz, d'argile et de minerai de fer. Juste devant se trouvaient les édifices où l'on tolérait les étrangers de passage : l'hostellerie, le parloir et les écuries. À droite s'élevaient le logement de la grande prieure [1], et de la sous-prieure, puis le palais abbatial. Cette ronflante appellation ne désignait qu'un petit édifice trapu d'un étage où l'abbesse et sa secrétaire travaillaient et logeaient. Son austérité était un peu compensée par les beaux jardins en escalier – les terrasses de l'abbesse – qui descendaient en pente douce vers l'ouest. Un peu plus au sud-est commençait le cloître Saint-Joseph, réservé aux moniales. L'enfilade de la salle capitulaire, du chauffoir et des étuves avec, à leur étage, le grand dortoir des

1. Seconde de l'abbesse, notamment en l'absence de coadjutrice.

bernardines délimitait le fond du cloître. Derrière ce rempart massif et sombre s'étendaient l'infirmerie et ses jardins ainsi que le noviciat, la babillerie et la chapelle Saint-Augustin. Totalement à l'est, excentré et sans accès direct au cloître Saint-Joseph, commençait le cloître de La Madeleine, réservé aux ex-fillettes communes, la soixantaine de repentantes qui avaient choisi de rejoindre la vie monacale.

Empruntant le passage ménagé entre les caves et les celliers, Mary déboucha dans les jardins du cloître Saint-Joseph. Il était impératif qu'elle s'oriente au plus vite. En dépit du froid mordant de ce presque début de nuit, elle s'installa sur un muret et ferma les yeux, se concentrant jusqu'à ce qu'un plan parfait de l'abbaye se forme dans son esprit. Satisfaite, elle décida de rejoindre l'herbarium en espérant qu'Hermione de Gonvray l'aurait débarrassé de sa présence.

Abbaye de femmes des Clairets,
Perche, février 1308, le lendemain

Complies était terminé et les moniales avaient rejoint le grand dortoir. Soufflant sur ses doigts dans le vain espoir de les dégourdir, Blanche de Cerfaux s'activait dans l'abbatiale, une tâche bien plus plaisante – savoureuse était le mot juste – que celle de supplette de cuisines ou de réfectoire dont elle avait hérité les semaines précédentes. À son étonnement, la revêche sœur cherche, Adélaïde Baudet, semblait l'avoir prise en cordialité, puisqu'elle lui avait réservé cette fonction moins pénible, plus gratifiante que celles qu'elle distribuait – non sans jubilation – aux oisives et aux babillettes, ainsi qu'elle nommait celles dont les efforts lui paraissaient insuffisants. Adélaïde Baudet prenait maintenant le temps de discuter un peu avec elle, s'informait de sa santé, de ses progrès. Un intérêt très inhabituel de la part de la sœur cherche. Le doute effleura à nouveau Blanche. Et si Adélaïde était plus perspicace qu'elle ne l'avait supputé ? Une vague inquiétude saisissait parfois la novice. Adélaïde jouait-elle un jeu ? Lequel ? Et si cette sotte d'Henriette Masson y était allée d'allusions perfides ? Si elle était moins lourde et lente que ne l'avait cru Blanche ? Allons, elle se montait la tête. Toutes l'aimaient et encensaient son application et son obligeance.

Blanche vérifia la fraîcheur des branchages qui ornaient le devant de l'autel, moucha les cierges des hauts candélabres et entreprit de dérouler la robuste corde qui permettait de hisser l'un des massifs chandeliers suspendus [1]. Elle gloussa de contentement. Elle avait su convaincre cette verrue d'Adélaïde de la pureté de sa foi et de l'ampleur de son abnégation. Gourde. Toutes des gourdes. En peu de temps, elle les avait dupées avec une déconcertante facilité mais, après tout, n'était-ce pas là son principal talent ? Elle se pinça les lèvres d'agacement en évaluant pour la millième fois le temps qu'il lui faudrait encore patienter. Une année, deux ? L'idée de demeurer cloîtrée encore deux longues années lui souleva le cœur. La perspective des incessantes corvées qu'elle devrait accepter avec un sourire de reconnaissance lui fit monter les larmes aux yeux. Elle les détestait ! Elle résistait parfois à l'envie folle d'en gifler une de toutes ses forces. Juste pour le plaisir de voir la stupéfaction se peindre sur son visage. Une pensée tempéra sa hargne. Supporter ces oies encore quelque temps ou monter sur le bûcher ? Son acrimonie s'apaisa. Le vent s'engouffra soudain dans l'abbatiale, soulevant son voile gris de novice, soufflant les flammes de la plupart des bougies du chandelier suspendu, manquant lui faire lâcher la corde qui le maintenait. Une de ces bécasses avait mal rabattu la lourde clenche de la porte.

---

1. Lustre.

Elle bagarra contre le poids du chandelier qui glissa doucement vers le sol.

Elle ne vit pas l'ombre qui se rapprochait à pas de loup. Elle ne vit pas le fer à repasser[1] se lever et s'abattre sur son crâne. Elle tomba lourdement à genoux, sans un cri. Le fer fut brandi à nouveau et percuta à toute volée le voile déjà ensanglanté.

Peu avant vigiles*, Thibaude Santenet, semainière d'abbatiale, grimpa les marches qui menaient à la porte principale de l'église. Impossible de trouver cette chère Blanche qui la secondait cette semaine et s'acquittait de ses tâches avec un rare dévouement. Peut-être œuvrait-elle déjà à l'intérieur ? Thibaude poussa les lourds battants. Ils n'étaient pas verrouillés. Blanche l'avait donc bien précédée. L'épaisse obscurité qui l'accueillit l'étonna. Les cierges auraient dû être allumés.

– Blanche ? Ma chère Blanche ?

Sa voix se répercuta le long des hauts murs de pierre pour lui revenir en écho. Thibaude eut soudain la sensation d'une sorte d'hostilité. Elle se morigéna. Allons, elle était dans un lieu saint, protégé par les hautes murailles de l'abbaye.

– Blanche ?

Thibaude avança lentement, tenant son esconce devant elle. La faible flamme produisait un timide halo

---

1. On repasse depuis l'Antiquité. Il s'agit à l'époque de fers creux, équipés d'une sorte de petit volet qui permet d'introduire les braises à l'intérieur.

que les ténèbres environnantes semblaient décidées à engloutir. Sa semelle de bois glissa, manquant lui faire perdre l'équilibre. Elle se pencha et découvrit une large nappe sombre, gluante. Elle leva la tête, brandissant son esconce à bout de bras. La caresse d'une épaisse étoffe sur sa main. L'esprit de Thibaude se vida. La lueur de son lumignon se reflétait dans deux yeux. Morts. Ceux de Blanche. Elle hurla et se rua au-dehors.

Aucun son ne provenait de l'extérieur où, pourtant, une haie de moniales attendaient, leurs pieds s'enfonçant dans une neige récente. L'abbesse leur avait interdit de la suivre en l'abbatiale. La nef semblait un navire illuminé. Tous les chandeliers, tous les candélabres avaient été allumés sur ordre de monsieur de Villanova. Livide jusqu'aux lèvres, Plaisance découvrait l'effarant spectacle sans toutefois parvenir à lui donner un sens.

Lorsque Thibaude Santenet, le visage ravagé par la peur, avait pénétré dans son bureau en vociférant, l'abbesse terminait de se vêtir. Elle était parvenue à arracher la vérité à sa fille en pleine crise nerveuse. Seule une plainte avait franchi les lèvres de Plaisance :

– Non… Pas de nouveau !

Un silence de sépulcre régnait. Tassés épaule contre épaule, Plaisance de Champlois, Arnoldus de Villanova, Hermione de Gonvray et Barbe Masurier semblaient se préparer à résister à un assaut d'envergure. Leurs souffles se concrétisaient en buée. Bouche entrouverte, monsieur de Villanova paraissait changé en statue. Frappés d'horreur, tous avaient le visage levé, le regard fixé sur le cadavre de Blanche de Cerfaux qui pendait, la tête en bas, retenu par une cheville à la corde qui permettait de hisser le chandelier suspendu. L'ourlet de sa robe avait été pincé dans l'un de ses bas si bien que seule l'autre jambe, qui s'était écartée selon un angle presque droit, se trouvait dénudée, ajoutant à l'effrayant grotesque de la scène. Son voile gris de novice imbibé de sang avait goutté au sol, formant une large nappe qui s'était évasée en coulant dans plusieurs directions. Une sorte d'effarement se lisait sur le visage cireux de la novice assassinée. Une croix sombre avait été tracée entre ses sourcils.

Tous sursautèrent lorsqu'une voix posée, sans l'ombre d'une émotion, résonna :

– Je crois que je viens de trouver… l'ustensile, l'arme dont on s'est servi.

Quatre regards se tournèrent vers Mary de Baskerville qui avançait sans hâte depuis l'absidiole de chœur, tenant un lourd fer à repasser.

– La semelle est maculée de sang, précisa la nouvelle apothicaire. (Après un regard pour le médecin, elle se tourna vers l'abbesse et demanda du même ton calme :) Ne serait-il pas souhaitable, ma mère, de… descendre notre sœur ?

Cette suggestion sembla rompre le sort qui les tenait tous immobiles. Il s'ensuivit un désordre de mouvements, chacun allant, venant, s'activant il ne savait trop à quoi. Barbe redressa quelques cierges inclinés, Hermione contourna la flaque de sang qui enlaidissait une large dalle de pierre, la détaillant comme si elle espérait y lire une réponse aux questions qui ne cessaient de tourner dans sa tête, monsieur de Villanova soliloqua :

– Tout à fait. Descendons cette pauvre jeune femme. Soulevons son voile afin d'examiner le crâne. Recherchons d'autres éventuelles blessures… Car il ne peut s'agir d'un accident ou d'un suicide… Non, non, voilà hypothèses invraisemblables.

Un vague sourire flotta sur les lèvres de Mary de Baskerville. Un sourire qu'intercepta Plaisance et qu'elle jugea terriblement déplacé.

– Votre aide me serait précieuse, monsieur, poursuivit l'Angloise. Je doute d'avoir assez de force pour la retenir à moi seule.

– Si fait… si fait, approuva Villanova en la rejoignant à grandes enjambées, aussitôt imité par les trois autres femmes.

Hermione de Gonvray dut joindre ses efforts à ceux de sa remplaçante et du médecin pour retenir la corde et éviter ainsi que le cadavre n'atterrisse brutalement. Ils descendirent Blanche de Cerfaux et l'allongèrent avec douceur sur les dalles, prenant garde à ce que le chandelier suspendu ne s'écrase sur le corps.

– La croix, chuchota Plaisance. Cette croix qu'elle porte sur le front… Est-ce bien du sang séché ?

– J'en ai peur, madame, murmura monsieur de Villanova.

Bras croisés, la tête inclinée sur la droite, Mary attendait la suite, le visage impavide. Arnoldus de Villanova souleva le voile. Hermione de Gonvray suivit le regard du médecin comme il s'attardait sur le cou de la défunte pour remonter ensuite vers le crâne. Barbe Masurier se signa en détournant le regard. Monsieur de Villanova s'agenouilla aux côtés de la morte afin d'examiner la large plaie. Il écarta les cheveux d'un soyeux châtain collés de sang et déclara d'une voix altérée :

– Fichtre, celui qui a fait cela a frappé de toute sa force. La boîte crânienne a été enfoncée par la violence du choc. On distingue nettement des esquilles plantées dans la matière blanche. La blessure est si étendue que je ne serais pas surpris qu'on l'ait frappée à plusieurs reprises.

– Vous semblez évoquer un homme ? questionna l'abbesse.

– C'est que, madame ma mère, je doute qu'une femme ait la force physique d'infliger de tels dégâts osseux, expliqua-t-il en se relevant. Même en admettant qu'un accès de fureur ait décuplé ses moyens, comment aurait-elle ensuite hissé le cadavre, alourdi du lustre, alors qu'il m'a fallu l'aide de deux femmes de belle stature afin de parvenir à le descendre ?

Hermione de Gonvray jeta un regard à Plaisance, qui répondit par un imperceptible froncement de sourcils. Prenant pour la première fois la parole, l'ancienne apothicaire déclara de cette voix lente et grave qui rappela aussitôt son genre à Plaisance :

– Ceci est si… incongru.

– Incongru, ma sœur ? répéta le médecin.

– On se donne la peine de pendre cette malheureuse par un pied, de la hisser telle une carcasse de bœuf, bref on s'efforce de l'humilier par-delà la mort, plutôt que d'abandonner son corps où il a chu. Néanmoins, on pince sa robe dans l'un de ses bas comme si l'on avait voulu éviter que son bas-ventre ne soit dénudé et exposé aux regards de ceux qui la découvriraient. Il y a là une marque de… comment dire…

– Pudeur ou compassion, l'interrompit Mary de Baskerville en la considérant d'un regard surpris. Je me demandais si quelqu'un le remarquerait.

– De surcroît, la flaque de sang m'étonne, poursuivit Hermione. Je comprendrais qu'elle se soit élargie en épousant la pente du sol, certes pas dans plusieurs directions opposées.

– Tout juste, renchérit Mary de Baskerville en détaillant Hermione. On y distingue encore cinq axes, recouverts progressivement par le sang qui s'écoulait de la plaie.

Le médecin s'agenouilla à nouveau et examina la tache, le visage blême. Mary poursuivit :

– Autre chose, le… l'arrangement du corps ne vous intrigue-t-il pas ? Pourquoi pendu par un seul pied ? Il aurait été beaucoup plus aisé de lui lier les deux pieds joints et de passer la robe sous la corde afin de la maintenir.

– C'est tout à fait exact, approuva monsieur de Villanova d'une voix de stentor qui résonna entre les pierres. Qu'en déduisez-vous, madame ma sœur ?

– Connaissez-vous ce jeu de lames que l'on nomme le tarot [1] ?

Le médecin hocha la tête en signe d'acquiescement.

– Une des lames ressemble fort à ce que nous venons de découvrir : le pendu.

– Le pendu ? demanda Barbe Masurier que la scène avait rendue muette jusque-là.

1. On ignore au juste son origine, Chine, Égypte ou Inde. Des bohémiens l'auraient ramené en Europe.

– Il s'agit d'un des arcanes majeurs. Il symbolise beaucoup de choses, dont l'expiation, le payement des dettes, la libération d'un esclavage. Blanche… Pendue, tête vers le bas, dans un lieu saint. Ajoutez à cela les cinq axes de la nappe qui m'évoquent fort un pentacle que l'on aurait tracé avec son premier sang, ce qui prouve que le meurtrier est resté en compagnie de sa victime quelque temps. Enfin, détail écœurant s'il en est, considérez comment fut tracée la croix qu'elle porte au front. On voit nettement un dépôt plus épais où le doigt s'est appliqué en premier, puis son cheminement qui va s'amenuisant à mesure qu'il dessinait la branche.

– Dieu du ciel, à l'envers. La croix est à l'envers, murmura Plaisance qui s'accrocha au bras de Barbe.

– Des… forces ténébreuses auraient-elles été à l'œuvre ? bafouilla la cellérière. Ici ? Dans Notre-Dame ?

– C'est une hypothèse que l'on ne peut exclure, rétorqua Mary dans un léger haussement d'épaules. Toutefois, j'en doute. Une « force ténébreuse », ainsi que vous la nommez, se serait-elle préoccupée de la pudeur d'une morte ? Laisser sa robe pendre en la dénudant aurait, au contraire, ajouté au blasphème.

Surpris par l'intelligence de cette femme, qu'on lui avait vantée mais à laquelle il n'avait ajouté qu'une foi mitigée, Arnoldus de Villanova renchérit avec fougue :

– Votre nouvelle apothicaire a raison, mesdames. J'opte moi aussi pour un assassin bien de ce monde. Je ne vois guère un démon tout droit sorti de l'enfer utiliser un fer à repasser comme arme. Mais cette lame du tarot ? Le meurtrier a-t-il voulu nous laisser un message ? A-t-il tenté de défaire quelque chose, en relation, pourquoi pas, avec le passé de cette pauvre novice ? Vous m'avez confié, ma mère, qu'elle était un modèle de dévotion, de bienveillance.

– Certes. Une recrue de choix pour notre congrégation.

– Comment expliquer alors ce meurtre hideux, sauf à imaginer…

Le médecin marqua une pause, semblant retenir les mots qui lui venaient.

– Sauf à imaginer ? insista l'abbesse.

– Que vous hébergez, sans le savoir, un être d'une rare noirceur d'âme qui s'attaque à la… pureté. Si tel est bien le cas, je redoute que Blanche n'ait été que la première victime.

– Mon Dieu… protégez-nous, geignit Barbe Masurier.

Mary de Baskerville n'avait pas quitté monsieur de Villanova des yeux durant cet échange. Quelque chose dans l'attitude de cet homme si renommé la troublait sans qu'elle parvienne à mettre le doigt dessus.

Les moniales apeurées qui patientaient au-dehors furent dispersées d'un ordre sans appel de l'abbesse qui se contenta d'annoncer que Blanche venait de rejoindre son Créateur et qu'elle reposait en très grande paix. L'explication ne satisfit personne, Thibaude ayant conté sa macabre découverte à maintes reprises, l'enjolivant un peu à chaque répétition. À l'en croire, un sombre pressentiment l'avait avertie et elle s'était précipitée dans l'abbatiale. Elle avait aussitôt aperçu Blanche pendue tête en bas, bouche grande ouverte sur un cri muet, du sang s'écoulant de ses multiples plaies. Un bruit léger, comme un froissement d'étoffe, l'avait renseignée : le tueur se trouvait encore sur place. Rassérénée par la commisération qu'elle sentait chez ses sœurs, un peu grisée par leur affolement, Thibaude finissait par se convaincre qu'elle avait frôlé la mort et se réjouissait d'y avoir échappé d'un cheveu.

Assise devant la table de pesée de l'herbarium, Hermione de Gonvray réfléchissait. Des coups fermes portés contre le battant de la porte la redressèrent. Certaine qu'il s'agissait de l'abbesse, elle ouvrit sans hésitation. Mary de Baskerville se tenait devant elle, seulement éclairée par la lueur de son esconce qui la faisait paraître encore plus pellucide. La neige s'était accumulée sur les épaules de sa pelisse et le haut de son crâne. Sans même attendre d'invitation, elle pénétra dans la salle encombrée d'armoires aux étagères lourdes de fioles, de sachets et de pots. Hermione patienta, peu loquace, à son habitude.

– Je vous dois des excuses, ma sœur, commença sa remplaçante. J'ai méjugé votre intelligence, une erreur qui m'est peu coutumière.

– Vraiment ? Moi qui croyais que la certitude de votre supériorité vous encourageait à toiser tout le monde !

Un sourire joyeux étira les lèvres pâles.

– En effet. Toutefois, je me trompe rarement. Dans votre cas, et à ma décharge, votre insistance sur des banalités de préparation de potions, des détails si évidents que vous auriez dû les négliger. Bref, j'ai fini par croire que vous étiez l'un de ces petits esprits laborieux.

– Au contraire de vous, je me fais un devoir d'expliquer, voire de simplifier, afin d'être comprise. La connaissance est un bien précieux qui se doit d'être partagé.

– Une perte de temps considérable, résuma Mary d'un ton léger. Que les sots restent sots et qu'ils ne nuisent pas aux efforts des autres ! Pour en revenir à l'objet de ma visite, je vous prie d'accepter mes excuses… mon frère.

Hermione eut le sentiment que le sol se dérobait sous ses pieds. Elle se retint au bord de la table.

– Comment… ? bafouilla-t-elle.

– Rien de plus simple. Quelques détails physiques comme le plat de vos hanches, la force de vos bras lorsque nous descendîmes le cadavre lesté du chandelier, la proéminence de votre pomme d'Adam qui se devine sous le col de votre robe lorsque vous êtes en proie à une vive émotion – et notre découverte de tout à l'heure avait de quoi ébranler la moins impressionnable d'entre nous. S'y ajoutent d'autres indices plus impondérables… subtils. Pourquoi notre mère semble-t-elle si désireuse de vous voir quitter les Clairets quand je sens la tendresse qu'elle éprouve pour vous et que je doute que vous ayez commis une faute qui l'encourage à se séparer de vous ? D'autant que les apothicaires expertes ne sont pas légion, et que l'on s'efforce de les retenir.

– Vous êtes la première à…

– Que vous disais-je plus tôt ? L'une des caractéristiques de la sottise est le manque de lucidité. Les gens se persuadent que ce qu'ils ont envie de voir est la vérité. Plutôt que d'additionner les preuves, d'accoler les éléments jusqu'à parvenir à la réponse exacte, ils maquillent la réalité, la transforment à l'envi et parviennent à une solution erronée, mais au fond rassurante. Vous portiez une robe de bernardine en un couvent de femmes, vous ne pouviez donc être qu'une femme. Voyez-vous, ma bonne, les gens arrivent à la conclusion qui les satisfait – peu importe qu'elle soit juste. Leur esprit imparfait arrange les indices afin de leur donner raison.

– Prétendriez-vous que nous ne sommes pas créatures d'intelligence ?

– Si fait… du moins comparées aux limaces. Cela étant, vous admettrez que ladite intelligence est très inégalement répartie entre nous. De surcroît, elle nous sert surtout *a posteriori*, afin de légitimer nos erreurs d'inintelligence. Allons, chère Hermione, ou quel que soit votre prénom : ouvrez les yeux, vous en êtes capable.

Hermione de Gonvray avait recouvré assez d'assurance. Elle lança d'un ton froid :

– Je ne vous trouve pas aimable.

Une sincère stupéfaction se peignit sur le visage de Mary, arquant ses sourcils presque blancs :

– Le regretteriez-vous ? Et pourquoi faudrait-il que vous me trouviez plaisante ? Je ne vous offre pas mon amitié, pas plus que je ne cherche la vôtre. Qu'en ferais-je ? Ayant découvert que vous possédiez un esprit digne de ce nom, je suis venue vous proposer de mettre nos intelligences en communauté. À l'instar de monsieur de Villanova, je crains que ce meurtre ne soit que le premier.

– Justement, pourquoi ne pas rechercher sa… *communauté* plutôt que la mienne ?

– Arnoldus de Villanova, murmura ironiquement l'Angloise. Prestigieuse réputation, quoiqu'un peu trouble. Déroutant monsieur de Villanova, si passionné par les simples de votre belle région qu'il n'a pas mis un pied hors l'abbaye depuis son arrivée. Peut-être attend-il le printemps, plus adapté à la cueillette, il est vrai ?

Hermione s'était fait la même remarque au sujet du médecin qui passait le plus clair de son temps dans la bibliothèque. Or tous les ouvrages de botanique se trouvaient réunis sur l'une des étagères de l'herbarium.

– Que voulez-vous dire ?

– Que je suis sidérée que l'on ait servi un si piètre prétexte pour expliquer la venue de ce grand savant aux Clairets. De surcroît, son attitude de tout à l'heure m'a… déconcertée.

Un doute effleura Hermione, qui s'enquit :

– Sommes-nous certaines qu'il s'agit bien de monsieur de Villanova, pas d'un imposteur ?

– Ah, vous voyez ! Voilà comme il convient de réfléchir. Considérer toutes les possibilités, même les plus improbables. S'attaquer en priorité à celles qui sont le plus plausibles. Si aucune ne résiste à l'analyse, alors, et alors seulement, il convient d'accepter que l'improbable est vrai. Pour en revenir à votre inquiétude, rassurez-vous : il s'agit bien de lui. Outre qu'il était porteur d'une missive papale, il est passé, il y a un an, en mon ancien monastère de Castres. Il n'y est demeuré que quelques jours et bien que nous nous soyons parfois croisés, je ne lui ai, fort heureusement, laissé aucun souvenir. Toutefois, ce n'était pas les simples qui l'intéressaient à l'époque.

– Quel était le motif de sa venue ?

– Une extension de chapelle. J'avoue m'être demandé pourquoi on envoyait un médecin afin de s'en préoccuper. Un architecte eût été, sans conteste, plus approprié.

Se rendant soudain compte qu'elles se tenaient debout depuis le début de leur discussion, Hermione proposa :

– Asseyons-nous. Je puis nous préparer un peu d'infusion de mauve.

– Volontiers.

Hermione se pencha afin d'attiser les braises qui rougeoyaient dans l'âtre de la cheminée et rajouta du petit bois pour relancer le feu.

– Que diriez-vous de madame Plaisance ? demanda Mary dans son dos. Je l'ai peu rencontrée, trop peu pour m'en faire une idée. Excluons d'ores et déjà son jeune âge qui ne me préoccupe guère. J'ai rencontré des vieillards plus bêtes que des enfançons.

– Elle est, indéniablement, un des esprits les plus vifs que je connaisse..., commença Hermione.

– Mais ? Car, il y avait un « mais ».

– Elle est si... indemne.

Hermione s'étonna du réconfort que lui procurait cette confidence faite à une inconnue qu'elle n'appréciait pas.

– Je vois.

– Vraiment ? tenta d'ironiser Hermione, sans grand succès.

– Si fait. Indemne de taches, indemne de cicatrices. C'est bien cela ?

– Seriez-vous devin ?

– Non pas. Observatrice, plus simplement.

Toujours accroupie devant le feu, Hermione tourna la tête vers la femme, attendant la suite.

– Parmi les cinq personnes présentes en l'abbatiale, une seule ne comprenait pas ce qu'elle découvrait. Plaisance de Champlois. Une seule ne s'était pas assez frottée aux hommes pour se convaincre qu'ils sont capables de tout, notamment du pire. On m'a confié que madame notre mère était arrivée encore enfante en l'abbaye. Elle est donc vierge de véritables cicatrices, celles qui vous lacèrent l'âme et suintent à jamais. Oh, je ne doute pas qu'elle les sache, qu'elle connaisse leur existence, veux-je dire. Cependant, entre savoir et ressentir…

– Et vous, qu'en connaissez-vous ? jeta Hermione que l'aigreur gagnait.

– Bien plus que vous ne le supposez, contra Mary d'un ton cordial. Toutefois, c'est une longue histoire et il ne me sied pas de vous la conter. Revenons, je vous prie, à notre… déplaisante découverte, proposa la nouvelle apothicaire en tendant le bras afin de récupérer le gobelet d'infusion que lui offrait Hermione. Avez-vous gagné en compréhension ?

Hermione de Gonvray s'installa à ses côtés et hésita avant d'admettre :

– À la vérité, tant de choses me paraissent insensées…

Son menton reposant dans l'une de ses paumes, Mary de Baskerville la fixait de son dérangeant regard myosotis.

– … la croix de sang inversée, le pentacle évoquant la sorcellerie, le satanisme, mais l'utilisation d'un bien vulgaire fer à repasser.

– Tout juste, approuva l'Angloise. Que veut-on nous faire accroire ? Qu'il s'agit d'un meurtre démoniaque ? Pourtant, rien dans la façon dont a été tuée Blanche n'évoque une sorte de sacrifice. Tout au contraire. On y perçoit la rage, la haine, bref, les souvenirs, qu'ils aient ou non été partagés par la victime. C'est pourquoi je doute que le but de l'assassin ait été de nous aiguiller vers une fausse piste de sorcellerie. À moins d'imaginer qu'il soit imbécile. Sinon, il aurait choisi une manière plus symbolique de donner la mort, et certainement pas un fer à repasser qui sent un peu l'improvisation. Au demeurant, ce fer pose une épineuse charade. Si c'est un homme qui a hissé le cadavre alourdi du chandelier suspendu, il faut alors supposer qu'il est de belle force. Si tel est le cas, pourquoi n'avoir pas simplement étranglé sa victime ou lui avoir heurté violemment la tête contre les dalles du sol ou les murs ? Pourquoi ne pas lui avoir brisé les vertèbres et avoir opté pour un fer qui, dans les mains d'un homme, risque de surprendre ?

Hermione s'étonna :

– Songeriez-vous qu'une femme ait été capable de…

– Tuer ? À l'évidence. Hisser de la sorte sa victime ? C'est exclu. Même en imaginant ses forces décuplées par la fureur.

– Si ce n'est ni un homme, ni une femme, ni une puissance des Ténèbres, qu'est-ce ?

– Souvenez-vous de ce que je vous ai conseillé. Lorsque les possibilités les plus vraisemblables sont épuisées, c'est que l'improbable, voire l'impossible, est vrai.

Un frisson hérissa Hermione qui murmura :

– Ils, ou elles, étaient plusieurs.

– C'est également la conclusion à laquelle j'en suis arrivée.

Hermione hocha la tête, songeuse :

– Vous évoquiez plus tôt l'attitude troublante de monsieur de Villanova… N'est-il pas bien étonnant qu'il ait d'abord, en grande discrétion, examiné le cou de Blanche alors que, à l'évidence, les coups mortels avaient été portés au crâne ?

Mary de Baskerville frappa de satisfaction dans ses mains avant de s'exclamer :

– Oh, je sens que notre collaboration sera fructueuse, car je n'avais pas remarqué cela. En revanche, son manifeste désir de nous donner raison à chaque nouvelle hypothèse m'a certes flattée, mais grandement surprise… Tout comme sa stupéfaction, son inertie lorsque nous avons découvert le corps de Blanche… Allons… Il s'agit d'un prestigieux médecin et je doute que la vue d'un cadavre l'impressionne encore. Or, il connaissait l'identité de la morte, grâce aux déclarations de Thibaude, avant de pénétrer dans l'abbatiale.

– Il analysait la scène, déduisit Hermione.

– Pour savoir quelle attitude adopter, compléta Mary. C'est donc qu'il nous a caché quelque chose, ne croyez-vous pas ? Un autre détail est déconcertant pour qui connaît bien le jeu de tarot. Toutefois, étant entendu les… cachotteries de notre bon Arnoldus, je n'ai pas jugé opportun de l'évoquer sur place.

– Quel détail ?

– Le pied. On a pendu Blanche par le mollet droit. C'est une erreur. Le pendu est retenu par la cheville gauche, la jambe droite étant repliée derrière son genou gauche. Autre approximation étonnante, étant entendu la peine que le meurtrier s'est donnée pour… exhiber son crime : les bras de la novice flottaient sur les côtés. Or le pendu a les mains croisées derrière le dos. Il aurait suffit de ligoter celles de Blanche pour parfaire la ressemblance avec la lame.

– Qu'en concluez-vous ? demanda Hermione, vivement intéressée.

– Que celui ou celle qui souhaitait délivrer un message en utilisant cet arcane ne manifeste qu'une connaissance bien imparfaite du tarot, remarqua Mary de Baskerville en se levant. À vous revoir, ma chère.

Elle ouvrit le battant et commenta d'une voix navrée :

– Dieu du ciel. Quelle neige ! Elle tombe encore plus dru que tout à l'heure. Quant à cette aurore malingre et laiteuse, elle ne me dit rien qui vaille.

Après quelques instants de réflexion, elle ajouta d'une voix guillerette qui stupéfia Hermione, étant entendu les récents événements :

– Je trouve les Clairets bien plus distrayants que mon ancienne abbaye. En revanche, je vais regretter le franc soleil de Castres. Bah, on ne peut pas tout avoir !

Elle disparut, happée par l'aube neigeuse.

Rue Saint-Jacques, Paris,
février 1308, ce même jour

Jeanne de Signulles soupira en étirant les jambes. Les derniers mois avaient filé, elle ne savait trop où. Elle avait le sentiment d'évoluer dans une sorte de semi-torpeur dont elle ne s'éveillait que rarement. Quelle importance ? Ses souvenirs d'avant s'estompaient à une folle vitesse. Elle ne parvenait qu'à grand-peine à se souvenir des traits de son défunt mari. De quelle nuance étaient ses yeux ? Avait-il porté la barbe ? Souriait-il volontiers ? Quelle intonation dans sa voix ? D'abord inquiétante, cette partielle amnésie avait peu à peu rassuré Jeanne. Le passé n'existait plus. Le passé, c'étaient les hurlements d'Aude lorsque des crises douloureuses la tendaient, soulevant son petit corps étique en arc de cercle. Le passé, c'étaient ses larmes qui déchiraient sa mère plus sûrement qu'une lame. Arnaud, son bel et mystérieux amant, avait fait disparaître le passé, disparaître la légion de médecins qui défilaient dans la chambre de son ange, s'approchant à peine de son lit de souffrances alors qu'ils étaient incapables de nommer le mal qui la taraudait. Arnaud avait fait disparaître leurs soupirs d'affliction convenue lorsqu'ils ôtaient le masque de cuir qui leur protégeait le nez, leur épargnant les odeurs nauséabondes des corps souffrants, et hochaient la tête pour signifier à Jeanne la proche fin de l'enfante. De cela, elle serait à jamais reconnaissante à son amant de noir vêtu. Du reste, elle s'accommoderait. Elle s'était rebellée contre l'inévitable, elle avait accepté l'inacceptable. En toute connaissance de cause.

Elle examina son avant-bras, suivant du regard la longue estafilade pâle, si rectiligne qu'on l'aurait crue tracée à l'aide d'une règle. La lame acérée d'une daguette qui s'enfonçait délicatement dans sa chair. Aucune souffrance, juste un étonnement. Le sourire bouleversant d'Arnaud contre ses lèvres. Ses jambes qui enserraient sa taille, sa main gauche qui caressait son ventre. Durant une longue seconde, rien. Et puis, la naissance paresseuse d'une goutte de sang, juste audessous de son coude. Une autre, encore une autre, admirablement formées. Enfin, toute la ligne de l'entaille qui pleurait du sang. Le sang qui dévalait sans hâte vers la paume ouverte de Jeanne. Le regard si noir d'Arnaud dans lequel brillait une lumière sauvage, vitale. Il avait léché le sang, d'abord avec une tendresse amoureuse puis avec une sorte de passion féroce. Lorsqu'il avait redressé la tête, lorsqu'il l'avait embrassée avec fougue, abandonnant sur ses lèvres le goût de son propre sang, elle avait su qu'il n'existait plus de retour en arrière. Il avait murmuré d'une voix rauque :

– Tu es à moi, tu es en moi, à jamais.

La lame de la daguette s'était alors enfoncée dans le bras musclé et pâle d'Arnaud. Elle avait bu son sang.

Depuis, elle partageait ses soirs et ses nuits, ne sachant guère où il disparaissait le jour. Où allait-il ? Qui était-il au juste ? Au fond, une réponse précise à cette question lui était indifférente. Un être extraordinaire, d'un lointain passé ? Un être au-dessus des règles, des craintes communes ? Peut-être. Au début, elle avait veillé sur ses sommeils agités, se demandant ce que signifiait au juste le serpent enroulé gravé sur l'onyx de sa bague d'auriculaire qu'il ne quittait jamais, attendant, espérant que la complicité de la nuit lui révélerait les secrets de son amant. Une sueur malsaine trempait ses cheveux, collant les longues mèches ondulées sur son front, ses joues. La douleur ou peut-être la peur crispait ses sourcils si bruns, et des larmes naissaient au bout de ses longs cils. Il marmonnait, secouant la tête pour refuser elle ne savait quoi. Elle s'était peu à peu lassée de cette surveillance nocturne qui ne lui apprenait rien. Ils jouissaient de tant de temps, les lois régissant le monde des créatures humaines ne s'appliquaient plus à eux, et elle avait obtenu ce qu'elle avait exigé en contrepartie d'elle : la vie et la paix d'Aude.

Jeanne se leva et passa une cotte fendue [1] de cendal carmin sur son chainse de nuit. Un souffle paisible et régulier de dormeuse l'accueillit lorsqu'elle pénétra dans la chambre de sa fille. Elle ferma les yeux et plaqua la main sur sa bouche afin d'étouffer un gémissement de bonheur. Elle avait offert deux fois la vie à son ange précieux qui reposait en quiétude, un sourire aux lèvres. Rien d'autre ne comptait encore.

---

1. Tunique longue ou robe ouverte sur le devant.

Abbaye de femmes des Clairets,
Perche, février 1308, ce même jour

Monsieur de Villanova avait supplié l'abbesse d'accepter ses excuses. Une urgente réflexion, relative au meurtre de Blanche de Cerfaux, ne lui permettrait pas d'assister à l'office divin de la journée. De fait, installé dans la chambre assez spacieuse que lui avait réservée la sœur hôtelière, Arnoldus de Villanova n'avait cessé de ressasser ce mystère. Toutefois, ses pensées, ses interrogations l'avaient mené bien au-delà de l'abbaye. Il traquait Blanche depuis des années, flairant sa piste jusqu'aux Clairets, n'hésitant pas à entreprendre un long voyage afin de la rejoindre, de l'acculer. Blanche détenait une partie de la solution de l'effarante charade qui avait mené Arnoldus dans tout l'Occident chrétien. Mais Blanche était morte, emportant ses secrets dans la tombe.

S'était-il encore fourvoyé ? Au contraire, parvenait-il enfin au but ? Son ennemi, leur implacable, redoutable, terrorisant ennemi, Arnaud Amalric, était-il enfin à portée ? Avait-il fait occire Blanche de crainte de ses confidences ? Il en avait le pouvoir.

Arnoldus errait depuis des années, passant d'une abbaye à l'autre, ne rejoignant qu'occasionnellement ses frères de combat pour leur délivrer des nouvelles décevantes. Une course contre le temps. Le temps le trahissait depuis des années. Une fatigue de pré-mort remontait dans ses os. Il la sentait jusque sous son épiderme. Elle le rongeait un peu plus chaque jour. Il avait enterré deux papes et encore plus de rois. Un vieillard de soixante-dix-sept ans. Un vieillard que seul tenait encore la force que lui insufflaient ses frères, leur confiance, la rage de défaire l'ennemi avant qu'il ne se répande sur le monde comme sa plus incurable maladie. Sans oublier quelques potions de son secret qui lui auraient probablement valu la geôle si on les avait connues.

Ils avaient tant tardé à réagir. La faute en revenait principalement à Clément V, à ses atermoiements, à la difficulté de convaincre cet homme, dont la prudence devenait fautive, que le mal était à leurs portes, que sa puissance prenait en ampleur et qu'il fondrait bientôt sur toutes les créatures. Villanova et ses six frères, tous scientifiques, alchimistes de renom, avaient patiemment rassemblé les preuves, fouillant les bibliothèques, recueillant les témoignages, dépêchant des enquêteurs aux quatre coins de l'Occident chrétien. Enfin, le souverain pontife n'avait pu persister à refuser l'évidence : le mal, ou du moins une de ses émanations les plus virulentes, redressait la tête. La traque avait débuté. Villanova avait flairé la piste de l'ennemi le plus effrayant qu'il ait eu à affronter. Elle l'avait conduite dans tant de lieux qu'il en perdait le compte. De désillusions en impasses, il avait progressé telle une fourmi obstinée. Dieu devait lui prêter vie jusqu'à ce que le monstre soit exterminé, ses adeptes poussés vers le bûcher purificateur.

Blanche de Cerfaux avait-elle été l'une de ses victimes, ou celle de l'un de ses sbires ? Le pendu dans une église, la croix inversée, le pentacle… Mais pourquoi aux Clairets ? À la vérité, « l'arme du crime », un vulgaire fer à repasser de bonne femme, dissuadait monsieur de Villanova d'ajouter foi à cette hypothèse. Leur démoniaque adversaire à la très élégante noirceur n'aurait jamais utilisé si vil ustensile pour se débarrasser d'un gêneur. À l'évidence, il y aurait vu un manque de grandeur, une déchéance.

Arnoldus se leva en réponse au grattement contre la porte de sa chambre. Marguerite Bonnel, toujours joviale, passa la tête par l'entrebâillement et annonça :

– Un messager, messire. Fourbu, mais avec du sang autre que de navet puisqu'il a bravé la tempête afin de vous rejoindre ! Doux Jésus, s'aventurer dehors par un temps pareil. Son cheval s'enfonçait jusqu'aux canons [1] dans la neige ! Pauvre gars, il est bleu de froid ! Je vous l'envoie et le récupère ensuite pour lui faire donner une soupe revigorante et une bolée de vin d'épices chaud.

Dissimulant sa surprise à cette annonce, monsieur de Villanova la remercia avec chaleur, en dépit de son appréhension.

Un homme très grand, presque émacié, d'une bonne cinquantaine d'années, le visage tiré d'épuisement, pénétra peu après dans les appartements du savant.

1. Situés sous les genoux du cheval, qui correspondent aux poignets chez l'homme.

Arnoldus de Villanova se précipita vers lui pour le serrer contre son cœur :

– Frédéric, mon valeureux ami ! J'ai aussitôt compris qu'il s'agissait de vous. De l'un de vous. Nous ne sommes que sept à connaître mes destinations, hormis le souverain pontife…

Villanova se recula et détailla son vieux compagnon.

– Je vous vois le visage si grave, si fatigué que je redoute d'entendre ce que vous êtes venu me narrer, n'hésitant pas à entreprendre une longue route et à braver les éléments. De grâce, asseyons-nous. Permettez que je vous aide à ôter vos bottes trempées afin que vous puissiez vous réchauffer les pieds devant la cheminée.

Arnoldus de Villanova s'activa, rajoutant une grosse poignée de simples dans la marmite d'eau qui chauffait au-dessus de l'âtre, tirant le volet d'évacuation du conduit de cheminée pour attiser les flammes.

Dans la chambre voisine, Alexia de Nilanay lisait depuis le matin le *Cligès* de monsieur Chrétien de Troyes [1]. L'histoire captivante de la venue en Angleterre d'Alexandre et de son fils Cligès afin de se parfaire dans l'art de la chevalerie avait tant charmé Alexia qu'elle en avait oublié le déjeuner. Elle frissonna et hésita à se lever afin d'alimenter le feu mourant. L'habitude des privations, de la pénurie, qu'on lui avait enseignée en ce lieu était tenace. Son penchant de

1. Le plus grand romancier du Moyen Âge, qui écrivit entre 1160 et 1183, approximativement.

jadis pour le luxe, les dépenses futiles semblait l'avoir abandonnée à tout jamais. Certes, mais le froid piquant de cette journée de forte neige aurait dissuadé n'importe quelle assidue de poursuivre sa lecture. Or, cette aventure la fascinait et elle voulait en connaître l'issue. Elle se décida. Elle tira la chaînette qui permettait de faire basculer le volet obstruant le conduit de cheminée afin de provoquer un appel d'air plus puissant.

Elle entendit alors assez nettement la conversation qui s'échangeait dans l'autre chambre, celle qu'occupait un savant de grand renom.

– Arnoldus… Je ne sais si la nouvelle est bonne ou exécrable.

L'homme s'exprimait avec un léger accent germanique.

Un peu honteuse, Alexia faillit rabattre le volet. Pourtant, un instinct lui souffla d'écouter. Après tout, elle n'était plus servante de Dieu, ne l'avait jamais été. Un même péché devait donc être moins grave commis par elle. Et puis, ce monsieur de Villanova semblait en intriguer certaines. Débarquer en plein mois de février au prétexte d'étudier les simples sentait la piètre mascarade. En d'autres termes, s'il dissimulait un secret à l'abbesse, elle était fondée à le découvrir par affection pour son ancienne mère. Forte de cette belle logique, elle tendit l'oreille.

– Frédéric, tant de choses terribles nous unissent. Mais, par-dessus tout, c'est l'aveugle confiance que nous avons placée dans nos frères qui nous soutient et nous préserve. Mon frère… je vous écoute.

– Vous aviez vu juste, la bête est remontée au nord. Il se terre quelque part dans les parages. Toutefois, vous savez aussi bien que moi qu'il se ménage toujours plusieurs tanières.

Tendu à l'extrême, monsieur de Villanova exigea d'une voix hachée des explications. Ainsi, il avait vu juste. Celui qui se faisait appeler Arnaud Amalric se terrait non loin des Clairets. Son compagnon d'une guerre souterraine et sans merci poursuivit :

– Un jeune moine de Dame-Marie prénommé Gilbert. Son cadavre a été retrouvé allongé, exsangue, sur la table du dolmen connu sous le nom de « Pierre procureuse ». Une pierre hautement païenne, comme vous ne l'ignorez pas. Ce sont des paysans venus ramasser du bois tombé qui l'ont découvert.

– Comment a-t-il été tué ? s'enquit monsieur de Villanova d'une voix métallique.

– La gorge tranchée, d'une oreille à l'autre. Une belle blessure, sans hésitation, qui évoque fort Arnaud Amalric. Toutes les victimes que nous sommes parvenus à lui attribuer jusque-là ont péri égorgées, sans autres sévices. Des exécutions, rien d'autre.

Ce rappel conforta Arnoldus dans ses déductions : leur ennemi n'était pas le meurtrier de Blanche de Cerfaux. La fureur des coups portés au crâne de la novice l'attestait. Il demanda :

– A-t-on un début d'élucidation ?

– Après une rapide enquête en l'abbaye de Dame-Marie, il est vite apparu – grâce à des témoignages – que frère Gilbert était parti à l'aube en compagnie d'un ancien enlumineur-copiste, transféré de l'abbaye de Jumièges, un certain frère Henri. Selon un témoin, le jeune moine portait à l'épaule une bougette renflée, sans doute de vivres, preuve qu'il prévoyait un périple assez long.

– Qu'en a affirmé ce frère Henri ?

– Il a d'abord commencé par nier, n'hésitant pas à jurer sur les quatre Évangiles, sur lesquels il posait la main, qu'il ne savait rien de cette histoire, précisa Frédéric. Devant l'abondance d'indications contraires, il a fini par avouer. Je vous passe les détails. Il s'est effondré en sanglotant comme un enfançon, en jurant qu'il avait été ensorcelé. Et puis, il a décrit le cavalier noir avec qui il avait rendez-vous. Celui-ci devait lui offrir la vie éternelle et lui rendre la finesse de sa main en échange du sacrifice du jeune homme. Si l'on en croit frère Henri, c'est le cavalier qui aurait égorgé le moinillon. Quoi qu'il en soit, il sera jugé et sévèrement châtié. C'est lui, Arnoldus ! Le cavalier noir correspond à la description que tous nous ont faite de ce monstre démoniaque, de celui qui se fait appeler Arnaud Amalric.

À cette déclaration, monsieur de Villanova avait blêmi jusqu'aux lèvres. Son cœur s'était emballé à lui faire presque mal. Il plaqua la main sur sa poitrine et un vertige l'aveugla.

– Arnoldus, mon cher frère, s'affola le prétendu messager. De grâce… remettez-vous !

D'un geste, monsieur de Villanova l'apaisa.

– Je vais bien, mon ami. Je ne sais si c'est le soulagement de parvenir enfin au but, ou la crainte d'être à nouveau déçu. Peut-être même, je l'avoue, la peur de me trouver face à cet être maléfique et si puissant. Et si je faiblis ? Et si je faux à ma tâche ?

– Vous ? Jamais. Pourquoi croyez-vous que nous avons placé nos espoirs en vous ? Vous êtes le seul capable de résister à sa magie, à ses redoutables menteries qui ont condamné tant d'êtres à la perdition, à la damnation éternelle. Vous serez insensible à son ignoble séduction, j'en suis certain.

– Dieu vous entende !

Une sorte d'effroi superstitieux avait gagné Alexia de Nilanay. De quoi parlaient au juste les deux hommes ? Quelle bête voulaient-ils défaire depuis si longtemps ? Quelle magie ? Quelle damnation ? Ces mots si terribles l'inquiétaient fort, tout en aiguisant sa curiosité. De l'autre côté du conduit de cheminée, la conversation se poursuivait.

– De quelle strate de l'enfer sort-il, Arnoldus ?

– Je l'ignore, mon ami. En dépit de mes efforts, de nos incessants efforts à tous, en dépit de tous les ouvrages terrifiants que j'ai pu consulter dans la bibliothèque secrète de notre Saint-Père, je ne parviens pas à identifier ce démon parmi les quatre-vingt-douze recensés à nos jours. Rien dans les us et les ruses de notre ennemi ne correspond à ce que nous connaissons déjà, à ce qu'ont pu nous apprendre les cas de possession, les comptes rendus d'exorcisme.

– C'est donc pire que nous ne le redoutions, murmura Frédéric, atterré. Que nous reste-t-il comme arme, comme contre-attaque ? J'ai le pesant sentiment qu'il cherche quelque chose. Une chose essentielle à ses yeux. Comment expliquer sans cela ses déplacements, qui ne semblent dictés par aucune logique ?

En effet, il cherchait quelque chose. Arnoldus de Villanova savait maintenant exactement quoi, et il était prêt à sacrifier sa vie pour empêcher leur ennemi de parvenir à ses fins, car alors le monde plongerait à jamais dans les Ténèbres. Toutefois, monsieur de Villanova devait préserver ce terrible secret, même de ses frères, même de Frédéric. Pour leur paix. La croix de Béziers. La croix d'ignominie et de perdition, celle que l'on avait bafouée en la contraignant à assister à un révoltant massacre perpétré au nom de Dieu et du doux Christ. Peu à peu, Arnoldus de Villanova avait assemblé les pièces éparses de ce jeu mortel, confrontant les témoignages réticents, écartant les exagérations de délire ou de superstition qu'il avait glanées çà et là.

Il se souvint de cette vieille femme blême, une bohémienne, qui l'avait abordé à la sortie d'une taverne du sud du royaume. Elle n'avait pas lâché son crucifix, qu'elle baisait entre chaque mot, durant tout le temps de leur entretien. Le fixant d'un regard noir d'une déplaisante intensité, elle avait murmuré :

– Tu le cherches, n'est-ce pas ? Il est proche. Ma mort est proche. Je le sais, mais je ne redoute rien. Toutefois, Dieu ne me pardonnerait pas d'avoir emporté mon secret dans la tombe. Aussi l'écouteras-tu, que tu le veuilles ou non. Ensuite, je pourrai mourir en paix.

Il avait tenté de passer son chemin, pensant avoir affaire à l'une de ces mendiantes privées de sens qui prétendaient prédire l'avenir contre quelques piécettes. Elle s'était cramponnée à sa manche. D'une voix au débit précipité, elle avait chuchoté :

– Il cherche la croix maudite. S'il la trouve, c'est la fin de vous. La fin de la Lumière. Empêche-le. Tu le peux. C'est inscrit sur ton front. Je connais sa race démoniaque. Ce sont des non-morts, des non-vivants. Si tu les laisses faire, ils anéantiront toute vie. C'est lui que tu cherches. Il arrive. Empêche-le de trouver la croix de perdition. Elle lui donnerait la véritable éternité et le pouvoir de siéger sur un trône de soleil. Pour l'instant, il ne peut rien hors la nuit.

Ébranlé par ces confidences qui corroboraient certaines des intuitions qui commençaient à se former dans son esprit, Arnoldus de Villanova avait tenté de la retenir, d'exiger d'autres explications. Elle s'était dégagée d'un geste brusque et s'était enfuie, le laissant perplexe, inquiet.

Deux jours plus tard, les hommes du prévôt avaient retrouvé le cadavre de la vieille bohémienne, la gorge nettement tranchée, d'une oreille à l'autre.

Monsieur de Villanova avait ensuite récolté d'autres témoignages, semblables, tout aussi effrayants. Enfin, après des mois de recherches, d'interminables lectures de manuscrits, il était parvenu à une certitude. La croix maudite n'était autre que celle qui avait été brandie lors de la boucherie de Béziers, un siècle plus tôt. Elle avait depuis disparu, échappant à la vigilance d'Arnaud Amalric, abbé de Cîteaux, qui l'avait pourtant protégée avec une obsession maladive.

La croix de Béziers devait permettre à un non-mort d'atteindre l'éternité, l'immortalité, et de régner dans une lumière venimeuse qui anéantirait tous les vivants. Dieu lui-même n'interviendrait pas. Son Fils d'argent avait été souillé par le sang des innocents, par la faute de Ses créatures.

Le vieux savant repoussa pied à pied la panique qui tentait de s'engouffrer dans son esprit. Il devait récupérer cette croix avant leur ennemi. Il la cherchait avec une fébrilité désespérée, depuis qu'il avait deviné son existence et appris son pouvoir.

– Je l'ignore, mon bon Frédéric, mentit-il. Cela étant, nous ne devons pas prêter à notre ennemi un raisonnement humain. Ce serait une grave erreur. Ses mobiles nous sont impénétrables. Ne nous égarons pas, ne dispersons pas nos forces à tenter de les percer. Une seule chose importe : l'exterminer, l'empêcher de nuire.

– Qui peut-il bien être ? Le diable ?

Le regard sombre de monsieur de Villanova devint terne. D'une voix qu'il ne reconnut pas, il osa :

– Pire.

Une onde glacée figea Alexia de Nilanay. Des tremblements convulsifs l'agitèrent. La tête lui tourna au point qu'elle se précipita dans la chambre pour se laisser tomber sur l'escame. Pire que le diable ? Comment imaginer une telle aberration ? Quant au diable lui-même, impossible. Le diable faisait toujours intervenir ses démons. L'affolement suivit sa soudaine faiblesse. Doux Jésus, que pouvait-elle faire ? Elle refoula les sanglots qui lui venaient. Défilèrent dans son esprit des idées sans suite, des images heurtées. Pourquoi avoir tant insisté pour quitter la quiétude du château de Mortagne ? Pourquoi être revenue en ce lieu où, déjà, elle avait connu la terreur ? Pourquoi avoir abandonné l'amour de son doux seigneur pour se retrouver seule ici, vulnérable ? La face ravagée de cette brute de ladre qui voulait occire madame Plaisance. Les nervis[1] de monseigneur de Valézan qui défonçaient la porte de sa chambre en l'hostellerie, qui transperçaient le corps de monsieur Malembert. L'enlèvement, la forêt sinistre et glaciale. L'appentis transformé en réserve dans lequel on l'avait poussée, ligotée. Ils l'avaient giflée à toute volée pour faire taire ses hurlements. Et tout ce temps, tout ce temps-là, elle s'était accrochée à la certitude qu'il la sauverait, pour ne pas devenir folle de peur. Lui, Aimery de Mortagne. Soudain, une conviction aussi implacable qu'une révélation. Quoi ? Pauvre et stupide poltronne ! Elle ne le méritait pas. Lui, l'homme de valeur, de bravoure et d'honneur qui n'avait pas hésité à risquer mille fois sa vie pour défendre sa foi, ses certitudes, les êtres chers à son cœur, ou ses gens. Une couarde, une lâche, voilà ce qu'elle était. Se montrer digne de lui. Se redresser. Agir.

L'espèce de léthargie malfaisante qui l'avait engourdie disparut. Prévenir l'abbesse de ce qui se tramait. Surtout, faire porter un message à Aimery afin de l'avertir de l'épouvante qu'elle venait de découvrir.

Marie-Lys, l'un des sœurs infirmières, chargée par Plaisance de la surveillance et du confort de madame de Balencourt, l'ancienne grande prieure du cloître de la Madeleine, pénétra en trombe dans le palais abbatial,

1. Hommes de main.

le visage défait. Adèle Grosparmi se porta à sa rencontre.

– Ma bonne, vous semblez toute retournée, s'alarma-t-elle.

– Le mot est faible, chère Adèle, jeta l'autre d'un ton haché. Mélisende de Balencourt est en crise. Une crise d'une rare violence. Trois infirmières ont dû joindre leurs efforts afin de la ligoter sur son lit. Elle en a mordu une au sang. Elle hurle telle une possédée et réclame la présence de sa sœur Élodie, bref, de notre bonne mère. Je ne sais que faire. Elle vocifère, parvient à se soulever sous ses sangles au point qu'elle s'est entaillé la chair des jambes. Je vous l'avoue, avec grande honte, elle me fait peur. J'ose à peine m'approcher de son lit.

– Montons prévenir notre mère. Elle seule peut l'apaiser un peu.

Les deux femmes grimpèrent quatre à quatre les marches qui conduisaient au bureau de l'abbesse.

Lorsque Plaisance de Champlois aperçut le visage crispé d'appréhension de Marie-Lys, elle murmura :

– Mélisende ?

– Ma mère, elle est possédée de folie au point qu'elle risque de se blesser gravement ou de faire du mal à l'une d'entre nous. Je vous en supplie, venez. Elle vous… enfin, elle réclame sa petite sœur.

Plaisance n'hésita pas. Elle récupéra son escoffle [1] et emboîta le pas aux deux femmes.

Elles entendirent les rugissements de madame de

1. Pèlerine doublée de fourrure.

Balencourt dès qu'elles débouchèrent dans les jardins de l'infirmerie. Plaisance s'engouffra dans le couloir, hâtant l'allure. Deux sœurs infirmières, la mine effarée, patientaient à côté de la porte de la chambre de l'ancienne grande prieure. L'abbesse les écarta d'un geste et ordonna :

– Je pénètre seule.

– Ma mère, gémit Adèle qui venait de la rattraper, quelle imprudence !

– Elle est démontée, on la dirait enragée, renchérit Marie-Lys. Permettez que nous vous accompagnions.

– Non pas. Si j'avais besoin de votre aide, je vous appellerai. Elle ne peut faire aucun mal à sa petite sœur Élodie. Elle l'a étouffée par amour. Elle a perdu l'esprit à cause de cet amour.

Un éphémère désespoir envahit Marie-Lys lorsqu'elle songea que jamais elle ne parviendrait à égaler l'intelligence, l'abnégation et la compassion de cette jeune fille qui dirigeait leurs vies. Elle s'y appliquait, pourtant, de tous ses efforts, soignant sans relâche, accompagnant les agonisantes de toute sa pitié, de toute sa science.

Lorsque Plaisance déverrouilla l'épaisse porte qui protégeait madame de Balencourt du reste du monde et surtout d'elle-même, l'odeur qu'elle connaissait maintenant si bien la prit à la gorge. Elle songea que jamais elle ne parviendrait à oublier ces remugles de déchéance humaine, mélange de sueur, d'odeurs d'excréments, d'urine et lourds relents de peur abjecte. L'odeur de la peur lui était devenue familière, telle une obstinée compagne.

Le visage convulsé de terreur, grelottante de démence, le corps arqué en dépit des lanières de cuir qui la maintenaient couchée dans son lit, Mélisende de Balencourt hurlait sans discontinuer, reprenant à peine son souffle entre deux cris. Pas des cris, de sauvages appels. À l'aide, à la délivrance, peut-être. Plaisance pria, appelant de toutes ses forces le basculement de son esprit, celui qui lui faisait oublier la folie féroce de cette femme qu'elle n'avait jamais aimée, celui qui lui permettait de ne voir cette créature humaine que comme un être souffrant à consoler, à apaiser, à réconforter. Enfin le basculement. L'odeur disparut.

– Mélisende ? C'est Élodie.

Aussitôt, le cri mourut. Aussitôt, un sourire de bonheur détendit le petit visage émacié et gris.

– Ah, ma chérie… tu ne venais pas. J'ai eu si peur. Pour toi. Mon ange… s'il t'arrivait quelque chose de fâcheux, je ne me le pardonnerais pas. Un baiser, petite sœur, donne-moi un baiser. Je ne sais pourquoi ces sottes m'attachent de la sorte. Ne croirait-on pas un animal cruel ? Elles ne sont pourtant pas mauvaises. Juste sottes, si sottes.

– C'est afin que tu ne te blesses pas, ma chérie, murmura Plaisance en s'approchant du petit lit trempé d'urine.

– Ces liens me tranchent les chairs. Ne peux-tu les enlever ou, à tout le moins, les desserrer ?

Plaisance s'assit sur le lit. Elle frôla de ses lèvres le front fiévreux, la peau moite et pourtant aussi sèche qu'un parchemin. Une phrase lui revint en mémoire : « Dieu marche à tes côtés, ma sœur, parce que tu ne redoutes rien de ce qui vient de Lui. » Lequel des contrefaits l'avait prononcée ? Elle l'ignorait. Mélisende, elle aussi, venait de Dieu. Elle défit les entraves qui retenaient ses poignets, ses chevilles et ses cuisses. Le corps décharné se redressa avec une vivacité surprenante. Madame de Balencourt serra Élodie contre elle, bafouillant :

– Ma chérie, ma douce chérie… Dieu m'a distinguée puisqu'Il m'a donné un ange comme sœur.

Soudain l'étreinte se resserra en étau, au point de faire gémir Plaisance. Pourtant, elle ne se débattit pas. Pourtant, elle attendit, malgré l'essoufflement qui la gagnait.

D'une voix grave, si heurtée que l'abbesse eut peine à la reconnaître, Mélisende murmura à son oreille :

– Pars, mon ange. Pars aussi prestement que tu le puis. Fuis cet endroit. Il vient, il est à nos portes. Je le sens. Il pue telle une charogne. Ne t'inquiète pas de moi, fuis. Il en est encore temps. Fuis, te dis-je ! Il va déferler sous peu. Rien ne l'arrêtera. Je le connais. Je le repousse depuis des lustres. (Elle éclata de rire, la salive dévalant de la commissure de ses lèvres, et feula :) Sale engeance ! Il ne peut plus rien contre moi. Il va s'attaquer à toi, pour me punir. Mais je te protégerai. Toujours.

Plaisance eut une effarante certitude. Sous la logorrhée extravagante de cette insensée se cachait une implacable vérité.

– Qui ? Qui « il », ma chérie ? Qui voudrait me faire du mal pour se venger de ta résistance ?

– Lui, le mal ! Fuis, mon ange. N'aie crainte de me laisser. Je te l'assure : il ne peut rien contre moi. Te savoir en sécurité me donne toutes les forces.

Résistant à l'envie de se lever, de se ruer hors de cette chambre, Plaisance caressa le fin duvet gris qui avait repoussé sur le crâne tondu de madame de Balencourt. L'ancienne grande prieure fondit en larmes, baisant les mains de Plaisance, suppliant :

– Te cacheras-tu afin qu'il ne puisse te retrouver, poser le regard sur toi ? Il hait les anges. Son seul but est de les détruire. C'est pour cela qu'il ne peut plus rien contre moi, j'ai refusé d'être un ange. Pour toi. Pour te préserver. L'imbécile ! grommela-t-elle. Mauvais comme tous les diables, mais imbécile ! Il ne sait pas. Sa mauvaiseté l'aveugle. Il ne sait pas que l'on peut sacrifier ses ailes par amour. Je l'ai fait, pour toi. L'abruti ! Fuis !

Sans trop savoir ce qu'elle disait, s'en voulant de contribuer au cauchemar de folie de l'ancienne grande prieure, Plaisance s'entendit répondre d'un ton tendre et paisible :

– Repose, ma chérie. Ne t'alarme. Dormons un peu, veux-tu ? Il ne peut rien, en effet. L'aurais-tu oublié ? Ce serait étonnant. Il ne peut m'atteindre, mes ailes sont si robustes. Souviens-toi. Elles nous ont portées l'une et l'autre si longtemps. Elles nous protégeront encore. Toi et moi. À jamais. Rien ne nous endommagera, ni lui ni personne. Je te l'assure. Nulle vilenie, nul sortilège, nulle odieuse magie ne peut rien contre nous. Endors-toi, ma chérie. Je veille.

Un long soupir de fin de souffrance. Mélisende de Balencourt enfouit son visage dans le ventre de la jeune abbesse. Bientôt, un souffle calme. Elle reposait. Plaisance souhaita de tout cœur que ses rêves l'entraînent vers des jardins lumineux et peuplés de créatures légères et charmantes, ceux que sa sœur et elle n'avaient jamais connus. Elle la berça durant quelques minutes, certaine que madame de Balencourt percevait Élodie contre elle. Enfin, elle déposa un baiser sur son épaule et sortit.

L'angoisse ne la rattrapa que lorsqu'elle verrouilla la porte derrière elle.

Abbaye de femmes des Clairets,
Perche, février 1308, ce même jour, à la nuit

Une nuit laiteuse s'était installée. L'étrange silence de la neige les environnait, seulement troublé par le bruit de leurs respirations, parfois par un hululement de chouette en chasse. Il ne s'agissait pas d'une simple absence de son. La neige semblait avaler tous les bruits pour les dissoudre et les annihiler.

L'oreille aux aguets, ils progressaient l'un derrière l'autre, prenant soin de mettre leurs pas dans ceux qu'ils suivaient, de sorte que l'épais tapis blanc conserve la marque d'une empreinte seulement. Avançant à reculons, Sidonie fermait la marche, balayant derrière eux à l'aide de branches de buis. Ainsi, la neige ne trahirait pas la direction qu'ils avaient prise. Urdin soufflait sous sa charge, emmitouflée dans une couverture. Il murmura :

– On fait une courte halte avant d'franchir la porterie des Fours. L'est maigrelette mais pèse quand même son poids.

De sous la couverture repliée en cocon, l'intéressée répondit d'une voix tendre :

– Pose-moi. Je puis marcher.

– T'es pieds nus et la neige nous monte à mi-mollets, Claire. T'inquiète, nous sommes bientôt rendus.

S'adressant à Éloi, Urdin demanda pour la dixième fois :

– T'es bien sûr de la cachette ? Si on v'nait à la trouver, à la traîner dehors…

– Pour sûr, et j'ai pas chômé durant les nuits, compagnon. Avec Sidonie, on y a fait un p'tit nid douillet, à not'princesse, répondit le nain dans un large sourire édenté.

– Personne t'a aperçu, t'en es bien certain ?

– Ça fait vingt fois que j't'le répète.

– Faut avancer, remarqua Sidonie. Vigiles tardera pas. L'temps qu'on l'installe…

– Il aurait mieux valu pour vous tous me laisser dans le fardier, commenta Claire d'une petite voix.

– T'es pas bien folle ? s'emporta Urdin. Pour qu'tu meures ?

– De toute façon, je vais mourir, rétorqua-t-elle d'une voix paisible.

– Comme nous tous, mais l'plus tard possible !

Ils pénétrèrent dans l'enceinte grâce à la clef qu'avait façonnée Éloi à la barbe d'Agnès Ferrand. Ils contournèrent les cuisines, longèrent les celliers jusqu'aux caves. Éloi produisit une autre clef neuve en expliquant :

– Not'brave cellier [1] manifeste un sacré penchant pour la bouteille. Y se planque dans les caves pour téter au goulot. Y avait qu'à attendre qu'y s'écroule en

1. Serviteur laïc qui a la charge des celliers et des caves.

ronflant comme un sonneur et s'faufiler par le soupirail pour lui piquer sa clef. Y a pas qu'des inconvénients à être nain, conclut-il en se redressant de toute sa petite taille. Un d'vous autres, les grands, aurait jamais pu se glisser entre les barreaux !

– Pour sûr, approuva sa sœur. C'est comme la maraude. Plus t'es petit, mieux tu peux faucher. C'est comme ça qu'on a si bien pourvu le nid de not'princesse, déclara-t-elle fièrement.

– Tout de même, protesta faiblement Évrard. Ce n'est pas très honorable de voler l'abbesse qui nous a accueillis.

– Oh, ça va, l'curaillon ! lui lança Sidonie. Comment qu'tu voulais qu'on s'débrouille ? Qu'on lui demande l'autorisation de faire entrer Claire ? Tu sais bien qu'elle les terrorise, encore plus qu'Urdin avec tous ses poils de loup ou toi avec tes doigts de poulpe. Nous encore, Éloi et moi, on en fait marrer certains. On est grotesques à leurs yeux, répugnants mais pas effrayants. Toutefois, vous… Bref, on n'avait pas d'aut'moyen pour mettre Claire à l'abri de ce qui lui fait du mal.

– Je le sais, admit Évrard.

– Je vous cause tant de soucis, regretta la jeune fille qu'Urdin déposa avec délicatesse au sol dès qu'Éloi eut refermé la porte des caves derrière eux.

– Cesse de dire des âneries, répondit le nain. J'trouve ça plutôt drôle et puis y a pas mort d'homme. C'est juste des p'tites rapines.

– Y a eu mort d'homme, rappela Urdin en faisant allusion à leur montreur, la face défoncée par une crémaillère.

– C'tait pas un homme, c'tait une mauvaise verrue, rectifia Sidonie.

Éloi récupéra la torche qu'il avait dissimulée la veille entre deux tonneaux. Il les précéda dans l'enfilade de salles de taille modeste qui descendaient en pente douce en obliquant sur la droite. Une odeur aigrelette de vin les environnait, mêlée de celle, plus lourde et métallique, des tonneaux et de la terre battue du sol. Les fûts de chêne, les tas de bouteilles vides se raréfièrent au fur et à mesure de leur progression. Au fond de la dernière salle creusée sous les jardins du cloître Saint-Joseph, une rébarbative porte renforcée de traverses cloutées. Éloi produisit une autre clef en indiquant :

– Y en a qu'une et j'l'ai fauchée au cellier pendant qu'y cuvait ses gorgeons.

Pendant qu'il déverrouillait la lourde porte, Évrard s'inquiéta :

– Il peut en faire meuler une nouvelle.

– Ouais, mais sans le modèle, ça lui prendra du temps et j'te rappelle que c'est moi qui m'occupe de ça, sur ordre de l'abbesse. On sera donc prévenus. Et n'oublie pas qu'personne met un pied dans cette salle. D'ailleurs, c'est pas là qu'on s'arrête, précisa-t-il avec une mimique tout à la fois satisfaite et mystérieuse.

Ils pénétrèrent dans la petite salle basse. D'épais relents de moisissure les saisirent à la gorge. Un monceau de douves et de cercles, de tonneaux éventrés achevait de pourrir ou de rouiller contre le mur du fond.

Éloi s'en approcha en racontant :

– C'est not'surprise, à Sidonie et à moi. Une bonne surprise, une fois est pas d'coutume. En fait, c't'un signe, que j'vous dis ! C't'un signe qu'on fait bien. L'cellier m'a demandé de balancer les planches trop pourries, de mettre un peu d'ordre quoi. C'est en m'penchant que j'ai senti l'air. Y avait pas de raison, vu qu'y a aucune ouverture et qu'on est sous terre…

Tout en parlant, il déplaça le tas de planches incurvées, souleva un tonneau poussé contre le mur et Évrard se fit la même réflexion pour la millième fois : le nain était d'une force peu commune. Éloi désigna d'un geste théâtral une sorte de long soupirail bas, creusé au ras du sol.

– J'm'ai dit comme ça, mon gars Éloi, pourquoi qu'y a un soupirail vu que normalement, on est entouré par la terre ? Alors, j'ai scié les barreaux, déclara-t-il ravi en tirant sur les épaisses barres de métal qui cédèrent sans grande résistance. Et puis, j'suis passé de l'autre côté. Et là, j'ai fait une sacrée découverte. Y a une petite salle en rotonde, bien sèche. J'avais pas trop le temps d'explorer, mais j'suis sûr qu'y a une autre sortie ailleurs. J'vais l'vérifier. On pourra faire sortir Claire à l'aut'bout en cas de danger d'ce côté. Bah, ça m'étonnerait qu'on nous inquiète, mais mieux vaut prévoir. En tout cas, j'suis certain que l'cellier a pas connaissance de l'existence de c'te p'tite salle ni du soupirail.

– T'es irremplaçable, mon gars, commenta Urdin d'un ton d'admiration.

– J'sais ça, approuva Éloi avec le plus grand sérieux. Mais Sidonie m'a donné un sacré coup de main ! L'ennui, c'est qu'à mon avis, y a que Claire et nous qui pouvons nous faufiler par l'ouverture. Peut-être Évrard vu qu'il est maigre comme une brindille. Toi, compagnon, tu passeras pas les épaules. D'un autre côté, on est assurés qu'aucun grand viendra l'ennuyer. Si vous voulez bien me suivre, lança-t-il d'un ton pompeux, Sidonie et moi, on a tout arrangé.

Éloi, Sidonie et Évrard passèrent en se contorsionnant. Urdin, qui tenait toujours Claire entre ses bras, ne tenta même pas l'expérience. Sa taille et sa carrure l'empêcheraient de passer, en dépit de ses efforts afin de se faire aussi petit que possible, quitte à s'arracher la peau du dos. S'il en fut fort marri, le soulagement que lui procurait l'idée que Claire serait proche de lui, en sécurité, atténua sa déception. Au fond, lui que l'on avait abandonné en forêt à deux ans pour qu'il y soit dévoré par ses semblables, les loups, lui qui s'était senti si peu humain durant toutes ces années, qui avait attisé la haine qu'il ressentait pour les glabres, les bien-formés, avait découvert la tendresse, l'amour et la reconnaissance grâce à son étrange et disparate famille de monstres. Ils étaient devenus sa vraie meute. Il n'était plus seul, exposé, il faisait partie de leur groupe. Les larmes aux yeux, il songea un bref instant qu'ils étaient probablement plus humains que nombre des bipèdes dont ils avaient croisé la route. En dépit de son esprit plus lent que celui d'Évrard ou même celui d'Éloi, il sut, sans hésitation, que la qualité d'humain ne s'hérite pas, elle se mérite. Ils l'avaient tous gagnée de haute lutte. Qu'il était précieux de craindre pour les autres, d'être prêt à les défendre jusqu'à la dernière goutte de son sang. Il protégerait Claire et les autres jusqu'au bout. Il était le plus fort et le plus féroce, s'il fallait en venir à cela. Claire… Elle soupira entre ses bras. Nul désir de chair, nul désir d'homme envers ce petit corps squelettique, si livide que l'on eût cru un minuscule et pathétique cadavre. Claire était son miracle, celui qu'il avait appelé de toutes ses forces, durant si longtemps. Dès qu'il avait posé les yeux sur elle, son cœur s'était retourné de douceur, d'amour. Elle avait caressé les longs poils soyeux qui couvraient son visage. L'avait-elle vu ? Il n'en était pas certain. Une épaisse couche opaque recouvrait déjà ses cornées. Elle avait ri avec tendresse en avouant :

– Tu ressembles à un petit chiot qui m'a tenu compagnie. Il me protégeait, grondant comme un grand fauve courageux dès que le montreur me tirait du chariot. Ce monstre l'a tué à coups de bâton. J'ai entendu ses hurlements. J'ai hurlé moi aussi, afin de les couvrir. Il faisait plein jour. J'ai eu si peur de sortir dans la lumière. Je me suis détestée ensuite d'avoir redouté d'intervenir. Jure qu'ils ne te tueront pas. Jure !

Il avait juré et lui avait léché les mains.

– C'est mon père, tu sais ? Le montreur, c'est mon père. C'est comme ça que l'idée lui est venue… Ma difformité, ma monstruosité. Il y avait de l'argent à se faire. Je ne suis plus sa fille à ses yeux. Je ne suis qu'un monstre, un autre, un animal de foire.

La voix d'Éloi le repêcha au très loin de sa mémoire.

– Passe la princesse.

Évrard cria :

– C'est une vraie caverne de pirates que nos amis ont aménagée ! Digne d'une jolie princesse, en vérité. Un beau lit, couvert de coutes confortables, une escame, un petit dressoir[1] et même un mirouer[2] de dame, sans oublier une bassine et un broc pour la toilette !

Urdin pouffa de bonheur et cria en retour :

– Dis-moi, l'ami Éloi, comment t'as fait pour passer un lit et un dressoir par ce soupirail ? Tu nous en chantes de belles, des fariboles. T'as découvert l'autre entrée, n'est-ce pas ? Celle des souterrains.

En bas, dans la salle dérobée, le nain haussa les épaules et bougonna :

– C'est mon secret. Pour l'instant. J'le dirai quand l'envie m'prendra.

Urdin s'agenouilla, tendant Claire comme un précieux et fragile trésor.

– Aie pas peur. J'veille sur toi, toujours. Le nain me dira par où te rejoindre, même si je dois le soulever par le col et le secouer jusqu'à ce qu'il parle.

– Je sais. Je n'ai pas peur.

Elle déposa un baiser dans son cou.

Il l'aida à se faufiler par l'ouverture. Elle était si frêle qu'elle ne heurta même pas les parois.

– Nous l'avons, prévint Évrard.

Un rire cristallin :

– Urdin, je ne vois que des contours, des couleurs, mais je sens que c'est beau. Oh, c'est le plus joli endroit que je connaisse. Je vais être si bien ici.

---

1. Sorte de vaisselier à plusieurs étagères dont on meuble les chambres, les salles communes ou les cuisines des puissants.

2. Miroir. L'étamage des glaces date du XVIe siècle. Toutefois, on utilise des miroirs de métal poli depuis l'Antiquité. Dès le XIIIe siècle, on a l'idée d'appliquer des feuilles d'étain derrière des plaques de verre, de sorte à grandement améliorer la réflexion.

Abbaye de femmes des Clairets,
Perche, février 1308, le lendemain

Lèvres pincées, son vilain museau de fouine frémissant d'indignation, Agnès Ferrand avait refusé de s'asseoir à l'invitation de Plaisance de Champlois. L'abbesse avait accepté la pressante requête d'audience de sa fille à contrecœur. Rien de ce qui venait d'Agnès ne pouvait être plaisant, et encore moins lumineux. Elle s'attendait donc à un affrontement larvé, à une joute sournoise où l'autre mettrait un point d'honneur à relever les prétendues faiblesses ou manquements de leur mère. Elle ne fut pas déçue.

– Votre extrême bonté – qui vous fait honneur, ma mère – vous a encouragée à accepter la présence de… enfin de monstres, de contrefaits entre nos murs.

– Le chapitre a soutenu cette décision.

– Le chapitre – qui vous est acquis depuis que vous l'avez remanié – a accordé à ces… êtres une permission d'hébergement jusqu'aux premiers jours de clémence, en échange de leur travail et de votre certitude qu'ils ne pourraient pas nuire. Il m'est pénible de devoir vous rappeler que votre récente générosité au profit de lépreux de la maladrerie de Chartagne* avait failli se solder par notre trépas à toutes ! Dans d'effroyables conditions.

– Je vous rappelle qu'il ne s'agissait pas de générosité de ma part mais d'un ordre de Rome !

– De votre parrain, en effet.

L'agacement gagna Plaisance. Agnès Ferrand soulignait ce détail, avec une perfide instance, à chaque occasion qui se présentait. À l'envie qui rongeait Agnès en permanence s'ajoutait un calcul bien plus trouble : Plaisance, en raison de sa parentèle baptismale, aurait dû parvenir à obtenir des privilèges supplémentaires pour leur monastère. Certes, madame Ferrand était assez intelligente pour ne pas ignorer que le très vague lien de cousinage qui unissait la mère de Plaisance au Saint-Père ne pesait pour rien dans la politique pontificale. Toutefois, le répéter lui permettait de souligner, auprès de toutes les sœurs qui lui prêtaient encore attention, le supposé peu de cas que faisait l'abbesse de leur abbaye. En effet, dans le cas contraire, l'abbesse se serait démenée pour arracher quelques faveurs à son parrain. Plaisance n'avait aucune illusion sur le travail de sape entrepris, depuis son élection, par la sœur portière. Sèche, elle lâcha :

– D'un parrain dont je vous ai répété que je ne l'avais jamais rencontré, à l'instar de sa multitude de filleuls.

– Oui, oui, je sais, répondit l'autre d'un petit ton sarcastique.

Soudain désireuse de se débarrasser de cette présence qui lui pesait, Plaisance demanda :

– Vous n'avez pas requis urgente audience dans le seul but d'évoquer à nouveau mes liens baptismaux, n'est-ce pas ? Revenons-en à l'objet de votre visite, je vous prie, ma fille.

Agnès Ferrand se renfrogna encore davantage, adoptant une mine grave et douloureuse, son menton rentrant de désapprobation dans son cou. Plaisance s'en voulut un peu, à peine, de son manque de charité. Toutefois, autant l'admettre : la laideur de la sœur portière allait à merveille avec son esprit acariâtre.

– Or donc, votre bonté proverbiale vous a suggéré d'accueillir ces contrefaits. Vous n'ignorez pas que des rumeurs circulent à leur sujet. Elles se propagent à la vitesse d'un cheval au galop et ne sont pas de nature à concourir à l'apaisement de notre monastère, déjà fort malmené.

Et tu t'emploies à les inventer et à les répandre, songea l'abbesse en demandant :

– Des rumeurs ? De quel ordre ?

– Eh bien, tout d'abord, ces créatures ne sont pas véritablement… le projet de Dieu.

Parce que tu crois que tu l'es ?

– Fichtre, je vous savais savante mais pas au point d'être familière à ce point des intentions divines. Vous m'impressionnez, ma fille, ironisa l'abbesse.

La riposte porta. Agnès biaisa :

– Il est de notoriété commune que les monstres ne peuvent être un fruit de Dieu.

– Il est de notoriété commune que les imbéciles et les superstitieux sont légion. Nous nous en accommodons pourtant.

Certaine de sa supériorité sur cette gamine et sur toutes les autres, Agnès Ferrand ne prit pas la pique pour elle. Elle siffla :

– Ils volent ! Malgré votre bonté, ils vous pillent, cria presque la portière.

– Votre pardon ? Il s'agit là d'une accusation fort grave qui pourrait leur valoir un châtiment d'importance.

– Les mains tranchées, savoura la portière. C'est tout ce qu'ils méritent !

– Avez-vous des preuves pour étayer votre conviction ?

– Si fait ! C'est que je les ai à l'œil. Ils ne me bonimenteront pas avec leurs mines trompeuses de pauvres souffre-douleur. La femelle naine est sans doute la pire et la plus sournoise. Me croit-elle aveugle en plus d'être idiote ! Je la vois parfois trottiner, le ventre arrondi comme si elle était avec enfant. Elle dissimule ses larcins sous sa tunique, vous dis-je, martela la portière en tendant un index accusateur vers l'abbesse. Même Marguerite Bonnel, notre hôtelière, s'est plainte de ce que deux coutes avaient disparu des chambres d'hôte de passage.

Un fugace désappointement tempéra l'agacement de Plaisance de Champlois. Ils ne pouvaient faire cela. Ils ne pouvaient l'avoir dupée tels de vils coquins. Elle en aurait le cœur net et sévirait, le cas échéant.

– D'ailleurs, reprit l'autre, vous refusez l'évidence, mais l'on n'ignore pas que nombre de ces monstres ont fait un pacte avec le diable. N'est-il pas étonnant que cette pauvre Blanche ait trouvé la mort de si odieuse façon dès après leur arrivée !

– Êtes-vous consciente de la gravité de vos paroles ? s'alarma l'abbesse.

Cette folle était capable de propager ses soupçons, les assortissant de prétendus indices et connaissances des vices des contrefaits. Elle ne manquerait pas de trouver des oreilles complaisantes. La superstition ferait le reste.

Le sourire mauvais d'Agnès Ferrand la dessilla. Si tant est qu'elle eût dit la vérité, du moins au sujet des larcins – car pour ce qui était de Blanche, l'abbesse aurait juré de l'innocence des quatre pauvres hères –, le but pervers d'Agnès n'avait pas été de la mettre en garde mais de démolir, de semer les germes de la méfiance, de la peur, donc de la violence.

Une fraction de seconde durant laquelle la jeune abbesse soupesa le pour et le contre. Un sentiment beaucoup plus redoutable remplaça son exaspération. Elle avait, depuis si longtemps, repoussé les limites de sa patience, de sa tolérance, au profit de cette femme haineuse que rien ne pouvait ramener dans le chemin de la clémence et de la compréhension. Agnès Ferrand ne lui en savait aucun gré. Au contraire, sans doute y avait-elle vu une démonstration supplémentaire de ce qu'elle tenait pour véridique : la bêtise, l'incurie de leur mère. D'un ton de rage calme, glaciale, Plaisance déclara :

– Votre permanente acrimonie, votre fiel, votre jalousie sans motif me désolent, ma fille. Surtout, ils m'ont lassée et m'ennuient fort. Vous êtes une douloureuse épine au flanc de nombre d'entre nous. Depuis trop de temps. En conclusion, j'accepte avec empressement votre demande de transfert vers l'abbaye sœur de Clairmarais. Vous nous quitterez dès que l'état des chemins le permettra. Une missive de ma main vous précédera. Ce sera tout.

Agnès Ferrand crut avoir mal entendu. Elle plissa les paupières, fronça les sourcils de stupéfaction.

– Mais que… Je n'ai jamais sollicité de transfert, ma mère !

– Vraiment ? Eh bien, disons que je devance votre souhait.

Gagnée par l'affolement, la sœur portière supplia presque :

– Ma place est ici, parmi vous… Je ne connais pas d'autre lieu.

– Il est temps de réparer cette lacune. Les changements forment l'esprit, dit-on.

Au bord des larmes, Agnès Ferrand bafouilla :

– Je vous en conjure, ma mère… je ne veux pas quitter les Clairets. Que ferai-je ailleurs ? Nul ne me connaît !

– Malheureusement pour elles, cela ne durera pas.

Étonnée par cette ironie cinglante qu'elle ignorait posséder, Plaisance se congratula en son for intérieur. Elle venait d'agir ainsi que madame de Normilly l'eût fait. Avec l'autorité qu'exigeait sa charge.

– J'ai… J'ai peut-être péché par excès de zèle, d'intérêt pour notre congrégation. Je vous supplie de me pardonner et de reconsidérer votre ordre.

– Vous avez péché par excès de méchanceté, et d'arrogance, et c'en est assez ! Les Clairets ont besoin de paix, d'harmonie, et vous êtes une note des plus discordantes. Pourquoi devrions-nous tolérer vos incessantes pesteries, vos remarques cinglantes, au prétexte que vous ne digérez pas votre bâtardise sans gloire ni noblesse ?

L'évocation de sa naissance, qu'elle avait crue secrète, souffleta Agnès Ferrand. Elle rougit sous l'insulte et se retira sans un mot.

La voix de Plaisance la rattrapa avant qu'elle ne franchisse le pas de la porte :

– Que votre bagage soit prêt dès l'amélioration des chemins. Je ne doute pas que le chapitre, dont vous ne faites plus partie, entérinera ma décision avec un grand soulagement !

Il fallut à la jeune abbesse quelques minutes pour se remettre. Elle sonda son cœur. Non, elle n'avait pas agi sous l'emprise de la colère, ni même pour se défaire enfin d'une opposante par principe qui distillait son fiel à qui voulait l'entendre. Elle avait pris une lourde décision afin de protéger une communauté gravement ébranlée qui avait besoin de panser ses plaies sans qu'une Agnès Ferrand s'acharne à les écorcher davantage. Elle repoussa l'espèce d'apitoiement qu'elle se sentait pour la portière. Elle avait lu la panique dans son regard. Agnès redoutait l'extérieur, comme elles toutes, au fond. Sans fortune, sans famille, sans biens, sans aucun attrait et déjà vieillissante, son unique havre restait le couvent. Grâce à son intelligence et à sa culture, elle avait obtenu aux Clairets une charge de discrète. Rien ne disait qu'il en serait de même ailleurs. D'autant que Plaisance ne pourrait mentir à sa future mère de Clairmarais en dépeignant un être de tempérance et de d'amabilité. Elle devrait consigner dans sa missive d'accompagnement les fautes d'âme de la portière. L'abbesse soupira en ouvrant l'un des hauts registres entassés sur son bureau. Agnès avait brodé son propre destin.

Lorsqu'elle atteignit le bas de l'escalier qui menait à l'ouvroir du palais abbatial et au bureau de la secrétaire, la rage avait remplacé la panique en Agnès Ferrand. Sa décision était prise. Elle allait leur prouver à toutes, et notamment à cette sotte de donzelle qui avait été élue abbesse, qu'elle avait raison ! Elle n'allait plus lâcher les contrefaits. Elle les surveillerait nuit et jour, s'il le fallait. Des êtres aussi déformés devaient avoir le vice caché en eux, et elle le découvrirait. Confronté à l'évidence, le chapitre ne pourrait entériner la décision de Plaisance de Champlois d'écarter sa portière des Clairets. De surcroît, la réputation de sagesse de l'abbesse, déjà entamée par les révoltes des ladres, en prendrait un autre vilain coup. Une vague de contentement déferla en Agnès Ferrand. Ainsi, elle resterait céans, se débarrasserait de ces créatures qui lui blessaient l'œil et l'écœuraient, et elle se vengerait. Toutefois, elle n'en aurait pas terminé pour autant. Elle s'appliquerait ensuite à saper l'autorité de Plaisance. Avec détermination et assiduité.

Emmitouflée dans son mantel fourré, peinant pour avancer malgré la couche de neige qui lui remontait la robe à mi-mollet, Alexia de Nilanay avança d'un pas décidé vers les écuries. Elle n'avait pas fermé l'œil de la nuit, tournant et retournant jusqu'au petit jour chaque mot de la conversation qu'elle avait surprise.

Elle contourna un groupe de serviteurs laïcs chargés de déblayer à la pelle le chemin menant au palais abbatial et celui qui conduisait à Notre-Dame.

Elle poussa le battant. Le messager bouchonnait un palefroi à l'aide de tresses de foin [1]. Sachant qu'il avait affaire à la future comtesse de Mortagne, il interrompit sa tâche et se précipita à sa rencontre, un sourire obséquieux aux lèvres.

– Messager. Voici deux sous* [2]. Ils sont à toi si tu portes aussitôt ce message au comte Aimery, expliqua-t-elle en lui tendant le mince rouleau de papier scellé où elle avait relaté avec prudence, usant de formules peu compromettantes mais propres à éveiller la méfiance du comte, la conversation surprise entre monsieur de Villanova et ce Frédéric.

Le messager s'inclina, sans toutefois accepter l'argent, à son grand regret.

– C'est que, madame, en dépit de l'honneur qui aurait été mien de vous servir, le cheval passera pas et le cavalier non plus. Trop de neige, et de la fraîche. Avec le vent qu'on a eu ces deux nuits, y a des endroits où il va s'enfoncer jusqu'aux jambes. J'pourrai pas l'en dépêtrer. Avec toutes mes excuses, c'est trop risqué, madame. Jusqu'à ce que ça fonde, on est coupés du monde, j'en ai bien peur. Il y a que ce savant qui est, si vous me le permettez, assez fol pour être sorti quand même. C'est pas faute d'avoir tenté de l'en

1. Maintenant remplacé par la brosse en chiendent appelée « bouchon ».

2. Une somme appréciable.

dissuader ! Mais y a rien eu à dire. Il était si agité et si décidé qu'il a bien fallu que je lui selle un cheval.

Malgré l'angoisse qui commençait à l'assaillir et contre laquelle elle luttait avec vaillance, Alexia demanda d'une voix aussi neutre que possible :

– Monsieur de Villanova est sorti ?

– Dès l'aube. Si vous voulez mon sentiment, avec ce temps, c'est pas prudent pour un homme de son âge. Il devait avoir quelque affaire très importante à régler, poursuivit le messager d'un ton finaud.

– Oh, les scientifiques… Nul ne sait au juste ce qui les préoccupe. Ils ont de bien étranges obsessions aux yeux du commun des mortels, répondit-elle avec légèreté, dans l'espoir de décourager la curiosité de l'homme.

– Ça, c'est bien vrai !

La panique tenta de se frayer un chemin en elle dès qu'elle fut ressortie. Que faire à présent, que tenter, que décider ? Aimery ne volerait pas à leur secours, du moins pas tant que la neige persisterait, empêchant de le prévenir. Elle froissa la missive dans sa main, s'interdisant les larmes. Elles étaient seules. Sans l'avoir encore pressenti, elles étaient toutes livrées à elles-mêmes alors qu'un danger d'épouvante se rapprochait d'elles. Un joli visage pâle, une voix grave, de belles mains capables s'imposèrent à son esprit. Hermione ! La sage, l'érudite Hermione de Gonvray saurait quoi faire. C'était une des rares en qui Alexia eut toute confiance. Hermione, l'intelligence, la force d'âme, la mesure. Elle fonça en direction de l'herbarium, prenant garde de ne pas glisser sur la neige maintenant tassée et traîtresse.

Maîtrisant à grand-peine son impatience et offrant un sourire de complicité qui lui coûtait, Mary de Baskerville composa :

– Certes pas, ma bonne. Je ne doute pas du soin que vous prenez de votre matériel. Toutes s'accordent à reconnaître, que dis-je, à vanter le travail soigneux, impeccable que vous réalisez.

La grosse femme debout devant elle, poings fermés sur les hanches, la détailla avec méfiance. Une odeur d'amidon chauffé émanait d'elle. Son voile se cassait à angles droits sur ses épaules, incapable de retomber en plis mouvants tant il avait été raidi. Ses avant-bras étaient recouverts de demi-manches supplémentaires, retenues aux coudes et aux poignets par des cordelettes, cela afin de ne pas risquer de brûler sa robe d'un coup de fer impétueux. La sœur lingère faisait preuve d'une rare susceptibilité qui n'arrangeait pas l'humeur déjà chancelante de l'apothicaire.

– N'empêche, ne venez-vous pas de suggérer que je perdais mes fers dans les endroits les plus incongrus ? L'abbatiale, quelle idée, vraiment ! s'offusqua la lingère.

– Non pas. À l'évidence, j'ai mal formulé ma question, qui était la suivante : un fer à repasser a-t-il disparu de la lingerie ces derniers jours ?

– Que nenni ! lança l'autre d'un ton outré. Figurez-vous que je les compte au soir avant de les enfermer tous dans un coffre muni d'un verrou dont je possède une clef, l'autre demeurant en la garde de notre bonne cellérière. (Vexée, elle poursuivit :) Je puis, bien sûr, les recompter devant vous, si vous doutez de mes dires.

Mary de Baskerville soupira de déception. Elle hocha la tête en signe de dénégation et risqua une dernière question :

– D'autres bâtiments possèdent-ils des fers, ma sœur ?

Au regard courroucé de l'autre, elle comprit qu'elle venait de commettre une nouvelle bévue.

– Et pour qu'en faire, vous prié-je ? siffla la grosse femme à l'odeur d'amidon chauffé. Il n'existe qu'une lingerie et je la supervise ! Je reçois tout le linge et le recense dans mon registre. Il est lavé, séché. Puis les servantes laïques attachées à mon service et moi-même le repassons avant de le restituer en le biffant du registre, pièce par pièce, afin que nulle contestation ne puisse surgir. Une belle organisation qui satisfait tout le monde, ajouta-t-elle d'un ton belliqueux.

– Mes félicitations, ironisa Mary de Baskerville, avant de planter là la lingère qui lui portait sur les nerfs.

Hermione relevait des pesées dans son grand registre lorsque Alexia de Nilanay déboula, une sueur de course fonçant la racine de ses cheveux malgré le froid mordant du dehors. Hésitant entre mille entrées en matière toutes plus ineptes les unes que les autres, Alexia lança à brûle-pourpoint :

– Nous sommes en grand danger… Coupées du monde par la neige… Je ne sais que faire… c'est une fable insensée. Malheureusement, je la crois authentique.

Hermione la considéra, un peu inquiète, et s'enquit d'un ton paisible :

– Je ne comprends guère votre discours, ma chère Marie-Gil… Votre pardon, Alexia. Apaisez-vous. Asseyons-nous et contez-moi votre histoire par le menu. Rien ne peut être si terrible…

Lèvres serrées, Alexia la détrompa d'un vigoureux mouvement de tête. Elle lui tendit la courte missive destinée au comte de Mortagne, précisant :

– Je vous l'expliquerai ensuite.

Le saisissement, l'incompréhension, l'appréhension se succédèrent sur le joli visage étonnamment juvénile pour une femme de plus de trente ans. Hermione leva le regard et s'enquit d'une voix plate :

– Ai-je bien compris, en dépit du luxe de précautions avec lequel vous narrez votre… découverte ?

– Je le crains.

– Racontez-moi tout, n'omettez pas le plus infime détail.

Il fallut à Alexia fournir un effort prodigieux pour ordonner le chaos qui régnait dans son esprit. Elle relata mot pour mot la conversation bouleversante qui s'était échangée entre Arnoldus de Villanova et son compagnon Frédéric, soi-disant messager. Elle termina en évoquant sa tentative avortée de faire prévenir le comte de Mortagne et le départ précipité au petit matin du médecin des rois et des papes.

Elles se considérèrent en silence durant un long moment. Hermione le rompit enfin :

– Je… je dois quitter les Clairets, sur ordre de l'abbesse. Dès que le temps le permettra. Ne m'en demandez pas la raison, je vous en conjure. Je détesterais vous mentir.

Alexia bondit de son banc en s'écriant :

– Cela ne se peut ! Vous êtes la seule… Ah, Dieu du ciel, qu'allons-nous devenir si vous partez ?

– Mary de Baskerville me remplacera au mieux. Elle est brillante, je l'ai constaté.

– Je ne la connais point ! De surcroît, c'est une Angloise. Peut-on se fier à ces gens-là au prétexte que, pour une fois, nous ne sommes plus en guerre ?

– Ce n'est pas une Angloise, du moins pas seulement, rétorqua Hermione d'un ton calme. C'est une sœur, une bernardine, une scientifique de la plus belle trempe. Très franchement, je l'avoue sans envie, mais avec admiration, son intelligence dépasse la mienne. De beaucoup. Certes, elle n'est pas attachante. Qu'importe. Si nous ne nous fourvoyons pas au sujet de ce que vous avez surpris, l'heure n'est plus à l'amabilité, mais à l'efficacité.

La décision d'Alexia était prise, elle éclata :

– Vous ne nous quitterez pas ! Ah, que nenni ! Je vais aller convaincre notre mère qu'il s'agit d'une redoutable stupidité. De ce pas ! La pire qu'elle pourrait commettre. Je ne m'en laisserai pas remontrer ! Foi de Nilanay ! Nous sommes pauvres, mais braves !

Elle fonça hors de l'herbarium sans entendre la remarque d'Hermione :

– Vous ferez une belle comtesse, murmura l'apothicaire lorsque Alexia eut disparu.

Assise sur un muret, Henriette Masson avait feint de s'absorber dans la lecture de son psautier afin de surveiller les allées et venues dans la chapelle Saint-Augustin, où reposait le corps lavé de Blanche de

Cerfaux, revêtu d'une nouvelle robe et d'un voile qui dissimulait la hideur de ses plaies béantes. Enfin, le défilé des sœurs venues rendre leur dernier hommage à la novice assassinée s'était tari. L'appréhension gagnait Henriette. C'était le moment d'intervenir.

Pourquoi ne se montrait-elle pas ? Était-elle parvenue à se procurer ce que la jeune fille l'avait implorée de lui apporter ? Enfin, celle qu'elle désespérait d'apercevoir apparut au détour du chauffoir et des étuves. Adèle Grosparmi jeta un regard inquiet alentour et força le pas. Parvenue à hauteur d'Henriette, elle murmura en récupérant une fiole dans la poche du devant de sa robe et en la lui tendant :

– Voici. Ce ne fut pas simple de quitter quelques instants le service de l'abbesse. Mon Dieu… Si l'on nous découvrait !

Récupérant d'un geste vif la fiole au contenu verdâtre, s'efforçant à une fermeté de ton qu'elle était loin de ressentir, Henriette déclara :

– Je vous serai éternellement reconnaissante de ce service, de cette faveur. Sauvez-vous vite avant que l'on ne vous remarque en ma compagnie. Encore merci, du fond du cœur. Sachez que vous avez fait juste.

Adèle Grosparmi fila pour rejoindre le palais abbatial. Un immense soulagement ferma un instant les paupières d'Henriette. Elle était sauve. Se contraignant au calme, elle se dirigea vers la chapelle.

Debout devant le cercueil où reposait la dépouille de Blanche de Cerfaux, Henriette ne pria pas, n'implora pas pour le salut de l'âme de la défunte. D'une main tremblante, les mâchoires crispées de colère, elle versa goutte à goutte le liquide d'un vert émeraude, regardant, hallucinée, un fin filet se former et dégouliner du beau front bombé de la morte vers l'oreille. Elle ne se signa pas. Elle cracha sur le visage de Blanche, tentant rageusement de dénouer ses mains jointes en prière.

Figée sur le pas de la porte, Thibaude Santenet assista à cette scène sacrilège, bouche ouverte de stupéfaction, les yeux exorbités. Elle referma la porte avec douceur afin de ne pas signaler sa présence et s'enfuit à toutes jambes comme si elle venait d'entrapercevoir le diable en robe de novice.

– Que vous prend-il, à la fin ? tempêta Plaisance. Est-ce une conspiration ? Un pacte vous lie-t-il ?

– Votre pardon, madame ma mère ? s'enquit Alexia qui n'avait pas hésité à ordonner silence à l'abbesse lorsque celle-ci avait tenté d'interrompre sa pressante requête ; dans le feu de l'émotion, son plaidoyer avait pris des allures de mise en demeure.

– Quoi, Hermione de Gonvray ? Qu'y a-t-il avec Hermione de Gonvray ? J'ai mûrement pesé ma décision de l'écarter des Clairets et n'ai pas à m'en justifier devant vous, pas plus que devant cette Mary de Baskerville qui m'a fait la même demande, que dis-je, qui m'a sommée de garder Hermione auprès de moi, au prétexte qu'elle était la seule capable de l'aider à élucider le meurtre de Blanche. C'est faire bien peu de cas de monsieur de Villanova et, pardon de le souligner, de moi.

Alexia leva les yeux au ciel et marmonna d'agacement :

– Ah oui, monsieur de Villanova, en effet !

– Votre insolence m'insupporte ! tonna Plaisance. Outre qu'elle m'étonne de vous, elle est parfaitement déplacée.

– Il ne s'agit pas d'insolence, cria presque Alexia. Il s'agit de faits. De faits si effrayants que nous avons besoin de toutes nos forces. (Sa voix prit en ampleur :) À la fin, n'avez-vous pas compris que nous sommes coupées du monde ! Nous ne pouvons compter que sur nous-mêmes.

– Voilà une dramatisation digne des foires de village, ma chère, c'est-à-dire indigne de la future comtesse de Mortagne et de mon ancienne fille ! La neige fondra, tôt ou tard.

– Bien. Alors je vais vous devoir conter ce que je viens de relater à Hermione et qu'ignore encore Mary de Baskerville. Notre bon monsieur de Villanova est en train d'attirer vers nous les pires démons de l'enfer. Saviez-vous qu'il avait eu maille à partir avec l'Inquisition, et n'avait échappé au procès et à la prison que grâce à ses prouesses de médecin ? Il est alchimiste, je vous le rappelle. On le dit sorcier, aussi. Un sorcier blanc mais un sorcier quand même.

– Ces rumeurs me sont venues aux oreilles. Il convient de traiter ce genre de balivernes avec mépris. La moindre incompréhension des idiots qui vous entourent et vous voilà jeteur de sorts. Si monsieur de Villanova a la confiance de notre Saint-Père, son amitié même, qui sommes-nous pour penser autrement à son sujet ?

– J'en suis consciente. Néanmoins, de grâce, entendez ce que j'ai surpris. Le meurtre de votre fille

Blanche de Cerfaux s'éclaire alors d'une tout autre manière, une effrayante manière !

Plaisance de Champlois n'avait pas prononcé une parole durant tout le récit d'Alexia de Nilanay. Bouche entrouverte de stupéfaction, ou peut-être de consternation, elle n'avait pas quitté son ancienne fille du regard. Le sang avait peu à peu fui son visage et de larges cernes gris-mauve s'étaient dessinés sous ses yeux. Lorsque Alexia se tut, après avoir répété qu'elles étaient coupées de tout, Plaisance demeura muette un instant. Elle luttait avec sa dernière énergie contre l'affolement. Les pensées les plus folles se bousculaient dans son esprit. Le visage ravagé de folie de madame de Balencourt, ses mots de délire s'imposèrent à sa mémoire.

« *Fuis cet endroit. Il vient, il est à nos portes. Je le sens. Il pue telle une charogne. Ne t'inquiète pas de moi, fuis. Il en est encore temps. Fuis, te dis-je ! Il va déferler sous peu. Rien ne l'arrêtera.* »

Plaisance s'accrocha à ses plus beaux souvenirs pour ne pas perdre tout à fait pied. Madame de Normilly, leurs jeux d'arceaux, leurs promenades dans les jardins au printemps. Le rire de gorge de la grande femme rassurante qui semblait à même d'affronter n'importe quelle adversité. Ce gentil sortilège qu'elle convoquait lors de ses moments de doute produisit son coutumier miracle. L'étau malsain qui lui broyait la poitrine au point de lui gêner le souffle se desserra un peu. La jeune abbesse inspira avec lenteur et déclara d'une voix étrangement distante :

– Monsieur de Villanova me doit des éclaircissements.

– Il est sorti au tôt matin, madame ma mère. À cheval, une grande imprudence étant entendu son âge et les intempéries.

– Il a quitté l'abbaye ?

– Si fait.

Plaisance se laissa aller contre le dossier sculpté de sa haute chaire. Alexia se fit la réflexion que, ainsi, elle paraissait encore plus jeune. Si jeune. Un intense découragement l'envahit. Que pouvait faire cette très jeune fille contre le mal qu'elle ne devait avoir rencontré qu'à l'occasion de quelques péchés véniels ? Pourtant, lorsque la jeune abbesse se leva, se dirigea d'un pas ferme vers la porte de son bureau, madame de Nilanay eut la sensation de l'avoir à nouveau sous-estimée. D'une voix forte, Plaisance cria du haut de l'escalier qui menait au petit bureau de sa secrétaire :

– Adèle, faites aussitôt quérir madame de Baskerville, ainsi qu'Hermione de Gonvray, je vous prie ! Prévenez ensuite les portières laïques. Je veux être informée du retour de monsieur de Villanova dans l'instant, quelle que soit l'heure !

Installée dans le chauffoir de l'abbaye, où l'on remisait au soir les cornes à encre afin qu'elles ne gèlent pas, Rolande Bonnel, sœur dépositaire, recomptait pour la quatrième fois la même colonne semée de chiffres. D'une main mal assurée, elle plongea sa plume dans l'encre et biffa à nouveau le résultat. Rolande avait pour habitude de vérifier trois fois chaque calcul afin de s'assurer qu'elle n'avait commis aucune erreur. L'exaspération prenait le pas sur son incertitude, son angoisse. Un changement d'humeur bienvenu. Elle parvenait à des totaux différents à chaque nouvelle série d'additions et de soustractions. Elle pesta contre elle-même. Ce soir, l'arithmétique ne lui apportait aucun plaisir, aucun soulagement. Pourtant, comme elle aimait la grâce austère des chiffres, la tranquille autorité des nombres ! Rolande trouvait dans son interminable comptabilité les certitudes qui lui avaient toujours fait défaut. C'est si apaisant, une certitude, quand tout autour de vous vous a toujours paru mouvant, instable au point qu'il devient impossible de s'accrocher à quoi que ce soit. Oh, certes, Rolande savait qu'elle agaçait, qu'on la trouvait méticuleuse à l'ennui. Son insistance maladive sur d'infimes détails fatiguait l'abbesse. Toutefois, Plaisance de Champlois était l'une des rares à avoir compris qu'au-delà de la petite importance que lui conférait sa charge de dépositaire, Rolande trouvait dans ses interminables opérations un peu de la terre ferme qui la rassurait, l'assurait que le sol cesserait de se dérober sous ses pas.

Elle se passa les mains sur le visage, s'exhortant à plus de patience, plus d'attention. Elle tenta de vider son esprit des horribles pensées qui le hantaient depuis si longtemps. En vain. Ce qui était fait ne pouvait être défait, et elle en porterait à jamais les odieux stigmates.

– Ah, je vous trouve enfin, ma chère Rolande !

La voix forte de Barbe Masurier la fit sursauter au point que la plume lui échappa des mains et que sa pointe taillée, aiguë, lui érafla l'index.

– Je… recomptais, bafouilla Rolande en rougissant.

– Je le vois bien. Vous êtes si scrupuleuse. Clotilde Bouvier s'inquiétait de ne pas vous avoir vue de l'après-midi. Vous deviez, je crois, la rejoindre au sujet d'une liste d'achats réglés au vivandier. Du coup, je lui ai dit que si je vous croisais, je vous préviendrais.

– Et je vous en remercie, sourit la dépositaire qui avait regagné un peu de calme. Je prévoyais de la rejoindre dès après avoir vérifié mes sommes.

– Je ne sais comment vous procédez pour parvenir toujours à un résultat juste au denier près. Je crois bien que je suis irrémédiablement fâchée avec les nombres.

– Ils sont pourtant bien plaisants et dociles, répondit Rolande d'une voix douce et triste.

Barbe Masurier repartit vers ses occupations.

Le regard de Rolande tomba sur son registre. Une large goutte de sang avait coulé de son index, maculant ses résultats fautifs telle une malfaisante étoile carmin. L'affolement suffoqua la dépositaire et elle fondit en larmes.

Abbaye de Dame-Marie,
Perche, février 1308, ce même jour

Le voyage avait été éprouvant. Son hongre s'était enfoncé à maintes reprises, jusqu'aux genoux, dans une neige molle et trompeuse. Arnoldus de Villanova avait dû faire une partie du chemin à pied afin de ne pas alourdir l'animal qui donnait de la crinière, les yeux révulsés, hennissant de crainte lorsque ses jambes se dérobaient sous lui. Un épais silence de neige engloutissait les sons de la forêt, au point que le vieux scientifique s'était senti seul au monde. Une désagréable solitude, le sentiment que la vie avait déserté ce paysage trop hostile.

Il était arrivé à la porterie de l'abbaye juste avant none. De taille bien plus modeste que les Clairets, le monastère sécrétait une impression de pesante solitude, impression que n'avait pas atténuée le court chemin qui menait du porche principal au logement de l'abbé. Un serviteur laïc, aussi muet qu'une tombe, l'avait précédé, l'exhortant parfois à presser l'allure d'un geste vif de la main, sans même le regarder.

Le père Jacques de Liège, d'une soixantaine d'années, soupira lorsque monsieur de Villanova se présenta brièvement et lui tendit le billet de mission rédigé de la main de Clément V. Un feu généreux flambait dans la grande cheminée du bureau de l'abbé. Monsieur de Villanova se fit la réflexion que l'austérité était ici moins impérieuse qu'aux Clairets. À moins que Jacques de Liège fasse montre de complaisances vis-à-vis de lui-même. Tel était le cas dans de nombreuses abbayes où abbés et frères discrets jouissaient de petits privilèges qu'aucun des autres moines n'aurait songé à contester.

– Votre belle réputation s'est frayé une route jusqu'à notre bout du monde, monsieur. Je vous l'avoue, sans détours, votre venue m'ôte un poids considérable des épaules. Nous sommes une petite congrégation, agitée de peu de bouleversements. Je ne crois pas me souvenir d'une seule occasion où la paisible monotonie de nos jours ait été rompue. (Il étouffa un rire triste et précisa :) Rendez-vous compte, le simple fait que deux moines aient risqué une fugue hors nos murs constituait déjà une folle extravagance. Alors cela…

– Justement, qu'est cela ? demanda monsieur de Villanova d'un ton de cordialité.

– Que vous a-t-on narré de cette sinistre histoire ?

– Qu'un de vos fils, ancien enlumineur et copiste, un certain Henri, avait bradé son âme afin d'obtenir la vie éternelle et la restitution de sa belle main déformée par la vieillerie, en échange de la vie de son jeune frère Gilbert.

– Voilà admirablement résumé nos interrogatoires. Henri a commencé par nier, ainsi que vous le savez probablement. La menace de la maison de l'Inquisition l'a favorablement impressionné, croyons-nous, à moins que ses aveux n'aient été qu'un délire sénile.

– Comment cela ?

– Ah, monsieur… n'interprétez pas faussement mes paroles, cependant… Certes, nous savons tous que le mal rôde afin de tenter les bons chrétiens et de les écarter de la sainte foi. Nous avons tous tremblé à l'évocation de cas de possession, mais…

Arnoldus de Villanova comprit que le pauvre abbé se méfiait de ses propres mots, craignant de montrer quelque désaccord avec les théories défendues par l'Église. L'incrédulité, l'esprit critique, ne se devait manifester que dans la plus grande discrétion, voire dans l'intimité. Il tendit une perche à l'homme qui se débattait dans ses précautions orales :

– Mais bon nombre des sorciers ou des adorateurs du démon, que l'on pousse vers les bûchers après leur avoir extirpé des confessions sous la Question, ne sont que des êtres qui ont tenté d'échapper aux intolérables tortures qu'on leur infligeait ou de pauvres abrutis bernés par leurs propres sornettes.

– Quel réconfort que votre entendement, monsieur, admit Jacques de Liège. Vous êtes égal à votre grande réputation de sagesse.

– Je suis un scientifique. Je crois ce qui se démontre, se vérifie et se reproduit.

– Avez-vous… avez-vous constaté de vos yeux la présence du démon ?

Ce fut au tour d'Arnoldus de Villanova de lâcher un profond soupir. Ces scènes étaient gravées à tout jamais dans sa mémoire.

– Sur les centaines de cas de possession qu'il m'a été donné, que dis-je, imposé, de constater, à deux reprises seulement. Les autres n'étaient que de pauvres insensés. L'un de mes plus illustres prédécesseurs, Razès [1], a clairement démontré que les agitations, les convulsions et les maux de tête n'avaient aucune relation avec la possession démoniaque. Pour en revenir à mon expérience, il s'agissait, les deux fois, de sujets parfaitement calmes, à l'esprit ordonné, du moins en apparence. Des êtres si retors, si déviants que l'on se perdait dans le dédale de contrevérités, de pièges qu'ils semaient afin de vous égarer le jugement. Ils ne reculaient pas devant la Croix, ni ne se tordaient de douleur lors d'aspersions d'eau bénite. Bien au contraire. J'ai même décelé chez eux une sorte de jubilation malsaine à résister aux épreuves réputées être des repoussoirs du démon.

– Comment donc avez-vous formé votre certitude quant à leur possession ?

– Avec votre permission, je préfère ne pas l'évoquer. Parlez-moi plutôt du récent comportement de frère Henri.

– J'y ai repensé depuis cette épouvante, commença le père Jacques. Henri, depuis son arrivée de Jumièges, était, comment dire… un peu bougon… Je ne l'ai jamais attribué à un caractère naturellement rogue, plutôt à la maladie de vieillerie qui lui déformait peu à peu les mains, l'empêchant de tenir la plume. C'est

1. Médecin perse, 865-932, on lui doit également la première description de l'asthme allergique et sa relation avec certaines fleurs.

qu'il fut l'un des plus prestigieux copistes et enlumineur de notre ordre, peut-être même de la chrétienté. Il était même un excellent rubricateur [1]. Il est fort rare de trouver ces trois talents réunis chez le même être. Toujours est-il qu'il était renfermé, évitant de se lier de cordialité avec d'autres. Il passait le plus clair de ses journées à réorganiser notre bibliothèque et surtout à insister sur la piètre qualité de telle vignette historisée ou de telle lettrine. Nous possédons pourtant quelques beaux ouvrages. Bref… au point que certains de mes fils avaient fini par l'affubler d'un sobriquet peu charitable.

– Lequel ?

– Titivillus.

Monsieur de Villanova réprima un sourire. Titivillus, le démon réservé aux copistes, à l'affût de leur moindre bévue, le dos courbé sous un grand sac bourré de syllabes oubliées lors de l'écriture, qu'il comptabilisait dans la ferme intention d'exiger réparation le jour du Jugement dernier.

– Où en étais-je ? Ah oui. Renfermé donc, jusqu'à ce qu'il se prenne d'une tendresse de pédagogue pour Gilbert en qui il avait placé de grands espoirs, à l'instar d'un père qui souhaiterait s'assurer que son savoir passerait en son fils. Gilbert était désireux d'apprendre, de contenter son nouveau maître, j'en suis certain. Malheureusement, il n'avait ni le talent, ni surtout l'application nécessaires au travail de copiste, et encore moins d'enlumineur. Selon moi, Henri en a été fort

1. Chargé des inscriptions en couleur, souvent rouges, dans les chartes ou les manuscrits.

déçu. J'ai même craint à un moment qu'il n'en tienne rigueur à son jeune frère. Tel n'a pas été le cas, du moins pour ce que j'en ai su. C'est à peu près à cette époque… Mon Dieu, je dois peser mes mots et rappeler mes souvenirs afin de ne pas vous induire en erreur… C'est donc à peu près à ce moment-là que j'ai noté une sorte de changement chez Henri.

– De quel ordre ?

– C'était assez indéfinissable, subtil… Je m'en voudrais tant de réécrire l'histoire après coup, à la lumière des choses effrayantes que j'ai apprises au sujet de mon ancien fils.

– Vous m'aideriez beaucoup en précisant votre pensée, l'encouragea monsieur de Villanova.

– Sa bougonnerie semblait s'être, non pas atténuée… Je veux dire qu'elle était soudain moins convaincante. Je l'ai parfois surpris aux offices, un sourire errant sur ses lèvres, trahissant son absence ou le peu de conviction qu'il mettait dans sa prière. De quelle image user afin de traduire ma pensée au plus juste ? On eût cru un homme qui vient de recevoir une réjouissante nouvelle mais qui ne tient surtout pas à ce qu'elle s'ébruite et s'efforce donc de maintenir sa coutumière figure.

– Je vois, déclara monsieur de Villanova en hochant la tête. Où se trouve aujourd'hui frère Henri ?

– Le cœur me saigne à vous l'avouer. Dans l'un de nos cachots, en attendant que le chapitre décide de son sort. Il est évident qu'Henri relève d'un tribunal ecclésiastique, à plusieurs titres. Il s'agit d'un homme de robe et ses crimes procèdent de l'hérésie la plus grave.

– En effet. Un tribunal inquisitoire me semble le plus à même de juger ses fautes. D'autant que… ce genre de procédure nous garantit une totale… discrétion. Il serait fort dommageable que la nouvelle d'une hérésie de moine se répande, ajouta le conseiller de Clément V. Avec votre permission, monsieur mon père, je souhaite… m'entretenir avec frère Henri, en tête à tête.

Inquiet, l'abbé s'enquit en baissant la voix :

– Ne redoutez-vous pas… enfin, les démons communiquent des pouvoirs surnaturels aux êtres qui leur cèdent… Henri, le véritable Henri, nous a quittés. Il pourrait se révéler dangereux…

– Non pas. À moins que je me fourvoie gravement, je le crois tout à fait inoffensif, du moins pour moi. Il ne peut me séduire : la mort ne m'effraie pas, c'est une vieille compagne qui se fait de plus en plus présente au fil des années. Quant à d'éventuels pouvoirs, Henri n'a, de toute évidence, pas satisfait son maître. Ce dernier est implacable, impitoyable. Il a donc abandonné aussitôt votre ancien fils et n'en a cure. Voyez-vous, ma conviction est que le diable se montre exigeant, j'allais dire presque coquet au sujet des âmes qu'il récupère. Toutes ne lui sont pas bonnes à prendre. Seules lui sont véritablement précieuses celles qui tentaient Dieu. Et puis… qui dit que nous avons véritablement affaire au diable ?

Un serviteur laïc, levant haut son flambeau, précéda monsieur de Villanova le long des marches de pierre qui descendaient vers les souterrains. Il balisa leur passage, allumant les torches de résineux fichées dans des anneaux scellés au mur, au fur et à mesure qu'ils les dépassaient. L'air était empuanti par une odeur âcre de moisi et les relents de détritus qui achevaient de se décomposer dans la rigole centrale qui menait vers un distant putel [1]. L'homme déverrouilla la lourde porte basse d'un cachot, se signa et s'effaça d'un mouvement nerveux pour laisser pénétrer le vieux médecin.

– Je vous attends à quelques pas, messire, chuchota-t-il d'une voix apeurée en lui tendant son flambeau, peu désireux d'avancer dans l'obscurité malodorante de la geôle.

La porte claqua, et monsieur de Villanova ne fut qu'à moitié surpris par la rapidité avec laquelle la clef tourna dans la serrure.

Prenant garde de ne pas se redresser tout à fait de crainte de se cogner le crâne au plafond voûté, trop bas pour permettre à un homme de taille moyenne de se tenir debout, Arnoldus de Villanova tourna sur lui-même, découvrant ce lieu de solitude et de peine grâce à la haute flamme vacillante. Dans le coin le plus reculé, situé en diagonale de lui, il distingua une forme, assise droite sur une paillasse. Une torche était plantée de chaque côté de la porte. Il les alluma. En dépit de son peu d'appréhension, il décida pourtant de garder le flambeau en main.

Immobile, frère Henri le détaillait avec une rare intensité.

---

1. Ou merderon. Grande fosse ouverte creusée à l'écart des bâtiments d'habitation dans laquelle arrivent les détritus organiques et les déjections.

– Je me nomme Arnoldus de Villanova, commença le savant.

– Le Catalan ! Fichtre. C'est que j'ai pris de l'importance, railla le moine. Un obscur copiste qui en vient à mériter la visite d'un illustre personnage. Quelle distinction, quel privilège !

L'espace d'une seconde, monsieur de Villanova se demanda si la peur se cachait derrière cette ironie cinglante mais facile ou si, de fait, frère Henri avait été investi d'un pouvoir par un ennemi redoutable et dépourvu de crainte.

D'un ton de courtoisie, il rétorqua :

– Votre bravacherie ne m'étonne pas. Cela étant, je doute qu'elle vous soit d'une grande aide face à vos juges inquisiteurs.

– Je ne les redoute pas.

– Vous avez pourtant tremblé à leur mention durant vos premiers interrogatoires.

Frère Henri haussa les épaules et concéda :

– C'est que je n'avais pas eu le temps de soupeser ma situation.

– Et tel n'est plus le cas ? demanda le médecin en s'avançant vers le prisonnier.

– En effet.

Dans la lumière irrégulière, Arnoldus de Villanova découvrit un vieillard aux flasques bajoues, au crâne chauve, alourdi par une chair trop abondante. Il n'aima pas les yeux trop rapprochés du nez, la bouche sèche et arrogante, bien trop petite pour ce gros visage.

– Et que vous a indiqué cette… pesée ?

– Que j'aurais grand tort de me ronger les sangs. N'y voyez nulle irrévérence de ma part, monsieur. Cependant, je n'ai guère envie de discuter avec vous.

Arnoldus de Villanova sentit que la terreur et le désespoir de frère Henri avaient trouvé un antalgique. Il avait décidé de se croire intouchable. La seule parade consistait à le détromper au plus preste et à le replonger dans sa peur abjecte, et justifiée : la Question, qui ne manquerait pas de lui être infligée.

– Voilà un manque de prudence qui me surprend. (Le savant pouffa.) Quoi ? Que croyez-vous ? Que ce fameux cavalier noir vous va secourir ? Vous vous trompez gravement. Vous l'avez déçu. Vous n'avez pas honoré votre part de l'immonde marché que vous aviez conclu. Il ne vous le pardonnera pas. Je le traque depuis si longtemps que, pour mon plus terrible accablement, je le connais comme un frère.

– Peu importe qu'il me pardonne.

Un rire satisfait s'échappa du grand homme gras.

– Vous vous leurrez. Vous ignorez qui il est au juste, argumenta le médecin.

– Encore une fois, peu importe.

La suffisance imbécile de frère Henri formait une tenace carapace. Fendre la carapace. Exposer sa vulnérable nature humaine. La chair de l'homme sait si bien souffrir. La chair de l'homme hurle en flots pourpres. Arnoldus n'ignorait rien du raffinement de certaines tortures. Il les avait craintes pour sa propre chair. Il énuméra d'un ton léger :

– Selon moi, après les supplices habituels, l'estrapade [1] par exemple, ou encore celui du fer rouge et de l'eau, les bourreaux de l'Inquisition en viendront à vos mains. Cette maladie déformante des articulations fait terriblement souffrir, n'est-ce pas ? Je la subis un peu, moi aussi. Qu'il doit être intenable d'avoir les doigts lentement broyés dans un étau !

Un autre pouffement, teinté cette fois d'une indéniable agressivité :

– Vous ne me faites pas peur !

Forçant un sourire supérieur, Arnoldus de Villanova joua son va-tout. Il venait de comprendre que, dans la solitude de son cachot, frère Henri s'était convaincu de posséder une chose irrésistible aux yeux d'Arnaud Amalric, le cavalier noir. Une chose négociable.

– Je crois le contraire. Vous pensez avoir un moyen de pression contre messire Amalric, un nouveau marché à lui proposer. La croix de Béziers, peut-être. Sans doute pensez-vous savoir où elle se trouve. (Arnoldus de Villanova surprit la légère crispation des lèvres molles de frère Henri. Il avait visé juste.) Je vous le répète, vous ne le connaissez pas. Nos enquêteurs ont passé des années à flairer, à remonter sa piste. Vous n'avez pas la moindre idée de l'étendue de ses pouvoirs. Il est trop tard pour vous. Il sait qui vous êtes, d'où vous venez. Il n'a plus besoin de vous.

– C'est faux ! hurla frère Henri, défiguré de rage. Il

---

1. Consiste à faire tomber de tout son poids le condamné, attaché par les pieds au bout d'une corde, à plusieurs reprises.

ignore ce que j'ai appris. Sans moi, sans mes découvertes, il…

Le vieux moine s'interrompit soudain. Arnoldus perçut son souffle désordonné. D'une voix faussement posée, le vieil enlumineur reprit :

– Avec mon respect, vous empiétez sur mon temps de réflexion, monsieur. Brisons là, je vous prie.

Arnoldus de Villanova n'insista pas, certain qu'un mur de silence lui serait maintenant opposé. Quelle importance ? Il avait appris ce qu'il était venu chercher.

Il frappa du plat de la main contre la lourde porte rébarbative.

Un raclement de clefs. Il éteignit les deux torches et lança, sans se retourner :

– Dieu vous jugera. Je ne doute pas qu'il sera féroce.

Un épais silence lui répondit.

Abbaye de femmes des Clairets,
Perche, février 1308, ce même jour

Ils s'étaient tassés dans la resserre où le chapitre leur avait permis de s'installer. La modeste remise flanquait les étables dont elle n'était séparée que par un mur de hauteur d'homme. La chaleur des bêtes leur parvenait, leur odeur apaisante les environnait.

Éloi sauçait avec soin le fond de son écuelle, reprochant :

– Par c't'froid, l'temps qu'on r'vienne des cuisines avec not'manger et tout a figé !

– Toujours à s'plaindre çui là, le rabroua Sidonie avec tendresse. Estime-toi donc heureux que nos ventres soient bien remplis, et avec des mets autrement plaisants qu'les ragoûts de racines que nous r'filait c'te verrue de montreur !

– Cette jeune dame marque un point, arbitra Évrard en terminant son repas. Songe, Éloi. Il nous reste même du pain alors que nous crevions de manque avant. La sœur organisatrice des cuisines n'a pas omis de nous offrir ces délicieuses oublies. Je me souviens d'en avoir mangé un jour. Il y a longtemps, ajouta le jeune homme d'un ton désespéré.

– Avant qu'y t'balancent dans la forêt pour qu't'y crève comme un rat ? lança Éloi qui savait que tel n'avait pas été le sort d'Évrard. Mais le jeune homme avait tant besoin de se raconter que tous prétendaient avoir oublié son histoire pour l'entendre à nouveau.

– Avant, en effet. Toutefois, ils ne m'ont pas abandonné en forêt, contrairement à Urdin. Ils m'ont offert à un montreur de foire, un autre, qu'ils ont en plus rétribué d'une belle bourse, tant leur soulagement était grand.

– Et comment qu'tu vivais ? s'enquit Sidonie.

– Je vous l'ai déjà raconté.

– Tout juste, l'ami. Mais j'aime bien écouter ton histoire, mentit la jeune fille.

– Je ne sortais jamais de la chambre de la tour est. La porte en était verrouillée. C'était une jolie pièce, bien chauffée à l'hiver. Cette femme, une très jolie dame, montait souvent afin de m'enseigner la lecture et l'écriture. J'avais ordre de remettre mes gants à cinq doigts avant qu'elle n'entre et de ne les retirer qu'après son départ. Elle s'installait toujours de l'autre côté de la petite table de travail, pour ne pas risquer de m'approcher trop…

Tous avaient déjà entendu cent fois l'histoire d'Évrard. Pourtant, tous lui prêtaient attention, feignant de boire chacune de ses paroles, lui posant des questions parce qu'ils savaient qu'il s'agissait du seul moyen qu'avait trouvé le jeune homme d'atténuer un peu son chagrin.

– Et quand c'est que t'as compris qu'c'était ta mère ? demanda Urdin.

– Au fur et à mesure des semaines, j'ai vu son ventre s'arrondir. J'ignorais la raison de ce phénomène et m'en suis informé. Elle m'a expliqué de ce ton plat dont elle usait avec moi : « Je suis grosse, enfin. De ton frère, j'espère. Je prie chaque soir afin que Dieu ne nous éprouve pas une seconde fois. » Les mois passèrent. Un jour, ma mère ne vint plus.

– C'était la délivrance ? l'encouragea Éloi.

– En effet. Je ne l'ai jamais revue. Une vieille servante, dont j'appris qu'il s'agissait de son ancienne nourrice et de sa femme de confiance, la remplaça et me porta mes repas, déposant mon écuelle en me scrutant tel un animal dangereux. Quelques jours plus tard, comme je lui demandais pour quelle raison elle semblait soudain rayonner d'allégresse, elle me lança avec méchanceté : « C'est un mâle, bien vif et pas tordu, celui-là ! C'est pas trop tôt. » Je ne sais pas… à sa mine tout à la fois réjouie et mauvaise, je compris que quelque chose de terrible allait m'échoir.

– Et ton père ? demanda Urdin.

– Je ne me rappelle pas l'avoir jamais vu, sauf le dernier soir. Un homme très grand, puissant, qui ne m'a pas dit trois mots. C'est lui qui m'a pris en croupe de son destrier. Lui qui m'a conduit à la ville voisine où s'était installée une foire. Lui qui a versé la bourse et disparu aussitôt. (Évrard secoua la tête et avoua :) Mes bons amis, je sais bien que je vous rase les oreilles à ressasser cette histoire, et vous sais gré de l'écouter à nouveau en prétendant la découvrir. Toutefois, hormis vous, à qui pourrais-je confesser que ces gens de haut ont attendu de produire un second fils, sans difformité, pour se débarrasser de moi ?

– Et tu n'les hais point ? s'indigna Sidonie. Nous deux avec l'Éloi, on les noierait volontiers dans leur merde, nos vieux ! Parce que, ces histoires de fées, c'est des balivernes ! D'abord, les fées, ça existe pas et, même dans le cas contraire, j'suis une fille [1] ! Elles m'auraient pas intervertie avec une rejetonne d'humaine si j'avais été une des leurs, parce que les filles des fées sont toujours belles. Y a que leurs garçons qu'elles changent, parce qu'y sont laids et mal fichus à dégorger.

– Je ne les déteste pas. Ce ne sont pas eux qui sont responsables. C'est ce vilain tour du sort. Bah, ce qui est fait ne peut se défaire. Changeons de sujet. Je vous ai assez assombris. Mille grâces pour votre attention amie.

Si, ce qui était fait pouvait parfois se défaire, songea Urdin. Cependant, il ne leur avouerait jamais, en dépit de la réelle affection qu'il éprouvait pour ses frères de misère. Il allait changer le destin de Claire, grâce au marché qu'il avait passé avec l'homme en noir.

Sidonie cherchait fébrilement un sujet de bavardage plus léger, moins blessant, surtout. Elle s'accrocha au premier qui lui traversa l'esprit :

– N'empêche, y a des sales carnes en ce lieu, mais y a aussi des bonnes dames. Cette sœur Clotilde, justement. J'suis sûr qu'elle rallonge nos rations, à cause

1. La légende voulait, notamment dans le centre de la France, que les filles nées de fées soient très belles et héritent des pouvoirs de leur mère. En revanche, leurs fils étaient fort laids, souffraient de difformités et étaient dépourvus de pouvoirs. Les fées étaient donc réputées pour substituer leurs nouveau-nés mâles à ceux d'humaines, lorsqu'elles trouvaient les enfants jolis.

qu'on travaille dehors dans l'froid et qu'elle a du cœur. L'abbesse aussi. Qu'elles soient bénies toutes les deux.

– Elles le sont, affirma son frère, d'un ton convaincu. Pas comme cette vile crapaude. Ferrand la fouine ! Faut y prêter garde à c'te peste-là, j'vous l'dis. Elle mijote un sale coup dans sa vilaine tête tordue.

– Comme quoi ? demanda Urdin.

– J'sais pas au juste, compagnon. C'que j'sais, c'est qu'à chaque fois que je m'suis r'tourné aujourd'hui, elle collait à mon cul, en furoncle qu'elle est. Pourtant, avant, elle s'écartait au plus loin, comme si j'puais si fort que j'lui en ôtais le souffle.

– En ce cas, intervint Évrard, nous devons redoubler de prudence pour protéger Claire. Personne ne doit la trouver.

– Tout juste, mon gars, approuva Sidonie.

– Le premier qui touche à Claire, j'le crève comme le rat galeux qu'il est. Bonne sœur ou autre ! cracha Urdin, soudain venimeux.

– Mieux vaut prévenir et se débrouiller pour que nul n'apprenne sa présence en l'abbaye, le calma Évrard. La meilleure solution consiste à surveiller à notre tour la portière afin de lui couper l'herbe sous le pied.

L'homme-loup se tourna vers le nain et demanda d'une voix tendue :

– Éloi, faut que j'la voie. J'sais que c'est ton secret, mais faut que tu l'partages. J'peux pas passer par le soupirail, j'suis trop grand et large. Où c'est que c'est, la deuxième entrée ? supplia presque Urdin.

Le manque de Claire, de son sourire, lui faisait parfois monter les larmes aux yeux. Pourtant, il l'avait vue, l'avait serrée contre lui peu auparavant. L'enfante était devenue au fil des mois son unique raison de continuer, de ne pas imiter Évrard en mettant un terme définitif à une vie qui n'était que peine et fureur. Dès qu'il la voyait, sitôt qu'il frôlait sa joue ou son front, une douceur puissante comme une lame de fond faisait taire en lui tout ce qui souffrait, tout ce qui hurlait. Il respirait enfin. Il vivait enfin.

Le nain croisa ses bras musculeux sur son torse, bouche froncée sur son silence.

– Allez… Qu'est-ce tu crois ? On sait bien que t'es fortiche, depuis l'temps. On sait bien que t'es malin comme pas deux. Tu peux bien leur dire, le gronda sa sœur avec gentillesse.

Elle connaissait le secret du passage, l'ayant emprunté afin d'aider son frère à meubler la chambre souterraine de Claire. Le nain hésita encore un instant, puis se décida :

– Bon… n'empêche, ça pas été facile de l'découvrir. Fallait en avoir, là-dedans ! insista Éloi en désignant son crâne dégarni du bout de l'index

– Nous nous en doutons, compagnon, puisque nous n'y avons pas pensé un instant, le flatta Évrard.

Éloi se rengorgea sous le compliment. Toutefois, il n'avait aucune intention de brader son succès et comptait en savourer chaque miette. Aussi expliqua-t-il d'un ton de conspirateur :

– Voilà comment qu'ça m'est venu. Donc, j'découvre le soupirail et la salle située derrière. J'me dis qu'y fallait être un rude crétin pour creuser et bâtir c'te pièce avec pour seul accès une fente par laquelle pouvait passer qu'un enfant ou un tout maigrelet. Et puis, j'cogite. Fallait bien que les maçons, les charpentiers descendent et qu'y z'amènent leurs blocs de pierre et leurs madriers. Y z'ont pas r'cruté une armée de nains bâtisseurs, quand même, que j'me dis ! Donc, y a forcément une autre issue, que j'en conclus, qu'a été condamnée plus tard.

Tous étaient suspendus à ses lèvres et Urdin serrait si fort ses mains l'une contre l'autre que Sidonie voyait ses articulations blanchir sous les longs poils. Rasséréné par l'admiration de son auditoire, Éloi poursuivit :

– Ben, j'ai fouiné et j'l'ai trouvée. Tout au fond de la salle. J'l'ai cachée derrière une tenture pour vous faire une surprise. C't une paroi pivotante en pierre, que rien distingue du mur, sauf les joints. J'en ai sué pour la faire basculer, vu qu'elle avait pas servi de longtemps.

– Et alors ? demanda Urdin d'une voix altérée.

– Alors mon gars, c't'un labyrinthe là-d'ssous. Tu peux t'y paumer sans difficulté. Un p'tit boyau part de la chambre de not'princesse et débouche dans l'avenue centrale des souterrains qui courent sous toute l'abbaye. Ça pue comme en enfer. Ça grouille de rats gros comme des lièvres. La merde de tout' nos bonnes sœurs, qui chient comme nous autres, tombe des canalisations des lieux d'aisance. Les eaux d'cuisine aussi. Ça fait courant et ça emmène toutes les déjections vers l'putel. J'suis arrivé jusqu'à la grille d'avant l'dit merderon. J'm'ai pensé en moi-même que l'ouverture qu'elle protégeait était assez grande pour permettre le passage des fameux charpentiers et maçons. Sauf que tu patauges dans la merde jusqu'au torse, vu qu'c'est assez pentu pour permettre un courant vers l'putel. Bon, pour vous jusqu'à mi-cuisses. Personne qu'aurait tout son sens accepterait d'progresser par là. D'autant qu'la grosse chaîne et les vertevelles [1] qui maintiennent le verrou sont vieilles comme la peau de mes fesses et qu'on les a pas changées, ni fait fonctionner d'y a bien longtemps. Fallait donc chercher ailleurs.

– Ça mon gars, des plus intelligents qu'toi, j'en connais pas beaucoup ! s'exclama sa sœur en ravissement.

– C'est vrai qu'suis pas nain de c'côté-là ! approuva Éloi sans une once de modestie. Ça, j'connais pas mal d'échassiers qu'en ont pas autant dans la marmite !

– Éloi ! le gronda à nouveau sa sœur. J't'ai déjà dit qu'on appelait « échassiers » que les sans-bonté. Y a des grands, pas beaucoup, qui nous veulent pas de mal. Y en a même qui sont bienveillants avec nous. Urdin, Évrard, Claire, l'abbesse et la bonne pitancière sont pas échassiers !

– T'as raison, frangine. Pas d'offense, vous autres, et mille excuses.

– De grâce, poursuis, Éloi. Nous savons bien que, pour vous, nous ne sommes pas de vilains échassiers, le rassura Évrard.

– J'suis donc rev'nu sur mes pas. Sainte mère de Dieu ! Ça puait à vous faire dégorger ! C'est là qu'j'ai trouvé une deuxième issue, fermée, elle aussi, d'une lourde grille. D'après mes estimations, elle conduit vers l'dortoir, ou du moins dans l'escalier qui y mène. Ça veut dire qu'y faut monter raide. J'vois pas des blocs de pierre et des madriers passer de cette sorte-là !

---

1. Ou encore « verterelles » ou « vertenelles ». Pièces métalliques en forme de boucle maintenant les verrous d'une porte.

Ça tournait dans ma tête. Je m'suis dit comme ça qu'les moines redoutaient les attaques. C'est pour ça qu'y creusaient des souterrains qui pouvaient les conduire dehors si l'assaillant arrivait à pénétrer dans l'enceinte. J'ai encore cherché et j'ai trouvé la troisième issue. Elle passe sous la porterie des Fours. Elle débouche, en montée douce, à dix toises de l'enceinte !

– Comment cela ? interrogea Évrard qui ne feignait pas sa stupéfaction.

– Ouais, mon gars ! La sortie est planquée dans un monticule de caillasses recouvertes de fougère et de lierre. Rien d'autre. Tu rentres et tu r'sors à ta guise. J'me demande si quelqu'un ici connaît encore l'existence de c'passage. Du coup, puisqu'on a une clef de la porterie des Fours, celle que j'ai meulée, ajouta Éloi pour ne rien perdre de son triomphe, on peut sortir et s'enfourner dans l'boyau qui mène à Claire. J'veux dire pour les grands qui passent pas par l'soupirail.

– C'est comme ça que t'as meublé sa chambre ? J'me demandais comment qu't'avais pu faire passer ça par c'te fente, s'enquit Urdin d'un ton d'admiration qui récompensa le nain.

– Tout juste ! Avec l'aide de ma Sido. Pauv'princesse. Fallait bien qu'elle vive dans d'belles choses. Elle le mérite amplement.

– Ta main, ami, murmura Urdin en tendant une patte velue qu'Éloi serra avec jolie cérémonie. J'sais pas comment j'pourrais t'remercier un jour, vous tous d'ailleurs, mais j'trouverai. J'peux t'dire, mon gars, que t'en as bien plus dans la marmite que nous tous réunis !

Les deux autres approuvèrent d'un signe de tête. Éloi tenta, sans grand succès, de dissimuler son extrême satisfaction. Passé ce fugace mais jubilatoire moment de gloire et parce qu'il était, justement, fort intelligent, il se souvint de ce que tous lui avaient apporté. L'humilité le rattrapa, la tristesse aussi :

– Ben, j'dis pas que c'est pas vrai, rapport à la marmite. Toutefois, si j'avais pas dû m'occuper d'ma p'tite sœur, si elle m'avait pas pris dans ses bras pour me câliner alors que les autres me crachaient à la gueule, j'suis pas sûr que j'me serais pas pendu à une branche d'arbre. J'te dois la vie, ma Sidonie.

Elle essuya les larmes qui dévalaient soudain de ses paupières et lui saisit la main pour la baiser en murmurant, affolée :

– Mais t'es fou ! Meurs jamais, j'te l'interdis. Qu'est-ce que j'deviendrais sans toi ? J'me pends, moi aussi, ou j'me noie, si t'es plus là.

– C'est c'que j'dis, ma jolie. Et toi, Urdin. J'suis fort mais pas rapide sur mes p'tites jambes. Et, si t'avais pas été là pour piéger le gibier, on s'rait tous crevés. Même si t'as surtout chassé pour Claire, tu nous as tous nourris, quand l'autre verrue de montreur nous filait que d'l'eau claire aux raves, en plein hiver. Et puis, il avait la trouille de toi. Alors, y nous cognait moins quand la r'cette était pas bonne. Et toi, Évrard. Mon gars, j'te dois mes seuls jolis rêves. Toutes les belles histoires que tu connais, que tu peux lire, peuplées de fées gentilles et d'princesses endormies. J'ai même rêvé une nuit que j'étais un beau prince, transformé en nain par une sorcière. Suffisait du baiser d'la princesse et j'redevenais moi-même. Pas d'chance, j'me suis réveillé avant.

Un silence tissé d'amitié véritable, de chagrin, d'espoir aussi, s'abattit. Nul ne chercha à le rompre. Il s'agissait d'un beau silence. Un de ceux que l'on partage en moment rare et précieux parce qu'il lie plus sûrement qu'une déclaration.

Ils étaient ensemble. Ils étaient moins vulnérables.

Vêpres* battait son plein. Un froid hérissant semblait décidé à geler les voix qui s'unissaient en cantique. Élise de Menoult, sœur chambrière, réprima le fou rire qu'elle sentait monter dans sa gorge : Dieu devait se boucher les oreilles pour s'épargner leurs couacs et leurs couinements tremblotés. Il devait avoir à Sa disposition pléthore de chants angéliques d'une indicible beauté. Quelle punition pour Lui de S'infliger les disharmonies de Ses filles, certes pleines de bonne volonté et débordantes de foi, mais dont les fausses notes à répétition, aggravées par la froidure qui anesthésiait les gorges, pouvaient difficilement s'apparenter à un chant mélodieux, même avec la plus extrême indulgence. Elle s'admonesta pour ce qui n'était, à l'évidence, que des réflexions déplacées en un lieu saint et s'encouragea au sérieux.

L'aménité, l'alacrité d'Élise étaient de notoriété commune et fort peu de choses paraissaient capables de les tarir. Élise avait choisi le couvent onze ans auparavant, alors qu'elle n'était âgée que de seize ans, afin d'échapper à une union décrétée par son père, union qu'elle n'avait pas eu la hardiesse[1] de refuser. Le gendre accepté par monsieur de Menoult, en dépit du nombre impressionnant de prétendants qui avaient requis la main de la ravissante Élise avant lui, avait quarante ans de plus qu'elle. Il souffrait d'une écœurante maladie d'épiderme qui lui cloquait la peau en pustules sèches, lui donnant l'aspect peu ragoûtant d'un vieux batracien. De surcroît, son souffle empestait à une demi-toise, au point qu'Élise tournait discrètement la tête dès qu'il lui adressait la parole. Ces défauts, de piètre importance aux yeux de monsieur le père d'Élise, avaient été tout à fait balayés par la colossale fortune que le futur se proposait de mettre au service d'un beau-père de vingt ans son cadet, ruiné par de calamiteux investissements, que seuls son emportement en toutes choses et son peu de bon sens expliquaient. Élise était heureuse depuis onze ans. Elle ne craignait plus rien entre ces murs, et la compagnie permanente de Dieu la comblait. La nomination de Plaisance de Champlois à la fonction d'abbesse avait conforté cette paix intérieure qui ne la quittait pas. Son amitié et son admiration pour sa très jeune mère ne faiblissaient pas, bien au contraire. Certes, Élise eût fait une admirable épouse, une amante attentive et une mère dévouée, avec autant de satisfaction et de joie. Dieu en avait décidé autrement, voilà tout. Certains aigris se plaisent à penser que le parfait bonheur ne

1. Contrairement à la légende, l'Église prohibe les mariages imposés aux filles. Cela étant, il était très difficile aux jeunes filles d'aller à l'encontre de la volonté paternelle, sauf à rejoindre un couvent.

vient qu'aux imbéciles. Ils se trompent. Élise possédait une rare finesse d'esprit et, de fait, elle était heureuse.

À ses côtés, la difficile Agnès Ferrand, sœur portière, y allait de criaillements fort déplaisants qui n'étaient pas sans évoquer la crécelle de ces lépreux dont elle avait tant réprouvé la venue.

Quelque chose, un détail presque imperceptible troublait Élise depuis un moment. Le très inhabituel contentement qu'elle percevait chez sa voisine. Elle la connaissait bien et s'en méfiait encore davantage. Ce qui satisfaisait Agnès ne pouvait que déplaire aux autres.

Élise se débrouilla donc pour sortir juste derrière la portière après l'office et la rattrapa pour passer son bras sous le sien. Cette marque d'affection surprit tant Agnès Ferrand qu'elle sursauta et dévisagea Élise comme si elle se demandait quel répugnant animal s'accrochait à sa manche.

– Je vous vois d'humeur si guillerette que j'en suis soulagée, commença Élise de Menoult avec un large sourire.

L'autre se renfrogna et plissa les yeux de défiance.

– Euh… Non pas. C'est l'élévation de notre foi collective qui me porte, rétorqua l'autre.

Essaie de faire gober cette faribole à des œufs, songea Élise en insistant :

– Votre bonheur à entonner les cantiques m'a ravie.

Le naturel rattrapa madame Ferrand qui claqua le bec de la chambrière d'un très sec :

– C'est qu'alors vous n'avez pas d'oreille !

Elle tourna les talons et la planta là. La gentille Élise de Menoult ne fut pas dupe. Cette haridelle [1] revêche cachait quelque chose. Elle en aurait le cœur net.

L'abbesse avait convié Alexia de Nilanay et Mary de Baskerville à se joindre à elle pour partager son souper, servi dans la galerie qui surplombait la grande salle de réfectoire. Un silence embarrassé régnait, aucune des trois femmes ne trouvant de sujet de conversation approprié, c'est-à-dire assez inoffensif pour être partagé en public.

Après la porée verte maigre [2], une supplette de cuisines servit les truites marinées au vinaigre, accompagnées d'une sauce au raisin noir. Elle se retira après une courte révérence.

Alexia étudiait Mary de Baskerville à la dérobée. Les réactions de l'apothicaire la sidéraient. Lorsque, à la demande de Plaisance de Champlois, Alexia avait conté un peu plus tôt à l'Angloise la conversation qu'elle avait surprise par le conduit de cheminée, celle-ci l'avait considérée telle une bécasse qui débiterait des billevesées. Au point qu'Alexia avait commis la maladresse de se justifier en insistant d'un peu subtil :

– Je vous l'assure. Ce furent leurs mots mêmes !

– Oh, je me doute que vous ne cherchez pas à nous

---

1. Mauvais cheval maigre. Par extension, femme sèche et désagréable.

2. Soupe épaisse de feuilles de blettes au persil et au fenouil, dont on a omis le porc pour les jours maigres.

escobarder [1], avait rétorqué l'apothicaire d'un petit ton supérieur qui avait fort déplu à madame de Nilanay.

Hermione de Gonvray, qui dînait en bas, et poussait les filets de son poisson du bout de sa cuiller, incapable de se résoudre à avaler une bouchée, avait été en dessous de la vérité : madame de Baskerville n'était certes pas aimable. Elle était même carrément déplaisante. D'autant qu'elle n'avait pas été d'une grande aide et qu'Alexia attendait toujours d'être témoin de la vaste intelligence que lui avait prêtée Hermione. En effet, l'Angloise n'avait pas daigné commenter les informations que lui révélait Alexia, se contentant de hochements de tête bien vagues.

Elle n'était pas plus diserte ce soir, son regard myosotis balayant le vaste réfectoire.

Leur mutisme pesait-il à la jeune abbesse ? Toujours est-il que Plaisance s'éclaircit la gorge et lança :

– Eh bien, je me rallie à vos arguments. Il est vrai que l'épaisse neige qui nous environne empêche tous déplacements, surtout de chariots. Hermione de Gonvray, dont vous avez toutes deux plaidé la cause avec flamme et obstination, demeurera donc en nos murs jusqu'à la fin de l'enquête que conduit madame de Baskerville. Agnès Ferrand partira, quant à elle, dès que les éléments le permettront.

– Agnès Ferrand quitte les Clairets ? Madame de Baskerville devient enquêteur ? interrogea Alexia.

L'intéressée tourna son dérangeant regard vers la jeune femme et s'enquit d'un ton ironique :

---

1. Raconter des mensonges dans le but de tromper.

– Penseriez-vous avoir plus d'aptitude que moi pour mener cette tâche à bien ?

Alexia ne tergiversa qu'une seconde :

– Madame, outre que votre suffisance n'est pas à votre honneur, je n'ai nul besoin de vous afin d'apprécier mes capacités et leurs limites. Ce point précis semble nous départager… et il n'est pas en votre faveur !

Le camouflet, lancé d'une voix calme, porta. Le rouge enflamma les joues blêmes de madame de Baskerville, telle une vive brûlure qui lui gagna le front et descendit jusqu'à son cou. L'Angloise prit une longue inspiration et Alexia se prépara pour la vexation qui allait suivre afin de laver l'affront subi par la nouvelle apothicaire. Au lieu de cela, un mince sourire étira les lèvres pâles de Mary qui déclara en se penchant vers Alexia :

– Votre regard, madame. Donnez-le-moi et ne le détournez pas tout le temps que vous nous répondrez.

Interloquée, madame de Nilanay hocha la tête en signe d'acquiescement. Plaisance, surprise elle aussi, se tenait coite.

– Une de vos anciennes sœurs manque. Laquelle ?

Alexia répondit sans même réfléchir :

– Rolande Bonnel, sœur dépositaire. Je suppose que notre mère l'aura dispensée de présence afin de lui permettre de terminer son ouvrage.

Ce fut au tour de madame de Baskerville de manifester de l'étonnement. Plaisance, scrutant le réfectoire, s'exclama soudain :

– En effet, Rolande n'est pas parmi nous… Et non, elle ne m'a pas informée…

Les trois femmes se considérèrent. L'abbesse se leva et murmura :

– Je m'alarme peut-être bien prématurément. Toutefois, je préfère que nous nous assurions aussitôt que… Enfin, ma réaction est sans doute excessive…

– Elle est, au contraire, assez cohérente à la lumière des derniers événements, rectifia Mary d'un ton détaché. Allons la chercher. Ma mère, peut-être serait-il souhaitable que vous rassuriez auparavant vos filles. Nombre d'entre elles nous regardent.

Plaisance s'approcha de la rambarde de pierre et lança d'une voix forte au réfectoire.

– Il nous faut nous absenter. Poursuivez votre repas en grande paix et en méditation, mes filles.

Elles avaient visité l'abbatiale, la salle capitulaire, le chauffoir, les étuves, la bibliothèque, la salle des reliques et même le grand dortoir des moniales, pressant progressivement le pas. Rolande demeurait introuvable. Alexia, qu'une sourde angoisse tenait, proposa :

– L'abbaye est si vaste, et la nuit ne rend pas nos recherches aisées. Séparons-nous et répartissons-nous la tâche.

Plaisance approuva d'un signe de tête, son fin visage tendu, et ordonna :

– Que madame de Baskerville prenne le sud-ouest, le noviciat, l'infirmerie et même les étables et les poulaillers sans oublier les pressoirs, quoique je doute que Rolande s'y trouve. Vous, Alexia, visitez le sud-est, le cloître de la Madeleine, la laverie, la chapelle Saint-Augustin, quant à moi, j'oblique vers le nord-ouest et me réserve le scriptorium, les cuisines, les celliers et les caves. Retrouvons-nous ensuite toutes les trois… toutes les quatre dans le chauffoir. Il y règne une douce tiédeur qui nous permettra de patienter en relatif confort jusqu'au retour des autres. Je tancerai Rolande, ajouta-t-elle avec une feinte fermeté.

Mary de Baskerville se fit la réflexion que l'abbesse tentait d'exorciser son inquiétude en invoquant un futur faste. Quant à elle, un sombre pressentiment ne la quittait pas.

Elles se séparèrent sans un mot, chacune se dirigeant à la lueur de son esconce, petit point lumineux vite dissout par les ténèbres.

Mary de Baskerville ressortit du noviciat. Une très jeune fille, impressionnée par l'identité de la visiteuse en cette heure déjà tardive, lui avait affirmé que leur sœur dépositaire n'était pas passée de la journée. Désireuse d'offrir son aide, elle avait même proposé de joindre ses efforts aux leurs afin de trouver Rolande. Madame de Baskerville, touchée par l'émoi et la gentillesse de la novice, avait souri avec chaleur pour la première fois depuis son arrivée et décliné la proposition avec tact.

Mary contourna le bâtiment et déboucha devant la babillerie. Une sœur écolâtre la reçut.

– Oh, mais nous ne voyons jamais notre bonne Rolande céans, ma sœur. La babillerie n'a pas de compte propre. Tout nous est fourni par le cloître Saint-Joseph.

Une fois ressortie, l'apothicaire hésita, puis se décida pour l'herbarium, certaine qu'elle n'y trouverait pas la dépositaire. Au fond, Mary n'espérait plus qu'une chose : être la première à découvrir le cadavre de Rolande Bonnel afin d'épargner l'affreuse surprise aux deux autres. Elle s'y prépara. La mort ne l'effrayait pas. Elle l'avait frôlée cent fois de très près.

La vaste salle du scriptorium était verrouillée pour la nuit. Se levant sur la pointe des pieds, Plaisance scruta par les fenêtres les formes confuses des scriptionales [1]. Hormis le bureau de l'abbesse, le scriptorium était le seul lieu de l'abbaye protégé de vitres, fort rares et dispendieuses, cela afin de garantir le maximum de lumière aux sœurs copistes et d'éviter que l'encre ne gèle dans les cornes de bœuf à l'hiver. Rien. Nulle lumière à l'intérieur. L'endroit était désert. Désespérément.

Plaisance de Champlois tenta de juguler l'émotion qui l'étreignait, d'étouffer l'affreuse intuition qui s'imposait peu à peu à elle. Non ! Il n'était rien survenu de fâcheux à Rolande. Sornettes ! Les larmes lui montèrent aux yeux lorsqu'elle se revit, retenant son agacement et les réprimandes qui lui venaient quand sa fille insistait, piétinait devant son bureau, désignant des chiffres d'un index accusateur, bien décidée à ne pas lâcher prise tant que l'abbesse n'aurait pas vérifié, si possible à l'instant, ce qu'elle avançait. Le souffle

1. Pupitres d'écriture. De taille variable, certains sont portatifs. Ils sont équipés d'un banc ou de pieds.

lui manqua. Elle pensait déjà à Rolande comme si cette dernière était trépassée ! Elle se sermonna. En vérité, sotte qu'elle faisait ! Elle avança d'un pas vif vers les cuisines, glissant parfois sur la neige tassée.

Le judas de la porte du cloître de la Madeleine se souleva enfin en réponse aux coups de poing qu'assénait Alexia de Nilanay contre le panneau. Une portière laïque, au regard peu amène, cria :

– C'est bientôt l'coucher !

La jeune femme rétorqua d'un ton sec :

– Inutile de perdre votre temps en me rappelant les évidences. Je les sais aussi bien que vous. Sur ordre de l'abbesse, nous cherchons la sœur dépositaire Rolande Bonnel. L'avez-vous vue céans ?

– Nan. Personne est venu depuis l'matin. Ça, c'est pas les visites d'elles autres les chastes qui nous étourdissent ! D'toute façon, la dépositaire, j'la connais. Ni bonjour ni bonsoir quand elle débarque pour vérifier un compte de la Madeleine !

– Si les sœurs repentantes sont aussi avenantes que vous, il n'y a pas raison de s'en étonner ! lança Alexia en tournant les talons.

Sa colère s'atténua lorsqu'elle songea qu'elle devenait aussi affable que madame de Baskerville. Ah non ! Tout, sauf ressembler à cette harpie. Elle devait amèrement regretter son vœu.

Elle poussa le battant de la petite chapelle Saint-Augustin. On n'y célébrait pas les offices et ce lieu de prière était devenu le havre de celles qui cherchaient un peu de solitude afin de se mieux recueillir. De taille modeste, construit selon un plan centré et surmonté d'un dôme de faible hauteur, l'édifice avait toujours charmé Alexia durant son involontaire séjour aux Clairets, bien plus que l'impérieuse abbatiale Notre-Dame. On s'y sentait la bienvenue, comme si les sombres pierres de grison vous avaient attendue, espérée presque. Alexia, du temps où elle se nommait Marie-Gillette d'Andremont, avait trouvé en ce lieu un apaisement mâtiné d'un sentiment bien moins honorable : une petite revanche. Ici, elle était en paix. Ici, on ne la tançait pas pour ses manquements ou son esprit trop vif. Ici, même l'odieuse Adélaïde Baudet ne venait pas la débusquer afin de lui confier une nouvelle corvée.

Tendant son esconce devant elle, elle longea le déambulatoire intérieur et se rapprocha de l'autel.

Sur le coup, elle se crut plongée dans un cauchemar. Pétrifiée, elle fixa l'effarante scène, incapable de lui donner un sens. Rolande Bonnel était allongée sur le sol, les deux bras écartés du corps, baignant dans une mare de sang rouge vif. Décapitée. La tête de la sœur dépositaire avait été posée à côté de son épaule droite. Alexia détailla le crâne rasé, les sourcils bruns en broussaille. Victime d'une sorte de transe qui l'empêchait de comprendre ce qu'elle voyait, elle remarqua la large plaie sanglante qui s'ouvrait à l'arrière de la tête décollée. Rolande avait été frappée, tout comme Blanche, derrière le crâne. Toutefois, une seule idée obsédait Alexia. Elle chercha frénétiquement du regard. Où donc était passé le voile de son ancienne sœur ? Soudain, sans même l'avoir voulu, elle se rua vers la porte de la chapelle, lâchant son esconce dans sa fuite, et parvint à ne dégorger qu'une fois dehors. Secouée de spasmes et de hoquets, les larmes trempant ses joues, elle retint le hurlement qui obstruait sa gorge. Elle se contraignit à inspirer bouche ouverte l'air glacial de la nuit. Une violente quinte de toux lui coupa le souffle et elle se laissa tomber à genoux dans la neige, insensible à la morsure du froid qui remontait le long de ses jambes. Elle gémit une prière, ressassant sans trêve la même supplique :

– Mon Dieu, je vous en supplie, accueillez-la. Que notre brave Rolande repose en très grande paix… Mon Dieu, de grâce, accueillez-la. Qu'elle repose en très grande paix… Mon Dieu, accueillez-la. Qu'elle repose en très grande paix…

Enfin, elle put crier, meurtrissant la neige de coups de poing féroces :

– C'est injuste ! Si monstrueux !

Combien de temps resta-t-elle là, agenouillée ? Elle n'aurait su le dire. Quelques secondes, une heure ? Une éternité, de cela elle était certaine.

Alexia de Nilanay se redressa. Une insoutenable fatigue lui coupait les membres. Elle avança péniblement, levant haut les pieds afin de les dégager de la neige. Une dense obscurité l'environnait, à peine trouée par la lueur blafarde d'une lune complice de sinistres nuages. Elle longea le bâtiment des étuves, frôlant le mur de pierre comme s'il demeurait son seul ancrage dans ce monde de ténèbres et de mort. Sans même s'en rendre compte, elle marmonnait inlassablement :

– Je Vous en prie, faites qu'elles soient déjà dans le chauffoir, faites qu'elles m'y attendent. Je ne veux pas… Je ne peux pas y penser en solitude… Que se passe-t-il à la fin ? Le diable ? Pire ?

Le chauffoir était désert. Grelottante, Alexia alluma toutes les torches afin de repousser l'hostilité des ombres et se rapprocha autant qu'elle le put de l'âtre dans lequel flambait un feu qui ne mourrait qu'aux jours de douceur. Un serviteur laïc était chargé de l'alimenter après complies. Ne pas penser. Interdire à la vision de s'imposer à elle. Cesser de revoir le cadavre mutilé de Rolande. Inventer un joli conte.

Une jeune fille un peu écervelée avait un jour fui le pesant ennui de la ferme familiale qui se cramponnait à l'arrogance disparue de ses deux tours carrées. Un homme, puis d'autres l'avaient charmée. Et puis, un jour, un gentil chevalier espagnol l'avait enlevée et menée vers un pays de lumière et de chaleur. L'odeur des amandiers. La tiédeur insolente du soir. Alfonso de Arévolo s'effondrant, une dague au manche orfévré plantée dans la gorge.

Cessez. Cessez aussitôt. Un joli conte. Joli !

Une jeune femme, qui n'était plus si écervelée, avait rencontré un jour un prince aux yeux gris qui se mouvait avec la grâce d'un acrobate. Puisqu'il faut des miracles, le prince s'était épris de la jeune femme. Quant à elle, elle aurait donné sa vie afin de lui plaire toujours, tant elle l'aimait. Or, cette tête de bécasse avait exigé de revenir aux Clairets afin d'y réfléchir et surtout d'être certaine qu'elle méritait la passion de son beau prince…

Une main frôla le mantel qu'Alexia serrait contre elle. Elle tourna la tête, affolée.

– Je ne l’ai pas trouvée, annonça Mary de Baskerville.

Il sembla à Alexia que son ton avait perdu de sa dureté.

– Moi si, murmura-t-elle.

– Elle est décédée.

Il ne s’agissait pas d’une question.

– C’est… au-delà de Blanche de Cerfaux. Faudra-t-il que je vous conduise ou suffira-t-il que je vous désigne le lieu… l’abattoir, devrais-je dire ?

– Attendons notre mère. Nous procéderons ainsi qu’elle l’ordonne. Toutefois, l’indéniable sens de l’observation dont vous avez fait preuve, à ma plus grande surprise, un peu plus tôt lors du dîner, peut nous être utile.

– Me prenez-vous véritablement pour une balourde de cervelle ? demanda Alexia d’un ton las, et quoique la réponse lui fût maintenant égale.

– Je prends tout le monde pour des benêts, jusqu’à démonstration du contraire.

– Il est parfois fort inintelligent et dangereux de mésestimer les gens, notamment ses ennemis.

– Pas dans mon cas, puisque je prends également tout le monde pour de possibles malfaisants. En d’autres termes, je me méfie de chacun.

– Voilà qui manque de charité, ne trouvez-vous pas ? rétorqua Alexia, au fond soulagée par cette conversation qui l’entraînait hors la chapelle Saint-Augustin.

– Certes pas. La charité consiste à donner, à excuser, à pardonner, pas à s’aveugler. Selon moi, l’aveuglement est un blasphème. Dieu nous a offert la lucidité, l'intelligence. Refuser de s'en servir revient à L'insulter. (Soudain ragaillardie, elle conclut d'un ton enjoué :) D'autant qu'il s'agit du meilleur moyen pour se faire occire !

– Vous traitez avec une déplaisante légèreté, que dis-je, une désinvolture déplacée, le décès d'une de vos sœurs. Rolande était un être de bienveillance. Sans doute avait-elle des imperfections mais je ne l'ai jamais prise en défaut d'âme ou de bonté.

– Permettez-moi de rectifier : vous ne connaissiez ni Blanche, ni Rolande, pas plus que vous ne me connaissez. On ignore tant des autres, même de ceux que l'on côtoie jour après jour. Au demeurant, on passe le plus souvent à côté de soi-même.

– Il s'agit d'une jonglerie de mots !

– Non pas. C'est le fruit d'une longue expérience.

– Je nous crois du même âge.

– Nos muscles, notre peau, notre sang ont le même âge. Mes yeux et mon esprit sont millénaires.

– Vous êtes d'une rare prétention, en plus du reste. Avec votre pardon, je préférerais que vous vous taisiez. Rolande est…

Elles furent interrompues par l'entrée de Plaisance de Champlois. La mine défaite, frigorifiée au point que ses dents claquaient, l'abbesse avança d'un pas lourd. Alexia s'écarta afin de lui permettre de se réchauffer devant le feu. Mary de Baskerville la devança :

– Madame de Nilanay a retrouvé notre sœur dépositaire. Assassinée.

Plaisance ferma les yeux et se cramponna des deux mains au manteau de la cheminée. La jeune fille baissa le front, comme si elle cherchait ses mots très loin au-dedans d'elle. D'une voix rauque, paupières toujours closes, elle décida :

– Qu'un serviteur laïc aille quérir à l'instant Hermione de Gonvray.

Mary de Baskerville sortit aussitôt afin de héler au service.

Un silence dévasté réunit Plaisance et Alexia. Un de ces silences durant lesquels on ne cherche pas même ses paroles parce qu'elles ne signifient plus rien qui vaille d'être énoncé.

La nouvelle apothicaire réapparut. Butant sur les mots, l'abbesse avoua :

– Je… Je vous remercie, ma fille, madame de Nilanay, de votre présence à mes côtés, de… votre appui. À ma grande honte, je me serais sentie effroyablement solitaire et déficiente sans vous.

Mary de Baskerville sidéra Alexia de Nilanay en déclarant d'un ton ami :

– Ma mère, votre humilité vous honore. Toutefois, votre honte est injustifiée. La véritable force ne se déclare pas. Elle se prouve dans les pires situations. Nous sommes fortes parce que nous puisons notre puissance, notre résistance dans le besoin qu'en ont les autres. Nous ne survivons pas sans les autres. Nous nous aplatissons à la manière de feuilles mortes, destinées à la prompte dissolution. Certes, nous rejoindrons nous aussi l'humus. Pas sans avoir lutté lorsque de nécessaire, cependant !

Plaisance se redressa et les considéra tour à tour avant de confesser :

– Eh bien, je me sens telle une fragile feuille morte. C'est… Ce sera horrible, n'est-ce pas ? demanda la jeune fille à Alexia.

Celle-ci se contenta de répondre d'un hochement de tête. Mary intervint :

– Madame de Nilanay souhaiterait être dispensée de revoir cette ignominie.

– Je puis le comprendre…, commença l'abbesse avant d'être interrompue par Alexia.

– Je… je ne peux me dérober de la sorte. Ce serait indigne. Rolande m'avait offert son amitié. Elle mérite, à tout le moins, mon courage.

Hermione de Gonvray pénétra dans le chauffoir, l'air incertain. Plaisance relata pour elle la macabre découverte de madame de Nilanay, en termes brefs, presque secs. L'apothicaire gémit :

– Dieu du ciel !

– Le… C'est dans la chapelle Saint-Augustin, intervint Alexia.

Les quatre femmes sortirent, Mary de Baskerville ouvrant la marche, une torche à la main. Lorsque les doigts gelés d'Hermione de Gonvray enserrèrent ceux de Plaisance, celle-ci soupira de réconfort. Hermione lui avait tant manqué, sa sagesse, sa force d'âme, puisque l'abbesse s'était contrainte à imaginer sa fille – son fils – déjà ailleurs afin de ne pas trop souffrir de son départ. Thibaud de Gonvray devrait quitter les Clairets, c'était inévitable, mais cette neige obstinée, les insistantes requêtes d'Alexia et de Mary offraient à la jeune abbesse une légitime excuse pour retarder une séparation qui la blessait déjà.

Alexia de Nilanay se tassait en elle-même, regroupant ses forces afin de résister à l'impensable. Mary de Baskerville ralentit le pas. Lorsque la jeune femme la rejoignit, elle lui offrit son bras. Madame de Nilanay n'hésita pas. Cette femme était, à n'en point douter, désagréable, arrogante, mais elle était alliée. Surtout, elle était robuste, autant qu'Hermione. Peut-être davantage.

– Doux Jésus, chuchota Plaisance en découvrant la scène.

L'abbesse se signa, imitée par les autres femmes.

– Comment se peut-il... ? commença Hermione sans parvenir au bout de sa phrase.

Mary de Baskerville tournait autour du cadavre décapité allongé au sol, bras écartés du corps, en prenant garde de ne pas fouler la mare de sang que le froid avait déjà figée, scrutant la robe de grosse laine.

Une dérangeante sensation envahit Alexia de Nilanay. Tout lui paraissait plus irréel, finalement moins insoutenable qu'un peu plus tôt. Un éclair de compréhension lui fit lâcher :

– Ainsi... Elle venait d'être occise lorsque je l'ai découverte.

– Comment cela ? s'enquit Mary.

– Le sang était rouge vif, épais mais liquide. Il est brunâtre maintenant.

– Or, avec le froid qui règne en ce lieu, il a dû figer fort vite, intervint Hermione de Gonvray, penchée au-dessus de la tête détachée de l'ancienne dépositaire. Pourquoi lui a-t-on frappé l'arrière du crâne avec tant de violence – l'os est enfoncé dans la plaie béante –, si l'on avait prévu de la décapiter ? La blessure me semble très similaire à celle de Blanche.

– Votre avis ? demanda Mary de Baskerville du ton détaché qu'aurait adopté un précepteur vérifiant les connaissances de son élève, et dont la supériorité donnait envie à Alexia de la secouer sans ménagement.

– Dans les deux cas, le meurtrier n'était pas assez fort pour attaquer de front, et certainement pas pour décapiter Rolande de son vif. Il comptait sur l'effet de surprise, déduisit Hermione. En d'autres termes, l'hypothèse d'un tueur de force herculéenne ne tient pas.

– Beau raisonnement, se réjouit sa consœur en potions, avant d'énumérer : la tête décapitée, bizarrement posée à droite, les deux bras figurant deux personnages précipités à terre de part et d'autre d'un édifice. Nous avons affaire au seizième arcane du tarot. La Maison-Dieu. Elle symbolise un châtiment divin, un coup de semonce du destin.

– Ainsi, il s'agirait dans les deux cas de punitions ? demanda Plaisance.

– C'est du moins ce que l'assassin croit ou cherche à faire accroire, répondit madame de Baskerville. C'est également, selon moi, le seul moyen de remonter jusqu'à lui, ou devrais-je plutôt dire « elle ». (Se tournant vers Hermione, elle remarqua, à son seul profit :) La tête devrait être à gauche, pas à droite. Nous cherchons quelqu'une qui ne possède qu'une connaissance très superficielle du tarot.

Plaisance, trop bouleversée pour prêter attention à ces subtilités, déclara d'un ton heurté :

– Mon Dieu… Que dire à Marguerite ? Il nous faut… défaire cet horrible arrangement avant que des serviteurs laïcs ne viennent pour conduire le corps à la morgue. Inutile que d'autres parviennent aux mêmes conclusions que nous et que la panique se propage à toutes.

– Quant à cela, je doute que nous puissions l'éviter, augura Alexia.

Bien que n'en ayant plus besoin, Urdin avait utilisé la clef forgée par Éloi pour sortir par la porterie des Fours et rejoindre le monticule de rocs dans lequel se dissimulait l'entrée extérieure du souterrain des Clairets. Le nain était si fier du vilain tour qu'il avait joué à la portière en réalisant un double. Il méritait bien qu'on célèbre sa finauderie en l'utilisant. Les portes closes insupportaient l'homme-loup. Autant d'exaspérants obstacles entre Claire et lui.

Progressant courbé, la flamme de sa torche léchant la voûte basse, Urdin avança avec précaution. D'énormes rats qui prospéraient dans cet univers d'ombre lui filèrent entre les jambes. Certains le considérèrent avec une curiosité méfiante avant de décamper. Urdin les rassura à voix basse. Après tout, peut-être les rongeurs percevaient-ils qu'il s'était nourri d'eux durant des années. Une chair plaisante, qui évoquait celle d'un poulet, et permettait de confectionner des bouillons peu gras.

Le sol devint visqueux et ses chausses glissèrent. Les pénibles relents qu'avait mentionnés Éloi crûrent en intensité jusqu'à devenir suffocants. Il se trouvait sous le monastère. La vase traîtresse qui ralentissait sa marche n'était autre qu'un sédiment d'excréments mêlés de détritus d'aliments en putréfaction. Il parvint enfin dans l'avenue centrale décrite par le nain, assez haute et large pour permettre le passage d'un fardier capable d'apporter les matériaux de construction, voire, lors d'attaques, de sauver les précieuses possessions des moniales. Une épaisse couche de moisissure, d'un marron verdâtre, recouvrait les murs de larges pierres, au point que l'on distinguait à peine la maçonnerie ou l'emplacement des anneaux rouillés destinés aux torches. Par instants, un clapotis signalait la fuite d'un rat ou l'évacuation d'un lieu d'aisance. Enfin, l'entrée du boyau qui menait à la salle située derrière les caves se dessina dans la lumière vacillante de son flambeau.

Il entra à pas de loup. Après tout, il était un loup. Un loup coincé au milieu d'humains qui ne rêvaient que de lui planter des piques dans les flancs, de le dépecer vivant, de se pavaner avec sa gueule en chapeau. Petits êtres peureux et incapables qui s'unissaient en horde pour abattre un seigneur de la forêt. Qu'ils y viennent. Il vendrait sa peau chèrement. Les loups avaient peur des hommes, et puis ils ignoraient tout de leurs ruses perfides. Pas lui. Même s'il détestait cette humanité qui l'alourdissait, il était aussi rusé, menteur, tricheur que les hommes. Plus encore, puisqu'il devait lutter contre eux depuis sa naissance. Plus encore, puisque maintenant, il protégeait Claire d'eux.

Elle ressemblait à une fée. Éloi ou Sidonie avaient dû se débrouiller pour lui laver les cheveux. Ils moussaient autour de ses épaules comme un tendre nuage.

Où le nain avait-il dérobé cette magnifique robe d'épais brocart, un peu trop grande pour elle mais qui la faisait ressembler à la princesse d'un donjon ? Sans doute dans la penderie réservée aux vêtements des riches oblates [1] qui rejoignaient les Clairets. Un somptueux mantel de couleur violine, doublé de renard, était jeté sur ses épaules trop maigres. Une fourrure réservée à une dame de haut. Elle le méritait. Rien ne se trouvait au-dessus d'elle. Étrangement, ce furent les petits souliers de cendal à talons qui renversèrent le cœur de l'homme-loup. Si mignons, si précieux. Il n'avait jamais vu Claire que les pieds nus ou enveloppés de bandes de grosse toile à l'hiver, ou encore de peaux de lapin ou de bique, si mal tannées qu'elles puaient la charogne. Ces choses, si incongrues à ses yeux, si magnifiques, si inutiles, brodées de fil d'argent et d'or, le bouleversaient au-delà de l'entendement. Des souliers ! Sa Claire portait des souliers de gente damoiselle de château ! Quelle merveille. Grâce à Éloi et à Sidonie, qui n'avaient pas leur pareil pour escamoter tout ce qu'ils pouvaient trouver, sa princesse ressemblait enfin à une vraie princesse.

Elle était absorbée dans un jeu de tarots. Qu'en voyait-elle au juste ? Le bout de ses doigts était-il capable de déchiffrer les lames complexes ? Après

---

1. Qui se donnent à Dieu, très souvent avec leurs biens. Au XIVe siècle, les oblats sont souvent des enfants confiés aux monastères par leur famille, par piété ou par nécessité. La plupart y sont instruits puis deviennent moines ou moniales. Cependant, des oblats adultes et aristocrates rejoignent souvent la vie monastique afin d'y terminer leurs jours.

tout, le montreur la forçait à prédire l'avenir aux badauds des foires qui gobaient ses prophéties grotesques comme parole d'Évangile. Les oracles ne variant que de sexe, en fonction de son interlocuteur : « De l'argent, je vois beaucoup d'argent », puisque les deniers sonnants et trébuchants sont ce qui intéresse les gens au premier plan. Une fois rassérénés sur leur fortune, elle leur fourguait l'habituel : « Je vois une femme » ou « Je vois un homme » ; « Une belle santé, également » ; « Des ennemis, bien sûr. Lorsque l'on a tout pour faire envie, eh bien, ma foi, on fâche les envieux ! ». Qu'ils aimaient tous ces ennemis inventés qui leur prouvaient, plus sûrement qu'un contrat de notaire, que le monde allait s'incliner devant eux, sous peu.

– Tu es là, mon valeureux, je te sens ! s'exclama une voix joyeuse.

– Je te dérange ?

– Toi ? Ah, il est bien fol, mon doux Urdin. Comment as-tu fait pour venir jusqu'à moi ? Vois-tu, je savais que tu trouverais un moyen. Approche. Tu m'as tant manqué.

Elle balaya les lames de la main. Il ne s'interrogea d'abord pas sur son geste tant l'émotion l'étreignait. Il ôta sa tunique, la laissant choir au sol. Il faisait clément dans cette pièce dépourvue de lumière, creusée dans les entrailles de la terre. Il adressa un muet remerciement à Éloi et à sa sœur. Tout était beau ici. Il n'avait jamais vu tant de beauté, de toute sa vie. La beauté rend heureux et humble. Surtout, elle rend bienveillant. De hauts candélabres diffusaient une lumière atténuée, une de celles que tolérait Claire. Des dorsaux [1], certes un peu élimés mais de belle facture, égayaient les murs de pierre. Un grand tapis, que Sidonie avait rafistolé, couvrait le sol de terre battue. La couche de sa jolie mie disparaissait sous une profusion de coutes, de courtepointes et de fourrures. Un intimidant mais émouvant crucifix en argent avait été accroché au-dessus. Éloi avait récupéré tout ce qu'il pouvait chaparder pour confectionner le nid douillet d'une princesse blessée, bafouée, violée. De cela, Urdin lui serait à jamais reconnaissant.

Il tendit la main vers son visage. Le vit-elle, le sentit-elle ? Il l'ignorait. Elle la saisit et y posa son front en murmurant :

– Je vais bien. Je suis heureuse, tu sais ? Grâce à toi, à vous tous. (Elle rit de ce son de gorge qu'il adorait parce qu'il l'avait si peu entendu.) Ne suis-je pas moi-même un peu folle, mon doux Urdin ? Je m'inquiète. Nous sommes si tranquilles ici, si préservés. Pourrons-nous y rester toujours ?

Dans la médiocre lumière dispensée par les chandelles volées par le nain, il remarqua que les irritations de sa peau avaient disparu. Il lui sembla même que l'opacité de ses cornées perdait en épaisseur. Intimidé, comme à l'habitude, il s'assit sur le lit, à côté d'elle. Elle enfouit son visage contre le torse recouvert d'un long pelage en soupirant de réconfort. Là. La perfection était là, en ce moment précis. Pourquoi eut-il la désastreuse idée de demander à cet instant, alors qu'ils auraient pu s'endormir, lové l'un contre l'autre :

---

1. Tapisseries que l'on suspend aux murs, notamment derrière tables et bureaux.

– T'as ramassé toutes tes cartes dès qu'tu m'as entendu. Elles étaient mauvaises ?

– Ne te préoccupe pas de ces choses, gentil Urdin. Tu sais, le tarot est si versatile.

– Mais tu l'domptes bien, non ?

– Un peu. Parle-moi plutôt du dehors, tenta-t-elle de dévier la conversation. Quel temps fait-il ? La neige a-t-elle fondu ?

– Elles étaient mauvaises, hein ? Dis-moi la vérité, Claire.

Elle s'écarta de lui et se redressa dans le lit. Cette séparation sembla aussi cruelle qu'une blessure à l'homme-loup.

– L'arcane sans nom, murmura-t-elle.

– La mort, c'est ça ?

Un silence puis :

– La mort n'est pas la mort. Enfin pas toujours. Du moins pas dans le tarot.

– C'est quoi ?

– Le treizième [1] arcane majeur. C'est en effet le deuil, la désillusion, le pessimisme, mais c'est aussi le détachement, le changement, l'initiation, la transformation profonde, l'accès à une existence supérieure. Au fond, la mort, c'est le progrès de la vie.

– L'changement, l'initiation ? Ouais, c'est ça, lâcha Urdin.

– Que veux-tu dire, gentil ami ?

– Rien ma douce. J'dois partir. J'reviendrai vite.

– Tu promets ?

---

1. Le chiffre 13 a une connotation totalement maléfique au Moyen Âge.

– J'promets, sur mon âme. Oublie pas, rien n'nous séparera jamais, pas même ton arcane sans nom.

– Je n'oublie pas.

Adèle Grosparmi, livide jusqu'aux lèvres après les révélations tronquées de l'abbesse au sujet de la mort de Rolande, annonça l'arrivée de sa sœur de sang : Marguerite Bonnel. Plaisance quitta sa chaire et s'avança à sa rencontre.

Joviale à son habitude, intriguée par la convocation tardive de sa mère, l'hôtelière pénétra et s'enquit d'un ton allègre :

– Que puis-je pour vous bien servir, ma mère ?

Incapable de prononcer un mot, Plaisance la fixa, retenant ses larmes. Ses mains enserrèrent les poignets de sa fille. Le doute se peignit sur le visage rond. Puis l'alarme envahit le chaud regard marron, fronçant les sourcils en broussaille.

– Votre silence m'inquiète, ma mère… Aurais-je commis…

– Non pas, l'interrompit l'abbesse, baissant les yeux, incapable de garder son regard.

La jeune fille réunit ses forces et déclara dans un murmure :

– Marguerite, ma bien chère, préparez-vous au pire. Pardonnez-moi. Il s'agit de Rolande.

L'incompréhension se peignit sur les traits de l'hôtelière. Elle hésita :

– J'ai bien remarqué son absence au souper. Sans doute avait-elle des comptes à terminer. (Soudain, sa voix se tendit :) Serait-elle malade ? De grâce, informez-moi, ma mère.

Les mots sortirent de Plaisance avec brutalité, sans qu'elle les souhaite.

– Elle est trépassée, Marguerite.

Un sourire incertain trembla sur les lèvres de la femme. Elle bafouilla :

– Votre pardon, ma mère ? Je ne… je ne comprends pas ce…

– Morte. Assassinée, comme Blanche.

La jeune abbesse songea que, jamais, dût-elle vivre mille ans, elle n'oublierait ce regard. Un regard immense, vide. Et puis, le désespoir déferla, remplissant le regard. Le sang quitta le visage de Marguerite. Elle se débattit avec brusquerie, se défaisant de l'étreinte amie qui enserrait ses poignets. Un gémissement continu monta de sa gorge et Plaisance fut certaine qu'elle ne l'entendait pas. Le gémissement crût en ampleur pour se transformer en hurlement. Puis le hurlement se brisa net. Un silence de dévastation le remplaça.

Plaisance était figée, incapable d'un geste, d'un mot. Lorsque Marguerite s'effondra au sol, lorsqu'elle perçut le choc sourd de son corps sans conscience contre les dalles, elle demeura là, immobile, certaine que toute vie venait de s'enfuir. À jamais.

Abbaye de Dame-Marie,
Perche, février 1308, cette même nuit

Plaqué contre le mur d'enceinte, la longue corde terminée d'un grappin jetée à ses pieds, une bougette passée en bandoulière, Urdin attendait. Il passa le dos velu de sa main sur ses lèvres givrées que le froid avait fendillées. La marche avait été longue et pénible depuis les Clairets. Le fin pelage qui lui couvrait le corps ne lui apportait pas plus de protection contre la froidure que les hardes qu'il avait empilées les unes sur les autres avant de sortir par la porterie des Fours. Seules les peaux de lapin dont il avait fourré les chausses d'épais cuir récupérées sur le cadavre du montreur lui procuraient un peu de confort. Quel gâchis quand on y songeait. Il n'était pas humain aux yeux des autres et pourtant, il ne jouissait d'aucune des supériorités animales. Ainsi, il ne flaira pas l'approche de celui qu'il refusait d'appeler son maître. Tout juste entendit-il le geignement de la neige écrasée sous des pas. La main d'Urdin remonta vers le couteau à dépecer qu'il portait glissé sous la ceinture de son bliaud [1].

---

1. Tunique.

Arnaud Amalric, seulement vêtu d'un blanchet [1] de lainage noir sous une jaque, noire elle aussi, s'avança sans hâte vers Urdin. D'épouvantables images défilèrent dans son esprit. La boucherie de Béziers. Des amas de cadavres sanglants, grouillant de mouches. Des flots de sang. Des gorges tranchées, des torses hérissés de pals. Ce jour-là, une fois revenu sous sa tente de campagne, lui, Arnaud Amalric, avait juré devant le christ d'argent ensanglanté qu'il ne torturerait plus. D'une voix paisible et basse, il s'enquit :

– Es-tu prêt, l'homme ?

– Si fait, chuchota Urdin.

– Alors, fais ton office. Mais avant cela, es-tu parvenu à t'approcher de ma très chère Anne ?

– Nan, admit Urdin. La seule Anne du noviciat a rien d'commun avec la description qu'vous m'avez faite. C't'un p'tit tonneau qui louche.

Arnaud Amalric serra les lèvres de déplaisir et murmura comme pour lui-même :

– Et pourtant… je suis certain qu'elle est aux Clairets. Arrivée depuis peu, donc admise au noviciat. (Il réfléchit et ajouta :) Sous un autre nom, alors. Fie-toi au portrait que je t'en ai brossé. Oublie son prénom. Méfie-toi, elle est redoutable, je te l'ai dit. Tue-la vite, par surprise. Ne lui laisse surtout pas le temps de réagir, elle ne ferait pas de quartier. Comme moi, elle est impitoyable. Contrairement à moi, elle se repaît de la souffrance et de la mort.

– L'marché tient toujours, hein ?

---

1. Vêtement porté sur le chainse, fait d'un lainage léger qui remplaça le doublet.

– J'honore toujours mes promesses. Bonnes ou mauvaises, répondit l'homme en noir. (Il ferma les yeux sur un sourire presque tendre avant de préciser :) La jeune fille que tu protèges vivra. Toutefois, l'obscurité, ou du moins la pénombre, demeurera son domaine puisqu'il est le mien. Pour l'instant. Jusqu'à ce que j'ai enfin retrouvé… ce qui me fut dérobé il y a bien longtemps.

– Ça m'va. J'm'habituerai aux ombres. Pour ce que me vaut la lumière ! J'grimpe d'abord et j'arrime le grappin. Pas envie que quelqu'un nous entende. J'vous lance ensuite la corde.

Arnaud Amalric retira ses gants de cheval de fin cuir noir. Urdin remarqua la large bague d'onyx noir qu'il portait à l'auriculaire.

– Le mur ne m'a pas l'air très irrégulier. Ton ascension ne sera pas aisée, remarqua l'homme en noir.

– J'suis animal de foire. J'peux grimper n'importe où.

Urdin leva un visage déjà recouvert d'un duvet soyeux qu'il raserait sitôt rentré aux Clairets et reprit :

– La lune est pleine. Va falloir longer les murs. Toutefois, à part quelques serviteurs laïcs de garde ou d'corvée, doit pas y avoir beaucoup de chalands au-dehors par c'temps.

– Les cellules sont sous les caves, précisa Arnaud comme Urdin tâtonnait à la recherche de ses premières prises.

L'homme-loup escalada le mur avec une stupéfiante aisance. Claire allait vivre. Pour elle, pour la sauver, il avait toute la puissance du monde. Au fond, peu lui importait qui était au juste cet homme. Le diable, peut-être ? Si Urdin l'avait cru lors de leur première rencontre, tel n'était plus le cas. Le diable n'aurait pas eu besoin de son aide. Et quand bien même ? Après tout, Dieu refusait de guérir Claire, Il lui avait infligé cette injuste et monstrueuse punition.

Parvenu au faîte du mur, Urdin s'aplatit à califourchon. Il vérifia que les alentours étaient déserts et ficha deux des crocs du grappin dans le mortier qui maintenait les blocs de pierre.

En un instant, Arnaud Amalric l'avait rejoint. Il ne semblait pas essoufflé par l'effort. Ils descendirent l'un derrière l'autre et longèrent le mur d'enceinte sans un bruit. Ils contournèrent les écuries puis le parloir et parvinrent devant la lourde porte des caves sans avoir croisé âme qui vive.

Urdin extirpa de sa bougette une longue tige d'épais métal, terminée d'un bec arrondi, en commentant à voix basse :

– Aucune porte ne m'résiste avec ça. J'l'ai façonné peu à peu. C'est mon secret. J'en aurai besoin pour nourrir Claire. Après.

Il crocheta la serrure sans effort.

Les deux hommes s'engouffrèrent dans une petite salle qui sentait le vin, le cidre, la cire à bouchon et le bois imbibé de tanin. Urdin jeta un regard vers l'âtre creusé à même le sol dans lequel brûlait un maigre feu.

– Ah, c'tout comme aux Clairets ! Avec ce froid, on réchauffe un peu l'vin. C'qui prouve que fait meilleur être une bouteille qu'un homme ! C'qui prouve aussi que quelqu'un va r'venir alimenter l'feu.

Urdin verrouilla la porte afin de ne pas alerter.

– Faut qu'on soit prompts et silencieux, messire. Surtout lui qu'on r'joint, ajouta-t-il sans grande émotion.

Urdin récupéra deux esconces dans sa bougette, en alluma une qu'il tendit à l'homme en noir.

– Elle ne me sera pas utile, conserve-la. J'y vois plus clairement dans l'obscurité. Au contraire, la lumière me blesse.

– Tout comme ma Claire.

– Pas pour les mêmes raisons, toutefois.

Ils avancèrent le long d'un couloir en pente, assez large pour permettre le passage des barriques, et débouchèrent dans une vaste salle où régnait une température plus clémente. Des dizaines de tonneaux étaient rangés le long des murs.

– On est d'jà sous terre, prévient Urdin. Soit les cachots sont au bout, soit y sont en dessous.

L'homme-loup découvrit une porte basse, seulement barricadée d'une traverse, et l'ouvrit. Une suffocante odeur de moisissure le prit à la gorge. Soudain méfiant, il demanda à nouveau :

– C'est pas des menteries, c'que vous m'avez conté, hein ? C't'une crapule, une ordure, ben vrai ? Comme la femme, c'te Anne ?

– D'une très vilaine espèce, je te l'ai dit. Je ne me parjure jamais. Il n'a pas hésité à offrir la vie d'un très jeune homme, son fils spirituel. Un innocent qui n'avait jamais porté tort à personne. Toutefois la femme est bien pire, car elle est plus puissante. Bien plus.

– Sur vot'âme ?

– En ai-je seulement une ? Une qui vaille la peine que je l'engage ? Préfère mon honneur, tu seras mieux loti.

– Sur vot'honneur, alors ?

– Sur mon honneur !

Urdin le précéda dans l'escalier tournant. Une sorte de mousse glissante tapissait les marches de pierre, preuve que l'endroit était fort peu fréquenté.

L'homme murmura :

– Sais-tu si mon vieil ennemi monsieur de Villanova est toujours céans ? J'aurais tendance à le croire. Je flaire sa présence.

Urdin chuchota d'un ton indifférent :

– J'sais pas. C'que j'sais en r'vanche, c'est que j'ai repéré les traces d'un cheval dans la neige, dans un seul sens, ç'ui qui mène à Dame-Marie.

Une seule des trois portes renforcées de clous qui s'alignaient le long du couloir était verrouillée. Urdin la crocheta sans peine.

Frère Henri se redressa d'un bond sur sa paillasse. Il cligna des yeux, peinant à identifier les deux silhouettes qui se rapprochaient de lui. Un petit sourire satisfait détendit ses lèvres sèches et ses flasques bajoues tressautèrent de satisfaction. Il n'en avait pas douté une seconde. Le cavalier noir ne pouvait le laisser aux mains de l'Inquisition. Il avait besoin de sa science.

– Monseigneur, quelle agréable et prévisible visite, ironisa Henri. Soyez assuré que je n'ai rien révélé de votre existence à mes contradicteurs.

– Tu mens, moine, rétorqua Arnaud Amalric d'un ton doux. Je suis bien certain que tu t'es fait un devoir de me trahir afin de te décharger, à peu de frais, de tes péchés. Peu importe. Prévisible, disais-tu ?

– Certes. Vous ne la trouverez jamais sans mon aide. Elle que vous cherchez depuis si longtemps. Or, je sais où se trouve… l'objet de votre convoitise.

– Je ne convoite jamais rien. Je prends lorsqu'il me sied.

– Il n'en demeure pas moins que, sans moi, vous ne pourrez rien prendre ! contra le moine. (Soudain grisé par son atout, il poussa son avantage, déclarant d'une voix sans appel, une voix qu'il aurait réservée à un inférieur :) Je veux sortir à l'instant de cette geôle putride. Je veux ce que vous m'aviez promis. Ma main et l'éternité. Sinon, vous n'obtiendrez jamais ce qui vous fait défaut, menaça Henri en suivant du regard les gestes d'Urdin que leur conversation paraissait ennuyer.

L'homme-loup avait tiré une touaille [1] crasseuse de sa bougette et l'avait tassée en boule entre ses mains.

– Petit homme, commenta Arnaud Amalric en hochant la tête de tristesse. Urdin, fais ton office. J'ai juré un jour, il y a si longtemps, de ne plus jamais torturer. Je l'ai juré sur ce que je cherche. Là est ta mission : m'épargner l'ultime parjure.

Comprenant qu'il était vaincu, imaginant l'horreur qui allait suivre, Henri ouvrit la bouche de terreur. Urdin fut sur lui en un éclair et lui enfonça son bâillon improvisé dans la gorge, avant de le pousser d'un violent coup de genou et de lui lier les mains dans le dos.

---

1. Torchon, chiffon à nettoyer.

L'homme-loup se déshabilla ensuite avec lenteur, expliquant à sa proie et à son donneur d'ordres :

– Rapport aux éclaboussures. J'peux pas rentrer aux Clairets ensanglanté de la tête aux pieds.

– Sage précaution, approuva Arnaud Amalric avant de sortir de la geôle en tirant le battant derrière lui.

Henri écarquilla les yeux d'effroi lorsqu'il découvrit le torse, les jambes et les bras recouverts de poils d'un bon pouce* de longueur. Il tenta de se mettre debout, mais un coup de pied percuta son genou, le faisant choir lourdement dans la terre boueuse. Urdin se pencha et approcha la longue lame crantée de son coutelas du gros visage qui se crispait d'affolement.

– J'ai écorché tant d'bêtes qui m'avaient rien fait. Pour leur viande ou leur fourrure. Mais j'les tuais, avant. T'es mon premier porc bien vif. T'avais un marché avec lui. Moi aussi. C'est toi mon marché. Quand t'en auras assez, que tu s'ras prêt à lui dire c'qu'il veut savoir, hoche la tête.

Urdin retourna Henri d'un autre coup de pied et s'agenouilla à ses côtés, saisissant sa main droite déformée d'arthrose entre ses deux paumes. Il la broya de toutes ses forces. Malgré le bâillon, un hurlement étouffé s'éleva, avant de mourir en sanglots.

Dans le souterrain, adossé au mur opposé des cachots, Arnaud attendait. Urdin ne s'était pas encore servi de sa lame. Le sang n'avait pas encore coulé. Il l'aurait senti. L'odeur du sang ne le quittait plus. Aucun parfum précieux, aucun encens rare ne parvenait à la repousser.

La chaleur accablante de cet avant-midi. Les contours du monde dilués. Ne lui parvenait plus qu'une sorte de brouhaha, parfois percé par un hurlement strident. La déroutante sensation d'avoir abandonné son enveloppe charnelle. Où étaient passées les mouches ? Elles aussi avaient flairé l'odeur du sang, là-bas, juste un peu plus loin. Là-bas, vers le brouhaha seulement percé de hurlements. Une femme avait crié en sanglotant, tendant à bout de bras un enfançon, le suppliant de les épargner. Du sang, des rigoles de sang qui allaient grossir d'autres caniveaux. Un fleuve pourpre.

Derrière la porte, les hurlements reprirent. Et Arnaud la sentit, cette odeur qui était devenue sienne depuis une éternité. Celle de sang.

Combien de temps s'écoula-t-il, combien de sang ? Quelle importance ? Le gros Henri qui n'avait jamais aimé que lui-même ne résisterait pas très longtemps.

Les poils du visage et des mains collés de rouge, Urdin rejoignit son commanditaire. Des gouttes assombries par la pénombre du couloir glissaient avec paresse du fil de sa lame.

– L'est tombé dans les pommes. J'y ai balancé deux beignes, mais ça a pas suffi.

– Réveille-le. Continue, le temps nous presse. Il doit avouer. Il nous faudra sortir dès après vigiles.

Urdin s'exécuta. Arnaud Amalric se fit la réflexion qu'il ne semblait pas affecté par son épouvantable besogne. Cela étant, lui-même n'avait jamais fermé les yeux de dégoût devant des corps suppliciés. Avant, c'était avant, un siècle plus tôt. L'amour se fait parfois monstrueux. Le fol amour que portait l'homme-loup à sa Claire annihilait toutes les répugnances, tous les remords. Arnaud songea qu'au fond il l'enviait.

Deux autres gifles vinrent à bout de l'évanouissement de l'enlumineur. Son visage était trempé de larmes, de sueur, maculé de son sang. Il vit la lame rouge se rapprocher de ses yeux.

– J'te fais gicler l'quel ? demanda Urdin.

Le regard fou, Henri hocha la tête en tous sens.

– Ben voilà, on devient raisonnable. J'vais t'ôter ton bâillon. T'auras pas le temps de crier au secours que tes boyaux se répandront sur le sol. T'as compris ?

Frère Henri hocha à nouveau la tête, le regard toujours rivé sur la lame qui s'était arrêtée à un demi-pouce de son visage.

Surveillant sa victime, Urdin passa un bras par l'entrebâillement de la porte afin de prévenir Arnaud Amalric qui pénétra aussitôt. L'homme-loup remarqua la curieuse intensité du regard sombre et infini qui se posa sur le gros pantin ensanglanté vagissant au sol. Une intensité de fièvre ou de folie.

– Y veut causer.

– Écoutons-le donc. Moine, ne commets pas l'erreur fatale de me mentir. Ma riposte dépasserait tout ce que tu viens de subir. De beaucoup.

Urdin arracha le bâillon. L'enlumineur happa goulûment l'air. Sanglotant de peur et de douleur, il se redressa comme il le put, tendant devant lui ses mains liées, dont la gauche, amputée de deux doigts. Sa robe tailladée, poissée de sang, adhérait à son ventre gras.

– Vous… serez… maudits, à jamais…, gémit-il.

– Dans mon cas, c'est déjà fait, sourit l'homme en noir. Dans celui du loup-garou, j'en doute. Son but est trop pur, sa victime trop immonde. Où ?

– Dans un des ouvrages en cours de restauration, au scriptorium. La solution y est décrite à mots couverts, compréhensibles aux seuls initiés.

– Quel ouvrage ?

– *De contemptu mundi*, de Bernardus Morlacensis [1].

– Ton regard, moine. J'y verrai aussitôt la rouerie.

– Je vous jure sur les Évangiles que…

– Chut… n'aggrave pas encore ton cas.

Le regard noir en gouffre plongea dans celui de l'enlumineur.

– Oh, moine, est-ce bien raisonnable ? murmura Arnaud Amalric d'un ton désolé. Tu retiens quelque chose. Je veux tout. Sais-tu que la mort peut paraître bien douce, bienvenue ? Poursuis ton office, Urdin, jusqu'à ce que cette pathétique baudruche nous révèle ce que nous voulons apprendre, ordonna-t-il avant de sortir à nouveau de la geôle.

L'homme-loup tassa sans hâte la touaille entre ses mains, ne quittant pas des yeux le pantin paniqué et geignant.

– T'as grand tort, mon gars. J'perds mon calme, moi aussi ! Bon, après les amusements de fillette, passons aux choses sérieuses, annonça-t-il d'une voix moqueuse.

Urdin s'agenouilla et intima :

– Ouvre la bouche. D'toute façon, tu vas l'ouvrir !

---

1. XIIe siècle. Moine de Cluny. Poète qui laisse une œuvre importante en vers. Il semble avoir incarné un idéal monastique rigoureux, ne dédaignant pas la satire morale dans le but de fustiger les vices.

– Non, pour l'amour de Dieu… Assez ! implora le moine dans un sanglot.

– Et toi, t'as aimé Dieu en sacrifiant ton jeune frère ? cracha l'homme-loup d'un ton de mépris.

– Rappelez-le, supplia frère Henri. Je vais tout dire, sur mon âme.

– Ah, l'beau serment qu'voilà ! (Levant la voix, Urdin appela :) Monseigneur, y veut bien chanter pour vous.

L'homme noir réapparut et lança :

– Ma patience est à son terme. Parle, ne dissimule plus rien. Vite.

D'une voix presque inaudible, frère Henri admit :

– Lorsque… lorsque j'ai percé la véritable signification de ce texte, j'ai commis le sacrilège d'arracher les deux pages dans lesquelles il est contenu. Je les ai insérées au centre du *Ludus super anticlaudianum* d'Adam de la Bassée [1], qui se trouvait au scriptorium afin que sa couverture, rongée d'humidité, soit restaurée. Incertain de ma cachette, j'ai finalement creusé un trou en descellant une des dalles, sous une des fenêtres, afin de le dissimuler aux yeux de tous.

Urdin s'avança d'un pas.

– C'est la vérité, s'affola Henri. Je ne retiens rien ! Donnez-moi ce que vous m'avez promis !

– En effet, concéda Arnaud Amalric. Je le lis dans ton regard. Tu as eu raison. La suite sera plus rapide. Bâillonne-le à nouveau, Urdin.

---

1. Poème rythmique latin, écrit vers 1280 par Adam de la Bassée, chanoine de Lille.

L'homme-loup se jeta sur le moine qui se débattit comme un forcené, tentant de décocher de malhabiles coups de pied à son adversaire.

Urdin se releva, attendant un ordre. Celui qui vint le surprit à peine.

– Va et m'attends dans la première salle. Je ne serai pas long. Nous serons dehors sous peu et tu rejoindras ta Claire. (Il sourit en inclinant la tête sur le côté.) Les histoires de pur amour m'apaisent. Elles sont si rares et précieuses.

L'aube n'était pas encore levée. Monsieur de Villanova avait passé une bonne partie de la nuit à parcourir les ouvrages de la bibliothèque à la lueur de trois chandelles, ne s'accordant que deux courtes heures de repos. La fatigue lui faisait tourner la tête. Le froid intenable qui filtrait par les peaux huilées tendant les fenêtres engourdissait ses articulations, au point qu'il devait fourrer ses doigts dans sa bouche afin de les réchauffer pour parvenir à tourner les pages. Il approchait du but, il le savait, tout comme il sentait que son adversaire le talonnait.

Un jeune moine, blafard comme une lune d'hiver, déboula et bafouilla en s'écroulant presque sur le haut pupitre de lecture.

– Ah, messire médecin, messire médecin… quelle épouvante ! De grâce, de grâce… Père Jacques vous demande, à l'instant. Ah, mon Dieu… Ici… rendez-vous compte ! En ce lieu !

Il emboîta le pas au jeune homme, tentant d'imiter son allure en dépit de sa crainte de glisser sur la neige et de se rompre un membre. Rien ne devait le retarder.

Le moinillon le propulsa dans le bureau de l'abbé. Le père Jacques de Liège se tenait debout derrière sa table de travail, les mains croisées dans le dos, le regard perdu. À son visage de fin du monde, Arnoldus de Villanova sut, avant même qu'il ne prononce une parole.

– Il est mort, n'est-ce pas ? demanda-t-il.

Père Jacques acquiesça d'un signe de tête.

– Un suicide ? Le remords ? Le déshonneur ?

– Non pas, messire médecin. Un vil meurtre. Un meurtre affreux.

– Démon ! cracha monsieur de Villanova entre ses dents. Comment n'ai-je pas perçu sa présence ? Comment a-t-il pu parvenir jusqu'à votre ancien fils ?

– Je l'ignore, mais en tout cas de bien humaine façon. La porte du cachot était grande ouverte. Pourtant, les clefs n'ont pas quitté la ceinture de notre serviteur geôlier. J'en viens à redouter des complicités chez nous. Insupportable perspective.

– Puis-je…

– Je vous en conjure, nous avons besoin de vos lumières afin d'élucider ce mystère. J'ai ordonné que nul ne touche au corps avant votre passage.

– Sage précaution.

– Vous êtes certes médecin, toutefois, préparez-vous à un spectacle insoutenable. Je doute de m'en remettre jamais. Je… les mots me font défaut pour le décrire.

Arnoldus de Villanova ne releva pas. Il avait vu tant d'horreurs dont ce pauvre moine n'avait pas la moindre notion. Lorsqu'il s'agissait d'infliger la peine et la souffrance, l'imagination des hommes était sans limites. Au lieu de cela, il conseilla :

– Je vous recommande, monsieur mon père, d'envoyer quelques serviteurs laïcs armés de torches à l'extérieur. Qu'ils longent le mur d'enceinte à la recherche de traces de pas ou de sabots. Ainsi apprendrons-nous peut-être leur nombre, et surtout s'ils sont bien repartis.

Le jeune moinillon qui avait escorté Arnoldus de Villanova pila à une demi-toise de la porte béante du cachot, secouant la tête avec vigueur en signe de refus, tendant sa torche au savant. Monsieur de Villanova avança. Ce qu'il découvrit le stupéfia. Il s'était attendu à tout autre chose. Henri avait été éventré selon une ligne qui partait du haut de la gorge pour se terminer sous le nombril. Les intestins s'étaient répandus sur le gros ventre flasque, se crevant en se vidant partiellement de leur contenu. L'odeur répugnante des excréments se mêlait à celle du sang. Le savant s'approcha du cadavre. Les bras de l'enlumineur étaient levés au-dessus de sa tête. Deux doigts de la main gauche avaient été tranchés. À en juger par l'hémorragie profuse qui avait endeuillé la terre battue du cachot, l'ablation avait été pratiquée du vivant du copiste. Ce fut surtout l'abject raffinement du meurtrier qui ébranla monsieur de Villanova. Il avait planté le crucifix de bois de frère Henri dans sa bouche, dressé à la manière d'une croix signalant une tombe. Ce détail destiné à dégrader renseigna mieux le scientifique qu'une déclaration. Henri avait été éventré à la manière d'un vulgaire lièvre. Monsieur de Villanova jeta un regard aux viscères malodorants répandus sur l'abdomen gras et pâle. Les autres victimes de son insaisissable ennemi avaient toutes péri de la même façon : égorgées d'un ample et précis mouvement de lame. Sans hargne, sans passion, mais sans mépris. De plates exécutions. Traînait encore dans cette geôle le fantôme d'une rage vengeresse. Arnaud Amalric s'était vengé de la trahison de frère Henri en l'humiliant jusque dans le trépas. Monsieur de Villanova organisa les idées éparses qui tournoyaient dans son esprit. Une prière de reconnaissance lui monta aux lèvres.

– Merci mon Dieu. Il n'est pas le diable. Pas encore ! Seuls les humains se vengent. Le diable punit. Donnez-moi la force d'empêcher à jamais sa métamorphose en démon.

Ainsi que l'avait souligné le père Jacques, le tueur était entré de bien humaine façon dans le cachot. S'agissait-il d'Arnaud Amalric ou d'un sbire ? Le médecin l'ignorait encore. Quoi qu'il en fût, il avait, de toute évidence, amputé frère Henri de deux doigts afin de lui faire avouer quelque chose, l'endroit où se cachait ce qu'Arnaud Amalric cherchait désespérément depuis des lustres : la croix de Béziers. Il l'avait ensuite achevé pour mener sa vengeance à son terme et l'empêcher de révéler la cachette à d'autres. Les pouvoirs de leur ennemi étaient donc bien limités, contrairement à ce que ses frères de combat et lui-même avaient tant redouté. À la lumière des témoignages qu'ils avaient récoltés depuis des années, Arnoldus de Villanova avait cru avoir affaire à un ange déchu, d'une implacable puissance, d'une force et d'une intelligence phénoménales. Cependant, tout ceci était si monstrueusement humain, banal.

Un ineffable soulagement. L'épaisse fatigue qui alourdissait les membres de monsieur de Villanova s'évanouit. Il lui sembla que la vie circulait avec davantage de puissance dans ses veines. Le secret se trouvait ici, il n'en avait plus nul doute.

Il baissa la flamme du flambeau et étudia le sol. Un index avait roulé non loin de l'écuelle qui avait contenu le dernier repas de l'enlumineur. En dépit de ses recherches, il ne trouva pas le majeur, et songea qu'il était peut-être coincé sous le gros corps. Un détail qu'il avait négligé plus tôt l'intrigua : les bras de frère Henri levés au-dessus de sa tête, mains entravées, comme s'il avait été pendu par les poignets. Il les souleva par le lien de cuir qui les ligotait. Dans la terre imbibée de sang étaient tracées à l'envers deux lettres malhabiles : B M, suivies d'un jambage incliné. Frère Henri, malgré les intenables douleurs de l'agonie, s'était lui aussi vengé de son assassin en abandonnant un message, sans doute incomplet. La phrase hargneuse jetée par le vieux moine lors de leur rencontre résonna dans son esprit : « Il ignore ce que j'ai appris. Sans moi, sans mes découvertes, il… » Henri avait passé sa vie dans les livres. Il s'agissait à n'en point douter des initiales d'un titre ou d'un nom d'auteur.

Père Jacques redoutait des complicités internes. Et si… Et si elles profitaient de ce répit pour subtiliser l'ouvrage, le détruire ?

Arnoldus de Villanova se précipita dans le couloir, dépassa le moinillon qui semblait n'avoir pas bougé d'un pouce, et gravit les marches de pierre quatre à quatre.

Père Jacques l'attendait. D'une voix pressée, il informa le médecin :

– Ils étaient deux. L'un à pied et l'autre qui avait attaché son cheval à quelques dizaines de toises de l'enceinte. Je vous avoue mon menu soulagement. Ils ont grimpé au mur, signifiant probablement qu'ils ne jouissaient pas de complicité chez nous, sans quoi on leur eût ouvert la porterie Mineure, qui n'est plus surveillée.

Arnoldus remercia Dieu. Nul en l'abbaye ne leur prêtait main-forte. Nul ne volerait les indications menant à la croix de Béziers. L'autre information que venait de lui confier le père Jacques s'imposa alors à son esprit : deux ! Ainsi, leur ennemi avait eu besoin d'un acolyte pour mener ses sombres œuvres à bien ! N'importe quel démon mineur s'en serait sorti seul. Le médecin s'en voulut de la peur que lui avait souvent inspirée celui qu'il poursuivait depuis si longtemps. Il chassait un homme, rien d'autre.

Il narra ses découvertes à l'abbé avant de requérir de lui l'aide d'un moine lettré afin de passer en revue les centaines d'ouvrages protégés dans la bibliothèque ou dans le scriptorium.

– Nous sommes hommes d'ordre, messire, rectifia Jacques de Liège. Peu après ma nomination au rang d'abbé, j'ai fait réaliser un catalogue recensant tous nos ouvrages, cela afin d'éviter de dispendieux achats en double et, je l'admets, d'ôter toute envie à… des amateurs acharnés, dirons-nous, de subtiliser les manuscrits précieux pour les conserver par-devers eux…

– Ou pour les négocier fort cher à l'extérieur, ajouta monsieur de Villanova.

– En effet, soupira l'abbé. Le cas s'est déjà produit. D'aucuns seigneurs ou gros bourgeois, fiers de leur bibliothèque, sont si désireux de posséder des exemplaires uniques qu'ils n'hésitent pas à mettre la main à la bourse. Certains moines sont tentés de subtiliser des ouvrages afin de les leur vendre.

– Il n'en demeure pas moins que votre rigueur me simplifiera considérablement la tâche. Tous les titres possédés par l'abbaye sont-ils répertoriés dans ce catalogue ?

– En effet. Une note les suit qui indique s'ils se trouvent sur les étagères de la bibliothèque, au scriptorium pour copie ou réparation, ou encore s'ils ont été prêtés de façon permanente aux cuisines, pour les viandiers [1], par exemple, ou à l'herbarium pour les ouvrages traitant de simples.

1. Livres de recettes.

Abbaye de femmes des Clairets,
Perche, février 1308, ce même jour

Un vent hargneux et glacial sifflait entre les bâtiments de l'abbaye, soulevant des volutes de neige, lorsque Mary de Baskerville pénétra dans la bibliothèque.

Agnès Ferrand, sœur portière, était, à son habitude, plongée dans une lecture édifiante mais qui, malheureusement, ne lui détordrait pas le jugement.

– Vous voilà bellement occupée, ma chère sœur, attaqua Mary.

D'un ton suffisant, l'autre déclama son coutumier couplet :

– Rien n'équivaut l'érudition. Je le répète à perdre le souffle. Bien sûr, seules les âmes supérieures peuvent apprécier toute la sagesse, toute la perspicacité contenues dans nos vénérables ouvrages.

– Cela est si pertinent. Malheureusement, elles sont rares, approuva Mary de Baskerville, qui, en l'occurrence, partageait assez la conviction de la portière, à ceci près que l'apothicaire se réjouissait de son intelligence comme d'un don précieux, sans pour autant tenir rigueur à ceux qui avaient été moins bien pourvus.

– Je crois, chère Mary… Je crois que nous allons nous entendre, concéda Agnès.

– J'en suis certaine, et cette conviction me fait chaud au cœur, mentit l'Angloise.

À coquine, coquine et demie, songea-t-elle. *Et ne te trompe, vilaine charognarde : je suis bien plus retorse que toi. Il n'est de honte à tromper que lorsque l'on dupe des gens d'honneur. Tu n'en fais pas partie.*

– Justement, reprit-elle. J'ai besoin de vos lumières, ma chère bonne…

Agnès Ferrand se rengorgea, attendant la suite avec impatience.

– … Notre mère m'a chargée d'une bien lourde tâche : enquêter sur la mort de Blanche et de Rolande. Laissons, si vous le voulez bien, la seconde de côté pour l'instant. Je m'interroge…

– Si je puis vous aider, piqua du bec [1] la portière.

La réputation de grande intelligence de l'apothicaire était montée à ses oreilles, lui déplaisant d'abord fort. Toutefois, si un tel entendement sollicitait son concours, c'était, à n'en point douter, parce que l'Angloise reconnaissait en elle une puissance d'esprit comparable à la sienne. Un beau dédommagement quand toutes ces sottes, ces insignifiantes de l'abbaye l'évitaient. Une revanche savoureuse après l'ignoble décision de cette bécasse de Champlois de l'écarter, non, de la renvoyer, de l'abbaye.

– Si fait ! Je vous avoue – en confidence – que j'ai formé des doutes au sujet de notre défunte sœur

1. De « bêcher », « piquer du bec » est à l'origine du terme « bicher », qui signifie se réjouir.

Blanche de Cerfaux. J'ai d'abord ajouté foi au concert d'éloges qui saluait sa perfection. Outre que je me méfie de la trop grande perfection, Blanche a été occise avec une haine qui prouvait que quelqu'un la détestait plus que tout. Alors certes, certains envieux en veulent aux purs de leurs qualités et s'acharnent à les détruire. Toutefois, il s'agit là de cas d'exception, et mon expérience de l'âme humaine est qu'on tient surtout rigueur aux autres du mal qu'ils vous ont fait endurer. Une question me taraude donc : Blanche aurait-elle pu provoquer l'ire de quelqu'un, son désir de vengeance pour une raison fondée ?

Le petit visage de fouine d'Agnès, aux yeux sans cesse en mouvement, se fripa d'une joie mauvaise. Enfin, elle allait pouvoir vider son fiel à la demande. Elle sauta aussitôt sur l'occasion de jeter son intarissable venin :

– Votre acuité d'esprit me soulage, ma chère. En effet, je connaissais cette Cerfaux. Elle avait été semainière de porterie, sous mon autorité directe donc.

– Et qu'en aviez-vous pensé ? insista Mary d'un ton complice.

– Ah, ma bonne chère… Nous sommes ici dans un lieu où la raison est malvenue, pire, elle est suspecte. Oser proférer des réserves au sujet d'une sœur ou même d'une novice est considéré comme un péché, la marque d'une malveillance acharnée.

– En ardente défenseuse de la lucidité, j'en conclus donc que vous aviez formé des réserves au sujet de Blanche. Ainsi que je vous l'ai dit, j'ai quelques doutes quant à son tempérament… angélique, si j'en crois les descriptions que l'on m'en a faites.

Revigorée par ce soutien inattendu, Agnès se lança :

– Si fait ! C'était… Dieu juge son âme, une punaise ! Cependant, quelles mines charmeuses, quelles attentions, quelle douceur de ton ! J'avoue qu'elle savait s'y prendre, et que j'ai bien failli tomber dans son piège et ses mièvreries, comme tant d'autres. Je vous le dis, en vérité : cette fille cachait quelque chose. J'ignore quoi au juste. Néanmoins, je ne serais pas surprise qu'une bien vilaine révélation ne ternisse son « tempérament angélique », ainsi que vous l'avez formulé.

Mary tenta de l'encourager dans les confidences. Il apparut vite qu'Agnès Ferrand n'en savait guère plus. L'apothicaire se demanda si les pesteries de la portière avaient quelque réalité ou si elles n'étaient inspirées que par la pure méchanceté. Comme elle allait prendre congé, un peu dépitée, Agnès lança :

– Un détail qui pourrait se révéler important et vous aider. Un nom, celui d'une autre novice qui n'a pas les yeux dans sa poche, et savait ce qui se cachait derrière le mignon masque de cette Cerfaux. Il s'agit d'Henriette Masson. Elle s'est confiée à Adélaïde Baudet, la sœur cherche, une de mes rares, très rares amies en ce lieu. De façon bien vague toutefois, par crainte de représailles, sans doute. Madame Baudet n'a pu obtenir de la jeune fille qu'une mise en garde contre Blanche. Cependant, cela lui a suffi pour tenir « l'angélique » à l'œil. Adélaïde est à notre exemple : on ne la roule pas dans la farine avec aisance. Un conseil, ne vous laissez pas leurrer par les airs de lourdeur de cette petite Henriette. Elle a l'esprit fort vif à ce que m'a dit Adélaïde.

Mary de Baskerville se confondit en remerciements et en flagorneries, réjouie par sa duplicité.

Lorsque Mary pénétra dans la grande salle commune du noviciat, et qu'une toute jeune fille aux mains si rougies de froid qu'on les aurait crues écorchées se releva et abandonna sa brosse et son seau pour se porter à sa rencontre, une sorte d'accablement engourdit madame de Baskerville. Elle fixa, presque hypnotisée, les doigts à vif de la gamine. On salait l'eau afin de l'empêcher de geler. Le souvenir de la brûlure du sel qui vous rongeait la peau. Le contact de l'eau glacée dont la morsure vous remontait jusque dans les épaules. Le froid, les incessantes privations. La peur, aussi. L'envie de dormir enfin pour ne plus se réveiller. Jamais. Mais la vie s'accroche si fort en certains d'entre nous qu'elle ne veut plus lâcher prise. Mary de Baskerville avait compris qu'elle était de cette sorte-là.

La jeune fille déclara d'un ton timide :

– Je vais quérir sœur Suzanne, notre maîtresse de noviciat, madame.

Mary acquiesça d'un signe de tête. La seule chose qu'elle trouva à répondre fut :

– Rincez-vous souvent les mains à l'eau claire. Le sel ronge.

Interloquée, l'autre se plia en révérence et disparut.

La femme entre deux âges qui rejoignit bientôt madame de Baskerville fit montre de réticences courtoises. Henriette était une belle recrue, toutefois effacée, impressionnable, sensible à l'extrême.

– Je souhaite juste bavarder en amitié avec elle. Rien qui puisse l'inquiéter. Je sollicite de vous la permission d'une promenade au-dehors en sa compagnie.

Suzanne Landais, la maîtresse de noviciat, accepta à regret, semblait-il. Étrangement, Mary de Baskerville lui fut reconnaissante de ses précautions de mère poule qui l'eussent agacée venant d'une autre.

Isabeau. Ma mère. J'espère que tu as crevé comme tu le méritais. J'ai prié tous les jours de ma vie afin qu'il en soit ainsi. Pourtant, c'est à toi que je dois une bonne part de ce que je suis devenue, même si, parfois, je me fais peur à moi-même.

– Madame ? murmura une petite voix, repêchant l'apothicaire dans sa douloureuse mémoire.

Le regard bleu myosotis retrouva sa netteté. Henriette Masson devait avoir quinze ou seize ans, guère plus. De petite taille, toute ronde, elle avait gardé les joues roses et renflées de l'enfance.

– Vous m'avez fait mander, poursuivit la jeune fille, en se pliant en révérence.

– En effet, ma chère, répondit Mary. Votre aimable maîtresse nous autorise à flâner un peu au-dehors. Il fait très froid mais bien sec.

– Oh, je ne crains pas l'hiver, affirma Henriette d'une voix qu'elle tentait, sans grand succès, de rendre ferme.

Une émotion presque oubliée saisit Mary de Baskerville lorsqu'elle constata que des larmes de timidité noyaient le regard de la jeune fille à chaque mot qu'elle prononçait, aussi bénin soit-il. Pourtant, elle ne baissait pas les yeux.

– Alors, promenons-nous un peu si vous le voulez bien.

Bien que connaissant les réponses à toutes ses questions, la nouvelle apothicaire s'enquit des différents travaux réservés au noviciat, de l'avancée des études d'Henriette, des tâches qu'elle aimerait accomplir lorsqu'elle aurait prononcé ses vœux définitifs. Elle évita avec soin de l'interroger sur les raisons qui l'avaient conduite au couvent. S'il en était de magnifiques, d'autres étaient si pesantes et pénibles qu'il valait mieux les laisser somnoler.

D'abord empêtrée, la jeune fille se rassura. Pour une fois, Agnès Ferrand avait vu juste. Henriette avait l'esprit vif et la parole fluide et sensée.

– J'aimerais tant vous imiter, madame de Gonvray et vous. Devenir apothicaire, si Dieu m'en donne la force et les capacités. Ah, quel bonheur de soigner, d'apaiser, de rendre la santé, un peu de vie. Je ne connais rien de plus sublime ! s'emballa la jeune fille avec une passion dont la sincérité fit presque sourire Mary.

– Je vous en crois parfaitement capable. Au-delà des connaissances qui se peuvent toujours apprendre, il faut développer une sorte d'instinct. Observer les symptômes, écouter les plaintes, puis voir au-delà, dénicher tout ce qu'ils dissimulent. Une même douleur de ventre peut signaler tant d'affections différentes.

Elles s'arrêtèrent devant les jardins en terrasse de l'abbesse. De hautes tiges grêles, brûlées de gel, pointaient de la neige, vestiges des splendeurs végétales de l'année précédente. Mary de Baskerville se fit la réflexion que l'endroit ressemblait à un minuscule champ de supplice, hérissé de pals.

– C'est une merveille au printemps et au jeune été. Un éclaboussement de couleurs. Les lys se mêlent aux mauves pour produire d'enivrantes senteurs. Quel plaisir d'être désignée semainière de bouquetiers. On a ainsi le privilège de cueillir ces beautés afin d'en fleurir les autels. Songez… Dieu, malgré toutes Ses occupations, a pensé à créer les fleurs afin d'égayer et de parfumer nos jours ! s'extasia la jeune fille.

À l'évidence, Henriette ne partageait pas l'humeur sinistre de l'apothicaire, qui en vint avec précaution à ce qui la préoccupait au plus haut point :

– Je suis dans l'embarras, ma chère. Ainsi que vous l'avez peut-être ouï dire, madame de Gonvray et moi-même avons été chargées par l'abbesse d'enquêter sur les meurtres – car il s'agit bien de meurtres – de Blanche de Cerfaux et de Rolande Bonnel…

Le gentil visage rond se ferma. Mary la tranquillisa :

– Ne vous alarmez pas. Nous avons recours à une procédure très habituelle en interrogeant les unes et les autres. Peut-être certaines détiennent-elles des informations qui nous permettront d'avancer en compréhension. Toujours est-il qu'une sœur m'a révélé que vous aviez un peu connu Blanche.

– Qui ? s'affola Henriette.

Mary aurait pu la désigner. Par ruse, elle choisit de n'en rien faire afin d'apaiser tout à fait son interlocutrice :

– Votre pardon, mais je ne la nommerai pas par respect pour sa confiance, pas même devant notre excellente mère. Je m'y suis engagée.

Un mince soupir de soulagement lui confirma qu'elle avait visé juste. Elle reprit :

– Je vous avoue que j'éprouve des difficultés à me convaincre tout à fait de… l'angélisme de madame de Cerfaux. Des détails, des incohérences me troublent.

Henriette serra les lèvres comme si elle tentait de retenir ses paroles. Mary insista :

– Je ne vous cache pas que vous nous aideriez grandement en nous révélant ce que vous pourriez savoir. Voyez-vous, Rolande Bonnel était une gentille âme, de cela nous sommes assurées. Celui ou celle qui l'a occise doit être châtié. (Elle marqua une courte pause et ajouta d'un ton très bas :) Blanche ne peut plus vous nuire. C'est bien de cela que vous aviez peur, n'est-ce pas ?

Henriette hocha la tête. Elle prit une longue inspiration et commença d'une voix tremblante :

– Elle ne s'appelait pas Blanche de Cerfaux. En tout cas, elle ne se prénommait pas Blanche…

Mary de Baskerville patienta, le regard perdu vers les squelettes végétaux noircis par l'hiver.

– … J'avais déjà rejoint les Clairets lorsqu'elle est arrivée. Un jour que je souhaitais la rattraper, j'ai crié son nom. À plusieurs reprises. Elle n'a réagi qu'à la troisième répétition. À cette époque, je la croyais mon amie. J'ai donc mis cela au compte d'une étourderie ou de pensées qui l'absorbaient. Il y avait deux autres novices, prénommées Anne. L'une, incertaine de sa vocation, a décidé de retrouver le siècle. Chaque fois que l'on appelait une des Anne, Blanche levait la tête, cherchant autour d'elle. J'ai été assez sotte pour lui en faire la réflexion. Ce qui est passé dans son regard, l'espace d'un instant, m'a sidérée. Elle s'est bien vite reprise pour se lancer dans une explication, peu convaincante, selon laquelle sa sœur adorée, prématurément décédée, portait ce prénom.

– Qu'est-il passé dans son regard ?

– Une haine farouche. Un implacable regard de serpent.

– De grâce, poursuivez. Vous m'aidez fort. Je finissais par me sentir mauvaise de m'obstiner à ternir le souvenir qu'elle laisse.

– À cause de l'empâtement de ma silhouette, de la rondeur lunaire de mon visage, on me croit balourde, madame. C'est une erreur. Je suis effacée, si silencieuse, que je perçois une multitude de choses que d'autres ne voient pas… Et je suis tenace.

– Vous ferez donc une excellente apothicaire, plaisanta madame de Baskerville en évitant de croiser le regard de la novice pour ne pas l'apeurer.

Elle commençait d'éprouver une tendresse inattendue pour cette jeune fille qui, en dépit de sa timidité maladive, s'obstinait, résistait, se montrait brave.

– Venant de votre part, je le prends comme un précieux compliment, mieux, un encouragement.

– Il ne s'agissait pas d'un compliment mais d'une constatation.

Mary de Baskerville regretta aussitôt ses paroles qui pouvaient être interprétées comme une rebuffade. Elle rectifia :

– Ah, mon éternelle maladresse ! Je manque cruellement de diplomatie. À ma décharge, le français n'est pas ma langue maternelle. Quoique j'aie peu connu ma mère. Enfin, trop.

Cesse ! Cesse à l'instant. Ne pense pas à elle. Je te l'interdis. Reviens à cette enquête. Au prix d'un effort, Mary poursuivit :

– Il s'agissait, dans ma bouche, d'une contradiction élogieuse, Henriette. Ne vous y trompez pas. Je ne me sens aucun besoin d'y aller de compliments envers vous puisque je sais que vous possédez une valeur qui ne demande qu'à s'épanouir.

– Oh, mais je l'avais senti, madame. Votre ton peut être coupant. Qu'importe puisque votre sincérité est évidente…

Une idée incongrue traversa l'esprit de madame de Baskerville, la stupéfiant. Au fond, malgré leurs dissemblances de physionomie et de tempérament, cette jeune fille aurait pu être sa fille de ventre. Tout comme Hermione de Gonvray aurait pu être sa sœur de sang, ou son frère.

– … les tons sont si trompeurs pour qui sait les manier, reprit la novice. Blanche était experte en tons, en mines, en sourires, en douceur de mots. Elle les a toutes dupées. Moi également, moins longtemps toutefois. Bien moins. Je surprenais parfois les efforts qu'elle fournissait afin de dissimuler sa fureur, sa haine des autres. Savez-vous ce qui m'a dessillée tout à fait, madame ?

– Racontez-le-moi, de grâce.

– C'était en novembre. Nous étions toutes deux supplettes d'étable et de porcherie. Ce jour-là, on abattait les cochons de l'année. Le boucher et le saucissier [1] étaient déjà à l'ouvrage. Voyez-vous, Dieu a mis les animaux à notre disposition pour que nous en usions avec bienveillance. Ils sont aussi créatures divines. On les élève ou on les chasse afin de les manger, de récupérer leur fourrure. Ainsi vont les choses. Toutefois, les maltraiter par méchanceté ou même par indifférence revient à désobéir à Dieu.

– C'est également mon intime conviction, approuva l'apothicaire. Ils nous servent. Ils travaillent pour nous et nous nous en nourrissons. Cela étant, nous devons montrer notre reconnaissance à Dieu pour Ses bienfaits en les abattant au plus vite et au moins douloureux.

Henriette eut alors un geste si spontané et si déconcertant que madame de Baskerville ne songea même pas à le repousser. La jeune fille glissa ses doigts glacés dans la main de la grande femme. Elle reprit d'une voix faible :

– Le boucher avait aiguisé son couteau. Le cochon gisait au sol, les pattes entravées. Blanche et moi tenions les cuvettes afin de recueillir le sang. Ils l'ont égorgé. Ses hurlements, madame… Comme ceux d'un enfançon. Interminables. J'ai fermé les yeux, prête à défaillir. Lorsque je les ai rouverts, j'ai vu l'extase, un indicible plaisir peint sur le visage de Blanche. Elle semblait en transe. Elle s'est précipitée vers l'animal, se faisant éclabousser par son sang. Volontairement. Je vous conjure de me croire. Ses épaules tremblaient de convoitise, de jubilation malsaine. Je… Ah, mon Dieu,

---

1. Charcutier qui s'occupe de préparer tous les morceaux du porc, notamment pour en faire des saucisses.

me croirez-vous ? Je vous jure sur mon âme que je n'invente ni n'exagère, et que j'ai bien vu ce que je m'apprête à vous confier. Elle s'est relevée au prétexte de vider sa bassine pleine de sang dans la cuve et s'est signée. À l'envers ! cria presque la novice.

Pour la première fois depuis le début de cette confession, madame de Baskerville plongea son dérangeant regard dans celui de la jeune fille.

– De cela vous êtes certaine, sans réserve ?

– Que je meure à l'instant si je vous ai mystifiée ou me suis trompée.

– Juste ciel. C'est infiniment plus grave que je ne l'avais soupçonné. Vous m'avez accordé votre confiance. Je vous offre la réciproque en vous contant ceci : j'ai tout d'abord cru à une grotesque et monstrueuse mise en scène du meurtrier afin de nous égarer vers d'autres pistes, dont celle de la sorcellerie. Ce que vous me révélez de Blanche tend à me prouver que je me suis fourvoyée.

Henriette Masson baissa les yeux, et serra sans même s'en rendre compte la main de l'apothicaire d'un geste peureux.

– Que retenez-vous, ma chère ?

– Je… euh… rien.

– Je vous en conjure, dites-moi ce qui vous effraie tant. Elle ne peut plus rien contre vous.

– En êtes-vous certaine ? implora une voix tremblante. C'est que… C'est qu'elle a proféré d'horribles menaces à mon endroit. Et si, par-delà la mort, elle…

– Tant d'êtres m'ont menacée d'effroyables représailles, surnaturelles ou occultes. Je n'y ai jamais accordé d'importance. Ma foi est ailleurs, aussi leurs menaces ont-elles glissé sur moi. Tout comme moi, vous appartenez à Dieu, seulement à Lui. De quelle plus impénétrable armure pourriez-vous rêver ? expliqua madame de Baskerville d'une voix si paisible et assurée que le sourire revint aux lèvres d'Henriette.

– Elle a tourné les yeux vers moi, des yeux de folle hallucinée. Elle a vu que je venais de percer son secret. Elle m'a adressé un petit signe de tête ironique. Deux jours plus tard, alors que je me penchais au-dessus du puits afin de tirer de l'eau, elle m'a poussée avec violence dans le dos, tout en me retenant au dernier moment par la manche, sans quoi j'aurais basculé. Telle une démente, elle a chantonné en se gaussant de moi : « Si tu ne te tais pas, gentille génisse, les pires souffrances vont t'échoir. Si tu ouvres ton vilain bec, je te le fermerai définitivement. Ce ne sont pas tes ridicules prières et tes stupides génuflexions qui y changeront. »

– Voyez, que vous dis-je ? en profita Mary de Baskerville, afin de marquer un point qui rassure tout à fait la jeune fille. Si elle avait été si puissante, elle aurait frappé aussitôt, sans prétendre vous mettre en garde, sans tenter de vous effrayer ! À l'instar de ses congénères, Blanche fonctionnait sur la peur qu'elle inspirait à ses victimes.

– Elle avait besoin de moi, contra Henriette sans grande conviction.

– Comment cela ?

– Elle occupait le dernier lit du dortoir, celui qui est poussé contre le mur. Moi, celui d'avant. Elle m'avait ordonné de prétendre qu'elle dormait à poings fermés lorsqu'elle disparaissait parfois à la nuit.

Le petit menton rond trembla et Henriette avoua :

– J'ai menti à notre maîtresse en affirmant que Blanche ne s'était jamais absentée. J'avais si peur d'elle.

Une infinie tristesse fit venir les larmes aux yeux de madame de Baskerville. Elle prétendit s'intéresser à un point situé au loin afin de les dissimuler. Elle se reprit bien vite et déclara, ferme et douce :

– Ma pauvre chérie, nous mentons tous par peur. (Baissant la voix comme si elle confiait un important secret, elle ajouta :) La recette infaillible consiste à se débarrasser un jour de la peur.

– Cela se peut-il vraiment, madame ?

– Bien sûr. J'en suis une preuve vivante. (Elle songea que c'était la première fois qu'elle s'accordait une telle confession.) Je vous l'accorde, la pratique de ce salutaire ménage est longue et pénible. Cependant, avec de l'acharnement et beaucoup de bonne volonté, on y parvient.

– Oh, madame, votre venue, cette discussion m'ôtent un poids affreux. Soyez-en remerciée à jamais ! s'exclama la jeune fille.

– Qu'était ce liquide que vous avez versé sur le front de Blanche en tentant de dénouer ses mains en prière ? Vous lui auriez craché au visage, au lieu de vous recueillir.

– Comment… Comment avez-vous appris cela ? s'alarma Henriette.

Madame de Baskerville sourit en murmurant :

– Les nouvelles voyagent vite. Votre réponse ?

– De l'eau bénite mêlée d'angélique, afin que cette démone ne puisse revenir. Ma cousine, la charmante

Adèle Grosparmi, secrétaire de l'abbesse, me l'a procurée. L'angélique est une plante sacrée. Je voulais être sûre, comprenez-vous. Quant aux mains jointes en prière, une maudite de sa sorte ne les méritait pas.

– Je vous approuve. M'avez-vous tout révélé, chère Henriette ?

– Certes, madame. Je n'ai rien retenu et m'en sens réconfortée.

– Lorsque madame de Gonvray et moi-même serons venues à bout de ce mystère, lorsque nous aurons bouté ces effrois hors l'abbaye – ce qui ne manquera pas d'arriver –, je suggérerai, avec tout mon respect, à notre bonne mère de vous confier à moi pour entreprendre votre apprentissage en la magnifique science des simples et des potions.

Un mignon visage extatique se leva vers la grande femme pâle.

– Je serai l'élève la plus appliquée, la plus assidue, la plus scrupuleuse dont vous puissiez rêver, j'en fais le serment !

– Mais… je n'en attendais pas moins, ma chère. Au demeurant, j'en attends même davantage : du talent en plus du reste, déclara madame de Baskerville avec le plus grand sérieux. Rentrez, à présent. Votre maîtresse de noviciat doit s'inquiéter de votre absence qui s'est prolongée plus que je ne le prévoyais. De grâce, offrez-lui mes excuses. Oh, et, Henriette, croyez en ma reconnaissance.

– Madame… votre clairvoyance, votre connaissance des choses vont me permettre de dormir à nouveau en sérénité. Aussi, l'aide que j'ai pu vous apporter en révélant ce que je n'aurais pas dû taire par couardise n'est rien comparée à celle que vous venez de m'offrir. Mon âme est déchargée des vilains tourments qui la malmenaient et, avec l'approbation de notre bonne mère, l'univers de la science va s'ouvrir devant moi. La reconnaissance, immense, est donc mienne.

La jeune fille se plia en révérence et s'éloigna d'une démarche sautillante qui évoqua à madame de Baskerville celle d'une petite fille ravie.

Lorsqu'elle fut seule, l'apothicaire admit en son for intérieur que le monde réserve parfois de plaisantes surprises. Même ces bouquetiers, qu'elle avait jugés sinistres un peu plus tôt, lui paraissaient maintenant moins sombres. Après tout, les rhizomes et les graines rongeaient leur frein, attendant les premiers beaux jours pour frémir sous terre. Rien en ce lieu n'était mort, desséché. Tout était en dormance, en patiente attente. L'opiniâtreté de la vie dans ses plus infimes manifestations la grisa. Elle en était une autre démonstration, elle dont la mort aurait été pour beaucoup bienvenue.

Elle tenta de chasser de sa mémoire le grand nez lourd, le front bas au-dessus duquel naissaient des cheveux d'un blond presque filasse, les petits yeux ronds et rapprochés, la bouche perpétuellement réprobatrice ou accusatrice. Elle s'efforça de repousser de sa tête le souvenir des phrases perfides destinées à duper, à rabaisser, à assassiner, les geignardises et les larmes dont le seul but était de faire plier lorsque le reste avait échoué. Sa mère. Isabeau. Mary n'avait hérité de cette femme dépourvue de bonté et d'intelligence mais pétrie de médiocres certitudes que le myosotis du regard. Dieu lui avait épargné le reste. Et lui ? Son père avait été si sensible à ces interminables cascades de sanglots, donnant dans le panneau en feignant de ne pas le voir. Haussant parfois le ton pour faire accroire qu'il était toujours maître chez lui, il s'était peu à peu transformé en valet, pliant l'échine avec une belle complaisance. Certes, elle était riche et lui sans fortune, mais de beau nom. Les grasses livres qu'elle apportait en dot avaient fait oublier sa laideur, sa perpétuelle acrimonie, sa sournoiserie et sa grande sottise. Sa jalousie maladive, également. Il n'y avait nul amour dans cette jalousie-là, nulle passion qui puisse expliquer les pernicieux stratagèmes de sa mère, à défaut de les faire pardonner. Étrange alchimie de fiel et d'envie. Haine contre toutes celles qui possédaient ce qu'elle n'avait pas et voulait pour elle. Pour elle seule. Car le monde autour d'elle n'existait que tant qu'elle pouvait s'en croire le pivot.

Mary de Baskerville chercha un mot qui puisse résumer cette femme dont elle était sortie. Nocive. Elle soupira d'aise. C'était exactement cela : une enherbeuse de l'âme et de l'esprit. Elle étouffa un petit rire désespéré. Elle lui avait résisté ! Sans doute grâce au terrible exemple de ceux qu'elles avaient vus dépérir, s'amenuiser à son contact, jusqu'à ne devenir que des ombres qui se perdaient peu à peu dans la nuit intérieure qu'Isabeau avait sécrétée pour eux. Mortifère. Une engloutisseuse de vie et de lumière. Mary avait opté pour le seul salut qui lui restait : feindre la révélation, rejoindre un couvent, rester en vie. Car les autres étaient morts à force d'avoir été privés de vie. Son père, son frère, sa sœur cadette, sans oublier ce petit chien que sa mère traînait avec elle. Lui-même n'avait pas survécu au lent, au tenace anéantissement qu'elle tissait.

Un jour… Un jour, Mary la confronterait, elle se l'était juré. Un jour, du ton impitoyable d'un juge, elle recenserait tous les saccages dont sa mère était coupable. Elle l'acculerait, la forcerait à voir, à confesser. Un jour, lorsque les cicatrices de ses multiples plaies ne lui démangeraient plus l'âme. Ce jour surviendrait-il ? Mary n'en était pas certaine.

Manoir de Saint-Aubin-des-Grois,
Perche, février 1308, ce même jour

La nuit allait enfin tomber. Attentive complice qui ne lui avait jamais fait défaut. À bien y réfléchir, la nuit était suave et tendre, le jour cruel et à vif. Les hommes tuent le jour. À la nuit, ils sont incapables de reconnaître l'ennemi juré qu'ils auraient étripé un peu plus tôt. Les contours du jour sont si nets, si impérieux. On ne peut discuter avec le jour, il vous impose ses visions, ses couleurs et ses formes. Il vous inflige le sang, la vue de cette marée rouge qui grossit dans les rigoles d'une ville écrasée de soleil. On ne peut distinguer le sang de nuit, au point que l'on pourrait presque se convaincre qu'il ne s'est jamais répandu de chairs transpercées.

Jeanne dormait, Aude également. Bienheureux sommeil des bienheureux. Lui, Arnaud, succombait parfois à une brève inconscience qui lui faisait espérer que, enfin, la mort cessait de le bouder. Il se réveillait, incapable de se souvenir d'un seul rêve, certain pourtant que ceux-ci avaient été terribles.

Que voyait Jeanne ? Que sentait-elle, que comprenait-elle ? Sans doute fort peu puisqu'elle ne souhaitait pas qu'il en fût autrement. Jeanne, son indescriptible beauté. Une magnifique enveloppe vide. Pas vraiment. Une enveloppe seulement occupée par sa fille, la survie de sa fille. Il s'était encore trompé. Pourtant, lorsqu'elle était venue à lui, lorsqu'elle l'avait imploré de sauver Aude, promis l'invraisemblable en échange, il avait cru qu'elle était celle qu'il cherchait depuis un siècle. Elle ne s'était pas déshonorée, n'avait pas failli à ses engagements. Toutefois, Jeanne n'avait aucun désir de remplir le vide effarant qu'Arnaud abritait en lui. Durant ses brefs éveils, elle errait, un sourire aux lèvres, répondant à ses questions par de courtes phrases interchangeables. Une seule chose la fascinait, la ravissait aux anges, une seule : écouter le souffle paisible de dormeuse de sa fille. Elle pouvait demeurer des heures, à un pied du lit d'Aude, la tête inclinée sur le côté, les yeux clos de délice. Aude expirait, Aude inspirait. Aude ne hurlait plus. Aude vivait dans sa nuit confortable, un sourire aux lèvres. Lorsque l'enfante se réveillait, sa mère se précipitait pour déguster chaque seconde de conscience. Elle la serrait contre elle en gémissant de bonheur, la berçait comme une nouvelle née, lui murmurait inlassablement de charmantes bêtises. Jusqu'à ce qu'Aude se rendorme.

Arnaud Amalric se leva de sa chaire sculptée et s'avança vers le feu moribond de la cheminée. Sans doute régnait-il un froid de gueux dans cette immense salle commune, si longue que les chandeliers et les torches ne parvenaient pas à dissoudre les ombres qui engloutissaient son extrémité. Il ne le sentait pas. Aux murs gris sombre de pierre étaient suspendus de pompeux portraits. De lui. À cheval ou devant la ville de

Béziers, ou encore en Espagne. Lacérés, tous. Leurs lambeaux de toile pendants comme un permanent reproche. Il aimait s'être défiguré ainsi. L'un des rares bonheurs qu'il eût connu durant son attente : la lame de sa dague qui tranchait son visage, le souvenir peint de ses péchés, de sa meurtrière arrogance.

Il ne pouvait pas soigner Aude, pas plus qu'il ne pouvait guérir cette Claire si chère au cœur de l'homme-loup. En revanche, il pouvait les faire dormir et apaiser toutes leurs souffrances. Il souleva le couvercle d'un coffre-vaisselier et récupéra au fond une cassette d'argent orfévrée. Il compta du bout de l'index les boulettes de pâte brun-vert qui s'y trouvaient encore. De l'opium qu'il achetait à prix d'or. Après tout, il était immensément riche de l'argent qu'il avait volé ou récupéré par jeu d'actes. Ainsi, Jeanne n'avait plus un sou mais l'ignorait. Il avait besoin de toute cette richesse, bien plus que ceux qu'il avait dévalisés. Lorsqu'il aurait entre les mains ce qu'il cherchait depuis si longtemps, la croix d'éternité, il leur offrirait à tous, en dédommagement, la vie éternelle ou, du moins, la non-mort, la paix des chairs, la fin des ravages du corps.

Demain. Demain, il récupérerait le manuscrit où se trouvait la voie qui conduisait à son unique but.

Bien sûr, Jeanne et Aude, après qu'il aurait véritablement soigné cette dernière, devraient partir. Sans doute n'y verraient-elles aucun inconvénient.

Lui, déchargé de sa quête, enfin arrivé à sa destination, chercherait alors la compagne d'âme après laquelle il soupirait depuis si longtemps.

Il ferma les yeux et leva le visage vers le plafond. À quoi ressemblerait-elle ? Ne surtout pas l'imaginer. Il l'avait tant imaginée. Il s'était tant fourvoyé. Sa plus jolie erreur resterait sans doute Jeanne. Il ne lui en voulait nullement. La faute venait de lui. De sa précipitation, de son manque de discernement. Sa pire erreur, en revanche, allait bientôt mourir. Anne. L'immonde vipère, retorse, pourrie jusqu'à la moelle. Si belle, si parfaite, si implacable.

– Arnaud ?

Il se retourna et sourit :

– Ma merveilleuse ?

– Aude dort en très grande paix. Dieu qu'elle est belle avec ses menottes mignonnement serrées sous son menton. On croirait un angelot ! Je doute que quelque chose puisse égaler sa joliesse. Ah, mon ami, je ne cesse de me répéter, mais je ne trouverai jamais le moyen de vous témoigner mon infinie gratitude.

– Détrompez-vous, Jeanne, mon aimée. Vous voir heureuse, comblée lorsque vous la contemplez, est la seule récompense que je me souhaite.

Elle n'eut pas le sentiment de l'avoir vu bouger lorsqu'elle sentit son bras qui enlaçait sa taille.

Une autre femme. L'unique. Plus tard, pour l'éternité.

Abbaye de femmes des Clairets,
Perche, février 1308, le lendemain

Plaisance de Champlois considérait depuis un moment ses deux filles apothicaires en silence. Les informations que venait de lui asséner, sans ménagement, madame de Baskerville au sujet du probable passé maléfique de Blanche de Cerfaux, ou plus exactement d'une certaine Anne, l'avaient atterrée.

– Se peut-il, murmura-t-elle enfin, que quelqu'une parvienne à tromper à ce point ?

– Tout l'art de ces malfaisants peut se résumer en duperies, rétorqua Mary d'un ton paisible.

– Mais… vous, Hermione… Vous êtes-vous un jour douté de l'effarant secret qu'elle dissimulait si bien ?

– Je l'ai fort peu connue, ma mère. Elle était novice et de robuste constitution. Je ne l'ai donc même pas côtoyée afin de la soigner. Quoi qu'il en soit, une rude épine demeure plantée dans notre flanc.

– Une seule ? Vous voilà bien insouciante, remarqua l'abbesse d'un ton crispé.

– Si nous parvenions à extraire celle-ci, les autres tomberaient d'elles-mêmes, insista Hermione de Gonvray sans se démonter. La meilleure stratégie pour identifier le ou la meurtrière consisterait à remonter dans le passé de Blanche… Anne, qui qu'elle soit vraiment. Admettons que nos présupposés soient fondés et résumons-les… avec votre permission, ajouta l'ancienne apothicaire en jetant un regard à Mary de Baskerville.

Celle-ci opina d'un amène mouvement de tête en l'encourageant :

– De grâce, chère sœur et consœur.

– Donc, reprit Hermione de sa voix lente et grave, nous sommes maintenant presque certaines que, d'une façon ou d'une autre, le meurtre de Blanche était une vengeance. Pour occire quelqu'une de la sorte, il faut que le ou la meurtrière ait jugé la faute commise par la novice extrêmement grave. (Hermione marqua une courte pause. Un si long discours lui était inhabituel.) Le genre du meurtrier est encore sujet à caution : un homme seul et de belle force ou plusieurs femmes. Grâce aux confidences de cette jeune Henriette Masson – puisque madame de Baskerville est certaine de sa sincérité et de son discernement – nous avons appris que Blanche/Anne n'avait rien du doux ange dont toutes chantaient les louanges. Il semble bien qu'elle ait été versée dans les pratiques de sorcellerie, ou à tout le moins de magie noire.

– Encore une fois, ma chère Mary, vous n'avez aucun doute sur les révélations de cette jeune fille ? interrompit Plaisance de Champlois.

– Non pas, ma mère. Elle disait vrai, sans exagération.

– Quel effroi rétrospectif, murmura l'abbesse. Penser que nous avions accueilli une serpente en notre sein ! Poursuivez, Hermione.

– Pourquoi une telle femme, fort joliment tournée de surcroît, rejoindrait-elle le cloître ?

– Afin de se repentir et faire amende honorable, risqua Plaisance sans conviction.

– En continuant de se signer à l'envers et en manifestant un contentement malsain devant le sacrifice d'un animal ? demanda madame de Baskerville, paisible.

– Selon moi, reprit Hermione, madame de Cerfaux se cachait, sous un nom d'emprunt. Ses… poursuivants, ennemis, que sais-je, appartenaient-ils au siècle ou à l'Église ? Étant entendu le lieu où elle a choisi de se terrer, j'opterais pour la deuxième solution.

– L'Inquisition ?

– C'est aussi une des deux hypothèses à laquelle j'en suis arrivée, approuva Mary de Baskerville.

– Quelle est la seconde ? la pressa l'abbesse.

– Elle cherchait quelque chose céans.

– Quoi ?

– Je n'en ai nulle idée. Il ne s'agit que d'une intuition.

Hermione reprit :

– Le moyen de vérifier notre première supposition, l'Inquisition, serait donc de consulter le registre des procès en cours ou des arrestations prévues de la maison de l'Inquisition d'Alençon ou d'Angers. Blanche se prénommait vraisemblablement Anne. En s'aidant de la date de son arrivée aux Clairets, je ne doute pas que nous pourrions remonter jusqu'à elle.

– À ceci près que rien ne prouve que l'une de ces deux maisons de l'Inquisition ait été sollicitée pour éclaircir son cas. Blanche/Anne pourrait parfaitement avoir effectué un long périple pour être certaine de distancer ses ennemis. Ajoutons à cela que, avec cette neige d'une rare obstination, aucun messager ne se risquera à parcourir une lieue. Il faut toute la détermination d'un monsieur de Villanova pour braver les intempéries qui nous coupent du monde. À ce propos, sommes-nous toujours sans nouvelles de lui ? demanda l'Angloise.

– Oui-da, la renseigna l'abbesse. Je l'attends de pied ferme. Souhaitons seulement qu'il n'ait pas péri de froid, ou qu'une bête affamée ne se soit pas jetée sur lui. Selon notre chasseur, on aurait vu des loups aux portes des villages avoisinants. Le gibier se fait rare. Ils s'enhardissent afin de chercher de la nourriture.

– Espérons-le, en effet, acquiesça Mary d'un ton de courtoise indifférence qui lui valut un regard appuyé de Plaisance de Champlois.

Celle-ci ne parvenait toujours pas à cerner la personnalité de sa nouvelle apothicaire.

Hermione de Gonvray, que la santé d'Arnoldus de Villanova ne semblait pas non plus préoccuper outre mesure, revint à leur conversation en s'adressant à sa consœur :

– Vos réserves sont justifiées, ma chère. Nous n'avons, pour l'instant, aucun moyen de remonter la piste du tueur en nous servant du passé de la prétendue Blanche de Cerfaux.

– A-t-on songé à fouiller les effets qu'elle a abandonnés avant de passer la robe de novice ? s'enquit Plaisance.

Les deux apothicaires se consultèrent du regard, un air de même consternation sur le visage.

– Sotte que je fais ! s'exclama madame de Baskerville d'un ton fort mécontent. Comment ai-je pu omettre cela ?

– Sottes que nous faisons, rectifia Hermione de Gonvray, puisque je n'y ai pas plus songé que vous.

Les deux femmes se levèrent dans un bel ensemble. Soudain urgente, Hermione lança :

– Avec votre permission, ma mère, nous allons réparer cette bévue au plus preste.

Feignant de lire son psautier en marchant à pas lents, Agnès Ferrand ne quittait pas du regard les deux odieux contrefaits qui s'activaient devant les fours et la boulangerie. La hargne brûlait en elle. Hargne destinée à ces quatre monstres répugnants, hargne contre cette gourde d'abbesse qui ajoutait la cécité à l'imbécillité. En effet, fallait-il être aveugle et bête pour ne pas comprendre que si Dieu, dans Son infinie sagesse, dans Sa très grande bonté, affublait certaines créatures de vices physiques évidents, c'était afin de permettre à Ses créatures chéries de les reconnaître aussitôt et de s'en méfier ! Mais non ! Plaisance de Champlois, elle, les recueillait au prétexte de charité chrétienne. Le monde allait à vau-l'eau ! Agnès avait entendu dire que certaines cours d'Europe engageaient des nains qui réjouissaient les convives de leurs bouffonneries ! Ahurissant ! Grotesque ! Une sorte d'inquiétude mâtinait le courroux de la portière. La neige n'allait pas persister indéfiniment. Il lui fallait récolter au plus vite des preuves contre les malformés. Au besoin, les exagérer, voire les tordre de façon à les rendre accablantes et, si possible, menaçantes. Jusque-là, ces abrutis n'avaient rien fait qui puisse lui permettre de bâtir une démonstration à leur désavantage. Un détail la chiffonnait pourtant. Depuis qu'elle avait décidé de ne plus relâcher sa surveillance, il s'en trouvait toujours un qui manque à l'appel. Aujourd'hui, c'était la femelle qu'elle n'avait pas vue depuis le tôt matin.

Elle jeta un dernier regard en biais à Éloi et à Urdin, occupés à débiter des billes de bois. Quant au dénommé Évrard, elle ne voyait de cette monstruosité à apparence humaine qu'une silhouette qui s'activait dans la remise à bois. Rien ne se passerait. Elle décida de rebrousser chemin et de reprendre sa surveillance un peu plus tard. Elle allait devoir user de davantage de ruse. Le temps la pressait.

Sidonie, dissimulée par la haie de châtaigniers qui dérobait le dépotoir à la vue, suivit du regard la retraite de la portière. Ce n'est que lorsqu'elle la vit longer le mur des celliers qu'elle rejoignit les autres, partagée entre l'appréhension et la colère.

– Quel furoncle, celle-là ! s'exclama-t-elle.

– T'y peux rien. C't'une mauvaise qui s'étouffe dans son fiel, commenta son frère.

– Mais pourquoi qu'elle nous en veut tant ?

– Parce que c't'un furoncle, justement. C'est sans doute plus facile pour elle de détester tout l'monde que de s'regarder en face. Vilaine surprise. Avoir une gueule de pustule bien mûre, tu t'rends compte ! pouffa le nain.

– J'ai pas envie de rire, protesta la jeune fille. Et si elle nous surprenait quand qu'on va rendre visite à Claire ? J'crains pas trop pour nous autres qui passons par l'soupirail, mais pour l'Urdin qui doit sortir puis rentrer par la porterie.

– T'en fais pas, Sidonie, la rassura ce dernier. J'me méfie d'mon ombre et j'rends visite à Claire qu'à la nuit, quand l'aut'punaise ronfle dans son dortoir.

– Tu crois qu'elle fait des rêves cochons ? plaisanta Éloi.

– J'sais pas. En tout cas, j'voudrais pas être à la place du pauv'gars, même en rêve !

– C'que vous pouvez être bêtes, s'énerva Sidonie. Sérieux, j'suis inquiète !

Évrard, qui s'était rapproché et écoutait sans rien dire depuis quelques instants, renchérit :

– Sidonie a raison. Il ne faut surtout pas que l'on découvre que nous avons installé Claire à l'abbaye. Elles nous jetteraient dehors, ou pire. Que ferions-nous avec la princesse qui ne supporte pas la moindre lumière diurne ? Vous savez bien qu'une exposition, même brève, pourrait la tuer. L'abbaye, cette salle souterraine, est un endroit idéal. Il faut que nous puissions y demeurer. Notre sursis dure jusqu'aux beaux jours. D'ici là, tâchons de nous rendre indispensables et soyons doux comme l'agneau qui vient de naître. Je suis certain que l'abbesse parviendra à incliner la décision du chapitre à notre égard.

– Ouais, Évrard a raison, réfléchit Urdin.

La perspective de revoir le front et les joues de sa princesse dévorés de cloques suintantes et d'irritations le rendait malade. De plus, s'ils étaient contraints de partir, qui pouvait dire qu'ils ne seraient pas séparés ? Les uns rachetés par des montreurs de foire, les autres jetés dans un cul-de-basse-fosse au prétexte d'un chapardage de miche de pain ou de fromage. La cohésion de leur groupe de déshérités, lié par une véritable amitié mais également par la certitude que l'on survit mieux lorsque l'on se serre les coudes, tranquillisait Urdin. S'il lui arrivait malheur, s'il ne pouvait plus s'occuper de Claire, les trois autres prendraient la relève sans faillir. L'enfante ne serait jamais abandonnée à elle-même et c'était la seule chose qui importait. Livrée à elle-même, Claire ne pourrait pas résister plus de quelques jours. De surcroît, ils devaient rester céans jusqu'à ce que l'homme en noir retrouve ce qu'il cherchait si désespérément. Ensuite, Claire serait guérie. Elle ne mourrait plus. Jamais. Le reste serait alors de peu d'importance.

Éloi martyrisait la bille sur laquelle il était assis à califourchon de petits coups de hache, le front plissé de concentration.

– Bon, ben alors, y a pas à tortiller. Quand l'Urdin ira rejoindre Claire, l'un d'nous l'suivra et fera le guet pour être sûr que c'te verrue de bénitier lui colle pas au cul. Du coup, l'gars Urdin est prié de pas s'éterniser sous terre pour pas qu'on s'la gèle. J'sais pas pour vous autres, messeigneurs, mais dans mon cas, c'serait vraiment dommage !

Urdin lui balança une grande claque amicale sur l'épaule et sourit :

– Et modeste ! Ben, tu d'vrais p't-être proposer tes services à la portière. P't-être qu'elle deviendrait plus affable avec nous autres.

Éloi, le visage crispé de répulsion, se plia sur le côté, faisant mine de vomir.

Redevenant sérieux, l'homme-loup déclara d'un ton sans appel :

– Pour le reste, personne me suit ! Si j'me fais r'pérer, c'est pas la peine qu'un de vous autres plonge avec moi. Et puis, ajouta-t-il sèchement, j'suis pas une pucelle ! J'ai pas besoin qu'on me tienne la main ! Compris ?

Tous acquiescèrent en silence.

D'humeur sombre, assise sur son lit de l'hostellerie, Alexia de Nilanay remâchait son isolement.

Un coup léger porté contre sa porte la fit sursauter.

Marguerite Bonnel pénétra, les yeux rougis des sanglots qu'elle s'autorisait une fois seule. En dépit du chagrin que lui causait l'affreux trépas de sa tendre sœur de sang, elle venait s'enquérir de la bonne santé de madame de Nilanay. Le cœur d'Alexia se serra et elle se précipita, mains tendues, vers la femme jadis si gaie qui luttait contre les larmes.

– Ma chère bonne Marguerite, je ne sais que vous dire, si ce n'est que je partage votre peine. Rolande, vous le savez, m'avait offert son amitié. J'éprouvais une grande affection pour elle.

La femme entre deux âges baissa le regard et ses joues tremblèrent lorsqu'elle demanda d'une voix hachée d'émotion :

– Mais… qu'avez-vous découvert au juste en la chapelle Saint-Augustin ?

– Je ne puis vous le décrire, ordre formel de madame notre mère. Quand bien même ne l'aurait-elle pas exigé, je vous conjure de ne pas chercher plus avant, en tendresse.

– Était-ce donc épouvantable à ce point ?

Ce fut au tour d'Alexia de baisser les yeux. Elle s'en voulut d'être incapable de mentir à cette femme dévastée. Offrir un mensonge de compassion est un acte de véritable générosité. Elle ne le pouvait. Marguerite était une femme solide, une femme qui se tenait droite face à l'adversité, en dépit de la souffrance qui ternissait son regard. Mentir eût été inacceptable dans son cas. Elle tenta une bien piètre dérobade, tout en s'en voulant d'y avoir recours :

– Il nous faut, pour l'amour d'elle, nous souvenir de Rolande telle qu'elle était. Bonne, scrupuleuse, fiable, vive d'esprit. Son âme repose en très grande paix.

Marguerite hocha la tête en admettant :

– Vous avez belle raison. Toutefois, c'est là que je n'y comprends goutte, pourquoi s'en prendre à Rolande qui n'a jamais blessé âme qui vive, pas même involontairement ? (Elle parut réfléchir et ajouta :) Voyez-vous, ma chère, je crois que l'imagination du pire me ronge davantage que ne le ferait la vérité.

Alexia de Nilanay songea que Marguerite, qui avait vécu presque toute sa vie protégée par les murs d'un couvent, n'imaginait sans doute pas jusqu'où pouvait déraper la cruauté humaine.

Au prix d'un effort que ressentit la jeune femme, l'hôtelière s'enquit d'une voix faussement raffermie :

– Allez-vous à votre satisfaction ? Vous manque-t-il quelque chose que je m'empresserai de vous faire porter ? Je… Ne croyez surtout pas que la raréfaction des visites de vos anciennes sœurs, dont moi, traduit un manque d'amitié ou d'intérêt pour votre confort. C'est que… l'abbaye est sens dessus dessous.

– Oh, de grâce, ne vous inquiétez pas, chère Marguerite, la pria Alexia en serrant ses mains entre les siennes. Cette relative solitude me permet de réfléchir tout mon saoul, raison de ma venue.

Une fois l'hôtelière repartie, Alexia replongea dans ses pensées moroses. Elle était sans nouvelle d'Aimery et n'en recevrait pas tant que cette persistante neige ne fondrait, permettant le passage d'un messager. De surcroît, depuis sa terrible découverte en la chapelle Saint-Augustin, elle était tenue à l'écart de l'enquête. Que lui reprochait l'abbesse ? Son effroi justifié à ce moment ? À la vérité, elle ne jouissait pas du sang-froid d'Hermione, et encore moins de celui de madame de Baskerville, au sujet de laquelle elle se demandait ce qui coulait dans ses veines. Toutefois, elle possédait deux atouts de taille : n'étant pas religieuse, elle n'était pas soumise à la clôture. Cette liberté de mouvements pouvait lui permettre de se déplacer une fois la neige fondue, d'interroger, de rechercher à l'extérieur. Autre avantage, ses très futures épousailles avec le comte de Mortagne lui ouvriraient bien des portes.

Elle jeta son mantel sur ses épaules, décidée à requérir audience de Plaisance de Champlois afin de lui offrir son aide, voire de la lui imposer.

Hermione de Gonvray et Mary de Baskerville pénétrèrent derrière Suzanne Landais, la maîtresse de noviciat, dans une pièce de penderie, aveugle afin d'éviter que des nuisibles ne fassent un festin des atours qui y étaient remisés.

Pédagogue, Suzanne Landais expliqua d'un ton enjoué :

– Les vêtements, bijoux et autres effets personnels, tels que les nécessaires de toilette qu'abandonnent les entrantes avant de passer la robe de novice, sont nettement séparés de ceux des oblates, conservés dans une autre salle de penderie. La raison en est simple. En effet, il n'est jamais exclu qu'après quelques mois de noviciat, une dame se rende compte qu'elle n'était finalement pas faite pour notre vie de prière et de travail. Nous lui restituons alors toutes ses possessions. De surcroît, il s'agit d'éviter la confusion. Vous connaissez les modes. Certaines dames de la bonne société ont recours aux mêmes couturières et, le temps aidant, on ne peut exclure que l'une d'entre elles soit certaine d'avoir possédé telle robe alors qu'il s'agit de celle d'une autre, fort ressemblante. C'est aussi pour cette raison que j'ai tenu à ce que tous les objets soient étiquetés avec le nom de leur propriétaire, ajouta-t-elle, visiblement très satisfaite de son initiative.

Fine mouche, Mary de Baskerville s'émerveilla :

– J'aime tant l'ordre. Je vous le dis, en vérité, ma chère, les affaires de ce monde iraient bien mieux si tous étaient aussi ordonnés que vous.

Suzanne accueillit ce compliment d'un petit mouvement de tête dont elle tentait de rendre la modestie convaincante.

– Ainsi que nous vous l'avons annoncé, nous cherchons les effets de la défunte madame Blanche de Cerfaux. Sur ordre de l'abbesse.

L'affliction se peignit sur le visage avenant de la maîtresse de noviciat.

– Quelle horreur. Je n'en ai pas dormi ! Elle était si douce, si charmante. Dévote. Quelle magnifique sœur elle aurait fait. Doux Jésus, doux Jésus… Qu'elle repose en très grande paix.

Hermione n'eut pas le cœur de détromper la brave Suzanne, tout en songeant au choc qui serait le sien lorsque la vérité sur madame de Cerfaux éclaterait en plein jour. À moins que l'on ne parvienne à l'étouffer, ce que l'apothicaire souhaitait de tout cœur. Les Clairets avaient eu récemment leur content de drames. Ils n'avaient guère besoin d'être à nouveau éprouvés. Quant à Mary de Baskerville, son sentiment n'avait pas dévié d'un pouce : si, à l'instar de Suzanne, les gens gobaient n'importe quelles billevesées pourvu qu'elles leur soient servies avec une moue charmante, tant pis pour eux.

– Pourrions-nous les examiner ? insista Mary.

– Certes, certes, s'affola l'autre. Où avais-je la tête ?

Elle se précipita vers les tringles scellées entre deux murs opposés, auxquelles était suspendue une armée de vêtements, vérifiant les étiquettes qui pendaient d'un col ou d'une manche, tout en poursuivant :

– Mes sœurs, avec tout mon respect, et bien que j'ai ouï dire qu'une enquête était en cours, je mettrais ma main au feu qu'il s'agit du crime d'un vagabond, entré à la faveur de l'ouverture d'une porterie, ou même d'un serviteur laïc libidineux et ivre. Personne ne pouvait en vouloir à Blanche. Un ange. Tout le monde l'adorait. Elle ne savait que faire pour rendre service. Et quelle joie elle abritait en elle. Quelle joie !

Hermione fixa le bout de ses socques qui dépassaient de sa robe. Mary de Baskerville encouragea la maîtresse de noviciat d'un chaleureux sourire.

– Ah, voilà, voilà ! Nous avons donc un touret de laine parme retenu par une barbette [1] de soie grise, une robe d'épais cendal prune à manches justes [2] avec coudières [3] de soie grise afin de rappeler la coiffe. Un mantel de laine du même gris que les coudières, doublé de zibeline. Enfin, une ceinture avec fourreau suspendu de daguette [4], en fin cuir tressé d'une chaînette d'or, terminée de perles. Une magnifique parure, déclara-t-elle d'un ton rêveur. Se reprenant, elle ajouta, un peu gênée : car on peut être moniale et avoir l'œil pour les belles choses.

– Si fait, c'est même une obligation. L'art et la beauté nous viennent de Dieu. Les ignorer ou les mésestimer serait d'une rare outrecuidance, approuva madame de Baskerville.

– Vous remarquerez comme tout est bien préservé. Je veille personnellement au remplacement des sachets de myrte, de cèdre et de cannelle qui repoussent tous les vils insectes dévoreurs de précieux tissus.

---

1. Large bande de tissu qui maintient la coiffe sur la tête en passant sous le menton.

2. Ajustées.

3. Longues bandes d'étoffe fine qui partent des coudes et tombent presque aux pieds.

4. Il n'est pas rare que les dames de qualité soient armées au cours de leurs voyages.

– Judicieuse précaution, acquiesça Hermione, que cette conversation commençait à distraire.

– Je me souviens très bien que Blanche était arrivée avec de forts beaux bijoux, déclara Suzanne Landais en pointant de l'index en direction d'un coffre bombé, renforcé d'arceaux de métal.

Elle récupéra l'une des clefs du trousseau pendu à sa ceinture et souleva le couvercle massif. Elle entreprit de sortir une légion de petits sacs de toile, noués avec soin et étiquetés eux aussi. Enfin, elle s'écria :

– Ah, le voici !

Elle en renversa avec précaution le contenu sur le sol dallé. Des bagues, des bracelets et un sautoir glissèrent dans un fragile cliquetis. Les deux apothicaires se penchèrent vers le petit monticule scintillant.

Poussant les bijoux du bout des doigts, Mary détailla :

– Un anneau de pouce, serti de perles grises et noires. Deux bagues d'index, l'une en topaze, l'autre en émeraude. Une bague de majeur, une petite merveille de rubis et de saphir. Une bague d'auriculaire, avec une large pierre noire, de l'onyx, peut-être. Attendez, je crois bien qu'elle est gravée.

Mary récupéra le bijou et l'examina, Hermione penchée sur son épaule.

– Une intaille. On dirait un cercle, hésita Mary de Baskerville en plissant les yeux.

– C'est un serpent qui se mord la queue, à peine entaillé, presque invisible.

– Tant de symboles sont liés au serpent, bons ou mauvais.

Mary de Baskerville serra la bague au creux de sa paume et s'intéressa aux derniers bijoux étalés au sol, qu'elle ramassa.

– Trois bracelets d'or et d'argent et un long sautoir de gouttes d'améthyste serties dans des anneaux d'or, auquel est suspendu une miniature dessinée sur nacre… représentant Blanche, à n'en point douter. Ma chère Suzanne, me permettez-vous de conserver l'intaille quelque temps afin de la montrer à notre mère ? Elle vous sera bien vite restituée.

– Si fait, si fait, s'empressa la maîtresse de noviciat.

– De plus, voudriez-vous avoir l'extrême obligeance de faire porter par une servante laïque tous les vêtements de notre défunte novice dans son bureau ?

En dépit de son étonnement devant une telle requête, Suzanne Landais acquiesça.

Hermione de Gonvray jeta un regard surpris à l'Angloise, se demandant en quoi des atours de dame vieux de plusieurs mois pouvaient l'intéresser. Un sourire taquin lui répondit.

Lorsque Mary de Baskerville, flanquée d'Hermione, rejoignit le bureau du palais abbatial, Alexia de Nilanay venait de remporter une victoire sur les réticences de Plaisance. La jeune abbesse avait fait part de ses scrupules à entraîner son ancienne fille dans une aventure effrayante, qui de surcroît concernait strictement l'abbaye. Madame de Nilanay avait rétorqué :

– Avec tout mon respect, permettez-moi de vous contredire, madame ma mère. Nul ne peut affirmer que le meurtrier se terre entre ces murs. Si nous connaissions toutes Rolande depuis des lustres, que savions-nous au juste de cette chère Blanche, que je n'ai fait que croiser durant mon séjour parmi vous, il y a… Dieu du ciel, il me semble qu'il y a une éternité quand il ne s'est écoulé que quelques semaines.

Le visage de Plaisance s'était fermé à l'écoute de l'adjectif « chère ». Elle n'avait que peu tergiversé avant de révéler à Alexia leurs récents et consternants progrès dans l'enquête. Après tout, madame de Nilanay marquait un point d'importance : elle était libre de ses mouvements et la belle réputation du comte, son soutien ne pouvaient que les aider.

Plaisance de Champlois résuma son choix à ses deux filles apothicaires qui approuvèrent diversement. Mary de Baskerville, peu intéressée, y alla d'un :

– Bah… pourquoi pas ?

Hermione de Gonvray commenta d'un :

– Alexia est fort agile d'esprit et il est exact que l'identité de son futur ne peut certes pas nuire à nos progrès.

Le tas de vêtements soigneusement allongé au sol semblait fasciner madame de Baskerville. Elle tournait autour, telle une renarde [1] évaluant les réactions de sa proie.

– Le raisonnement tombe sous le sens, soliloqua-t-elle. Si cette coquine [2] de Blanche… d'Anne, est bien ce que nous pensons, elle n'avait aucune intention de demeurer en l'abbaye et a dû préparer sa sortie dès

---

1. L'animal, considéré comme intelligent, a jolie réputation à l'époque.

2. Le terme est très fort et insultant au Moyen Âge.

avant son arrivée parmi vous. Il lui fallait avant tout de l'argent pour repartir d'un bon pied ailleurs et reprendre ses méfaisances en tranquillité. La vente de ses quelques bijoux, certes de jolie facture, ne pouvait lui assurer le train de vie auquel elle semblait habituée, si l'on en juge par la qualité de son frusquin[1]. À l'évidence, si l'Inquisition était bien sur ses talons, tous ses biens connus, meubles ou immeubles, ont été confisqués. Il a donc fallu qu'elle emmène avec elle la source future de ses revenus. Or, que savait-elle récupérer à coup certain le jour de son départ ? Ses vêtements et ses bijoux !

– À moins que votre deuxième hypothèse soit la bonne : elle cherchait quelque chose céans, rectifia Hermione.

– Quand bien même. Il lui fallait toujours de l'argent, argumenta Mary.

Elle s'exclama à l'intention d'Alexia en désignant le tas d'habits :

– Bien chère, en femme du siècle, où dissimuleriez-vous quelque chose d'extrêmement précieux qui ne doit pas être découvert par un tiers ?

Alexia répondit sans même réfléchir :

– Si l'objet est de taille très modeste, dans l'ourlet d'une robe. S'il est large mais plat, entre le mantel et sa doublure de fourrure. S'il est fragile ou risque de s'abîmer en se pliant, sous la doublure du touret.

Sans un mot, la nouvelle apothicaire lui tendit le touret de laine parme, terminé d'une barbette de soie

1. Ce que l'on possède comme vêtements, objets divers, voire argent. A donné « saint-frusquin » et « frusques ».

grise. Elle proposa la robe d'épais cendal prune à manches justes avec coudières à Hermione et attaqua le mantel de laine grise doublé de zibeline. Plaisance, le regard rivé aux vêtements, leur tendit le stylet à manche d'argent qui lui servait à découper les bas vierges de ses missives afin d'économiser le papier.

Mary de Baskerville s'agenouilla et s'en servit pour découdre la fourrure pendant qu'Hermione tâtait des doigts l'ourlet de la robe, une moue dépitée aux lèvres :

– À moins que ce ne soit bien petit et bien mince, je parierais que rien ne s'y trouve caché. Cela étant, je sens… on dirait du sable. Que viendrait-il faire ici ?

Sans lever la tête, Mary tendit la lame à Alexia avant de fourrer ses mains entre étoffe et zibeline. À son tour, madame de Nilanay souleva avec délicatesse la soie grise qui doublait la coiffe et se terminait en barbette. Son cœur s'emballa. Elle chuchota :

– Je crois que je frôle une bande de papier qui n'a rien à faire là.

Toutes se précipitèrent vers elle. Avec un luxe de précautions, Alexia tira la longue feuille étroite qui devait tapisser toute la circonférence intérieure du touret. La levant, de sorte à ce que toutes puissent la déchiffrer, elle commenta avec hésitation :

– Une liste ?

– Si fait, approuva madame de Baskerville.

L'apothicaire ajouta, méprisante :

– Dieu du ciel, quelle plume grossière ! L'écriture d'une femme de bas [1] qui aurait appris à tracer des lettres laborieuses sur le tard. Je doute que nous ayons

1. Abréviation de « de bas lignage ».

affaire à belle noblesse. Voyons, que signifient ces initiales et ces abréviations ?

– L'une de ces dernières me paraît claire, offrit Hermione de Gonvray en désignant du bout de l'index une sorte de haute croix droite. La mort.

Un silence s'ensuivit, que rompit l'abbesse :

– C'est qu'alors la signification des autres est de même essence.

– Vous avez très probablement raison, ma mère, acquiesça Mary. Avec votre permission, Hermione et moi-même allons rejoindre le calme de l'herbarium afin d'en percer le secret. Madame de Nilanay peut se joindre à nous si elle le souhaite, ajouta-t-elle un brin condescendante.

– Je souhaiterais tout d'abord savoir ce qu'est ce sable que j'ai palpé plus tôt, insista Hermione de Gonvray en récupérant le stylet des mains d'Alexia.

Elle défit quelques points. Une poudre jaune vif plut avec mollesse vers le sol. Hermione se pencha afin d'en récupérer une pincée et la porta à son nez avant d'affirmer d'une voix blanche :

– Du soufre.

– Le diable, déglutit Plaisance avec peine.

– L'alchimie également. Le soufre est le principe actif qui agit sur le mercure inerte en le fécondant ou en le tuant. Il le transmute afin de produire du cinabre [1], une drogue d'immortalité ou prétendue telle, les

---

1. Sulfure rouge de mercure, qui existe à l'état naturel, grâce auquel les femmes romaines avivaient leurs lèvres. La légende voulait qu'il puisse conférer l'immortalité.

renseigna Mary de Baskerville. Quoi qu'il en soit, madame de Cerfaux n'était pas alchimiste.

– Reste donc la première possibilité, conclut Alexia. Un commerce avec le diable.

Abbaye de Dame-Marie,
Perche, février 1308, ce même jour

Arnoldus de Villanova regardait avec dégoût les chevilles du jeune moine que lui avait attribué père Jacques afin de le seconder dans ses recherches. Grimpé sur l'échelle qui permettait d'accéder aux rayonnages supérieurs de la bibliothèque, bras tendus pour atteindre les rouleaux ou les parchemins les plus anciens que l'on remisait aussi haut que possible afin de leur éviter de désastreux frôlements ou même l'humidité du souffle des lecteurs, le frère Anselme marmonnait entre ses dents. Monsieur de Villanova évaluait la crasse qui recouvrait les pieds, les chevilles, et le bas des mollets du jeune homme, les grosses veines affleurantes qui boursouflaient sa peau, évoquant les racines superficielles d'un arbre poussé en terrain hostile. Malgré le froid ambiant, la chair déjà maigre et sèche, négligée, exhalait une pénible odeur de vieille sueur, ravivée par une récente transpiration d'effort. Remugles plus habituels dans une taverne que dans un monastère où les ablutions faisaient partie des rites quotidiens. Pour la quinzième fois depuis le début de leur inventaire, Anselme répéta de sa désagréable voix de fausset :

– N'en démordons pas, le catalogue est fiable, scrupuleusement mis à jour. Je fais partie de ceux qui y veillent sans relâche.

– Je sais cela, grâce à votre obligeance à me le répéter, rétorqua monsieur de Villanova agacé.

– Le seul titre pouvant correspondre aux initiales que vous m'avez communiquées est donc *De contemptu mundi*, de Bernardus Morlacensis. Magnifique ouvrage ! Saviez-vous que l'on ignore d'où, au juste, est originaire l'auteur ? Peut-être de la région de Morlaix, mais rien n'est avéré. C'est pourquoi on lui a attribué un nom latin assez vague. N'est-il pas consternant que l'on en sache si peu sur de tels penseurs ? se plaignit le jeune homme.

– Vous m'en voyez désolé, pesta le médecin que l'aigreur gagnait. Il serait bon d'en avoir terminé avant la nuit, mon frère.

– Si fait, si fait... Bonne ouvrage requiert temps et patience, se défendit l'autre.

– Le premier nous fait cruellement défaut, quand à la seconde, elle atteint son extrême limite dans mon cas.

Arnoldus s'admonesta. Inutile de s'en prendre à ce jeune moine qui avait passé sa vie à Dame-Marie, le nez enfoui dans les textes, dont les seuls désespoirs avaient été une mite de papier aplatie entre deux pages, une crotte de souris témoignant de la voracité des rongeurs attirés par le cuir des reliures, une piqûre verdâtre de moisissure. Que pouvait connaître ce presque adolescent du temps qui file, que l'on a beau tenter de retenir de toutes ses forces mais qui s'évade quand même ? Il faut en avoir vu tant s'écouler avant d'en prendre conscience, avant de ressentir la morsure de l'urgence. Il faut avoir erré de retards en ajournements. Il faut se rendre compte, un jour, que le temps vous est compté, avec parcimonie. Arnoldus de Villanova en était à ce moment de la vie où l'on constate que le temps rétrécit à vue d'œil. Au fond, peu importait si Dieu lui offrait la même réserve de jours, de semaines que celles qu'Il concéderait à l'ennemi. Après, le temps pourrait s'arrêter brutalement. Le savant n'en n'aurait cure.

Perché, la tête inclinée afin de ne pas se heurter au plafond, frère Anselme commentait d'un ton acide :

– Messire médecin, nous avons passé en revue chaque ouvrage de la bibliothèque, à deux reprises. Auparavant, nous avions scrupuleusement vérifié ceux qui sont prêtés à notre frère apothicaire et qu'il conserve en l'herbarium afin d'épargner aux manuscrits de continuelles allées et venues. Une conclusion s'impose donc : l'ouvrage que nous cherchons ne se trouve dans aucun de ces deux endroits. Il ne peut donc avoir atterri qu'au scriptorium, sans doute pour réparation ou copie, et cela bien qu'il soit ahurissant que son titre n'ait pas été assorti de la lettre « S » dans le catalogue. Répétez, cent fois, mille fois la même chose, il y en aura toujours qui s'en moqueront et en feront à leur tête ! souffla d'exaspération le jeune homme.

Frère Vivien Servan, le surveillant du scriptorium, les reçut avec une déroutante alacrité. Monsieur de Villanova en perça vite la raison : qu'un ouvrage dont il avait la charge puisse motiver tant d'animation, conduire jusqu'à lui un personnage prestigieux, conseiller du pape, requérant son aide, le réjouissait. Monsieur de Villanova et frère Anselme s'installèrent chacun sur le banc d'un scriptionale.

Pendant que le jeune moine expliquait le motif de leur visite, le médecin examina l'improbable dessin créé par les taches d'encre qui avaient imprégné le bois. Le minium de l'encre rouge se mêlait au bleu du lapis-lazuli, au vert de la malachite, au jaune d'or brillant de la sève de chélidoine, sillonnant les veines végétales au point d'évoquer la chair d'un animal fabuleux. Une odeur de poisson [1], de résine d'arbre [2] et de clou de girofle [3] flottait dans l'air.

Arnoldus de Villanova détailla le visage poupin et débonnaire de frère Vivien Servan, son gentil regard agrandi par les lentilles des lourdes béricles qui lui glissaient le long de l'arête du nez. Il serrait ses mains, jadis expertes à tracer les lettrines, l'une contre l'autre et tirait un bout de langue, signe de sa totale concentration alors qu'il écoutait. Un vieux petit garçon comblé dont l'unique passion après Dieu demeurait les livres, toujours les livres.

N'y tenant plus, et au risque de paraître grossier, le surveillant s'exclama, interrompant son jeune frère :

– Tout à fait. L'ouvrage en question, *De contemptu mundi*, de Bernardus Morlacensis se trouve céans. (S'adressant au médecin, il précisa :) Il ne s'agit pas de

1. Les colles de poisson ou de blanc d'œuf sont utilisées comme liant pour permettre aux encres de mieux adhérer.

2. Liant pour encre.

3. Utilisé afin de conserver les colles à base de poisson ou de blanc d'œuf.

l'original, malheureusement, mais d'une copie très fidèle, réalisée peu après le trépas de l'auteur. Il faut vous dire que le volume – sa saine virulence jamais déplacée, ses exhortations à davantage de vertu – a connu un vif succès et qu'il en existe une bonne vingtaine d'exemplaires dans le royaume.

– Fichtre. Un gros succès, en effet, approuva Villanova, assez touché par l'amour de cet homme pour les textes qu'il dorlotait à l'instar d'enfants.

Une phrase de saint Augustin lui revint en mémoire : « Celui qui se perd dans sa passion a moins perdu que celui qui perd sa passion. »

Frère Anselme intervint d'un ton de reproche peiné, désignant le catalogue relié qu'il tenait plaqué contre ses cuisses :

– Avec tout mon respect, mon frère, comment se fait-il que la lettre « S » ne suive pas le titre de l'ouvrage dans le catalogue, indiquant ainsi à tous où le chercher sans peine. Nous avons retourné la bibliothèque à deux reprises, sans oublier l'herbarium ! Le petit comité chargé de recenser et d'organiser notre fonds, dont j'avais l'honneur de faire partie, avait pourtant longuement insisté sur ce point de référencement. « B » suit les ouvrages serrés dans la bibliothèque, « H » ceux qui sont prêtés à l'herbarium, « S » ceux qui sont au scriptorium. Sans cet effort de rigueur, comment espérer que nous nous y retrouvions ?

– En effet, s'étonna frère Vivien. C'est toujours ainsi que nous procédons, ce classement nous ayant paru fort approprié.

– Eh bien, non ! Rien ne suit la mention « *De contemptu mundi*, de Bernardus Morlacensis », bouda le jeune moine en ouvrant la page incriminée et en désignant l'infâme carence d'un index accusateur à l'ongle endeuillé de crasse noirâtre et sèche.

Après quelques instants de flottement, Vivien avoua :

– C'est à n'y rien comprendre !

– Donc, l'ouvrage vous a été porté pour restauration ? reprit monsieur de Villanova.

– Si fait.

– Éclairez-moi : qui décide de la nécessité de réparer, de nettoyer ou de copier un manuscrit ?

– Ma foi, c'est assez variable. J'inspecte moi-même régulièrement les rayonnages de la bibliothèque. À chaque automne, par exemple, afin de m'assurer que des insectes n'ont pas ravagé certains ouvrages ou qu'ils n'ont pas pondu entre les pages. D'autres frères, alarmés par l'état d'un manuscrit, font part de leur inquiétude, soit à notre père, soit à frère Anselme, soit encore à moi.

– Vous souvient-il qui vous a confié *De contemptu mundi* ?

– Si fait : frère Henri, paix à son âme. Quelle horreur. Je prie pour son repos chaque jour. Quelle main il avait eue ! Une main unique.

Arnoldus de Villanova ne commenta pas. Père Jacques, en homme avisé et en fin politique, était resté avare de détails sur le décès de l'ancien enlumineur. Dame-Marie, à l'instar de toutes les congrégations, n'avait nul besoin de conserver le souvenir d'un renégat, tueur par procuration et damné. La paix et la cohésion étaient à ce prix. Frère Henri serait donc enterré en terre consacrée afin d'éviter le scandale et les questions qui allaient avec. Une décision, certes insatisfaisante, mais sage.

– Le manuscrit était-il gravement endommagé ? Pouvons-nous le consulter ?

– Avec grand plaisir, déclara le surveillant en se levant de son banc et en se rapprochant d'une bibliothèque. Quelques piqûres de moisissure à un coin de la couverture, selon moi anciennes et donc peu préoccupantes. Toutefois, frère Henri semblait tenir tout particulièrement à cette œuvre remarquable et m'avait proposé de s'en occuper. Le pauvre cher était si désolé de ne plus pouvoir tenir la plume que j'ai pensé que le contact moins exigeant d'une couverture en besoin de restauration lui ferait grand bien.

– C'est charitable à vous, commenta monsieur de Villanova avec sincérité.

De son coin de scriptorium, dos tourné, frère Vivien lança d'une voix dont l'amusement se teintait de regret :

– L'âge, messire médecin. L'âge ! Quelle insulte faite à nos dons. Quelle claque à notre prétention de les croire éternels.

– Je le constate chaque jour, mon ami, répondit Villanova d'un ton complice. Bah, la vie, la jeunesse sont des prêts que nous octroie Dieu, dans Son infinie bonté. Nous sommes bien fols de nous acharner à penser qu'il s'agit de présents définitifs.

– À la vérité ! Toutefois, avouez qu'il s'agit d'une illusion tentante. Peu d'entre nous y échappent.

– Et je ne serai pas celui qui peut jeter la première pierre en la matière ! plaisanta le savant.

Ils patientèrent encore quelques instants pendant que frère Vivien fourrageait dans les étagères, parmi les piles de livres, remontant ses pesantes béricles pour déchiffrer les titres.

– Ah, le voici ! s'exclama le frère surveillant.

Villanova ferma les yeux, retenant un soupir de soulagement. Frère Vivien revint vers eux, le lourd volume brandi à bout de bras. Anselme fit un geste en sa direction mais un regard dissuasif du médecin le découragea.

Maîtrisant à grand-peine sa nervosité, Arnoldus ouvrit l'ouvrage et entreprit de le feuilleter, parcourant les lignes rapidement, cherchant un indice. La fureur le disputa en lui à la frustration lorsqu'il découvrit que deux pages avaient été découpées avec soin au tiers du volume. Il inspira avec lenteur, s'efforçant au calme, ordonnant à ses mains de cesser de trembler. Gardant le silence, il entreprit de lire le texte latin du bas du feuillet précédent jusqu'au haut de celui qui suivait le retrait. Les vers s'enchaînaient sans incohérence. Un soupçon s'insinua dans l'esprit de Villanova : était-ce lors de la copie initiale que quelqu'un avait rajouté deux pages qui n'avaient rien à voir avec le texte initial ? Le texte d'origine datait du XIIe siècle. Une copie avait fort bien pu en être réalisée après le sac de Béziers, après que la croix eut été subtilisée à Arnaud Amalric, abbé de Cîteaux. Quelqu'un avait-il souhaité que passent à la postérité les indications permettant de retrouver la croix de perdition ? Était-ce l'explication de ces deux pages, celles découvertes par frère Henri, qui en avait compris l'immense intérêt et tout ce qu'il pourrait en tirer en les vendant au plus offrant. L'ennemi.

S'efforçant de parler d'une voix sans aspérité, monsieur de Villanova expliqua :

– Il manque deux feuillets qui, semble-t-il, n'ôtent rien à l'harmonie du texte, quoique celui-ci fasse appel à de fréquentes répétitions afin de délivrer sa sagesse. Sauriez-vous ce qu'ils sont devenus ?

– Comment ! s'écria le frère surveillant, outré par un tel sacrilège. Non pas, je l'ignore ! Juste ciel ! Qui a pu commettre une telle vilenie ? Déchirer les pages d'un texte sublime. C'est à suffoquer, c'est au-delà de l'entendement ! éructa le moine. C'est un crime, vous dis-je !

Tournant sur lui-même d'indignation, battant des bras, il menaça de l'index :

– Le coupable sera châtié. J'en fais serment. Je vais de ce pas alerter notre bon père ! Je n'ai jamais vu une telle ignominie de ma longue vie !

Il est déjà châtié, d'horrible façon, songea le médecin en restant coi.

– Je vous accompagne. C'est une abomination, nul autre terme ne peut convenir, s'insurgea à son tour frère Anselme en se levant.

– Non pas, frère Anselme, ordonna le savant d'un ton d'autorité. J'ai encore besoin de votre concours. Il nous faut retrouver ces feuillets au plus rapide.

Arnoldus de Villanova luttait depuis un moment contre la montée de la panique. L'autre, l'ennemi, avait extorqué sous la torture à Henri la cachette des pages découpées. Nul doute que le vieux moine poltron avait avoué en espérant être épargné. Alors que le savant avait cru jouir d'un avantage de temps, la situation venait de s'inverser. L'ennemi savait où chercher. Lui pas.

Abbaye de femmes des Clairets,
Perche, février 1308, ce même jour

Le jour déclinait déjà. Hermione de Gonvray avait allumé toutes les esconces de l'herbarium, lancé un feu dans l'âtre, justifiant cet excès de confort d'un :

– Je gage que nous allons demeurer assises longtemps. Il serait regrettable que nous attrapions quelque maladie de poitrine qui retarderait notre enquête.

– Oh ma chère, même s'il s'agissait pour vous de nous offrir un peu d'aise, je ne m'en formaliserais pas. Quelle utilité y aurait-il à ce que nos membres deviennent gourds, que nos esprits ralentissent sous ce froid mordant ? Nous avons besoin de toute notre agilité intellectuelle. Dans le même ordre d'idées, je ne refuserai pas une de ces savoureuses infusions dont vous avez le secret, déclara madame de Baskerville.

Elle arrangeait depuis un moment quatre esconces afin qu'elles illuminent au mieux leur travail, les disposant en demi-cercle, puis en carré, les poussant sur la table de pesée, les reculant, les rapprochant.

– J'ai déjà mis de l'eau à bouillir. Attendons que madame de Nilanay nous rejoigne avant de faire infuser de la menthe, de la verveine et du thym.

– Que pensez-vous au juste d'elle ? En confidence.

– Je la sais fine et fiable. Je la crois également intuitive.

– N'est-elle pas une de ces jolies femmes superficielles ?

– Sans doute l'a-t-elle été. Sans doute en a-t-elle voulu un jour aux Clairets de l'austérité qui est leur règle. Toutefois, depuis son retour, j'ai eu le sentiment qu'elle avait agréablement mûri. L'entourage du comte de Mortagne y est probablement pour quelque chose. Il ne s'agit pas d'un être de légèreté.

– Ah ! Que j'aime les êtres de lourdeur, mais de grande souplesse d'esprit.

Un coup frappé contre la porte les interrompit. Alexia de Nilanay entra sans attendre permission, les épaules de son mantel couvertes d'une fine neige gelée.

– C'est une calamité, annonça-t-elle. La neige recommence de tomber alors que l'ancienne n'a pas daigné fondre !

– Nous nous en accommoderons, raisonna Mary de Baskerville. Il est puéril de dilapider ses forces en se heurtant de front aux choses que l'on ne peut changer. La sagesse consiste à se concentrer sur ce que l'on peut incliner.

– Grand merci pour cette leçon, ironisa sans aigreur madame de Nilanay.

Elle parut réfléchir un instant, puis lança à l'Angloise d'une voix allègre :

– Je viens, à l'instant, de décider de passer outre vos remontrances et reparties acerbes. Rien ne modifiera mon excellente disposition d'esprit en la matière, ni mon humeur accommodante. Aussi, pourquoi ne pas vous concentrer aussitôt sur autre chose plutôt que de gaspiller votre énergie contre moi ? Il s'agirait là d'une pertinente application de votre sage conseil.

Un rire gai et inattendu salua ce trait. Madame de Baskerville admit :

– Voilà mon bec claqué ! Peu de gens y parviennent. C'est pourquoi je le goûte toujours. Mon admiration, madame. Ah, qu'il est réjouissant de se trouver enfin entre créatures d'intelligence, à l'exclusion de toutes les autres. Travaillons !

Toutes trois prirent place autour de la table de pesée. L'herbarium ne disposant que de deux tabourets, Hermione de Gonvray demeura debout, le torse incliné, les coudes appuyés sur la table. Mary lissa la longue bande de papier qui s'enroulait, à la forme du touret de feu la prétendue Blanche de Cerfaux. Les trois femmes déchiffrèrent en silence l'écriture assez malhabile, ainsi que l'avait souligné l'Angloise.

– Faible tête, en plus du reste… ou alors très important négoce, grommela Mary.

Devant le regard étonné d'Hermione, elle ajouta :

– Expliquant la nécessité d'un pense-bête, veux-je dire. Les initiales désignent, à n'en point douter, des personnes. Un *d* minuscule marque la particule dans certains cas. Les nombres qui les suivent sont suivis d'un *l* ou d'un *r*. Je parierais volontiers qu'il s'agit de sommes évaluées en livres* ou en petits royal*, ce qui prouve que la dame ne faisait pas dans le fretin. Suivent des symboles, la croix droite étant donc la mort.

– Les… services qu'elle a rendus à certains… clients, en échange des rémunérations indiquées, suggéra Alexia.

– Voilà qui est rondement pensé, la félicita l'Angloise.

– Cette ligne épaisse et enroulée sur elle-même, à la façon d'un *o*, là, intervint Hermione en la désignant. Ne dirait-on pas un serpent ? Un enherbement ? Sournois, imparable, à l'image de l'animal.

– En ce cas, ces initiales n'auraient-elles pas droit à une croix figurant la mort ? questionna Mary.

– Vous savez comme moi que l'on peut enherber sans avoir pour objet de tuer. On peut souhaiter provoquer une stérilité, une maladie, que sais-je ?

– Ou alors peut-être ce serpent désigne-t-il un donneur d'ordre et pas la victime, proposa Alexia.

– Hum… Beau raisonnement, concéda la nouvelle apothicaire.

– Et ceci, cette sorte de cercle suspendu à une petite queue ? interrogea madame de Nilanay.

– On dirait un piège de chasse, l'un de ces habiles nœuds coulants qui se referment sur la patte d'un animal, réfléchit Hermione.

– Nœud coulant, vers le haut… les fourches patibulaires, la pendaison, murmura Alexia.

Mary de Baskerville lui jeta un regard d'appréciation :

– Je pense que vous avez vu juste, ma chère. La prétendue madame de Cerfaux se faisait fort de livrer au bras séculier certaines victimes désignées par ses clients. Jusqu'à ce que mort s'en suive. (Elle étouffa un rire.) « Angélique », disaient-elles toutes à son sujet.

Quelle admirable comédienne ! Quelle époustouflante mascarade ! Une vipère malfaisante de rare envergure. Bah, après tout, il faut qu'elles soient terriblement séduisantes et convaincantes. Duper est leur principal outil de labeur.

– Une chose m'intrigue, intervint Hermione de Gonvray. Je doute qu'en dépit de sa perversité, Blanche ait emporté avec elle, dissimulée avec soin, cette énumération à seule fin de se souvenir et de se repaître de ses méfaits. Trop dangereux. Il s'agit donc, en effet, d'un pense-bête qui avait une utilité particulière, cruciale. Si elle en a tapissé l'intérieur de son touret, et puisqu'elle ne comptait rester parmi nous que le minimum de temps, c'est qu'elle souhaitait la retrouver sitôt sortie des Clairets. Et s'il s'agissait de l'énumération de bons amis, de membres d'une connivence satanique ?

– Quoi ? Aurait-elle été incapable de se souvenir des noms de précieux amis susceptibles de la secourir dans l'adversité ? J'en doute. Quant aux membres d'une odieuse confrérie, elle était trop rouée pour prendre ce risque et aurait préféré oublier tout d'eux. Songez, si une telle liste était tombée entre les mains d'un tribunal inquisitoire, les enquêteurs auraient tôt fait de transcrire ces initiales en noms, en personnes, donc en témoins qui sous la torture pouvaient incriminer Blanche/Anne, raisonna Alexia.

– Agile ! s'extasia Mary. Imaginons : elle décide de quitter les Clairets. De quoi a-t-elle un impérieux besoin ? D'argent, nous sommes en accord sur ce point. Cette liste était donc sa cassette, son… avenir. Un chantage. Une multitude de chantages, murmura

Mary de Baskerville. De fait, il doit s'agir – du moins pour certains – de donneurs d'ordres, de gens qui n'ont aucune envie que leur vilain commerce parvienne aux oreilles de l'Inquisition ou d'un tribunal séculier et qui sont prêts à payer grassement le silence. (Elle tapa dans ses mains de bonheur et avoua :) Dieu, que je m'amuse ! Cela faisait bien longtemps que la vie ne m'avait réservé si réjouissante charade.

Alexia et Hermione échangèrent un regard interloqué.

– Analysons ces initiales, voyons si elles nous confient leurs secrets, décida Mary.

Durant la demi-heure qui suivit, elles s'interrogèrent à tour de rôle. L'initiale d'un prénom leur évoquait le souvenir de quelqu'un ou quelqu'une, mais celle du nom de famille ou d'origine ne convenait pas. Ou l'inverse.

– « H. d. F. », prit Alexia pour exemple. J'ai bien connu un Hughes de Falizan, mais il est trépassé d'une mauvaise fièvre à huit ans.

– Et moi une « A. P. », Adeline Percebois, une vieille repasseuse de mon ancienne abbaye de Castres, si courbée, sourde, et presque aveugle que notre mère l'avait autorisée à décéder paisiblement chez nous. La pauvre femme, offerte au monastère à l'âge de quatre ans, n'avait aucune famille et pas un sou vaillant, renchérit Mary de Baskerville.

– Quelque chose peut survenir ou nous revenir, les consola Hermione de sa voix grave et lente. Mémorisons ces initiales, ainsi que les symboles des « services rendus », si je puis dire, et restons vigilantes, l'oreille aux aguets.

Une litanie de lettres s'éleva dans l'herbarium durant une autre demi-heure, jusqu'à ce que chacune puisse les réciter sans erreur.

« A. P. », « C. d. D. », « T. d. F. », « d. H. », « G. K. », « M. B. », « X. d. T. », « E. d. I. », « G. d. L. », « J. G. », « H. d. F. », « M. d. M. », « B. P. », « V. d. G. », « U. J. », etc.

Cent seize, exactement. Cent seize victimes ou commanditaires de la délicieuse Blanche.

À la nuit échue, Urdin quitta la remise qui jouxtait les étables. Sidonie se hissa sur la pointe des pieds afin de poser son front sur sa poitrine. Elle ferma les yeux et murmura :

– Sois prudent, mon grand. R'deviens le loup que t'es et avance à pas de fantôme. Tarde pas trop. Nous autres, on t'attend pour l'coucher.

– J'serai pas long.

Le son crissant de ses pas qui meurtrissaient la neige s'amenuisa. Puis le point lumineux de son esconce disparut dans la nuit d'ouate blanche.

Sidonie referma le panneau et s'y adossa, contemplant ses compagnons serrés les uns contre les autres. Elle détestait le voir partir. Au fond, elle se l'avouait, sans doute était-elle un peu amoureuse d'Urdin. Beaucoup, même. Elle se tança. Grotesque avortone. Une naine et un homme-loup, la magnifique paire ! Toutefois, au creux de son âme, elle était une jeune fille et lui un homme encore jeune. Dans ses rêves elle était grande, élancée, ravissante. Urdin l'aimait en camarade, avec tendresse. Mais voilà : il ne l'aimait pas vraiment. Le cœur d'Urdin était tout entier empli d'une livide enfante qui ne tolérait pas la lumière du jour, si ténue soit-elle. Sidonie n'ignorait pas qu'il ne s'agissait pas d'un amour d'homme, mais d'un immense amour de père. Claire allait mourir. Tous le savaient. Urdin refusait de l'admettre et se battrait jusqu'à son dernier souffle afin de l'éviter. Cette inévitable issue brisait le cœur de Sidonie. Urdin y survivrait-il ? En aurait-il seulement envie ? Elle n'en était pas certaine. Il avait tant souhaité que sa vie entière tourne autour de Claire, tant œuvré pour cela. Sidonie en comprenait fort bien la raison : rien d'autre n'existait autour de quoi elle aurait pu tourner.

Son frère se leva, l'arrachant à ses sombres pensées. Éloi jeta sur ses épaules la courte cape en peau de bique qu'il s'était confectionnée, alluma une esconce à la cheminée et lança :

– Ça va. L'gars a pris assez d'avance. J'lui emboîte le pas. Faut pas qu'y découvre que j'le veille comme un enfançon. Y serait vexé.

L'allégresse, la force revenaient à Urdin au fur et à mesure qu'il s'enfonçait dans les souterrains puants. Il pouffa. Dieu du ciel, il en était venu à tant dépendre de cette enfante que la tête lui tournait. Il n'y avait pas de vie sans elle. C'était une belle consolation, puisqu'il n'y avait pas eu de vie avant elle. Elle ne mourrait pas. L'homme en noir avait donné sa parole et Urdin veillerait à ce qu'il la tienne. Après tout, il avait torturé à ses ordres. Il tuerait cette Anne, sans hésitation, dès qu'il mettrait la main sur elle. Il repousserait la mort loin de

Claire avec l'aide du cavalier noir. Cette putride catin de mort avait refusé de prendre Urdin lorsqu'il avait été abandonné à crever dans la forêt. Pourquoi s'acharnerait-elle maintenant sur ce qui le tenait en vie ?

L'homme-loup dénoua le lien qui fermait le col de son chainse. Claire aimait enfouir son visage dans son long pelage soyeux. Elle s'amusait à enrouler les poils en mèches autour de son index. Il inspira longuement tant son cœur s'emballait, avant de faire pivoter le mur de pierres qui lui barrait encore la route.

Dehors, Éloi avait recouvert son esconce par prudence. Les doigts pincés sous ses aisselles afin de les réchauffer, il patientait en silence, adossé à un arbre, non loin du monticule de cailloux qui dissimulait l'entrée extérieure des souterrains de l'abbaye. La persistante tristesse, contre laquelle il parvenait à lutter durant le jour, profitait de la nuit glaciale et solitaire pour le reprendre d'assaut. Il les aimait bien, Urdin et Évrard. Quant à Sidonie, il l'adorait. Claire ? Elle était autre. Au fond, Claire était une mission, un but. Les hommes ne vivent pas sans but. Ils se contentent de survivre.

En dépit de sa brutalité de paroles, de son goût pour les plaisanteries grasses, la finesse de son esprit n'épargnait pas Éloi. Il jouait avec talent au mariolle et au hâbleur. Il cabotinait avec génie pour leur amusement à tous, par respect pour eux. Les quatre autres n'avaient nul besoin de sa souffrance et de son accablement, de sa rage intermittente non plus. Ils supportaient déjà les leurs.

Un écho, non loin. Éloi se redressa et passa derrière le tronc. Deux lueurs d'esconces dansaient dans l'obscurité à hauteur d'homme. De femme, ainsi qu'il le découvrit bien vite. La silhouette maigre de la vilaine fouine se dessina avec netteté. Éloi se demanda si elle avait suivi Urdin ou lui avant de songer que la réponse n'avait aucune importance : le mal était fait. Dès que la laide Ferrand aurait une certitude concernant leur escapade, elle préviendrait l'abbesse et ils seraient jetés dehors. Claire. Mon Dieu, Claire ! Claire que la pénombre de la pièce dérobée protégeait, qui ne supporterait pas le jour, même cloîtrée dans un fourgon bâché. Claire qui s'étiolerait à nouveau, qui mourrait sans un gémissement pour ne pas les attrister davantage.

Éloi crispa les mâchoires, se creusant la tête dans l'espoir que surgisse une solution. Le manège de la portière l'intrigua bien vite. Éclairée par les deux lampes à huile, Agnès Ferrand tournait autour de la motte de pierres recouverte de lierre. Sans doute Urdin, dans sa hâte à rejoindre Claire et assuré de la complicité de cette nuit de neige, n'avait-il pas pris soin de rabattre la végétation afin de dissimuler l'ouverture du boyau qui s'enfonçait sous terre. Éloi vit la religieuse pénétrer à demi, puis ressortir. Seulement éloigné d'elle de deux toises, il eut la nette impression qu'elle souriait. Un vilain rictus de hyène. Elle inclina la tête à droite, puis à gauche, plissant les lèvres de concentration, semblant hésiter sur la conduite à adopter. Elle s'éloigna enfin de quelques pas et Éloi retint un soupir de soulagement. Enfin, elle réintégrait l'abbaye. Il se trompait. Levant haut ses esconces, Agnès Ferrand tourna sur elle-même, cherchant une cachette d'où épier la suite. L'énorme souche d'un arbre abattu la séduisit. Elle l'enjamba avec difficulté, remontant sa robe sur ses cuisses maigres, puis se tassa derrière. Caché par son tronc protecteur, Éloi voyait apparaître le petit visage exécrable entre la souche et la neige. S'était-elle allongée au sol ? La mauvaiseté la rendait capable de supporter le froid mordant pour accomplir son projet venimeux. Le halo lumineux disparut, le visage aussi. Elle venait de rabattre les volets de ses esconces afin que leurs lueurs ne trahissent pas sa présence.

Mille pensées tournoyaient dans l'esprit d'Éloi. Que faire pour prévenir Urdin avant qu'il ne ressorte ? Comment écarter cette verrue de bonne sœur ? Comment rejoindre l'abbaye et prévenir les autres qui, peut-être, auraient une idée pour tirer l'homme-loup de ce mauvais pas ? Cependant, s'il s'écartait du large tronc contre lequel il était plaqué, elle le découvrirait. Il sembla à Éloi que le temps s'arrêtait, ou plutôt qu'il s'écoulait avec une infinie lenteur. Le froid lui remontait dans les jambes, l'engourdissant peu à peu. Un moment, il songea à se précipiter sur elle, afin de la rouer de coups, de l'assommer. Mais c'était le supplice et la mort assurés pour lui et sans doute pour les autres. Jamais. Pas Sidonie. Il avait juré sur son âme de la protéger toujours. D'autant que, sans eux, Claire trépasserait elle aussi. Une immense tendresse abolit un instant son affolement. Il ne s'agissait pas que de mots lancés afin de se rassurer. De fait, tous étaient liés au point de ne pouvoir survivre sans les autres. Une sorte d'animal chimérique, d'hydre constituée de cinq vies humaines saccagées, si amputées que leur persistance n'aurait tenu qu'à un fil si elles avaient été isolées. En revanche, l'hydre réunie vivait. Elle était décidée à ne pas se laisser mourir.

Le cinglement des feuilles roidies par le gel. Urdin ressortait, son esconce à la main. Entre la lueur dispensée par la lune et la lumière de sa lampe à huile, Éloi le vit avec netteté, tout comme cette mauvaise punaise de baptistère. Il ne pouvait crier afin d'avertir son compagnon. C'était trop tard. Il demeura immobile, regardant la silhouette de son ami s'amenuiser en direction de la porterie des Fours.

Plusieurs minutes s'écoulèrent. Urdin devait avoir réintégré la remise, s'enquérir de son absence. Éloi pria pour que Sidonie et les autres ne lui révèlent rien, sans quoi l'homme-loup reviendrait alors sur ses pas afin de lui prêter main-forte.

La tête vidée, il attendait il ne savait trop quoi. Le sifflement hargneux d'une dame blanche [1], dont l'aile frôla presque son crâne, le fit frémir. Il s'apaisa. Les animaux ne l'avaient jamais blessé. Seuls les hommes l'avaient fait saigner en dedans.

Une lueur naquit non loin de lui. La peste en robe de bure avait repoussé les volets de ses esconces. Il la vit grimper par-dessus la souche et s'avancer vers le monticule de pierres. Elle n'hésita qu'une seconde avant de disparaître dans le boyau. Fallait-il que la malfaisance la tienne pour braver ainsi l'inconnu !

Éloi attendit encore, tergiversant, priant pour qu'elle ressorte. Soudain, un étrange phénomène se produisit :

---

1. Chouette effraie.

il cessa de penser. Plutôt, il cessa de se ronger les sangs avec des hésitations, aussi ineptes les unes que les autres. Les dés avaient été jetés par autre que lui-même, à nouveau. Éloi et ses quatre compagnons avaient toujours hérité des jeux des autres, subi leurs règles. Ils n'avaient jamais eu l'opportunité de la décision, jusqu'à ce qu'Urdin abatte le gros porc de montreur. Peut-on être tenu coupable de ce que l'on n'a pas décidé, choisi ? Peut-on être blâmé pour s'être contenté de réagir en s'accommodant du peu de liberté que les autres n'étaient pas parvenus à vous arracher ?

Confiant dans son habitude du souterrain, de la nuit, il décida de ne pas révéler sa présence et garda rabattus les volets de son esconce. Telle une ombre, il suivit Agnès Ferrand. Pour une fois, les odeurs pestilentielles furent ses alliées, les rats qui filaient entre ses pieds également. Les remugles devenaient de plus en plus incommodants à mesure que l'on progressait vers l'avenue centrale des souterrains. Quant aux rats, ils s'y massaient en grappes afin de se repaître de déchets des cuisines. Éloi bifurqua, s'orientant grâce à eux. À une bonne toise et demie devant lui, les deux lueurs, immobiles. Il recula de trois pas et se rencogna contre le mur. Parvenue à l'embranchement, Agnès Ferrand hésitait, donnant des coups de pied dans l'eau fangeuse pour écarter les rongeurs de ses chevilles. Éloi s'étonna à peine de la témérité de la sœur portière, qui ne reculait pas devant l'inquiétant gouffre sombre dans lequel elle s'aventurait pour la première fois. Même l'eau malodorante, mouvante des milliers de rats qui s'y faufilaient, ne la rebutait pas. Il le savait pour l'avoir souvent expérimenté : la haine donne des ailes, tout comme l'amour. La haine est un poison de l'âme qui oblitère la peur, le remords. L'amour aussi, sans doute. Toutefois, l'amour crée. Pas la haine. La sœur portière avança avec lenteur dans l'étroit boyau qui menait à la chambre de Claire. Éloi ferma les yeux en prière. Il se crut exaucé lorsque la Ferrand rebroussa chemin pour rejoindre l'avenue centrale. Elle avança de quatre ou cinq toises, levant ses esconces afin de se diriger puis pila. Elle revint en arrière d'un pas décidé et s'engouffra dans le malaisé boyau. Éloi patienta à l'entrée, tendant l'oreille. L'écho des vaguelettes entraînées par le bas de la lourde robe de la religieuse mourut. Elle s'était arrêtée devant le mur et devait contempler la maçonnerie. Les ouvertures successives de la porte dérobée avaient dégagé les joints, au point que l'on devinait maintenant la silhouette du panneau pivotant. Éloi l'imagina comme s'il la voyait. Un petit sourire mauvais et satisfait étirant ses lèvres dépourvues de générosité. Une onde brutale souleva la surface de l'eau vaseuse. Elle venait de pousser le panneau de pierre. La main d'Éloi remonta involontairement vers le couteau à dépecer pendu à la ceinture de sa tunique. Le contact du manche de corne le fit frissonner. Il n'avait jamais tué de créature humaine. Comment supporter d'occire une servante de Dieu ? La main retomba. Servait-elle Dieu, cette âme desséchée et sans bienveillance ? Le Divin Agneau avait-Il besoin qu'un être dépourvu de compassion et d'amour Lui rende grâce et brandisse Son nom tel un étendard ? Une crainte mit terme à ses questions. Qui était-il, lui, le nain, pour en juger ? Qui était-il pour se substituer au jugement du Christ Sauveur ? Oui, mais et si… S'Il était las que l'on bafoue Son nom et Son message, que l'on s'en serve pour dissimuler la pingrerie des sentiments, la médiocrité de l'âme et l'étroitesse de l'esprit ? Et si tout cela avait été ourdi afin de mettre un terme à une honteuse mascarade ? Éloi devenait alors l'instrument de Dieu. L'hypothèse ne le convainquit qu'à moitié.

Un cri aigu, un cri de terreur absolue mit fin à ses tergiversations. Il fonça, l'eau répugnante l'éclaboussant jusqu'au front. Dans la semi-pénombre de la vaste pièce, Agnès Ferrand avait tiré Claire hors de son lit. L'enfante se débattait, suppliait. Il sembla à Éloi que son esprit se détachait de son corps, flottant haut, à frôler les pierres de la voûte du plafond. Il entendit, comme dans un rêve :

– Monstresse, démoniaque, éructait la portière. Je le savais, je le savais ! Elle va voir, cette gourde d'abbesse ! Elles vont toutes voir que j'avais raison. Suppôts du malin que vous êtes tous ! Haut et court ! Vous serez tous pendus haut et court, aux fourches patibulaires, engeance de vous ! Sors ! Sors, te dis-je, et rencontre tes juges. Lève-toi, à moins que tu ne préfères que je te traîne, et te noie dans l'eau putride des souterrains. Peut-être les rats, eux, te trouveraient-ils à leur goût ? Ils sont peu regardants. Sale fille ! Pourriture ! Démone ! Lève-toi, car je te tirerai par les cheveux s'il le faut !

– Je ne peux pas sortir, madame ma sœur. De grâce, supplia Claire, terrorisée. Cela me tuerait.

– Il en serait ainsi plus rapidement fait de toi, s'esclaffa Agnès Ferrand, au comble de sa crise nerveuse.

Une volée de gifles s'abattit sur l'enfante tassée au sol. Des coups de pied suivirent. Agnès Ferrand attrapa la très jeune fille aux cheveux.

Les lames d'un jeu de tarot étaient éparpillées au sol. Une seule était retournée. L'esprit d'Éloi qui caressait les aspérités de la maçonnerie la distingua avec netteté. L'arcane sans nom. La mort. L'esprit commanda à la gorge d'Éloi, toujours immobile. Il déclara d'un ton paisible :

– Lâchez-la. Elle a jamais fait de mal, jamais blessé la plus p'tite âme. Le jour la tuera.

La portière tourna la tête, sans lâcher les cheveux de nuage de l'enfante qu'elle tirait sans ménagement et bafouilla, hors d'elle, l'écume aux lèvres :

– Tais-toi, vilain gnome ! J'ai toujours affirmé que vous étiez des maudits. Cette insondable idiote d'abbesse a refusé de me croire, au point de me renvoyer de MON abbaye ! Je mérite mille fois plus qu'elle d'en devenir la mère.

Une autre rafale de gifles plut sur le visage livide de Claire qui sanglotait, tentant malhabilement de se protéger de ses bras repliés sur sa tête. D'autres éructations :

– Lève-toi, répugnante avortonne. Pendue ! Le délectable spectacle.

Il se sentait bien, l'esprit d'Éloi, tout là-haut, collé aux blocs de pierres de la voûte. Il y serait bien demeuré. Pourtant, un détail l'obsédait. Cette lame, la treizième, la mort. À l'évidence, elle signifiait quelque chose d'important.

L'esprit réintégra, presque à regret, le petit corps musculeux qui patientait en bas. Agnès Ferrand avait attrapé les chevilles de Claire et la traînait vers le boyau. L'enfante ne criait plus, n'implorait plus. Elle pleurait sans bruit, sans protester. Habituelle victime désignée de haines qu'elle n'avait jamais provoquées. Une infinie tendresse bouleversa le cœur d'Éloi. Une phrase si jolie, qu'il se demanda comment elle avait pu germer dans son esprit, s'imposa : Pour que vive l'innocence. Il s'entendit ordonner d'une voix sans appel :

– Fous-lui la paix. Laisse-la vivre. Que t'importe, ma sœur en Jésus-Christ. Pour l'amour de Dieu.

Une nouvelle fureur redressa Agnès Ferrand qui ne s'appartenait plus. Elle se rua vers Éloi et feula :

– Culot de portée ! Contrefait ! Dégénéré ! Qui t'autorise à me tutoyer et à me nommer ta sœur ? Ta sœur va se réjouir de te voir te balancer au bout d'une corde, aux côtés des quatre autres.

Le couteau à dépecer fut dans la main d'Éloi, sans même qu'il le sente. La lame partit, impitoyable et animée d'une volonté propre. Très loin, le hurlement de Claire :

– Non ! Je t'en supplie, Éloi !

La lame pénétra dans les chairs. Elle ressortit, si rouge, puis replongea à nouveau.

La stupéfaction remplaça la rage meurtrière qui convulsait le visage de la portière. Elle baissa le regard vers la tache rouge qui s'élargissait sur le devant de sa robe blanche et murmura :

– Cela ne se peut.

Agnès Ferrand s'affala au sol, chuchotant toujours : « C'est impossible. » Son agonie fut brève. Aucune prière ne l'accompagna.

Tremblante, Claire se releva et épousseta son chainse d'un geste machinal en s'avançant vers le nain.

– Doux Jésus, qu'allons-nous faire ? demanda-t-elle en fixant Éloi d'un regard dans lequel le soulagement le disputait à la terreur.

– Nous débrouiller, à l'habitude, soupira-t-il en repoussant avec tendresse une mèche de cheveux blonds qui voilait le visage de l'enfante. J'dois aller prévenir les autres, Claire. Reste ici, sors sous aucun prétexte.

Elle hocha la tête avec véhémence en signe de dénégation et bafouilla :

– Je ne veux pas rester avec elle. Je les sens, ceux de l'enfer, qui s'agitent pour réclamer sa vilaine âme. Ils seront là sous peu.

– Y peuvent pas t'atteindre, tu l'sais bien. Ils glissent sur la pureté.

– Quand même, ils me terrorisent. Reste avec moi, le temps qu'ils l'entraînent avec eux. De grâce.

Il caressa la joue livide et acquiesça :

– J'ai pas de pelage soyeux à t'offrir comme l'Urdin, mais r'garde mes bras comme ils sont forts. Ils peuvent te bercer toute la nuit si tu l'souhaites. Aucun chagrin n'peut lutter contre ces bras-là.

– Juste le temps qu'ils obtiennent ce qui leur revient. Ils partiront bien vite ensuite. Entends-tu leur grondement qui se rapproche ?

Il ne le percevait pas mais ne doutait pas une seconde qu'elle le puisse.

Éloi s'installa à ses côtés sur le lit et elle se blottit contre lui. Les tremblements qui agitaient son petit corps maigre s'apaisèrent peu à peu. Il comprit soudain l'amour et la sorte de fascination qui liaient l'homme-loup à l'enfante. Durant ces instants suspendus dans le temps, lorsqu'il calmait les peurs de l'enfante, il existait. L'univers ne pouvait plus rien contre eux. Enfin, Claire l'autorisa à la quitter afin d'aller quérir les autres.

Le chagrin accablait Marguerite Bonnel. Le sommeil la fuyait depuis le décès de Rolande. Des gloussements ponctuaient parfois les sanglots qui l'étouffaient. Dieu comme elles avaient fait les folles lorsque sa cadette était encore fillette. Leurs parties de cache-cache, de pigeon-vole, les histoires à dormir debout, mêlant dragons, princesses, elfes et lutins, que Marguerite inventait au soir pour endormir la petite fille. Pourquoi tout était-il devenu soudain si laid, si effrayant ? Elle était maintenant désespérément seule, elle qui avait cru en terminer avec la solitude en quittant son ancien couvent de Clairmarais pour rejoindre Rolande à sa demande. Quel bonheur de la revoir enfin, après toutes ces années de séparation, de rejoindre pour un temps leur magnifique passé que les années n'avaient jamais terni. Elles étaient tombées dans les bras l'une de l'autre dans le parloir, se saoulant de mots, profitant de cette courte tolérance de bavardage profane avant de rejoindre le cloître. Elles s'étaient interrompues de « Et te souviens-tu, quand… ? » ; « Et te rappelles-tu ce petit chemin… ? » ; « Et l'étang, lorsque nous surveillions la métamorphose des têtards… ? », et… et Rolande avait trépassé, la laissant solitaire, en proie à ce froid intérieur qui lui remontait dans le ventre. Sortir d'ici. Sortir de son minuscule bureau de l'hôtellerie dont les murs paraissaient se rapprocher sournoisement pour la broyer. Il lui semblait que l'air se raréfiait, qu'il se dérobait. Elle passa son escoffle doublée de lapin élimé. Des noms défilèrent dans son esprit, des visages, aucun ne convenant. Enfin, le sourire avenant et enjoué d'Élise de Menoult, sœur chambrière, s'imposa. Rejoindre Élise, l'allégresse qui transparaissait sous chacun de ses mots, de ses gestes. Se repaître d'un peu de chaleur et de cordialité, même si la chaleur ne pouvait plus persister. La chaleur était morte avec Rolande.

Une fois dehors, dans le pingre matin laiteux, Marguerite interpella une novice qui traversait les jardins du cloître. La jeune fille, intimidée, lui répondit avoir croisé la sœur chambrière qui se dirigeait vers l'infirmerie. Des petits papillons de neige tombaient sur son visage gracieux, lui faisant cligner des yeux. Elle se plia en révérence et trottina vers le noviciat. L'hôtelière reprit sa progression à pas lents et lourds. Elle avait aimé Dieu toute sa vie, presque autant que Rolande. Cet amour l'avait portée, l'avait préservée des aigreurs, des mauvaises pensées, sans même qu'elle dût fournir un effort pour les éviter. La Lumière était en elle et la comblait. Où donc avait fui la Lumière ? Pourquoi avait-il fallu qu'elle disparaisse soudain et à jamais ?

Elle s'engouffra dans le passage ménagé entre l'escalier, qui montait au dortoir des moniales, les étuves et le chauffoir, puis déboucha dans les jardins de l'infirmerie. Les deux nains protégés de l'abbesse s'inclinèrent sur son passage. Elle ressentit soudain l'impérieuse envie de leur dire quelques mots. Après tout, n'étaient-ils pas frères en misère ? Elle, eux. Du moins eux avaient-ils eu le temps de s'accoutumer à leur désespoir. Ne sachant quel sujet aborder, elle lança :

– Allez-vous bien ?

– Si fait, madame ma sœur, répondit la naine en baissant la tête.

– Je… J'approuve de tout cœur la bienveillance de notre excellente mère à votre égard. Elle est bonne, soyez-en certains. Elle s'efforce de rétablir ici-bas, dans notre petit coin de terre, un peu de justice. Montrez-vous-en reconnaissants. Dieu… Il ne peut s'occuper de chacun et de tous à tout instant. Il nous revient la charge de L'aider de nos efforts.

Un regard noisette se riva au sien, sérieux et pénétrant. Éloi répondit d'une voix amie :

– Nous lui en sommes infiniment r'connaissants, m'dame ma sœur. À jamais. Pour nous, pauv'es déformés sans défense, elle a bravé de vilaines mâchoires. Pour ça et pour l'reste, elle est bénie.

– Amen, approuva Marguerite en refoulant les larmes qui lui piquaient les yeux. Je… Je cherche notre bonne sœur chambrière. Elle est charmante, le sourire toujours aux lèvres… peut-être la connaissez-vous.

– Si fait, répondit Sidonie. Un éclat d'soleil au plein de l'hiver. Ça manque souvent.

Marguerite pouffa :

– Quelle jolie description dans laquelle je la retrouve à la perfection. L'avez-vous aperçue ce tôt matin ?

– Oui-da. M'a paru qu'elle allait bon train vers la bibliothèque ou la salle des r'liques. J'sais pas trop. La bonne sœur nous a adressé un p'tit signe, comme à son us.

– Ah ? Eh bien, je m'en retourne sur mes pas, en ce cas. Une bonne journée à vous. Servez loyalement notre mère.

Songeuse, Mary de Baskerville contemplait la pierre tombale sous laquelle reposait Rolande Bonnel. Un simple bloc de pierre gris tendre, gravé sans art et à la hâte par un serviteur laïc, en attendant qu'arrive celle que l'on commanderait – dès que la neige aurait fondu – au tailleur de pierre de Mortagne. Sous les initiales de la dépositaire, une épitaphe en abrégé : « Rej m ars, D et m b-ai M ». L'Angloise jongla avec les mots tronqués avant de parvenir à une traduction qu'elle espérait fiable : « Je rejoins mes amours, Dieu et ma bien-aimée Marguerite ». Fiable : peut-être. Déroutante : à n'en point douter. Aux dernières nouvelles, Marguerite Bonnel était bien vive. Il était vrai que tant des femmes d'une même famille héritaient du prénom d'une ancêtre. Les prénoms féminins étaient peu variés puisqu'on se préoccupait moins de nommer les femelles. D'autant que rien ne pouvait exclure une faute de la part du graveur improvisé, sans doute un forgeron ou un menuisier réquisitionné pour l'occasion, ne sachant ni lire ni écrire et se contentant d'imiter les lettres du modèle qu'on lui offrait. Toutefois, la perplexité de madame de Baskerville méritait des éclaircissements.

Marguerite Bonnel gravit en soufflant les quelques degrés qui montaient au vestibule ouvrant sur la salle de lecture. On y suspendait les pèlerines trempées et on y ôtait parfois ses socques boueuses afin de ne pas risquer d'endommager les livres ou de traîner de la boue sur le parquet ciré de la bibliothèque. Une escoffle était pendue. Marguerite se déchaussa en hélant :

– Élise ? Êtes-vous là ? Je m'en voudrais de vous déranger durant une consultation.

Seul l'écho de sa voix lui répondit.

Marguerite poussa les deux battants qui menaient à la salle de lecture. D'abord, durant un infime instant, son sourire se figea de déception. La femme qui la contemplait, assise dans une chaire, n'était pas Élise, mais une autre sœur qu'elle n'appréciait guère. Pourquoi une large tache rouge-brun maculait-elle tout le devant de sa robe blanche ? Ensuite, elle comprit que les yeux qui la fixaient étaient morts. Elle songea qu'ici et maintenant était l'enfer. Les lattes du plancher foncé l'attirèrent à elles. Elle s'écroula. Bienveillante inconscience.

Alertée par les exclamations outrées d'Adèle Grosparmi, Plaisance de Champlois sortit de son bureau.

– Vous ne monterez pas, vous dis-je ! Où vous croyez-vous ? Qui vous croyez-vous pour exiger ainsi audience de notre mère ? Elle est bien trop bonne, si vous voulez mon sentiment, et vous êtes du genre à avaler la main qui vous tend le pain.

Sidonie, poings sur les hanches, nullement décidée à s'en laisser remontrer, rouge de colère, criait en retour :

– Elles sont mortes, j'vous dis ! Toutes les deux. Si c'est pas une pitié d'être si butée qu'une buse !

Une onde glacée noya le cerveau de Plaisance. Elle dévala l'escalier qui conduisait au bureau de sa secrétaire et à l'ouvroir. Dès que l'abbesse fut à sa hauteur, la naine se précipita vers elle, enserrant sa taille de ses bras, posant son front sous sa poitrine, en chuchotant :

– Oh, m'dame ma mère. C't'affreux ! Elles sont trépassées. Faut v'nir sur l'instant. Dans la bibliothèque.

Plaisance, sans même l'interroger, fonça à sa suite. Durant le temps de leur course, Sidonie expliqua d'une voix hachée :

– Avec l'Éloi, on a vu m'dame Marguerite se rendre à la bibliothèque. Nous avait d'mandé où qu'elle pourrait trouver la gentille dame Élise. Comme elle r'sortait pas, on s'est inquiétés. Alors, j'suis allée j'ter un œil. Et… Ben, c'était pas beau.

– Élise est…, bafouilla l'abbesse, incapable de terminer sa phrase tant cette perspective l'horrifiait.

– Nan, l'autre. Sauf votre respect, vaut bien mieux que c'soit sur elle que c'tombé. M'dame Ferrand, j'crois bien qu'c'est son nom, à la portière. Enfin, feu la portière.

Plaisance s'en voulut de l'immense soulagement qu'elle ressentit. Élise de Menoult était sauve.

Elles pénétrèrent en trombe dans la salle de lecture. Marguerite gisait au sol, sur le flanc. La jeune abbesse s'agenouilla à ses côtés, osant à peine la retourner de crainte de découvrir une horrible blessure. Une prière de gratitude lui monta aux lèvres lorsqu'elle constata que la sœur hôtelière respirait, faiblement.

– Sidonie, ma bonne, fonce chercher madame de Baskerville et madame de Gonvray. Tu sais, les deux apothicaires. Marguerite n'est qu'évanouie. Agnès..., poursuivit-elle sans lever le regard vers la défunte assise, eh bien... il est trop tard. Fais vite, je t'en conjure.

Une fois la jeune fille disparue, Plaisance de Champlois s'assit à côté de Marguerite, lui tapotant la main, la conjurant de revenir à la conscience. Il lui sembla que le souffle de l'hôtelière s'accélérait un peu.

Mary de Baskerville la rejoignit la première. L'abbesse ouvrit la bouche, mais l'Angloise l'interrompit d'un geste, en précisant d'une voix calme :

– Je sais. Votre petite protégée m'a tout expliqué. Elle est partie ensuite à la recherche d'Hermione. Permettez, ma mère. À défaut de sels, parons au plus urgent.

Avant que l'abbesse n'ait eu le temps de protester, l'apothicaire releva le torse de Marguerite et asséna deux claques brutales à sa sœur en pâmoison. Le rose revint aux joues de l'hôtelière qui toussa en s'étranglant et ouvrit des yeux effarés. Son regard effleura le cadavre d'Agnès Ferrand et elle bredouilla :

– C'est un cauchemar, n'est-ce pas ?

– Non, la détrompa laconiquement la nouvelle apothicaire.

Une cavalcade dans le vestibule. Hermione déboula, suivie de Sidonie, hors d'haleine.

– Ma bonne Marguerite, commença Plaisance. Suivez, je vous prie, Sidonie, qui vous mènera en cuisines afin que l'on vous réconforte d'un verre d'hypocras. Si vos malaises persistaient, de grâce, rendez-vous à l'infirmerie.

– Mais je… je me sens mieux… la surprise, le choc… Je puis vous aider et…

– C'est un ordre, ma chère bonne, ajouta l'abbesse d'un ton doux mais ferme. Toutes deux, poursuivit-elle en posant un regard lourd sur Sidonie, pas un mot aux autres de ce que vous avez découvert céans. Nous n'avons pas besoin que les pires rumeurs gonflent et se propagent.

Les deux femmes acquiescèrent d'un signe de tête et sortirent.

Mary de Baskerville tournait autour du cadavre d'Agnès Ferrand, la bouche crispée de concentration.

– Si j'en juge par les entailles qui déchirent sa robe, elle a été poignardée à deux reprises, et pas ici. Je ne vois nul sang au sol. Elle tient un large couteau ensanglanté dans la main droite – pouvant figurer un glaive –, serre dans la main gauche une plume et est donc assise. L'agencement me suggère la lame de la justice, l'arcane huit du tarot.

– Que signifie-t-il ? s'enquit Plaisance en s'approchant d'elle.

– C'est là que le bât blesse, si je puis me permettre cette expression. Pas seulement là, au demeurant.

– Votre pardon ?

– La justice ne symbolise pas vraiment ce que son nom pourrait laisser supposer. C'est la vie éternelle, l'équilibre des forces déclenchées, le résultat des actes. C'est également la loi et la discipline. Nous sommes donc loin de l'idée de châtiment évoquée par les lames illustrant les deux premiers meurtres.

– La justice n'était-elle pas représentée accompagnée d'une bilance ? intervint Hermione de Gonvray qui inspectait la robe et le voile blancs de la trépassée.

Elle s'exhortait à la compassion, sans grand succès, et tentait d'écarter les peu charitables pensées qui l'assaillaient. Aucune des moniales, sauf peut-être Adélaïde Baudet, la sœur cherche, ne regretterait Agnès Ferrand, ses incessantes pesteries, sa morgue et sa jalousie. Son visage gris semblait encore plus mesquin mort que vif. Sa lèvre inférieure était tombée, laissant apparaître des dents d'un jaune verdâtre, déchaussées, et vilainement saillantes. Un minuscule amas duveteux, prisonnier du sang séché qui raidissait le devant de la robe de la défunte, attira son attention. Sans comprendre ce qui motivait son geste, Hermione le récupéra avec discrétion et le dissimula dans sa manche.

– Si fait, approuva l'Angloise. Or, une plume remplace la bilance en question. La plume de Maât [1], qui équilibrait les plateaux de celle du tribunal d'Osiris. En d'autres termes, nous avons affaire à un être qui connaît infiniment mieux la mythologie et les symboles que nous ne le supposions. Les deux premières mises en scène étaient plus approximatives. Nombre des attributs majeurs de chaque arcane étaient fautifs : la jambe du pendu, la place de la tête décapitée, d'autres encore. L'on ne s'était pas donné la peine d'y trouver d'habiles substitutions symboliques. (Mary de

1. Déesse égyptienne de la Justice et de la Vérité, qui personnifie le souffle de la vie. Sa coiffe est ornée d'une plume d'autruche.

Baskerville sembla réfléchir et conclut d'une voix allègre :) À moins qu'on ne les connût pas ?

– Pourquoi, alors, les aurait-on sues dans ce cas ? argumenta Hermione.

– Votre avis ?

– Oseriez-vous insinuer qu'il ne s'agit pas des mêmes meurtriers ? s'affola Plaisance.

– Ajoutez ce que nous savons déjà à cette soudaine précision dans la connaissance des lames, ma mère. Récapitulons : tout indique un agresseur de grande force physique, ou plusieurs dans le cas de Blanche, car une femme seule n'aurait pu hisser son corps. En revanche, il a fallu défoncer le crâne de Rolande en la surprenant par-derrière – tout comme Blanche – pour parvenir à la décapiter *post mortem*. Ce détail suggère un meurtrier de force comparable à la victime, couard de surcroît. Qu'avons-nous aujourd'hui ? Une femme de belle santé, poignardée de face puis transportée sans que le dos de sa robe, ni l'arrière de son voile ne puissent laisser croire qu'elle fut traînée. En d'autres termes, elle a été portée jusqu'à la bibliothèque. Nous nous retrouvons donc à nouveau avec un assassin de grande puissance… ou plusieurs.

– Selon vous, cette dernière lame n'est pas cohérente avec les deux premières qui furent utilisées. Pourquoi donc cette mascarade, hormis pour nous induire en erreur ? demanda Hermione.

– Voyez-vous, ma très bonne, je crois que les deux premières lames étaient véritablement des messages, des justifications du ou des meurtriers élaborées à la va-vite mais en référence à quelque chose de précis. Le détestable mystère qui environne la prétendue madame de Cerfaux renforce ma conviction. Néanmoins, si nous passons en revue les lames restantes du tarot, il n'en est plus beaucoup qui puissent permettre une mise en scène aisée, avec les moyens du bord, et surtout évocatrice du tarot. Si ce n'est la Justice. Selon moi, elle a été choisie pour son côté… artistique et non pas pour sa signification. Si je puis dire. Sans offense envers la défunte.

– Quoi qu'il en soit, nous n'avons guère avancé en élucidation, reprocha Plaisance.

– Plus que vous ne le pensez, ma mère. Saviez-vous que Rolande, donc Marguerite également, avaient un frère, Monge, décédé ?

– Non pas, s'étonna l'abbesse. Rolande ne l'a jamais évoqué, pas même lorsque je lui parlais de mon jeune frère, qui porte le même prénom. Comment l'avez-vous appris ?

– En allant discuter avec le maçon chargé de graver la plaque funèbre temporaire.

– En quoi cela nous avance-t-il ? demanda Hermione, perplexe.

– Je l'ignore. Toutefois, cette bonne Rolande, que tout le monde décrit comme laborieuse et tatillonne, le nez plongé dans ses colonnes de chiffres, bref sans imagination aucune, est bien… surprenante, soupira Mary de Baskerville.

– De grâce, expliquez-vous ! la pressa Plaisance.

– N'est-il pas bien étrange que Rolande soit allée, la veille de son meurtre, rendre visite à ce maçon afin de lui confier le modèle de l'épitaphe qu'elle souhaitait voir figurer sur sa tombe ? « Je rejoins mes amours, Dieu et mon bien-aimé Monge. » Devant l'étonnement du bonhomme, elle a prétexté un mauvais rêve, une peccadille superstitieuse afin de justifier son geste surprenant.

– C'est invraisemblable, s'énerva l'abbesse. Cela reviendrait à dire que… que…

– Qu'elle savait que sa fin était proche, en effet.

Un silence de sépulcre s'abattit dans la bibliothèque, chacune se dévisageant à tour de rôle, comme si un secret se terrait dans l'un des trois regards. Hermione songea qu'il s'agissait d'un silence hostile, qui s'imposait à elles sans qu'elles le veuillent. L'un de ces silences qui précèdent les tempêtes les plus dévastatrices. Elle y mit terme :

– Or Rolande avait belle santé. Je ne crois pas me souvenir qu'elle ait jamais eu recours à mes potions, à mes onguents, à mes embrocations [1] ou à mes maturatifs [2]. C'est donc qu'elle n'ignorait pas que ladite fin serait violente. Il ne s'agit sans doute que d'une coïncidence, et je serais bien déhontée d'en tirer des conclusions hasardeuses, mais vous souvenez-vous de deux des initiales retrouvées sur la liste dissimulée dans le touret de Blanche : « M.B. » Monge, Marguerite Bonnel ?

---

1. Préparations huileuses appliquées localement, le plus souvent apaisantes.

2. Préparations destinées à faire « mûrir » les abcès afin de les vider.

Abbaye de Dame-Marie, Perche,
février 1308, le jour même, à la nuit

La perfide séduction du combat. Monsieur de Villanova n'avait songé qu'à cela depuis deux heures qu'il était inconfortablement installé dans les ténèbres et le froid. Le combat : une potion miraculeuse et trompeuse qui fait oublier l'âge, la douleur, la peur et même la raison si l'on n'y prend garde. Il attendait, préparait cette lutte depuis si longtemps qu'il en venait presque à regretter son imminente survenue. Au fond, ne lui devait-il pas la vie, ses moments d'énergie, bien davantage qu'aux préparations dont il avait le secret, un secret qui disparaîtrait avec lui et que nombre de toxicatores [1] lui auraient envié, l'eussent-ils soupçonné. L'infime différence entre un pouls qui bat à nouveau avec force et un cœur qui ralentit, entre la vie et la mort.

Que ferait-il ensuite ? Quelle urgence saurait le porter encore un peu ? La vie avait cessé de l'éblouir et de le surprendre depuis bien longtemps. Soixante-dix-sept ans. Une interminable répétition de jours qui, sans

1. Empoisonneurs.

cette lutte, l'aurait lassé aux larmes. Avait-il déjà trop vécu ? Peut-être allait-il mourir sous peu. Il huma la vive odeur qui l'environnait, mélange de poisson, de résine d'arbre et de clou de girofle. Une odeur à n'en point douter désagréable. Toutefois, qui disait qu'il ne s'agissait pas de la dernière qu'il sentirait ? La hâte des créatures humaines. Leur précipitation à courir en tous sens sans savoir le plus souvent pourquoi, ni vers où. Il faudrait se souvenir toujours des derniers moments d'une vie, de ce qui les a meublés, juste avant de disparaître à jamais. Le savant jeta un regard autour de lui. La silhouette des étagères, incurvées au milieu tant le poids des livres les avait déformées. Celle de l'alignement de scriptionales. À la faveur d'un rayon de lune qui éclairait un pupitre en filtrant par une des hautes fenêtres, la découpe improbable d'une plume plantée dans une corne à encre. L'odeur, toujours l'odeur. Les souvenirs de ces instants qui seraient peut-être les derniers. D'un geste inconscient, il vérifia pour la dixième fois que sa dague se mouvait avec aisance dans le fourreau suspendu à sa ceinture. Il adressa une brève prière à Dieu, Le remerciant de lui offrir la possibilité d'une mort qui ne soit ni de lit ni de râles de vieillerie.

Une menaçante voile noire occulta l'une des fenêtres, dissimulant quelques instants la clarté lunaire. Arnoldus de Villanova se redressa, toujours dissimulé par l'une des bibliothèques. Son cœur s'emballa, cognant avec rage dans sa cage thoracique au point qu'il redouta qu'on puisse entendre son désordre à deux toises. Le sang afflua, battant avec fureur dans sa gorge, sous la peau de ses tempes. Un heurt. Un autre, plus violent. Un éclat, le son sec du verre d'un carreau qui explosa au sol. La lune réapparut. L'inquiétante voile noire venait de pénétrer dans le scriptorium. Arnoldus de Villanova se tendit, luttant contre l'impérieuse envie de se jeter sur son plus vieil ennemi, pour le détruire. Enfin. Lui exterminé, ses suiveurs, ses adeptes s'évanouiraient tel un mauvais rêve. Il ne persisterait d'eux qu'une détestable légende. Trop tôt. Étrange : Arnoldus avait attendu tant d'années parce que l'attente était tout ce que l'autre lui concédait. Maintenant que le sort inclinait peut-être en sa faveur, tout nouvel ajournement lui devenait intolérable.

Le frottement d'une lourde étoffe contre le cuir de bottes. Un détail troublait le médecin depuis quelques instants. Il s'agissait là du seul son qu'avait apporté la voile avec elle. Rien d'autre. Aucun écho de pas, pas le moindre souffle. Rien que le frémissement d'une étoffe. Pourtant, l'ombre se mouvait, parfois trahie par la lune. Pourtant, Arnoldus en était maintenant certain : il ne traquait pas une puissance infaillible dotée de pouvoirs surnaturels, mais un homme.

Enfin, les bruits naquirent. Des petits coups rapides. Le cognement d'un ciseau contre la pierre. Un raclement étouffé. Plus rien, puis un long soupir de victoire. Un froissement de feuilles que l'on déplie. Alors qu'il ne le voyait pas, qu'il ne pouvait déchiffrer l'expression du visage de son ennemi, le médecin sentit son exultation. Elle éclatait, rayonnait tel un flot de lumière, se réverbérait contre les murs, ricochait jusque dans le coin où se terrait monsieur de Villanova, traversant la bibliothèque qui le cachait. Il tira sa courte épée et avança de deux pas en direction de la petite table de travail du surveillant du scriptorium. Il repoussa les volets qui occultaient les trois esconces alignées dessus. L'autre, accroupi au sol, se redressa d'un mouvement preste et se tourna, dévoilant la cache qu'il venait de desceller. Un trou ménagé sous une dalle de pierre, peut-être creusé par frère Henri lors d'une absence de frère Vivien afin de dissimuler les deux pages de manuscrit qu'il venait de découper. Le cœur remonta dans la gorge de monsieur de Villanova. Il ne prononça que quatre mots, de peur d'être incapable de terminer une phrase plus longue :

– Je vous attendais, monsieur.

Il était d'une suffocante beauté, très grand, mince sans maigreur, la pâleur de sa peau encore soulignée par ses cheveux aile de corbeau, mi-longs et ondulés.

Une voix grave et lente répondit :

– Vous avez eu tort, monsieur.

– Remettez-moi ces deux feuillets et brisons là.

Un rire de gorge :

– Allons, vous savez bien que l'un de nous doit trépasser cette nuit. Je vous sens depuis si longtemps que j'ai parfois le sentiment trompeur que vous êtes devenu mon meilleur ami. Toutes les amitiés ont un terme. La mort, souvent.

– Dieu est avec moi.

– Êtes-vous bien certain, monsieur de Villanova, qu'Il ne s'est pas plutôt rangé à mes côtés ? Après tout, ne suis-je pas une preuve vivante – non morte, du moins – de Son indiscutable existence ?

– Blasphème ! rugit le savant.

– Ah, que vous aimez donc tous ce terme qui vous permet de reléguer l'autre parmi les impies et de vous absoudre à peu d'efforts !

– Les feuilles, monsieur.

Arnaud Amalric avança de trois pas en direction du médecin qui leva sa lame :

– Il vous faudra me les arracher, et je doute que vous y parveniez.

Un long regard noir qui semblait dépourvu de cornée se posa sur le médecin. Arnoldus frissonna, se détestant de cette réaction dont il ignorait si elle était de peur ou d'expectative. La redoutable fascination que sécrétait cet homme. Arnoldus de Villanova lutta pied à pied contre l'espèce de léthargie qui l'engourdissait progressivement, inclinant la pointe de sa courte épée vers le sol. Rassemblant toute sa volonté, il déclara :

– J'ai cru voir en vous le diable. C'était trop d'honneur que je vous faisais, que nous vous faisions. J'ai pensé me battre contre un ennemi démesuré. (Monsieur de Villanova pouffa.) Imaginez, je redoutais de me confronter à vous. Quel sot je faisais, mais quel soulagement. Car vous n'êtes rien. Sauf, peut-être, un privé d'esprit. Tout simplement un dément digne d'une maison de charité [1].

– Alors pourquoi vouloir tant récupérer ces feuillets ? argumenta Arnaud Amalric.

Villanova décida de jouer son va-tout. Il lui fallait déstabiliser son ennemi, l'inquiéter pour le déconcentrer. S'il échouait, il mourrait. De fait, il n'était plus de taille à se battre contre Arnaud Amalric.

– La croix de Béziers, ou, plus exactement, le pouvoir qu'elle est censée conférer à celui qui la possède, est une fable à dormir debout. Aucun texte sérieux,

---

1. Hospice. On y entasse les malades sans fortune et les aliénés.

aucun des ouvrages, pour certains maudits, que j'ai eu le privilège de consulter dans la bibliothèque privée de notre Saint-Père n'en fait mention. Les érudits qui connaissent cette légende se gaussent des billevesées d'esprits faibles qui courent à son sujet. Sur mon âme et mon honneur. (Un sourire mauvais se peignit sur les lèvres charnues du savant :) Que croyez-vous ? Que Dieu, au prétexte que le premier possesseur de ce crucifix a inondé le corps d'argent de Son Fils d'un sang innocent, offrirait l'immortalité à celui qui la possédera ensuite ? Pauvre fol enfantin !

– Pourquoi donc me tuer ? Si je suis inoffensif, crédule et imbécile, en plus de dément ? demanda Arnaud Amalric d'une voix plus hésitante, moins grave.

Arnoldus de Villanova vit le doute s'infiltrer dans le regard noir qui ne le quittait pas.

– La question mérite d'être posée, et j'y ai longuement réfléchi depuis que j'ai percé le secret de votre... nature. Banale, humaine. Vous n'êtes qu'un être de chair et de sang. La seule malédiction qui pèse sur vous est bien médiocre et fort répandue : celle des crimes que vous avez commis durant votre vie. Toutefois, vous faites partie de ces êtres de charme et de folie qui leurrent les esprits naïfs et les entraînent dans leur délire. Toutes les époques ont eu les leurs. C'est ainsi que naissent les hérésies. Elles ne tiennent bien souvent qu'à leur meneur. L'Église n'a nul besoin d'une nouvelle hérésie.

L'explication porta. Le regard noir se détacha du visage du médecin.

– Vous abattriez un homme que vous savez innocent parce qu'il est une gêne, peut-être une menace pour l'ordre établi ?

– À l'évidence, affirma monsieur de Villanova d'un ton qui traduisait son étonnement. Mieux vaut tuer un homme, étouffer une révolte dans l'œuf que massacrer vingt mille personnes qui se sont laissé entraîner par lui, ne trouvez-vous pas ? Et puis… innocent de quoi ? D'être le véritable Arnaud Amalric, suspendu dans une non-mort qui perdure depuis un siècle ? Peu me chaut. Ce qui m'importe, c'est la propension de ceux que vous croisez à ajouter foi à vos dires. En vous éliminant, ce sont ceux-là que je sauve.

– Je suis Arnaud Amalric ! s'emporta l'homme noir.

– Peut-être portez-vous son nom, peut-être êtes-vous de sa parentèle éloignée. Mais vous n'êtes pas celui qui brandit la croix d'argent cet infamant jour de juillet 1209. Cet Arnaud Amalric-là est mort, et bien mort.

La peine se peignit sur le visage de monsieur de Villanova, qui poursuivit :

– Ressaisissez-vous pendant qu'il est temps. Sondez votre âme. Défaites-vous de cette ahurissante fable afin de rejoindre Dieu en paix. Vous n'êtes pas Arnaud Amalric. Celui-ci est mort, d'une mort on ne peut plus explicable, vous dis-je ! J'ai vu maintes représentations de lui. Il était de petite taille, gracile, avec un joli visage que n'aurait pas rejeté une donzelle coquette. J'ai vu ses portraits alors qu'il gagnait en âge, que des rides creusaient ses joues, sillonnaient son front. Vous n'avez de lui que la couleur des yeux et des cheveux.

Des larmes de panique montèrent aux yeux du prétendu Arnaud Amalric. La tête lui tourna. Les portraits du manoir. Pourquoi, au juste, les avait-il lacérés ? Pour que ce visage décliné sur les toiles cesse de lui rappeler qu'il était l'Arnaud de la boucherie de Béziers ? Ou, au contraire, pour ne surtout pas constater qu'il était un autre ? D'où venait-il au juste ? Où commençait sa mémoire ? Le tumulte dans son esprit. Il ne parvenait pas à se le rappeler. Un effarant vide dans sa tête. Il ne se souvenait de rien. Avait-il véritablement assisté au carnage de Béziers ? Sans cela, d'où aurait-il tenu tous ces horribles détails, les mouches, les rigoles de sang pourpre, la trogne des ribauds ? Un vertige le déséquilibra un instant. Il se reprit. À l'évidence, il était Arnaud Amalric, abbé de Cîteaux ! Bien sûr ! Il ne pouvait être autre. Il détestait l'homme qui se tenait devant lui.

– Je suis un scientifique et un politique, monsieur, poursuivit l'objet de sa haine absolue. Je doute d'avoir la force physique de vous remettre au bras séculier et ne puis vous laisser vous évanouir dans la nature. Le temps me presse. La mort est à mes portes.

D'un ton qu'il s'efforçait de discipliner, Arnaud Amalric déclara :

– Vous ne le pourrez. Vous êtes homme de science et d'esprit. Il faut avoir l'essence des meurtriers pour parvenir à tuer de sang-froid, ainsi que je l'ai fait tant de fois.

– Admettez enfin le mensonge de votre vie, répéta le médecin. Il n'est que temps. Vous n'êtes pas Arnaud Amalric, abbé de Cîteaux. Il est mort, vous dis-je, et fut porté en terre avec les honneurs ! Vous n'êtes qu'un imposteur, si faible d'intelligence qu'il ignore lui-même qu'il a usurpé la place, le nom, les péchés d'un autre.

La fureur secoua l'homme en noir. Cette fureur dont il avait cru être incapable, lui l'ange déchu, au-delà des pitoyables passions humaines. Il se rua vers monsieur de Villanova, lame au clair. Une giclée tiède sur son visage. Le claquement d'un petit objet qui rebondissait sur les dalles de pierre. Aussitôt, une fulgurante douleur qui lui ravageait les chairs. Une intolérable brûlure qui lui arrachait un rugissement. Aveuglé, les yeux rongés par il ne savait quoi, il plaqua les mains sur son visage, tournant sur lui-même. Il tomba à genoux en gémissant de souffrance, et entendit à peine le murmure de monsieur de Villanova :

– Votre pardon. Humblement. Je ne suis guère fier de cette indigne rouerie. Que l'usure et la raideur de mes membres soient mes excuses.

La lame d'Arnoldus de Villanova s'enfonça dans la poitrine du prétendu Arnaud Amalric, précisément à la place du cœur. L'homme en noir bascula avec lenteur vers l'arrière en expirant. Le savant se laissa choir aux côtés de celui qui avait emprunté l'existence d'un autre, fasciné par une malédiction qui n'était pas la sienne. Le médecin pria, ne faisant aucun effort pour dompter les larmes qui dévalaient de ses paupières.

Arnoldus de Villanova dut prendre appui des deux mains sur les dalles afin de se redresser. L'âge avait eu l'extrême courtoisie de s'écarter un moment. Il revenait en force, reprenant possession de son bien. Il se sentit vieux, épuisé, misérable. Il ramassa la fiole en verre protégée des chocs par une épaisse résille d'argent. Du vitriol [1]. Une vilaine ruse, peu honorable, encore presque inconnue, sauf de quelques rares scientifiques.

Il contempla sa lame gainée de sang. Pourquoi éprouvait-il cette tristesse incongrue ? Ce n'était, certes pas, d'avoir tué un homme qu'il fallait abattre. Peut-être une immense sensation de gâchis, que la promiscuité avec sa mort prochaine rendait intolérable.

Monsieur de Villanova se pencha vers le cadavre aux jambes repliées sous lui. La noirceur du pourpoint de riche cendal faisait disparaître la tache rouge qui s'était élargie sur sa poitrine. Seules quelques étoiles carmin avaient goutté sur le sol. Étrange constellation, qui paraissait sans lien avec cet homme dont on aurait pu croire qu'il s'était assoupi. Le médecin bagarra avec les longs membres afin d'allonger l'ennemi vaincu tel un dormeur. Il tira les feuillets serrés dans la main gauche.

Monsieur de Villanova rejoignit le bureau du surveillant et déchiffra les élégantes lignes, tracées avec une rare finesse et un art inhabituel. Pourtant, lorsqu'il inclina les feuilles à la lueur d'une esconce, des zones plus transparentes apparurent, trahissant le grattage d'une tache ou d'un trait maladroit. Comment se pouvait-il qu'une main capable de dessiner de si belles lettres hésite parfois au point de les endommager ? Il lut. Un fatras d'inepties, enrichi de prétendues citations, de renvois à des œuvres dont le médecin n'avait jamais entendu parler, d'allusions à l'abbaye de

1. À l'origine, nom donné à tous les sulfates. Plus spécifiquement à l'acide sulfurique.

Jumièges, lieu, prétendait le texte, où la croix avait été cachée après avoir été maquillée de plâtre peint. Un éclair de compréhension le pétrifia. Frère Henri, l'enlumineur, était à l'origine de la mystification. Il avait découpé deux pages de *De contemptu mundi*, de Bernardus Morlacensis, profitant d'un artifice de style assez commun à cette époque : de longues répétitions destinées à souligner la pensée de l'auteur. Du coup, le texte semblait demeurer cohérent. Il fallait que l'on puisse croire, qu'Arnaud Amalric puisse croire, si l'envie de vérifier les dires de l'enlumineur le prenait, que le premier copiste, celui qui avait reproduit l'ouvrage de Bernardus Morlacensis peu après le sac de Béziers, avait ajouté des feuillets révélateurs indiquant la cachette de la croix de perdition. Henri n'avait plus eu qu'à les créer. En réalité, l'enlumineur s'était contenté d'arracher deux pages du véritable texte de Bernardus Morlacensis. Il voulait que sa main lui soit rendue, que l'immortalité lui soit accordée. Certain de la véracité des origines du soi-disant Arnaud Amalric, convaincu par l'immensité de ses pouvoirs, il avait forgé un texte de toutes pièces. Malgré les douleurs de ses mains, il avait tracé ses dernières lettres. Une monnaie d'échange en forme de fable. Une détestation, un mépris comme il n'en avait jamais éprouvé pour son ennemi mort envahit monsieur de Villanova. Henri. Vieux fou. Vil coquin. Nulle excuse ne pouvait atténuer ses fautes.

Arnoldus souleva le petit panneau de verre qui protégeait la flamme d'une des lampes à huile et en approcha le coin d'une feuille. Il enflamma ensuite la seconde, ne les lâchant que lorsque les flammes lui mordirent les doigts.

Nul n'apprendrait jamais le nom véritable de cet homme, baigné par la lueur blafarde de la lune qui semblait rendre hommage à la pâleur de son teint. Il serait enterré en terre non consacrée, dans l'anonymat, en damné. Qu'importait s'il l'était vraiment, pourvu qu'il soit vite oublié de tous.

Abbaye de femmes des Clairets,
Perche, février 1308, le lendemain

Hermione termina le gobelet d'hypocras qu'elle avait demandé la veille avant le coucher et venait de faire tiédir dans l'âtre. La gentille brûlure de l'alcool la rassurait, lui communiquant un courage qu'elle était loin de ressentir. Il ne s'agissait pas de laide poltronnerie. Monsieur de Gonvray n'avait jamais été pleutre. Il aimait à croire qu'il avait hérité du courage des femmes, puisqu'il était une femme. Cette détermination qui s'impose sans tapage ni démonstration de muscle mais par le miracle d'une obstination que rien ne peut étouffer. Certes, Thibaud de Gonvray avait pleinement conscience des risques qu'il encourait. Toutefois, ne pas les affronter eût été déchoir à ses yeux, et il s'y refusait. Pour Jeanne, sa sœur tant aimée, magnifique extravagante qui s'était glissée sans crainte au fond du lit d'une rivière afin d'échapper à un mariage qui l'écartait de son Dieu. Jeanne, déjà presque jeune fille, qui le grondait lorsqu'elle le surprenait dans sa chambre, virevoltant, vêtu de l'une des robes qu'il venait de lui emprunter. Jeanne qui, pourtant, le saisissait sous les aisselles pour tournoyer en le faisant voler. Ne pas penser à Jeanne maintenant. Jeanne avait concentré toute la douceur, tout l'amour du monde. Cette fin de nuit, il devait rencontrer ce qui pouvait se révéler n'être que des fauves.

Hermione de Gonvray se leva à contrecœur du banc de pierre de l'herbarium et s'approcha du feu moribond. Il lui faudrait bientôt partir d'ici. Que deviendrait-elle ? Elle n'osait y penser. En toute raison, Plaisance de Champlois ne pouvait admettre les arguments de sa fille apothicaire, si sincères fussent-ils, et maintenir un homme en déguisement dans une abbaye de bernardines. Hermione avait senti tout le combat, toute la détresse de l'abbesse lorsqu'elle lui avait asséné l'ordre de préparer son bagage. Elle avait perçu son soulagement, lorsqu'une neige providentielle avait barré la route à tous les convois. Reculer pour mieux sauter. Un court répit avant le naufrage. Hermione s'admonesta et se redressa. Allons ! Elle s'était toujours tenue droite, quelle que soit l'adversité. Elle jeta son mantel de grosse laine blanche sur ses épaules et sortit de l'herbarium, tenant une esconce.

Il sembla à madame de Gonvray que le froid était un peu moins mordant. Elle eut envie de caresser cette épaisse neige, de la remercier pour sa tenace complicité mais se retint d'un tel enfantillage. Elle avança en direction des poulaillers et jeta un regard de commisération à quelques volailles endormies, aux plumes ébouriffées de froid, la tête enfouie sous l'aile. Elle s'immobilisa, avala l'air glacial, bouche grande ouverte. La perfection du silence la grisa. Quelques pas. Hermione n'hésita qu'un instant devant la porte de planches mal ajustées qui fermait la remise. Elle donna du poing contre le panneau et attendit. Peu de temps. À l'intérieur, l'émoi d'un réveil soudain. Des exclamations, des interrogations, le choc d'une escame heurtant le sol. La porte s'ouvrit. Le grand jeune homme trop mince, celui qui tentait de dissimuler ses pouces excédentaires en croisant les bras ou en refermant les mains, se tenait devant elle, l'air ahuri.

– Madame ma sœur ?

– Votre pardon pour ma visite bien matinale. Je… souhaitais vous entretenir d'un fait grave avant laudes. Puis-je entrer, je vous prie ?

– De grâce, dit-il en s'écartant pour lui livrer passage.

L'ordre qui régnait dans la pièce de taille plus que modeste étonna l'apothicaire. Des matelas de paille avaient été nettement alignés le long des murs et du petit bois entassé avec soin contre l'un des flancs de la cheminée délabrée. Les écuelles et les cuillers du dîner avaient été lavées et empilées au coin d'une table bancale. Sidonie se plia en révérence et redressa l'escame. Les deux autres hommes, le nain Éloi et l'homme-loup, s'étaient inclinés bas à son entrée et se tenaient debout au milieu de la pièce, serrés l'un contre l'autre. Pourtant, nulle violence ne se lisait dans leur regard. Ils attendaient, ils ne savaient trop quoi. Peut-être le pire. Ils y étaient habitués.

Hermione repêcha un petit sachet de toile dans l'aumônière pendue à sa ceinture. Elle en extirpa une touffe de poils collés de sang et la déposa au creux de sa main avant de la présenter à Urdin. Il détourna le regard. Elle demanda d'une voix douce :

– Je vous en conjure, ne me mentez pas.

Sa requête fut engloutie par le pesant silence qui régnait.

Plus fermement, sans aucune crainte, sans animosité, elle reprit :

– Il s'agit de poils, bien trop fins pour provenir d'une créature humaine… enfin, je veux dire, d'une créature habituelle. À moins d'imaginer qu'un enfançon a poignardé notre sœur portière. Ils m'évoquent la fourrure d'un renard après la mue d'hiver, ajouta-t-elle en considérant la mince touffe rouge brun. Expliquez-moi, Urdin, comment ces poils sont arrivés sur le devant de la robe d'Agnès Ferrand ?

Le silence, comme un gouffre.

– Nul ne peut se substituer à Dieu et décider de la vie ou de la mort d'une de Ses créatures, murmura-t-elle.

– Comme dans le cas des guerres et des exécutions ? s'enquit Évrard d'une voix plaisante.

– Rhétorique que tout cela, se défendit l'apothicaire.

– Non, et vous le savez fort bien. C'est même pour cette raison que l'Église a dû absoudre par anticipation les premiers soldats chrétiens afin de les encourager au combat.

– Il s'agissait d'un juste combat, s'entêta Hermione.

– Parce qu'il avait été décidé par des souverains ? Que connaissez-vous du nôtre pour conclure qu'il est injuste ?

– Précisément. Je veux savoir ce qui a pu pousser Urdin à occire Agnès Ferrand. Sans quoi j'aurais mentionné ma découverte à l'abbesse. Il n'est, au demeurant, pas exclu que je m'y résolve si vos explications ne me convainquent pas. Je vous l'avoue sans détour : seul mon peu d'inclination pour mon ancienne sœur explique ma mansuétude à votre égard. Mansuétude qui pourrait se révéler temporaire. (Un sourire amusé lui échappa.) En d'autres termes, vous jouissez ce soir de l'opportunité de me faire rejoindre un monde meilleur. Nulle autre que moi n'est au courant.

L'homme-loup demeura muet, son regard fuyant toujours la touffe de poils qui reposait dans la paume d'Hermione.

– C'est pas Urdin, c'est moi, déclara Éloi en se redressant de toute sa petite taille. L'était mauvaise comme la gale et la teigne réunies. L'Urdin s'est contenté d'la transporter.

– Vous n'aviez pas à usurper la volonté de Dieu ! s'exclama Hermione. C'est un impardonnable péché.

– En ce cas, elle non plus, contra Évrard. D'autant qu'elle n'agissait que par mauvaiseté, désir de revanche. Tous nos actes, au contraire, furent dictés par l'amour.

– Je ne comprends pas.

Les quatre se consultèrent du regard, indécis, apeurés, sans doute. Aucun n'ignorait le châtiment qui lui serait réservé pour avoir renvoyé à Dieu l'une de Ses servantes. Le procès serait rapide, et l'abbesse déciderait à n'en point douter de les envoyer rejoindre les loups condamnés pour crime envers le bétail et pendus aux fourches patibulaires.

– Je suggère que nous lui montrions. Je la crois capable de nous entendre, chuchota Évrard au profit de ses compagnons.

– Qu'est-ce t'en sais ? grogna Urdin, soudain menaçant. Et si elle la dénonce ? Si on la traîne au-dehors ?

– De qui parlez-vous, à la fin ? exigea Hermione. Est-ce cette personne qui connaît si bien le tarot ?

– D'celle qu'on protège tous et qu'la vilaine verrue de baptistère voulait faire crever, Claire, expliqua Éloi. Même qu'elle est claire comme le jour qui naît et l'eau des ruisseaux. Une enfante, mignonne, innocente comme un p'tit agneau de Jésus. Claire. C't'elle qui sait les tarots. Elle prédisait un avenir de balivernes aux curieux des foires. Y z'avaient c'qu'y venaient chercher. Des sornettes rassurantes. Tout l'monde aime ça, pas vrai ? N'empêche, dans l'sérieux, elle sait faire parler les cartes comme si elle les avait inventées. Y avait la mort. C'tait la seule lame retournée. J'ai vu la mort. C'était sûr que la mauvaise allait passer.

– Qui est-elle, au juste ? Claire ? demanda Hermione.

– La fille d'notre ancien montreur… çui qu'a disparu, lâcha Sidonie. Sans doute que c'est à cause d'elle qu'l'idée lui est venue d'exhiber des monstres dans les foires. C'est pas fatigant et ça rapporte. Vous savez pourquoi, madame ma sœur ?

– Non, je l'avoue.

– Parce que, les badauds, quand y nous palpent, nous pincent, tentent de nous piquer et nous soulèvent les lèvres pour examiner nos dents, y se disent qu'en fait, y sont pas si laids, si sots, si malchanceux que ça. Au moins, y sont contents puisqu'y sont pas nous. Ça vaut bien quec'deniers, non ?

La jeune fille naine avait craché cette tirade avec hargne, et Hermione sentit que la colère était la seule parade qu'elle ait trouvée afin de retenir ses larmes. Une effroyable tristesse lui donna envie de serrer

Sidonie contre elle. Elle leur ressemblait : une bizarrerie de la nature, innocente de son étrangeté et qui pourtant la subirait toute sa vie. Pour la première fois, Hermione questionna Dieu, Sa volonté.

– Qui est-elle ? répéta-t-elle en domptant l'émotion qui faisait trembler sa voix.

Évrard jeta un regard interrogateur à Urdin qui hocha la tête en signe d'acquiescement.

– Nous l'ignorons. Nous n'en avons rencontré qu'une seule, en dépit des centaines de foires où l'on nous a exhibés. Elle ne supporte pas la moindre lumière du jour. Si on l'y expose, ses yeux se couvrent d'une épaisse pellicule blanchâtre, sa peau devient rouge comme si elle était en sang et des cloques de brûlures apparaissent.

Hermione de Gonvray réfléchit quelques instants et déclara :

– J'ai déjà lu la description d'une telle infirmité. Elle est fort rare. Il semble que les enfants d'une même fratrie en puissent être tous atteints. Je souhaite la voir et lui parler afin de décider en mon âme et conscience de la suite à donner à ma découverte, annonça-t-elle en fixant le petit amas duveteux collé de sang qui reposait au creux de sa main.

– L'est dans une salle, sous terre, précisa Éloi.

– Les fameux souterrains qui nous sont interdits depuis des lustres ?

– Ouais, m'dame ma sœur. C'est moi qui les ai découverts, déclara-t-il, fier de son astuce.

– Menez-moi. (Elle gloussa de nouveau.) Quel meilleur endroit pour m'occire que des souterrains où nul ne me retrouvera jamais et où les rats me dévoreront, ne laissant de moi que des os.

Évrard la fixa et lâcha d'un ton très doux :

– Décidément, madame. Ne croirait-on pas, à vous écouter, que l'envie de mort vous démange ?

Ce fut au tour d'Hermione de Gonvray de lui jeter un long regard.

– Qui sait, mon frère en Jésus-Christ ? Qui sait ? Tant d'âmes aimantes et consolatrices m'attendent de l'autre côté.

Hermione de Gonvray, frissonnante, le bas de sa robe souillé de boue malodorante, les bas gelés d'eau putride plaqués contre ses chevilles, rejoignit son herbarium. Celui qui ne serait plus le sien sous peu. Agissant comme dans un rêve, elle lança un feu dans la petite cheminée, y suspendit la marmite d'eau afin de se confectionner une revigorante infusion.

Elle récupéra un gobelet de terre cuite et fondit en larmes. Elle se laissa tomber assise contre l'âtre, serrant le récipient entre ses mains.

Il est des rencontres qui ne peuvent laisser indemnes que les imbéciles. Il est des rencontres qui vous font entrevoir l'univers, celui que l'on s'était appliqué à ignorer, par crainte, par paresse ou par incapacité à le comprendre. Approcher Claire avait été de celles-là. Depuis qu'elle était ressortie du souterrain, repassée par la porterie des Fours afin de réintégrer l'abbaye, Hermione de Gonvray ressassait ces instants qu'elle parvenait difficilement à qualifier. Des moments de lumière si éclatante qu'elle en devenait douloureuse.

Jamais Hermione n'avait eu peur de cette ligne de contrefaits qui se tenait derrière elle, attendant ses réactions. Jamais elle n'avait redouté pour sa vie. Au demeurant, elle avait presque regretté que cet instant ne soit pas celui où Dieu avait choisi de la rappeler à Lui. Ainsi, elle ne quitterait pas les Clairets. Ainsi, son cuisant mensonge cesserait. Elle ne doutait pas que Plaisance lui ferait l'honneur de se débrouiller pour que toutes continuent d'ignorer son véritable sexe. Ainsi, elle reposerait enfin, parmi ses sœurs.

Qui était, au juste, cette enfante ?

Alors qu'elle s'était avancée vers le lit où Claire était assise, foulant le beau tapis élimé souillé du sang d'Agnès Ferrand, la fillette, tournant son regard presque aveugle vers l'apothicaire, avait lancé, joyeuse :

– Monsieur, bienvenue. Je suis si heureuse d'avoir de la visite. Si mes valeureux défenseurs vous ont conduit vers moi, c'est que vous êtes mon ami.

– C't'une bonne dame de l'abbaye, mon ange, avait rectifié Urdin. Une vraie bonne dame.

Claire avait considéré Hermione, un sourire surpris aux lèvres.

– Ah ? Votre pardon, madame, je n'y vois presque rien. C'est bien mieux qu'avant, depuis que mes preux compagnons m'ont conduite ici, mais je ne distingue de vous qu'une forme, assez vague. D'ailleurs, quelle importance ont les formes ? Ce qui compte n'est-il pas ce qu'elles abritent et que fort peu de gens perçoivent ? Ainsi, madame ma sœur, la pathétique cour des Miracles que vous voyez réunie en ce lieu est-elle un des plus jolis concentrés de belles âmes que vous aurez l'occasion de rencontrer.

Thibaud de Gonvray avait résisté à l'envie de tomber à genoux devant son lit, de lui baiser les mains et de la remercier. Claire avait repris :

– Voulez-vous que je vous conte notre histoire ? Toutefois, je vous mets en garde, en amitié : il ne s'agit pas d'une tendre fable.

Deux coups de poing assénés contre la porte de l'herbarium firent sursauter Hermione de Gonvray. Elle s'essuya les yeux et se leva. Sans attendre de permission, à son habitude, madame de Baskerville pénétra, lançant d'une voix guillerette :

– Le temps s'adoucit. Je gage que la neige fondra enfin sous peu, peut-être même dès le lever du jour. (Elle s'interrompit, détailla sa consœur, et accusa, en inclinant la tête :) Vous avez pleuré. Beaucoup. Pourquoi ?

– Mes émois ne vous concernent pas, se défendit Hermione.

– Diantre, si. Du moins, s'ils ont, comme je le crois, un lien avec l'affaire qui nous concerne. (Mary détailla Hermione, son regard descendant lentement vers le bas de sa robe souillée.) D'où sortez-vous ? D'où avez-vous ramené cette odeur fort… désagréable ?

Madame de Gonvray hésita. Il y avait une telle autorité chez l'Angloise, une telle impertinence que l'idée de la remettre vertement à sa place la tenta. Pourtant, elle le savait maintenant : Mary de Baskerville ignorait la malveillance. Ses jugements péremptoires, ses remarques acerbes, son arrogance, tout naissait d'une sorte de fascination pour le monde et ses processus qui laissait peu de place à la diplomatie. Avant même qu'elle ne réfléchisse à ses paroles, elle s'entendit demander :

– Avez-vous parfois peur, madame ?

La question eut l'air de prodigieusement amuser Mary, qui pouffa :

– Il faudrait être privée de raison pour ne pas ressentir de peur, ne croyez-vous pas ? Tant de dangers nous menacent que je m'étonne souvent d'être toujours en vie. (La tristesse remplaça sa fugace hilarité. Elle hésita, puis :) Toutefois, à l'instar de la douleur, la peur, ses différents dosages s'apprivoisent.

– Que voulez-vous dire ?

– Vous le savez, ma chère. Je…

Mary de Baskerville sembla se retirer très loin en elle-même et son regard myosotis se perdit en un passé qu'elle avait appris à museler sans parvenir à l'effacer tout à fait. Elle poursuivit d'une voix monocorde :

– Enfante, j'ai eu peur à l'étouffement. La peur ne me quittait pas une seconde. Elle s'accrochait à chaque fibre de moi. N'est-il pas invraisemblable de comprendre un jour que celle qui aurait dû vous protéger souhaite votre disparition au plus rapide et définitif ?

– Votre mère ?

– Hum… Au fond, plus que… ma mère, c'était mon impuissance à lutter qui me terrorisait. Jusqu'au jour où plutôt que d'attendre d'elle l'autorisation de vivre, autorisation qu'elle n'avait nulle envie de me concéder puisque j'étais une sérieuse rivale à ses yeux, je me la suis accordée. Ce ne fut qu'une imparfaite rébellion puisque je doute qu'elle l'ait jamais perçue. Elle était très sotte. J'aurais tant aimé écraser ce monstre de perfidie et de bêtise avec éclat. Il n'en fut rien. Toutefois, il fallait survivre. Avant tout. J'ai rejoint le couvent. Bah, trêve de ces lamentables souvenirs. N'avez-vous pas remarqué que nous sommes bien davantage le résultat de nos blessures que de nos triomphes ?

– Que voilà une juste description de ma vie !

– D'où sortez-vous, ma chère bonne ? demanda Mary de Baskerville.

Le regard bleu pâle d'Hermione affronta l'intense myosotis. D'un ton sans appel, Hermione de Gonvray exigea :

– Rien de ce que je vais vous confier ne doit être répété. Jamais. Pas même à l'abbesse en qui j'ai pourtant toute confiance. Pas même en confession. Votre parole devant Dieu et sur votre honneur, madame.

– À ce point ? Vous m'inquiétez.

– Votre parole, à défaut de quoi je garde mon secret.

– Vous l'avez. Devant Dieu et sur mon honneur.

Mary ne bougea pas, ne cligna jamais des paupières, semblant même avoir cessé de respirer, durant les minutes où Hermione de Gonvray narra son étrange descente dans le monde sous terre, escortée par une cour des Miracles silencieuse, aussi décidée au meurtre qu'à l'ultime sacrifice pour sauver une enfante.

– L'enfante des Ténèbres, résuma Mary de Baskerville. Ainsi s'expliquent certaines choses, en effet. Leur arrivée en l'abbaye afin de trouver une cachette propice, leur grande docilité pour n'en être pas chassés.

Il sembla à Hermione qu'une ombre liquide voilait le regard incisif. La nouvelle apothicaire murmura :

– Quelle étrangeté que l'amour, ne trouvez-vous pas ? Quelle magnifique étrangeté. (D'une vois plus ferme, elle poursuivit :) Êtes-vous bien certaine de leur sincérité, ma chère ?

– Ils ont juré sur les Évangiles n'être pour rien dans les deux premiers meurtres, tout en confessant volontiers le troisième. Éloi a de longues oreilles, qui traînent un peu partout. Question de survie, a-t-il précisé. Il avait entendu évoquer les lames du tarot dans les deux premiers meurtres. Ils ont donc mis en scène le leur en copiant les précédents. Selon moi, Éloi et surtout Urdin seraient capables de se parjurer pour sauver Claire. En revanche, elle, je la crois. L'enfante des Ténèbres. De surcroît, l'arcane était rendu à la perfection dans ce cas, contrairement aux deux autres. Claire connaît fort bien le tarot. Et puis, Urdin est de taille à étrangler une femme ou à lui briser la nuque. Je le vois mal maniant le fer à repasser telle une arme.

Madame de Gonvray tergiversa. Néanmoins, il lui parut soudain fondamental de confier à cette femme étrange le trouble qu'elle avait ressenti et qui ne la quittait plus.

– Mary… il est venu un moment où je me suis convaincue que je faisais davantage partie d'eux que des autres, des bien-formés. Je n'ai jamais ressenti un tel… « soulagement » ne convient pas, « confort » fera l'affaire, depuis le trépas de ma sœur de sang Jeanne. Ne croyez pourtant pas que cette familiarité, cette communauté que je me sens avec eux obscurcisse mon jugement à leur égard.

– J'ai bien plus d'estime pour votre intelligence que vous, ma chère. Quant à cette familiarité que vous évoquez, je la comprends. J'ai moi-même en permanence la sensation d'évoluer ailleurs que parmi mes congénères. Peut-être est-ce pour cette raison que je me sens des affinités avec vous. Chacune, à notre manière, sommes des aberrations auxquelles Dieu a fait l'inestimable cadeau d'une apparence normale.

– Pas dans mon cas, rectifia Hermione avec tristesse.

– En effet. C'est qu'alors j'ai été plus chanceuse que vous.

– Pourquoi seriez-vous une monstruosité ?

– Une anormalité, plutôt. Le terme, bien qu'équivalent, est plus aimable aux oreilles. Pourquoi ? Mais parce que je ne pense jamais comme vous. Il s'agit d'un « vous » générique. Ainsi, votre besoin d'aveuglement me sidère. Votre affliction, que je sens sincère, à la mort de telle ou telle que vous ne connaissiez pas assez pour les aimer vraiment. Blanche en est une preuve éclatante. Votre ahurissante crédulité. Certes, la vérité est bien souvent blessante, mais la nier ne la fait pas disparaître.

Hermione de Gonvray sourit et lâcha :

– À mon tour de vous rétorquer que vous êtes bien jeune. La lucidité que vous prônez comme modèle d'existence est un invivable cauchemar. Vous ne pouvez tenir rigueur aux autres de préférer le joli rêve de l'aveuglement.

– Et passer sa vie dans un assoupissement d'esprit mensonger ?

– Quelle importance, si on ne s'éveille jamais ! Ce sont les réveils qui meurtrissent.

Mary de Baskerville digéra ces paroles en silence. Puis, elle tapa dans ses mains, soudain allègre :

– Bon ! Récapitulons. Qu'avons-nous ? Deux nains, trop petits pour atteindre l'arrière du crâne de Blanche, Anne, enfin peu importe, ou de Rolande avec cette force, à moins que les victimes n'aient consenti à s'agenouiller. Éloi, qui fait la preuve avec Agnès qu'il est assez brave pour attaquer de face. On peut supposer la même chose d'Urdin. En conclusion, il est, en effet, très probable qu'ils n'aient rien à voir avec les deux premiers meurtres. Toutefois, analysons plus précisément les circonstances. Je dois réfléchir à mes prochains actes. Prévenir ou ne pas prévenir l'abbesse ?

– Mais… vous avez offert votre inconditionnelle parole ! s'insurgea Hermione avec véhémence.

– Ah, pouffa madame de Baskerville. Que vous disais-je ? Votre aveuglement, votre crédulité. Pourquoi tiendrais-je une parole que vous m'avez extorquée avant que je sache à quoi elle m'engageait au juste ? Il faudrait que je sois bien stupide. Cependant, si je ne vous l'avais point donnée, je n'aurais rien appris. L'efficacité et l'intelligence commandaient donc que je feigne de plier à votre exigence. Toutefois, vous allez voir comme la lucidité n'est pas toujours le cauchemar que vous décrivez et peut au contraire se révéler d'une belle aide. J'ai pu moi-même constater qu'Agnès Ferrand était un être odieux, envieux, fielleux. Je suis confortée en cela par les confidences à demi-mots des unes et des autres. En d'autres termes, sa mort n'est pas une perte. Au contraire, ce serait presque une faveur d'être débarrassées d'un tel simulacre de bernardine. En conclusion, vos nouveaux amis, les contrefaits, nous ont rendu une sorte de… service. Puisque nous sommes presque certaines qu'ils n'ont rien à voir avec les deux premiers assassinats – celui de Blanche étant également une juste punition de ses actes passés –, laissons-les donc en discuter directement avec Dieu, le moment venu.

Hermione retint un soupir de soulagement et s'enquit :

– Comment expliquer alors le trépas de la portière ?

– Rendons grâce à Aristote[1] et appliquons la magnifique logique. Débarrassons-nous de notre mièvrerie et jugeons en esprit.

Hermione retint un sourire, certaine que Mary de Baskerville avait fait un effort de courtoisie en évoquant « leur » mièvrerie quand elle ne parlait que de celle de sa consœur.

– Donc, poursuivit l'Angloise, le meurtre de Blanche est à peine un péché puisque, si nous avons vu juste, elle aurait mérité de terminer sur le bûcher. En revanche, celui de Rolande, une belle âme, est inexcusable. Son auteur doit être châtié. Il ou elle mérite la mort pour ce crime odieux, et je ne doute aucunement qu'il ou elle l'obtienne. (Vivement amusée, elle déclara alors :) Toutefois, on ne peut le ou la tuer deux fois, n'est-il pas ? Pourquoi, en ce cas, ne pas faire germer le soupçon selon lequel il ou elle serait également coupable du trépas d'Agnès ? Du coup, vos compagnons d'aberration auraient la vie sauve, et, à

1. Aristote a écrit un des premiers traités de science logique, *Organon*.

moins d'une décision contraire de l'abbesse, pourraient demeurer protégés en l'abbaye.

– Ce serait menterie, protesta faiblement Hermione.

– Et alors ? Si la ruse et la duperie servent la logique et la justice en même temps, que pourrait-on leur reprocher ? Croyez-vous que Dieu soit si benêt qu'Il ne puisse juger des intentions qui animent les uns et les autres ?

– Comme vous y allez !

Sautant du coq à l'âne, Mary de Baskerville jeta un regard joyeux à Hermione en déclarant :

– Quelle bizarrerie, ne trouvez-vous pas ? Je vous connais de bien peu et nous voilà liées par de si pesants secrets qu'on pourrait nous dire sœurs de sang. Vous avouerai-je, ma chère, que je n'ai confiance qu'en moi-même ? Cela étant, le moment vient toujours du pari. Se départir de sa défiance. Parier que l'autre en est digne. Le moment est arrivé. Topons là, voulez-vous ? proposa l'Angloise en tendant la main.

Sans hésitation, Hermione la serra entre les siennes, concluant, assez satisfaite :

– Nous voilà donc complices à vie.

Alexia de Nilanay, la missive que venait de lui porter un messager fourbu et trempé plaquée contre sa poitrine, dévala les marches de l'hostellerie. Enfin, des nouvelles de son tendre amour. Elle l'avait lue dix fois, s'émerveillant de ces lignes nerveuses tracées à la hâte, sous la passion d'un moment.

Ma chère dame, mon bourreau,

Le titre vous sied comme un gant de belle facture, ma mie. Aussi ne m'en veuillez que juste un peu. J'ai cru mourir cent fois à vous savoir coupée de tout, entre ces sombres murailles. J'ai cru devenir fou sans nouvelles de vous. J'ai sellé vingt fois mon cheval, le crevant afin qu'il avance, contre toute raison, alors qu'il s'enfonçait dans la neige jusqu'au poitrail. Pardon au noble animal qui se repose en l'écurie en attendant le dégel, en attendant de voler vers vous. Sous peu.

Il ne s'agissait pas, de votre part, d'une de ces coquetteries de dame dans lesquelles la forte gent s'égare. Mon cœur, mon âme vous sont acquis, je ne m'en suis pas caché et vous êtes au-dessus de ces ruses, je le sais. Votre mobile était impérieux, donc inquiétant. Doutez-vous de votre flamme, ma dame ? Vous me jugerez bien fol ou bien présomptueux, mais je ne puis le croire.

Mon messager ne nous précède, moi et mon modeste entourage, que de quelques heures. J'attends si férocement vos bras, votre sourire et votre regard que le souffle me manque.

J'arrive, ma magnifique aimée.

Votre dévoué et trop aimant, Aimery.

Elle buta presque dans Marguerite Bonnel qui arrivait, essoufflée et de toute évidence mécontente. La sœur hôtelière lança d'un ton d'agacement :

– Je suis toujours la dernière prévenue. Or, si quelqu'un doit s'affoler à si noble arrivée, c'est tout de même moi. Aucune chambre digne du comte n'est prête ! Ah, mon Dieu !

– Le comte Aimery est assez gentilhomme pour s'accommoder de peu lorsqu'il ne prévient de sa visite que quelques heures à l'avance, tenta de l'apaiser Alexia. De surcroît, en soldat, il est accoutumé aux camps de fortune.

– Et me ridiculiser en n'accueillant pas dignement un hôte de sa qualité et sa suite, un ami de l'abbesse à ce que j'en ai compris, et un protecteur de l'abbaye ? Que nenni ! s'emporta Marguerite.

Alexia songea que la venue d'Aimery lui fournissait un soulagement, une trêve d'avec son terrible chagrin. Elle s'affairait, virevoltant, oubliant pour quelques fugaces instants le trépas de sa sœur aimée.

Remarquant le bas de la robe blanche détrempée et noirâtre, elle s'enquit :

– D'où sortez-vous, ma bien chère ?

– Ne m'en parlez pas ! Dès que j'ai parcouru la missive du comte qui m'était destinée – élégante attention de sa part de prévenir une obscure sœur hôtelière de sa venue –, me doutant que l'abbesse était déjà au courant, j'ai foncé en cuisines prévenir Clotilde Bouvier, afin qu'elle améliore dès le souper notre maigre et allège l'austérité de nos tranchoirs pour plaire au comte. Ne le répétez surtout pas, mais notre bonne Clotilde adore ces visites fastueuses. Elles lui permettent de concocter de délicieuses préparations de cuisine, de mettre en pratique son art qui est immense, contrairement à la stricte observance de notre règle. Impossible de la trouver. Affolée par le temps qui filait, j'ai foncé aux poulaillers. Je comptais – pardon pour mon manque de charité qu'excusera, je l'espère, l'urgence de la situation –, bref, je comptais secouer un peu la gentille Éloïse, notre gardienne des viviers et des poulaillers. Éloïse est charmante, mais encore plus dolente et lente. Dieu qu'elle est lente. À croire qu'elle concentre ses efforts de la journée afin de consoler les volailles qui pondent. Elle non plus, je ne l'ai pas trouvée. En revanche, les poulaillers sont si mal tenus depuis un moment que les fientes s'accumulent sur un pied d'épaisseur. J'en référerai à l'abbesse, c'est insupportable et ça pue. Toujours est-il que les excréments se sont dilués à la neige fondante et que j'ai pataugé dans ce marécage malodorant jusqu'à mi-mollets. Ah ma chère, quel bonheur de recevoir le comte ! Toutefois, quelle grande inquiétude ! Rien n'est prêt. J'en pleurerais de rage. Votre pardon, il faut que j'aille me changer. J'ai l'impression d'être métamorphosée en croupion de poule !

Alexia la regarda s'enfuir. Pauvre Marguerite. La menue excitation provoquée par la prochaine arrivée d'Aimery la rendait à la vie pour un temps. Le répit serait de courte durée.

On avait annoncé après vêpres à l'abbesse le retour de monsieur de Villanova, qu'elle avait aussitôt fait sommer de se présenter devant elle.

D'humeur saumâtre, elle détailla le médecin. Il semblait exténué et, pourtant, une sorte de joie sauvage brillait dans ses prunelles sombres.

– Je suis bien heureuse de vous revoir enfin, monsieur, puisque vous n'aviez pas jugé souhaitable de m'avertir de votre départ, attaqua Plaisance d'un ton qui trahissait assez son mécontentement.

– Ma grossièreté me fait honte, madame, soyez-en assurée. L'urgence du moment, la neige dont je redoutais qu'elle ne me coupe la route d'une minute à l'autre… Mon nécessaire périple jusqu'à Dame-Marie. Bref, autant d'excuses que je vous supplie d'accepter.

– Je me contre-moque de vos excuses, Villanova ! Outre que nous nous sommes inquiétées de vous, votre désinvolture à mon égard est à tout le moins surprenante. Aviez-vous oublié que nous étions confrontées à un meurtre effarant ? Deux autres, de même facture, sont survenus après votre départ, et rien ne dit que cette sinistre liste se terminera là !

Villanova, peu ébranlé, considéra la jeune fille un moment avant de rétorquer d'un ton d'apaisement :

– Vous avez eu la sagesse de confier l'en… les enquêtes à des mains expertes. Celles de madame de Baskerville. Je doute d'être d'un plus grand secours qu'elle dans leur résolution. Cependant, je vous promets, pour vous plaire et me faire pardonner, que je ne m'en retournerai pas auprès de notre très Saint-Père tant que ces odieux mystères ne seront éclaircis. Ma parole, sur mon honneur, madame ma mère.

L'engagement parut satisfaire Plaisance qui demanda, un peu radoucie :

– Et, si je puis, qu'alliez-vous faire de si pressant à Dame-Marie ?

– Les simples, madame, ou du moins les admirables ouvrages préservés dans la bibliothèque de l'abbaye qui leur sont consacrés.

Le juvénile visage se ferma. Elle lança, très sèchement :

– Me prenez-vous pour une sotte, à la fin ! Je préférerais mille fois que vous me fassiez comprendre que vous ne souhaitez pas répondre à ma question.

– Vous, sotte ? Oh, non, madame ma mère. Bien au contraire. Je vous prends pour une belle et noble âme et certaines choses doivent lui être épargnées. Voyez-vous, fort peu est à gagner dans la connaissance des pires tréfonds de l'esprit humain. Tout juste y apprend-on à les combattre, à les vaincre parfois.

– Je perçois une terrible aventure sous cette dérobade.

– Elle l'est, l'était. Avec tout mon respect, je vous supplie, madame, de vous contenter de ce que je puis vous narrer. Certes, vous avez éventé mon piètre prétexte de prétendu amoureux de la botanique. Croyez-le : tel était mon souhait. J'ai l'outrecuidance de me croire homme d'intelligence. Pensez-vous véritablement que je n'aurais su concocter menterie plus convaincante qu'une frénésie de simples au plein de l'hiver si j'avais cherché à vous duper tout à fait ?

– Alors, pourquoi ce malhabile mensonge ?

– Afin que vous perceviez toute la nécessité d'obéir à l'ordre du pape : me laisser libre de mes mouvements, en toute circonstance, ce que vous fîtes et dont je vous rends grâce.

– S'agissait-il d'une mission d'espionnage – disons d'*examen*, le terme est moins offensant – à Dame-Marie ? insista Plaisance dont la curiosité était piquée.

– Que nenni, malheureusement. C'est une très ancienne histoire qui vient de s'y terminer. Une très laide histoire. Elle a commencé il y a cent ans et n'a cessé de gagner en venin, tel un monstrueux abcès qui n'en finirait pas de gangrener un organisme. La folie d'un homme s'en est mêlée et le mal allait se propager à tant d'autres organismes sains qu'il fallait y mettre un terme brutal.

– La folie d'un homme ? Le mal ?

Monsieur de Villanova hésita. Cette très jeune fille méritait une réponse qu'il ne pouvait lui donner. Toutefois, se cantonner dans le silence eût été un inacceptable affront à son intelligence et à sa force d'âme. Il livra ce qu'il se sentait autorisé à révéler :

– L'esprit humain est si complexe, capable de tant de merveilles et de tant de vilenies. Il parvient à se leurrer lui-même avec une telle efficience que rien ne peut alors le détromper, le détourner du mensonge dont il se délecte. Voilà résumée cette vilaine et au fond consternante affaire. La fascination d'un homme sans véritable grandeur pour un lointain ancêtre auréolé d'une gloire sanguinaire, son désespéré besoin de gloire, d'exception. Un homme si convaincu par sa propre mystification qu'il devenait une redoutable maladie capable de contaminer les esprits faibles et aurait pu ébranler les fondements de notre Sainte Mère l'Église. Sachez seulement que les forces du bien en sont sorties victorieuses.

– Voilà qui ne m'éclaire guère, lâcha Plaisance avec ironie. Toutefois, je doute qu'une insistance de ma part infléchisse votre décision de vous taire.

– Avec votre pardon, acquiesça le médecin, sans toutefois faire l'effort de paraître embarrassé. Sur ordre de notre Saint-Père. Ainsi, deux autres meurtres semblables sont survenus en mon absence ? Me permettez-vous de m'entretenir avec vos deux apothicaires ?

– Je vous en supplie, monsieur. Je redoute la suite.

– D'autres assassinats ?

– Peut-être, ou de devoir châtier une fille ou plusieurs avec une sévérité que je ne pourrais atténuer étant entendu leurs impardonnables péchés. Je vous l'avoue sans hésiter : décider de la mort d'un être, si coupable soit-il, est une extrémité. J'ai toujours prié pour qu'elle me soit épargnée.

– Je vous comprends et vous admire, madame, remarqua Arnoldus de Villanova, pleinement sincère pour la première fois de cette entrevue.

Un petit coup discret frappé à sa porte tira Alexia de Nilanay de son aimable rêverie : il serait là bientôt. La gronderait-il pour sa stupide obstination ? Au contraire, serait-il si ravi de la revoir enfin que son sourire l'envelopperait et que les souvenirs de ses jours terribles n'y résisteraient pas et s'envoleraient ? Lui saurait. Rien ne lui était impossible. Aimery de Mortagne ne laisserait aucune chance au monstre qui avait tué à trois reprises. Alexia en était certaine. Sous ses manières charmantes et civiles, se terrait un fauve parfaitement dompté mais dont les crocs acérés n'avaient jamais perdu leur férocité. Elle l'avait senti dès que son regard avait croisé le sien, alors qu'elle se tenait devant lui telle une coupable, quelques semaines auparavant, une éternité plus tôt.

Marguerite Bonnel passa la tête par l'entrebâillement de la porte à son invitation. Dieu du ciel, elle semblait avoir tant vieilli depuis le trépas de sa sœur que le cœur d'Alexia se serra de chagrin. La jeune femme se porta à la rencontre de la sœur hôtelière qui demanda d'une voix incertaine :

– Je suis confuse de vous déranger, ma bien chère. Peut-être souhaitez-vous le coucher ? C'est que... le sommeil me fuit. Les potions d'Hermione semblent insuffisantes à y remédier. Mes nuits sont interminables et affreuses. D'autant que ma charge me contraint à dormir dans ce bâtiment plutôt qu'en compagnie de mes sœurs qui m'eussent apporté le réconfort de leur proximité. Je... Je me demandais si un gobelet d'infusion, bu en ma compagnie... oh, mais je m'en veux ! Je m'impose à vous, pathétique vieillarde que je fais.

– Non pas, non pas ! s'exclama Alexia. En vérité, un bon gobelet me ferait grand plaisir.

Un pauvre sourire éclaira le visage sans grâce, que toute sa joie avait déserté depuis le décès de Rolande.

– Je cours les quérir. J'y ajouterai quelques pâtes de prunes et de noix que notre bonne Clotilde Bouvier m'a fait porter. Elles sont savoureuses. Grand merci à vous, Alexia.

Elles devisèrent de choses et d'autres, Alexia tentant d'alléger un peu le chagrin de cette femme brisée. Toutefois, il devint vite évident que Marguerite n'avait qu'une envie, raconter encore et encore les charmants souvenirs d'enfance qui la liaient à sa cadette. Alexia se tut, lui faisant le cadeau de l'écoute, l'encourageant parfois d'un mouvement de tête, saluant la réminiscence d'une gentille bêtise de fillettes d'un petit rire. Elle regardait la femme qui ne vivrait plus que dans son passé parce que le présent était devenu trop douloureux. Une immense compassion l'envahit lorsqu'elle se rendit compte que personne ne pourrait plus rejoindre Marguerite dans sa peine.

L'hôtelière récupéra son gobelet et le porta à sa bouche avant de poursuivre son monologue. Le geste banal troubla Alexia. En réalité, un détail, ce détail l'avait étonnée plus tôt, si anodin qu'il s'était contenté de lui traverser l'esprit. La reprise à la manche droite. La même que celle qu'elle avait remarquée plus tôt, lorsque Marguerite était rentrée des poulaillers. Un ravaudage peu expert qui trahissait une impatience d'aiguille. Comme elle, Marguerite devait avoir peu de goût pour la couture. Le regard d'Alexia descendit jusqu'à l'auréole beige laissée au bas de la robe blanche par les salissures récoltées à la basse-cour. La jeune femme se demanda fugacement pour quelle raison cette trace de nettoyage récent lui paraissait si importante.

– Rolande, je vous l'assure, pouvait être très distrayante. Je sais que vous l'avez connue sérieuse, comptable scrupuleuse, mais quel pitre lorsqu'elle était enfant ! Elle imitait les gens à la perfection, forçant le trait à me faire rire aux larmes et…

Pourquoi n'avoir pas changé de robe pour confier le vêtement souillé à la buanderie ? Chaque trousseau de nonne comportait deux robes afin de pouvoir les laver à tour de rôle, deux chainses qu'elles portaient jusqu'à ce que la trame cède et que l'on consente à les remplacer, un long tablier sombre à manches pour se protéger lors des travaux ingrats ou salissants, des sandales à lanières pour les beaux jours et des socques pour l'hiver en plus d'une escoffle ou d'un mantel doublé de lapin ou d'agneau. Marguerite avait lavé le bas de sa robe sitôt après avoir quitté Alexia. Comment l'épaisse laine blanche avait-elle pu sécher si rapidement, surtout par ce froid ? Même un devant de cheminée n'aurait pu accomplir ce prodige. Et Alexia comprit.

– Un mignon petit singe, vous dis-je. Elle avait de ces inventions… Je me souviens d'un Avent où…

Elle comprit que l'auréole beige avait été abandonnée par un fer chaud carbonisant sur la laine les résidus de fientes de poulet et de boue insuffisamment rincés. L'hostellerie possédait donc un ou plusieurs fers, ce qu'ignorait la sœur lingère, ou quiconque. Elle comprit que Marguerite n'avait pas changé de robe parce qu'elle ne pouvait pas produire la deuxième. L'avait-elle détruite pour dissimuler le sang qui l'avait éclaboussée lors de la décapitation de Rolande ? L'avait-elle cachée en attendant de pouvoir la laver et la faire sécher en discrétion ? La raison lui conseilla de se taire, de prévenir les deux apothicaires dès que Marguerite se serait enfin retirée. Pourtant, elle s'entendit demander d'une voix blanche :

– Connaissez-vous le jeu de tarot ? Pourquoi ne mentionnez-vous jamais votre frère Monge ?

Le visage de l'hôtelière, auquel l'évocation de l'enfance venait de rendre un peu d'éclat, se figea.

– Il a trépassé jeune. Trop jeune. Quant au tarot, Rolande m'en avait offert un jeu, un jour de foire. Cependant, il m'a vite lassée. Je n'ai pas une bonne tête pour les lames. J'en oubliais sans cesse la signification exacte. À ma décharge, leur versatilité.

Alexia en fut certaine : l'histoire se nouait maintenant, autour de ce frère défunt.

– Et Monge ? Un accident ? Une fièvre ? insista-t-elle en se maudissant de ne pas mettre aussitôt terme à cette conversation.

Le regard sombre qui se posa sur elle la fit frissonner. Marguerite était de taille et de poids à la dominer physiquement. Elle avait déjà tué. Il sembla à Alexia qu'elle pénétrait dans l'esprit de Marguerite. L'autre pesait le pour et le contre, écartelée entre l'envie de mensonge et celle de vérité, l'instinct de survie et le besoin d'en finir. Ce dernier l'emporta. Elle répondit d'une voix plate :

– Une femme.

Alexia n'eut aucun doute concernant son identité :

– Blanche de Cerfaux.

– En effet. Ou plutôt Anne Bonnel, feu mon exécrable sœur d'alliance, rectifia Marguerite. Une démone de la pire espèce, dès son âge d'enfante. Il en était fou. Ma sœur et moi avons été leurrées pendant un temps. Elle connaissait toutes les ruses, sans compter tous les maléfiques secrets qu'elle avait appris avec celui qu'elle appelait son maître, du moins avant de tenter de l'occire puisqu'il en savait beaucoup trop sur son compte. Un certain Arnaud. Elle a ruiné mon frère, et nous avec puisqu'il avait la charge de notre substantiel héritage. Ah… Il va me falloir combler certains manques volontaires de mon précédent récit. Ma mère est morte peu de temps après la naissance de Rolande. Il s'agissait d'une grossesse trop tardive. De saignements en fièvres, elle n'y survécut que deux mois. Mon père était un riche mercier d'Angers. À son décès,

Monge, mon puîné de deux ans, est devenu notre tuteur. Il était… mais je m'en veux de vous ennuyer avec mes ridicules souvenirs. D'un autre côté, je doute que l'opportunité de les conter me soit encore offerte.

– De grâce, poursuivez.

Étrangement, l'appréhension qu'Alexia avait jusque-là éprouvée s'atténuait.

L'invitation sembla apaiser Marguerite, qui repartit dans son univers d'avant les ravages.

– Monge était un jeune homme chaleureux, généreux, malheureusement crédule. À sa décharge, nous l'étions tous les trois. Or donc, dès qu'elle sentit l'argent, Anne joua les tendres, les éperdues d'amour, et se fit épouser. Nous l'aimions tant, tous. Le bon sens revint à Rolande en premier. Des objets précieux, des bijoux commencèrent de disparaître. Nous accusâmes d'abord les serviteurs, en dépit de leur passé de probité. Il fallut aussi que je me rende à l'évidence : Anne dérobait tout ce qu'elle pouvait, préparant un futur qu'elle savait proche. Il fut impossible de convaincre Monge. Il menaça de nous chasser de la maison si nous persistions dans « nos fables de femelles jalouses », ainsi qu'il les nomma.

– L'aveuglement des hommes amoureux, commenta Alexia.

– Il n'en est pas de plus complet. Toujours est-il que nous jugeâmes préférable de nous taire, tout en conservant notre vigilance. Anne s'absentait souvent, au prétexte de visiter ses bonnes œuvres. Déguisée en manante, Rolande la suivit un jour qu'elle rejoignait son « maître », le fameux Arnaud, en une étuve mixte et surtout bordeleuse, bien connue d'Angers. Quelques mois passèrent, ma sœur et moi étions coincées. Monge nous adressait à peine la parole et nous avait ordonné de prendre dorénavant nos repas dans nos appartements.

– L'a-t-elle quitté ?

– J'aurais tant aimé, ma chère, qu'elle vide tous nos coffres et qu'elle disparaisse à jamais. Mais le sort devait en décider autrement. Une procédure inquisitoire fut lancée contre son maître pour pratiques de sorcellerie aggravées de culte de latrie [1]. Il faisait peu de doute qu'il lâcherait le nom de ses adeptes sous la Question. Anne prit les devants de cette confession, redoutable pour elle. Elle tenta de l'enherber bien qu'il eût été son amant depuis de longues années. Mais l'élève n'avait pas encore dépassé le professeur. Il ne périt pas mais disparut non sans l'avoir dénoncée à ses juges. Un prêté pour un rendu. Elle fut arrêtée. Monge s'entêta, refusant de croire un seul mot des témoignages accablants qui affluèrent devant le tribunal inquisitoire. La jolie donzelle traînait derrière elle une telle liste de méfaits et d'épouvantables péchés qu'on aurait pu la croire centenaire.

– La sorcellerie ?

– Certes, en plus du chantage, de l'escroquerie, du vol, et de meurtres bien terre à terre, dont vraisemblablement celui de sa parentèle, si l'on en croyait son unique sœur rescapée. Redoutant à juste titre pour sa vie, celle-ci avait eu la finesse de se laisser spolier de

---

1. Culte que l'on rend à Dieu seul. Dans ce sens, culte que l'on rend au diable en le considérant comme Dieu. Un des crimes les plus impardonnables à cette époque.

son héritage plutôt que de le disputer à Anne. Une démone, vous dis-je, depuis l'âge le plus tendre. Toujours est-il qu'elle joua de son ravissant minois devant ses juges, adoptant la seule parade qui lui restât. Accuser à son tour. Dénoncer. Vous savez comme l'Inquisition se réjouit des dénonciations, les considérant comme autant d'amendes honorables, de désir de repentance. La tactique d'Anne consistait à faire accroire qu'elle n'était en rien responsable de ses errements, qu'elle avait été vilement influencée, dupée, poussée vers le péché par des âmes damnées.

– Monge.

– Monge, en effet, en plus de son Arnaud de maître. Monge le sorcier ! La procédure inquisitoire se retourna contre lui, contre nous. Je puis me tromper, mais je crois qu'il ne comprit qu'à cet instant la vérité au sujet de sa mie tant adorée.

– Fut-il traîné en la maison de l'Inquisition ?

– Non. Monge était un être d'honneur, de sincérité. Voulut-il nous épargner un scandale, un opprobre dont nous ne nous serions jamais remises ? Ne put-il supporter d'être enfin dessillé sur son immense amour ? Toujours est-il que nous le trouvâmes pendu aux poutres de sa chambre.

– Et elle ?

– Oh, ces êtres-là possèdent plusieurs vies, ma chère. On ne s'en défait pas avec aisance. Elle s'échappa des geôles de la maison de l'Inquisition grâce à la complicité d'un garde qu'elle avait séduit. L'imbécile le paya de sa vie.

– Qu'advint-il de Rolande et de vous ?

Marguerite jouait avec son gobelet vide qu'elle faisait rouler entre ses mains, réfléchissant :

– N'êtes-vous pas bien imprudente, ma chère Alexia ? Je vous aime bien, en vérité. Toutefois, après cette confession, ne faudra-t-il pas que je vous fasse taire ? Définitivement. Après tout, un troisième meurtre n'ajouterait guère à ma dette, ne croyez-vous pas ?

La jeune femme la considéra et rétorqua en honnêteté :

– J'y ai songé lorsque j'ai remarqué le bas de votre robe lavé à la hâte et repassé. J'ai compris que vous ne pouviez pas enfiler votre change, sans doute parce qu'il était maculé de sang.

– J'ai fait brûler la robe. Vous n'avez pas répondu tout à fait, insista Marguerite d'une voix que la fatigue alourdissait.

– À mes yeux, du moins si j'en crois vos confidences, vous n'en avez commis qu'un qui soit impardonnable. Seriez-vous de l'essence des tueurs ?

– Non. Je suis de l'essence des peureux.

– C'est parfois la même. La peur est un puissant mobile. Or, je ne vous menace de rien que vous n'ayez déjà accepté, que peut-être même vous ne souhaitiez : la punition de vos actes. Vous confieriez-vous à moi sans cela ?

– Probablement pas, en effet.

– Je n'ai donc rien à redouter de vous.

– Quelle nuit étrange, murmura l'hôtelière. Cet implacable silence qui nous environne. Ne dirait-on pas que le monde est suspendu à nos paroles ?

– Qu'advint-il de Rolande et de vous ? répéta Alexia.

– Nous dûmes partir. Vous savez comme les soupçons, même non fondés, sont tenaces. Nous étions devenues les sœurs du maudit dans l'esprit de beaucoup. Ruinées, sans autre parent, nous avons chacune rejoint un couvent éloigné où notre histoire ne risquait guère de nous rattraper.

– Ce fut pourtant le cas. Avec l'arrivée de Blanche, d'Anne, pardon, aux Clairets.

– J'ignore si le hasard ou un autre des monstrueux stratagèmes de cette femme l'y dirigea. Changeant de nom, de ville, comme de coiffe, Anne venait à nouveau d'échapper aux griffes de l'Inquisition qui avait saisi tous ses biens. Tous ceux qu'elle avait extorqués à ses victimes. Il lui fallait se terrer quelque temps, puis trouver de l'argent, beaucoup d'argent. Quelle plus jolie proie qu'une sœur dépositaire qu'elle pouvait faire chanter en menaçant de révéler son passé ? Rolande maniait de grosses sommes et toutes ses sœurs lui faisaient confiance. Des bévues de comptes seraient passées inaperçues. Anne joua finement. Elle évita Rolande durant quelques mois, ce que son entrée au noviciat rendait possible. Et puis, au jour choisi par elle, elle se fit connaître.

– Rolande n'aurait jamais accepté de voler l'abbaye et l'abbesse, surtout pour servir une créature malfaisante, affirma Alexia.

Marguerite hocha la tête en signe d'acquiescement et compléta :

– Au lieu de cela, elle me fit prévenir en mon abbaye de Clairmarais. Je demandai mon transfert.

(Marguerite se passa les mains sur le visage. Yeux fermés, elle poursuivit de la même voix atone :) Il n'y eut aucun moyen de la raisonner. Anne nous éclata de rire au nez lorsque nous fîmes appel à sa conscience. Elle nous jeta à la figure qu'elle nous trouvait fort distrayantes mais qu'elle voulait de l'argent, très vite.

– Qui prit la décision de… ?

– L'occire ? (Le ton de Marguerite se fit cassant :) Ne connaissiez-vous pas assez ma sœur ? Jamais elle n'aurait accepté l'idée d'un meurtre. Quant à y participer, elle dut s'y résoudre, contrainte et forcée, afin de me protéger. Je m'étais dissimulée en l'abbatiale, me fondant dans les ombres. Je suis arrivée derrière Anne et j'ai frappé et frappé, de toutes mes forces. Seule. Il fallait que l'on sache qu'il s'agissait d'un châtiment, pas d'une vile crapulerie. Je me suis souvenue du tarot. J'ai ordonné à Rolande de m'aider à hisser le corps. Je suis parvenue à la convaincre en menaçant de me dénoncer et en lui disant qu'elle serait alors responsable de ma mort aux fourches patibulaires. Elle a cédé par bonté, par grandeur d'âme. Elle a eu tort.

Des larmes dévalèrent le long de ses joues blêmes. Elle ne pensa même pas à les essuyer. Atterrée, Alexia les vit s'écraser les unes derrière les autres sur ses mains jointes posées sur ses cuisses.

– Pourquoi avoir commis cet acte affreux que vous ne vous pardonnerez jamais ? Je ne parle pas d'Anne.

– Rolande ne vivait plus. Le souvenir des yeux morts, grands ouverts, d'Anne la harcelait sans cesse. J'avais beau lui répéter la vérité, que nous avions fait œuvre de justice en débarrassant le monde d'un fléau, rien n'y faisait.

– Elle a décidé de vous dénoncer ?

Un regard aveugle se posa sur Alexia. Elle y vit toute la misère, tout le désespoir et la dévastation du monde.

– Non pas, bafouilla Marguerite. De se dénoncer, elle seule. J'étais certaine que Rolande serait fidèle à sa promesse et tairait mon nom, mon rôle véritable dans cet assassinat.

– Mais alors, pourquoi ?

– Parce que je l'aimais. Rolande était le seul être que j'aimais vraiment. Je savais que l'abbesse refuserait de la juger et la livrerait au bras séculier, parce qu'elle aussi aimait ma cadette. J'ai refusé que ma sœur soit humiliée, traînée dans la boue dès que l'on apprendrait notre passé, outragée. Elle méritait la douceur. J'ai tenté de la lui offrir. Ce soir-là, elle était en prière en la chapelle Saint-Augustin. Elle n'a rien senti et s'est effondrée. Libérée. Le reste n'était qu'une piètre mise en scène pour vous égarer. Au fond, je vous l'avoue : peu m'importait la suite.

Une crise de sanglots la plia. Elle bafouilla :

– J'aurais tant aimé la serrer dans mes bras et l'embrasser une dernière fois. Si j'en avais eu la force, j'aurais préféré l'étouffer contre moi en la berçant comme lorsqu'elle était enfante. Je l'ai toujours considérée comme ma fille. Nous nous ressemblions tant. Dieu du ciel, qu'elle était mignonne. Ses minuscules mains de bébé, ses petons roses. Une petite bouche en cœur. Un amour. Mon gentil amour.

Et Alexia comprit que le meurtre de Rolande avait peu à peu poussé Marguerite dans la folie. Après tout, n'était-ce pas le dernier endroit paisible où elle pouvait encore se promener en compagnie de sa sœur, sa fille ? Marguerite se redressa et répéta d'une voix pressante :

– Elle n'a pas souffert. Elle ne s'est rendu compte de rien. N'est-ce pas ? Dites-moi qu'elle n'a pas su qu'elle allait mourir. De ma main.

– Non. Elle ne l'a jamais su, mentit Alexia. Sa jolie âme repose en très grande paix.

Elle caressa la joue trempée de la femme et murmura :

– Marguerite, ma chère… je vais devoir prévenir l'abbesse, lui conter notre entretien.

– Bien sûr, c'est inévitable. Je suis fatiguée, ma bonne, très fatiguée. Me permettez-vous de me retirer ? Vous savez où me trouver. Merci pour ce délicieux gobelet d'infusion partagé en votre aimable compagnie. À Dieu, ma bien chère. Qu'Il veille sur vous toujours.

Alexia se leva et serra la femme contre elle.

– À Dieu. Je prie afin qu'Il vous accorde Son indulgence.

– Je me contenterai de Son amour pour ma sœur, murmura l'hôtelière. Je suis prête à payer pour mes fautes.

Alexia demeura un long moment debout après que Marguerite eut refermé la porte derrière elle. La jeune femme avait pris sa décision. Marguerite, elle le savait, allait choisir une fin honorable, dans la quiétude de sa chambre. Elle s'éteindrait en revivant ses souvenirs de Rolande et de Monge. Alexia allait lui en offrir le temps.

Elle se réinstalla sur l'escame et relut pour la dixième fois la courte missive de son cher amour.

Finalement, cet affreux séjour aux Clairets lui avait apporté ce qu'elle cherchait. Elle était digne de lui. Elle avait tant changé en quelques années. Ces murs rébarbatifs, ces interminables couloirs venteux, ces recoins inquiétants lui avaient enseigné de force la gloire et la souffrance de l'état d'humaine.

Alexia de Nilanay accompagna de ses prières amies l'agonie de Marguerite, un étage plus bas.

Elle se leva et sortit de sa chambre, une esconce à la main. Elle prendrait le temps d'aller quérir Hermione de Gonvray en son herbarium. Ensuite, seulement ensuite, elle révélerait au profit de l'abbesse la sidérante conversation qu'elle venait d'avoir, sans hâte et dans le moindre détail. Elle terminerait en supposant que Marguerite avait basculé dans la démence. Enfin, elle s'inquiéterait de ce que l'hôtelière attente à ses jours. Il serait alors trop tard pour incliner le cours du destin. En son âme et conscience, ainsi devaient aller les choses.

Abbaye de femmes des Clairets,
Perche, février 1308, le lendemain

Monsieur de Villanova avait dormi comme une bûche, s'étonnant de se réveiller, bouche grande ouverte, bien après laudes. Un sommeil de jeune homme dont il avait oublié la profondeur et la réparation. Une faim de loup lui tiraillait l'estomac et, environné par les fumées affamantes, l'activité fébrile des serviteurs laïcs qui s'affairaient déjà à préparer le repas de midi, il avait dévoré en cuisines, sous l'œil ravi et complice de Clotilde Bouvier, la sœur organisatrice des repas.

Il plia avec soin ses maigres effets et les empila dans son petit coffre de voyage, ressassant les derniers événements de la veille. Dieu du ciel. Ils avaient discuté durant des heures dans le bureau glacial de l'abbesse : les deux apothicaires, la future comtesse de Mortagne, lui, sans oublier Plaisance de Champlois, le comte Aimery ayant eu la délicatesse de ne pas s'immiscer dans les affaires de l'abbaye sans en avoir été formellement prié.

Tenu au secret, Arnoldus de Villanova avait parfois dû feindre l'étonnement alors qu'il savait qu'Arnaud

Amalric avait été l'amant et le mentor de la redoutable Anne, *alias* Blanche de Cerfaux, et que c'était la présence de la jeune femme qui avait attiré celui-ci aux Clairets.

Tant de questions tournaient encore dans la tête du savant quand il referma les serrures du coffre. Si les révélations de madame de Nilanay l'avaient convaincu de la culpabilité de la défunte Marguerite dans les deux premiers meurtres, les explications des deux apothicaires quant au troisième l'avaient laissé perplexe. Il avait demandé à madame de Baskerville le motif de l'assassinat d'Agnès Ferrand. Elle avait répondu d'un ton plat que la portière avait sans doute compris l'identité de la tueuse et que l'hôtelière l'avait éliminée afin de la faire taire à jamais. Une question avait alors brûlé les lèvres de monsieur de Villanova : pourquoi Marguerite Bonnel n'avait-elle pas mentionné une seule fois ce dernier meurtre lors de sa confession à madame de Nilanay ? Le déroutant regard myosotis s'était rivé au sien. À sa stupéfaction, Arnoldus de Villanova y avait lu une insistante supplique. Il avait retenu sa question, certain que Mary de Baskerville ne protégerait jamais un odieux coupable, pas plus que madame de Gonvray.

Il soupira. Chacun connaissait des bribes de vérité qu'il taisait aux autres. S'il devait en aller ainsi pour la paix de tous, de ce monastère et de celui de Dame-Marie, quelle importance ? Seule une chose comptait aux yeux du médecin : le pire avait été évité.

Toutefois, une sourde angoisse ne le quittait plus depuis son déjeuner. Feu Anne ou Blanche avait rendu tant de monstrueux services à des donneurs d'ordres d'immense fortune. Il lui suffisait de brandir la menace d'une lettre anonyme envoyée en une maison de l'Inquisition pour qu'un ancien commanditaire affolé rémunère sans discuter son silence. Pourquoi les Clairets ? Pourquoi avoir fait chanter son ancienne sœur d'alliance, cette Rolande qui ne possédait rien hormis ses livres de comptes ? Certes, Anne devait se faire oublier de l'Inquisition pour un temps et une abbaye était une cachette idéale. Pourquoi les Clairets ? Parce que Anne cherchait autre chose, quelque chose de beaucoup plus important qu'une ancienne belle-sœur dépositaire. Toutefois, appâtée par l'idée du gain, elle avait fait d'une pierre deux coups en faisant chanter Rolande. Cette pierre-là l'avait occise. Un réconfort, même s'il privait Arnoldus d'une précieuse source d'informations. À n'en point douter, la Question aurait fait parler l'exécrable Anne.

Monsieur de Villanova s'assit sur la petite escame de sa chambre, attendant qu'on vienne le prévenir que son fardier de voyage était attelé.

Que venait chercher Anne, céans ? La réponse était évidente. La croix de Béziers, celle dont son amant, Arnaud Amalric, avait eu la désastreuse idée de lui parler. Ou une piste qui mène jusqu'à celle-ci.

Cette nuit-là, dans le scriptorium de l'abbaye de Dame-Marie, le médecin avait menti à celui qui se prenait pour un ange déchu. Il lui fallait le fragiliser afin de le vaincre. Arnoldus ignorait tout des pouvoirs de la croix. Aucun des textes qu'il avait parcourus durant ces années ne les mentionnait. Au fond, monsieur de Villanova doutait de leur existence. Pour les raisons qu'il avait lancées à Arnaud Amalric. Dieu ne permettrait jamais que la représentation du corps de Son fils, martyrisé sur la croix, concède un pouvoir d'horreur et de destruction. En vérité, monsieur de Villanova doutait que la croix de perdition accorde l'immortalité à quiconque la possédait… mais en était-il certain ? Le gouffre qui séparait la sérénité de l'inquiétude se résumait à cette unique question. Et si un autre fol, désespéré par son anonymat, sa médiocrité, assoiffé de gloire et de démesure, se convainquait un jour du contraire ? Tout recommencerait alors.

Il lui fallait retrouver cette croix avant quiconque. La faire exorciser, la détruire. Aidé par ses compagnons de guerre obscure, il convaincrait Clément V de cette nécessité. Après tout, le pape, comme ses prédécesseurs, vivait dans la crainte permanente d'une nouvelle hérésie.

Un sourire détendit le visage charnu de monsieur de Villanova, et il étouffa un rire. Un vieillard ? Soixante-dix-sept ans ? La belle affaire ! Tudieu ! Sornettes de bonne femme en vérité. Il la tiendrait en laisse, la vieillerie, et encore longtemps. Il avait à nouveau un but, une mission. Il trouverait l'énergie, la force et la pugnacité qui allaient avec. Il retrouverait la croix de Béziers.

Un coup sans délicatesse frappé contre sa porte le releva. La silhouette massive d'un gens d'armes s'encadra dans le chambranle. Le bonnet à la main, l'homme déclara :

– Votre chariot couvert est prêt, messire. Les chemins sont encore mauvais, mais on passera.

BRÈVE ANNEXE HISTORIQUE

Amalric (ou parfois Amaury) Arnaud, ?-1225. Issu d'une famille noble, ce moine cistercien devient évêque de Poblet (Catalogne) puis de Grandselve et enfin de Cîteaux. Il est ensuite nommé archevêque de Narbonne en 1212. Légat du pape, il est l'un des artisans principaux de la lutte contre le catharisme. Il encourage le pape Innocent III à prêcher la croisade contre les Albigeois. Homme de robe, mais également soldat, il prend la tête de cette croisade en juillet 1209, aux côtés de Simon IV de Montfort, lors du sac de Béziers. C'est à cette occasion qu'il aurait dit, alors qu'on lui demandait comment reconnaître les catholiques des hérétiques : « Tuez-les tous, Dieu reconnaîtra les siens. » Il convient de préciser qu'une seule source mentionne cette phrase : le moine cistercien allemand Césaire de l'abbaye de Heisterbach, plus de dix ans après le sac de Béziers. On ne la retrouve dans aucun des témoignages de ceux qui se trouvaient sur place au moment des faits. Arnaud Amalric commande également plus tard l'armée des ordres militaires en Espagne, lors des combats de reconquête sur l'islam.

Béziers (sac de). Le roi de France Philippe II Auguste refuse d'abord au pape l'assistance de son armée afin d'étouffer l'hérésie albigeoise. Il faut l'assassinat, en 1208, de Pierre de Castelnau, légat du Saint-Père, par un chevalier de l'entourage du comte Raymond VI de Toulouse pour décider le souverain français à lâcher ses chevaliers nordiques contre les pays du Sud. Certains des seigneurs du Nord sont motivés par la foi, d'autres espèrent récupérer pour eux les fiefs du Sud. Raymond VI de Toulouse sent que l'un des véritables objectifs de cette croisade n'est autre que lui. En effet, sa principauté attise les convoitises du duc d'Aquitaine, roi d'Angleterre, et du comte de Barcelone, roi d'Aragon, ses proches voisins. Une accusation d'hérésie ou de complicité avec les Albigeois leur fournissait un admirable prétexte pour intervenir dans les terres toulousaines et les annexer. S'ajoute à cela le désir du Vatican de mettre au pas une Église méridionale peu soumise à Rome. Raymond VI se réconcilie donc à la hâte avec l'Église. Cependant les croisés ont besoin d'un bouc émissaire pour légitimer leur attaque. Raimond-Roger de Trencavel, vicomte de Béziers et de Carcassonne, fait une parfaite cible de substitution. Il est donc accusé du développement de l'hérésie en Languedoc.

Le sac de Béziers est décidé le 22 juillet 1209 au prétexte que les consuls de la ville (les capitouls) ainsi que la population refusent de livrer les 223 hérétiques recensés par l'évêque, alors que l'on avait fait de Béziers un des grands centres du catharisme. Il est, au demeurant, étonnant de constater que la dissidence albigeoise est présentée à l'époque comme de grande envergure alors qu'elle n'intéresse qu'une fraction plus que modeste des populations. Entre 15 000 et 22 000 personnes auraient été massacrées, selon les sources, ces chiffres étant sujets à caution puisque la moitié des habitants de la ville – qui en compte alors environ 20 000 – auraient été tués. Il n'en demeure pas moins que ce sac est un carnage qui semble surtout avoir eu pour objet de marquer les esprits et d'encourager les autres places fortes à la soumission.

Bingen (Hildegarde de), 1098-1179. Elle prononce ses vœux à quinze ans et devient abbesse en 1136. Poétesse et musicienne, elle correspond avec les grands du monde durant la seconde moitié du XIIe siècle. Elle aurait réalisé des miracles, et ses visions auraient été vérifiées. D'une santé très fragile, elle s'intéresse très vite aux simples. Elle rédige, entre autres, une œuvre médicinale qui la fait considérer à l'heure actuelle comme la première phytothérapeute « moderne ». En dépit de sa piètre santé, elle vit plus de quatre-vingts ans, un record à cette époque. Peut-être faut-il y voir une preuve de la pertinence de ses recettes thérapeutiques ! Bien qu'on lui attribue fréquemment le titre de sainte, elle ne fut jamais canonisée.

Chartagne (maladrerie de). Elle est fondée aux abords de Mortagne par Rotrou III – dit « le Grand » –, comte du Perche, seigneur de Nogent et comte de Mortagne, dès son retour de croisade, aux environs de 1100. Il souhaite y accueillir ses compagnons de Terre sainte contaminés par la lèpre. La maladrerie est desservie par quatre chanoines de Saint-Augustin. Les familles de chevaliers atteints, et donc reclus entre ses murs, la dotent richement.

Clairets (abbaye de femmes des), Orne. Située en bordure de la forêt des Clairets, sur le territoire de la paroisse de Masle, sa construction, décidée par charte en juillet 1204 par Geoffroy III, comte du Perche, et son épouse Mathilde de Brunswick, sœur de l'empereur Othon IV, dure sept ans, pour se terminer en 1212. Sa dédicace est cosignée par un commandeur templier, Guillaume d'Arville, dont on ne sait pas grand-chose. L'abbaye est réservée aux moniales de l'ordre de Cîteaux, les bernardines, qui ont droit de haute, moyenne et basse justice.

Clément V, Bernard de Got, vers 1270-1314. Il est d'abord chanoine et conseiller du roi d'Angleterre. Ses réelles qualités de diplomate lui permettent de ne pas se fâcher avec Philippe le Bel durant la guerre franco-anglaise. Il devient archevêque de Bordeaux en 1299, puis succède à Benoît XI en 1305 en prenant le nom de Clément V. Redoutant d'être confronté à la situation italienne qu'il connaît mal, il s'installe en Avignon en 1309. Il temporise avec Philippe le Bel dans les deux grandes affaires qui les opposent : le procès contre la mémoire de Boniface VIII et la suppression de l'ordre du Temple. Il parvient à apaiser la hargne du souverain dans le premier cas et se débrouille pour circonscrire le second en acceptant des procès contre les personnes, sans toutefois permettre que l'ordre soit jugé en tant que tel. Il préfère alors le supprimer.

Philippe IV le Bel, 1268-1314. Fils de Philippe III le Hardi et d'Isabelle d'Aragon. Il a trois fils de Jeanne de Navarre, les futurs rois Louis X le Hutin, Philippe V le Long et Charles IV le Bel, ainsi qu'une fille, Isabelle, mariée à Édouard II d'Angleterre. Courageux, excellent chef de guerre, il est également inflexible et dur. Il convient de tempérer ce portrait puisque des témoignages contemporains de Philippe le Bel le décrivent comme manipulé par ses conseillers, qui « le flattaient et le chambraient ».

L'histoire retiendra surtout de lui son rôle majeur dans l'affaire des Templiers, mais Philippe le Bel est avant tout un roi réformateur dont l'un des objectifs est de se débarrasser de l'ingérence pontificale dans la politique du royaume.

Villanova (Arnoldus de) ou Arnaud de Villeneuve, né à Saint-Marti, en Aragon, Espagne, d'où son surnom de « Catalan », vers 1230-1311 ou 1312 à Gênes. Probablement un des scientifiques les plus prestigieux des XIIIe et XIVe siècles. Il aurait été élevé en Espagne par des frères dominicains. Ce médecin, astrologue, alchimiste et juriste au caractère bien trempé suscitera des polémiques toute sa vie. Il lit et écrit le latin, le grec, le catalan, l'arabe ainsi que l'hébreu, ce qui lui permet d'avoir accès à de précieux traités de médecine qui influenceront sa pratique. Il écrit plusieurs ouvrages de théologie fortement imprégnés de pensée franciscaine, surtout par leur dissidence réunie autour des Spirituels. Arnaud de Villeneuve, certain de la venue prochaine de l'antéchrist, milite en faveur d'une réforme de l'Église et du renouvellement continuel de l'exégèse des Écritures, librement et sans crainte de persécutions. Il guérit Boniface VIII, qui lui pardonne ses « erreurs » théologiques. Il reste le médecin du souverain pontife jusqu'à sa mort puis devient celui de Clément V et son conseiller en Avignon. Il est également le médecin des rois Pierre III d'Aragon – auquel il sert d'ambassadeur auprès de Philippe le Bel – et Jacques II d'Aragon – pour lequel il accomplit des missions –, et du roi de Sicile, Frédéric III d'Aragon. Ayant écrit : « Les œuvres de charité et les services que rend à l'humanité un bon et sage médecin sont préférables à tout ce que les prêtres appellent œuvres pies, aux prières et même au saint sacrifice de la messe », entre autres choses, Arnaud de Villeneuve est arrêté et incarcéré à Paris. Ses écrits philosophiques sont brûlés en public. Il fuit l'Inquisition et se réfugie en Sicile, puis, pardonné par Clément V, revient vers la France. Il périra lors d'un naufrage. Outre ses commentaires des œuvres d'Hippocrate, de Galien, et d'Avicenne, nous lui devons des traductions des médecins arabes, sans oublier le secret de la distillation du vin pour en faire de l'eau-de-vie, et le « mutage », mariage entre la liqueur de raisin et son eau-de-vie qui donne naissance au vin doux naturel. Avant tout considéré comme un scientifique, Arnaud de Villeneuve échappe au célibat des médecins-clercs. Il naîtra une fille unique de son union avec l'héritière de riches commerçants de Montpellier. Elle deviendra dominicaine.

GLOSSAIRE

Offices liturgiques

(Il s'agit d'indications approximatives puisque l'heure des offices variait en fonction des saisons.)

Outre la messe – et bien qu'elle n'en fasse pas partie au sens strict –, l'office divin, constitué au VIe siècle par la règle de Saint-Benoît, comprend plusieurs offices quotidiens. Ils réglaient le rythme de la journée. Ainsi, les moines et les moniales ne pouvaient-ils dîner avant que la nuit ne soit tombée, c'est-à-dire après vêpres.

Vigiles ou matines : vers 2 h 30 ou 3 heures.

Laudes : avant l'aube, entre 5 et 6 heures.

Prime : vers 7 h 30, premier office de la journée, sitôt après le lever du soleil, juste avant la messe.

Tierce : vers 9 heures.

Sexte : vers midi.

None : entre 14 et 15 heures.

Vêpres : à la fin de l'après-midi, vers 16 h 30-17 heures, au couchant.

Complies : après vêpres, dernier office du soir, vers 18-20 heures.

Si l'office divin est largement célébré jusqu'au XIe siècle, il sera ensuite réduit afin de permettre aux moines et aux moniales de consacrer davantage de temps à la lecture et au travail manuel.

S'y ajoutait une prière de nocturnes vers 22 heures.

Mesures de longueur

La traduction en mesures actuelles est un peu ardue puisqu'elles variaient souvent en fonction des régions.

Arpent : de 160 à 400 toises carrées, soit de 720 mètres carrés à 2 800 mètres carrés.

Lieue : 4 kilomètres environ.

Toise : de 4,5 m à 7 mètres.

Aune : de 1,2 m à Paris à 0,7 m à Arras.

Pied : 34-35 centimètres environ.

Pouce : 2,5-2,7 cm environ.

Monnaies

Il s'agit d'un véritable casse-tête puisqu'elles différaient souvent selon les règnes et les régions. En fonction des époques, elles ont été – ou non – évaluées en fonction de leur poids réel en or ou en argent et surévaluées ou dévaluées.

Livre : unité de compte. Une livre valait 20 sous ou 240 deniers d'argent ou encore 2 petits royal d'or (monnaie royale sous Philippe le Bel).

Petit royal : équivalant à 14 deniers tournois.

Denier tournois (de Tour) : il devait progressivement remplacer le denier parisis de la capitale.

Sou : équivalant à 12 deniers tournois.

BIBLIOGRAPHIE

Ouvrages le plus souvent consultés

BLOND Georges et Germaine, *Histoire pittoresque de notre alimentation*, Paris, Fayard, 1960.

BRUNETON Jean, *Pharmacognosie, phytochimie et plantes médicinales*, Paris-Londres-New York, Tec et Doc-Lavoisier, 1993.

BURGUIÈRE André, KLAPISCH-ZUBER Christiane, SEGALEN Martine, ZONABEND Françoise, *Histoire de la famille*, tome II, *Les Temps médiévaux, Orient et Occident*, Paris, Le Livre de Poche, 1994.

CAHEN Claude, *Orient et Occident au temps des croisades*, Paris, Aubier, 1983.

CHEVALIER Jean, GHEERBRANT Alain, *Dictionnaire des symboles*, Paris, Robert Laffont, 1982.

DELORT Robert, *La Vie au Moyen Âge*, Paris, Seuil, 1982.

DEMURGER Alain, *Vie et Mort de l'ordre du Temple*, Paris, Seuil, 1989.

–, *Chevaliers du Christ, les ordres religieux au Moyen Âge, Xe-XVe siècle*, Paris, Seuil, 2002.

DUBY Georges, *Le Moyen Âge*, Paris, Hachette Littératures, 1998.

ECO Umberto, *Art et Beauté dans l'esthétique médiévale*, Paris, Grasset, 1997.

EYMERIC Nicolau et PENA Francisco, *Le Manuel des inquisiteurs*, Paris, Albin Michel, 2001.

FALQUE DE BEZAURE Rollande, *Cuisine et Potions des Templiers*, Coudray-Macouard, Cheminements, 1997.

FAVIER Jean, *Histoire de France*, tome II, *Le Temps des principautés*, Paris, Le Livre de Poche, 1992.

–, *Dictionnaire de la France médiévale*, Paris, Fayard, 1993.

FERRIS Paul, *Les Remèdes de santé d'Hildegarde de Bingen*, Paris, Marabout, 2002.

FLORI Jean, *Les Croisades*, Paris, Jean-Paul Gisserot, 2001.

FOURNIER Sylvie, *Brève Histoire du parchemin et de l'enluminure*, Gavaudin, Fragile, 1995.

GAUVARD Claude, LIBERA Alain de, ZINK Michel (dir.), *Dictionnaire du Moyen Âge*, Paris, PUF, 2002.

GAUVARD Claude, *La France au Moyen Âge du Ve au XVe siècle*, Paris, PUF, 2004.

JERPHAGNON Lucien, *Histoire de la pensée, Antiquité et Moyen Âge*, Paris, Le Livre de Poche, 1993.

LIBERA Alain de, *Penser au Moyen Âge*, Paris, Seuil, 1991.

MELOT Michel, *Fontevraud*, Paris, Jean-Paul Gisserot, 2005.

–, *L'Abbaye de Fontevraud*, Paris, Petites monographies des grands édifices de la France, CLT, 1978.

PERNOUD Régine, *La Femme au temps des cathédrales*, Paris, Stock, 2001.

–, *Pour en finir avec le Moyen Âge*, Paris, Seuil, 1979.

PERNOUD Régine, GIMPEL Jean, DELATOUCHE Raymond, *Le Moyen Âge pour quoi faire ?*, Paris, Stock, 1986.

Équipe de la commanderie d'Arville, *Le Jardin médiéval de la commanderie templière d'Arville*.

REDON Odile, SABBAN Françoise, SERVENTI Silvano, *La Gastronomie au Moyen Âge*, Paris, Stock, 1991.

RIAND Emmanuelle, *Saint-Evroult Notre-Dame-du-Bois, une abbaye bénédictine en terre normande*, Condé-sur-Noireau, NEA éditions, 2001.

RICHARD Jean, *Histoire des croisades*, Paris, Fayard, 1996.

SIGURET Philippe, *Histoire du Perche*, Céton, éd. Fédération des amis du Perche, 2000.

VERDON Jean, *La Femme au Moyen Âge*, Paris, Jean-Paul Gisserot, 2006.

VINCENT Catherine, *Introduction à l'histoire de l'Occident médiéval*, Paris, Le Livre de Poche, 1995.

Du même auteur :

AUX ÉDITIONS DU MASQUE

La Femelle de l'espèce, 1996
(Masque de l'année 1996)
La Parabole du tueur, 1996
Le Sacrifice du papillon, 1997
Dans l'œil de l'ange, 1998
La Raison des femmes, 1999
Le Silence des survivants, 2000
De l'autre, le chasseur, 2001
Un violent désir de paix, 2003

AUX ÉDITIONS FLAMMARION

Et le désert..., 2000
Le Ventre des lucioles, 2001
Le Denier de chair, 2002
Enfin un long voyage paisible, 2005

Aux Éditions Calmann-Lévy

Sang premier, 2005
La Dame sans terre
t. I : Les Chemins de la bête, 2006
t. II : Le Souffle de la rose, 2006
t. III : Le Sang de grâce, 2006
t. IV : Le Combat des ombres, 2008
Monestarium, 2007
Un jour, je vous ai croisés, 2007
Dans la tête, le venin, 2009
Une ombre plus pâle, 2009

Composition réalisée par FACOMPO (Lisieux)

Achevé d'imprimer en décembre 2009 en Espagne par
LITOGRAFIA ROSÉS S.A.
08850 Gavá
Dépôt légal 1re publication : janvier 2010
LIBRAIRIE GÉNÉRALE FRANÇAISE – 31, rue de Fleurus – 75278 Paris Cedex 06

31/2693/5